COLLECTION FOLIO

Jean-Pierre Chabrol

Les fous de Dieu

Gallimard

Jean-Pierre Chabrol est né en 1925 dans un petit village cévenol et il descend de ces camisards, paysans protestants révoltés contre Louis XIV, qu'il peint dans *Les Fous de Dieu.* Parmi ses autres romans : *Le Bout-galeux,* Prix Populiste, *Les Innocents de Mars,* Prix Del Duca, *Le Canon Fraternité. Les Fous de Dieu* ont obtenu le Prix Charles Veillon.

à Antoine Chabrol, 20 ans, matricule 27311;

à Antoine Chabrol, 35 ans, matricule 27310, « condamnés aux galères à vie par jugement de M. le Maréchal de Montrevel, commandant général dans le haut et bas Languedoc, rendu à Nismes le 3 mars 1703, pour avoir été avec des armes contre les déffenseurs du Roy »;

à Louis, mon grand-père, qui savait parler aux abeilles, qui lisait sa Bible en gardant ses chèvres, et me dévoilait, par Jean et Jérémie, les projets secrets d'Hitler;

à ma Raïoulette.

LA CLÈDE

Sur la nationale 106 (Nîmes-Le Puy), 29 kilomètres après Alès, à la sortie du village de Chamborigaud, le chemin vicinal 218 conduit au hameau de Pont-de-Rastel (canton de Génolhac). Au bord de ce chemin, isolé, à quelque deux ou trois cents mètres du hameau, se dresse Le Gravas, qui apparaissait, il y a quelques années encore, comme le mas cévenol typique, haute et puissante bâtisse, aux murs de vieux granit qui semble « couver » ses dépendances : porcherie, bergerie, pailler, « clède »...

La clède est une maisonnette où l'on fait sécher les châtaignes. Sur le sol du rez-de-chaussée, on entretient un feu de bois vert dont l'abondante fumée passe à travers les claies qui remplacent le plafond. Un escalier extérieur permet de porter au premier les châtaignes pour les étaler sur les claies.

Au cours de la fâcheuse modernisation du Gravas, la clède a été rasée. C'est alors qu'on a découvert, dans l'épaisseur du mur, le manuscrit ci-dessous. Une fente, entre deux pierres, à l'intérieur du premier étage, avait permis de glisser les feuillets, comme dans une boîte aux lettres. Les feuillets tombaient dans un conduit ménagé dans l'épaisseur du mur, sur toute sa hauteur, prévu sans doute jadis pour une petite cheminée.

La disposition de cette cachette interdisait de reprendre les feuillets qu'on lui confiait, à moins de démolir pierre à pierre la maisonnette, particularité importante, comme on va le voir.

Le manuscrit a été « nettoyé » pour qu'un lecteur pressé puisse le parcourir sans en rien perdre.

Un lecteur badaud pourra se reporter au lexique et aux notes. Les documents cités lui montreront les différences entre notre récit, les témoignages d'autres contemporains, et la vérité, celle du moins que les historiens nous proposent aujourd'hui. De ce point de vue, le lecteur curieux pourra juger plus profondément le narrateur, les acteurs et les faits, les traduire dans une version supérieure qui lui sera propre ; il ne tiendra qu'à lui de recomposer, dans sa tête, à son gré, un livre nouveau, personnel.

Le vocabulaire et la syntaxe surannés ont été respectés quand le vocable, ou la tournure, ou la faute même, étaient utiles ou beaux. Par contre, l'orthographe capricieuse de l'époque a été corrigée, ainsi que ce qui « faisait époque » à peu de frais, comme « castel » pour château ou encore cet « Y » de roY que les copistes ne préféraient au simple « i » (et seulement à la fin d'un mot ; cf. : « roïal » pour royal) que pour finir sur un si joli paraphe de leur plume d'oie.

Les mots en *italique* sont dans le lexique (ils ne sont ainsi soulignés qu'à leur première apparition). On trouvera parfois souligné un mot français pourtant net : le manuscrit portait le mot patois mais, le contexte ne l'éclairant pas assez, le lecteur pressé aurait buté ; par contre, il aurait été dommage de priver le lecteur curieux du mot original ainsi sacrifié ; c'est pourquoi, dans ce cas, le lexique fonctionne à l'envers.

Les textes composés entre guillemets indiquent une

citation ou une réminiscence dont la source est fournie sous le chiffre de la page dans les notes groupées à la fin du volume.

L'astérisque (*) indique une référence historique fournie, sous le chiffre de la page, dans les mêmes notes.

I

... La réflexion est de toute justesse et mériterait bien que ceux qui entreprennent sur les consciences y fissent attention : ils excitent des orages qui ont des suites funestes et qu'on a bien de la peine à calmer. Un moyen efficace pour arrêter celui-ci, qui eût épargné bien du sang et conservé de bons sujets à la France, eût été d'accorder la liberté de conscience...

Antoine Court *,

L'Histoire des Troubles en Cévennes,
éd. Londres, 1760.

Ce samedi 5e août de l'an 1702.

Un Esprit extraordinaire, né des douleurs du temps, travaille notre petit peuple. Voilà plus d'un an que Dieu en fait bonne mesure sur nos chères Cévennes, qui s'en trouvent comme enfantées de nouveau. Nous voyons le petit pays se laver de ses vices et de ses péchés ; nous voyons la plus tendre jeunesse aussi bien que la caducité des anciens résister aux plus terribles persécutions, aux plus cruelles des morts, et nos saintes assemblées se continuer de jour et de nuit, par combes et *vallats*, malgré les cruautés barbares de l'intendant Basville et des *Puissances*.

Voilà dix jours passés que l'abbé du Chayla, l'archiprêtre des Cévennes, le plus méchant de nos persécuteurs, reçut la mort de la main de nos frères et de la part de Dieu, en juste rétribution de ses crimes.

Voici venu le jour d'entreprendre mon écrit sur commandement de l'Éternel, car son Esprit me pénètre et m'ordonne :

— Mon enfant, je te le dis : avant que de monter vers tes frères attroupés pour brandir l'épée de Gédéon, tu dois servir ton Seigneur par la plume, puisque tu fus enseigné. Aussi, je te commande, mon enfant ! de coucher ta courte vie sur le papier, puis d'en faire un secret dépôt. Je ne peux te dévoiler le dessein Très-Haut, non plus que le lecteur qui sera le tien, mais tels sont les ordres, et je t'assure, mon enfant! de t'inspirer dans leur accomplissement!

Voilà pourquoi ma plume neuve-taillée ne bute ni ne faut, mais dresse en ligne les mots, droits et sûrs, tels les bourricots chargés du meilleur froment sur la *levée* du moulin, pourquoi mon écriture est belle et seront beaux mes écrits, les copies d'un saute-ruisseau de Génolhac promu clerc de l'Éternel.

*

Je vis le jour aux vendanges de 1685, dans le temps que le vin doux coulait couleur du sang des hommes sur les *barres* cévenoles. Mention fut inscrite sur les registres de la naissance, le 18e octobre 1685, d'un fils à David *Chabrou* et Élodie Vergougnouse, porté à baptême par Samuel Reboul et Léonie Sarrazine, le 12e novembre an sus-dit, auquel fut imposé nom Samuel, et qui fut baptisé par le ministre Cambadécède.

Mon père était du mas dit Le Gravas, de même que mes aïeux de deux ou trois générations, ainsi que je l'ai toujours ouï dire, et qui firent tous profession de la religion protestante, selon la confession de France. Je n'ai jamais su qu'il y eût aucun *papiste* dans notre famille, ni aucun qui fût d'autre foi, jusques en l'année 1685, que le roi, comme l'on sait, par les dragons, par le clergé et les bourreaux, força tout son peuple des Cévennes à embrasser le papisme.

Le bien de mes pères n'est pas, de loin, considérable, néanmoins, les miens, sans ménager la peine, vivaient dessus à leur suffisance par les chèvres, les châtaigniers, les vers à soie, les vignes, les abeilles, avec les poissons de la rivière en sus.

Je fus instruit plus tard que mes parents et parrains avaient été dans la nécessité de se précautionner pour mon baptême, comme s'il se fût agi d'un forfait, pour la raison que, dès alors, qui entrait dans la vie sans égard aux simagrées papistes se mettait en péril de n'y demeurer guère.

Après le baptême obligé dans l'église de notre village, et une fois le raisin rentré, mes parents et parrains me portèrent secrètement au bourg de Génolhac, où le ministre Cambadécède les attendait dans un pailler pour me baptiser selon notre foi. Ce fut même ce pauvre pasteur qui remarqua que j'avais reçu la vie terrestre le jour même où l'édit de révocation * avait reçu le seing royal, mais il présenta aussitôt les risques d'une interprétation par trop hâtive de cette rencontre.

Je n'avais alors que vingt et quatre jours d'âge, mais ma mère me fit, de mon baptême et de ses marques singulières, si souventes relations, de plus en plus édifiantes et circonstanciées à mesure que se déliait mon entendement, qu'il me semble à présent, l'Esprit me secourant, les connaître par le souvenir.

Voici que je revois en effet ma parentèle en chemin de retour sur la mie-nuit, redescendant du bourg vers notre douce vallée du Luech. Soudain, ma mère prie la petite troupe à une pause, afin d'avoir loisir de me donner le sein. La bonne femme, surprise par la précocité d'un appétit, que je manifeste d'une façon assez rude à l'ouïe, l'attribue, en toute simplesse, à la nouveauté de cette sortie nocturne, ma première, et à la fraîche.

— Il faisait noir comme la poix, s'écrie toujours à cet endroit du récit mon parrain, Reboul l'Ancien : ero escu cumo la pèguo!

Les étoiles se cachent dès que le mont Lozère coiffe son feutre sombre, et notre vieux géant ne se plaît guère nu-tête sur la fin de l'automne. C'est une bonne halte, un abri de roc connu des pâtres, sous la crête, à deux douzaines de *toises* en surplomb de l'auberge du collet de Belle-Poële. Aussitôt l'épargneuse Sarrazine souffle la chandelle sourde et ma parentèle de s'accagnarder à tâtons dans le nid de granit à lasser les tramontanes.

Seul, mon parrain, debout, dehors, fait forte tête à la froidure et lui crache à contre-vent.

*

La *Bête* bondit, qui s'était tapie dans les ténèbres.

Il y a les cris d'ici, de là, les tambours ; il y a les lueurs, les torches, les feux de paille, les feux de joie, les bûchers enfin, mais on sait tout cela. Les dragons qui montaient de Chamborigaud et les dragons qui descendaient de Concoules, par les deux bouts de la *Régordane*, se rassemblaient sur la *jasse* de Belle-Poële. Ils entraient, puis sortaient avec les tables, huches, escabeaux, lits, lesquels s'élevaient sur la place en monceaux d'importance, vu que l'auberge prospérait, sise à bon niveau de la Grand'Route Royale.

Mon père, la Sarrazine, ma mère m'allaitant chuchotaient le psaume LXIXe :

« J'ai contre moi, hélas! et à grand tort,
Plus d'ennemis que de cheveux en tête.
Ceux qui veulent ma mort... » psalmodiait ma parentèle atterrée, hormis Reboul l'Ancien, ruminant rancune en sa barbe, rabâchant à son accoutumée ses « *pagaron!* pagaron! » — ils paieront...

Lors, il était le seul et le premier à crier vengeance, car c'étaient encore les temps où nos frères couraient au bûcher, en chantant leur joie d'être tourmentés pour le Seigneur, c'étaient les temps où les brebis du Christ s'abandonnaient aux loups, c'était encore le plein du temps des *parpaillots*, le temps révolu depuis peu. Mais alors que l'on disait patience-de-huguenot, mon vieux parrain, Samuel, clamait l'œil pour l'œil en paiement, au dam de nos douces gens d'ici, qui ne le nommaient plus, pour ce, que le Pagaron.

Je n'avais pas un mois encore et je tétais, cependant, mais l'expérience supplée la mémoire, pour relater les horreurs ordinaires dont mes parents et parrains furent alors témoins ; il suffit de changer les noms, c'est toujours même chose, et trop connue. La Bête se repaissait des Passevin (les hôtes de Belle-Poële) et des Bartavel, qui les voisinaient au revers du collet. Les *droulettes* Passevin, Élise, Élodie, Margueritte et Marie, de vingt ans pour l'aînée jusqu'à quinze pour la *péquélette*, et si tant belles que les rouliers allongeaient leur chemin pour relâcher à Belle-Poële, et si modestes qu'ils n'en pouvaient que se réjouir les yeux, sans jamais plus, les Passevignettes, comme on disait, et la Marie-Jeanne Bartavel, avec sa sœur Marthe, cette nuit-là, furent violées par maints dragons du roi, lesquels s'amusaient ensuite à leur pisser au visage, à les flamber nues à la paille, comme on en use avec les porcs — mais les porcs, on les tue avant! — à les larder d'aiguilles et de dagues, à leur couler dans les yeux du suif bouillant, à les gonfler avec des soufflets, cependant que roulaient les tambours et que les soldats de la Sainte Église Catholique et Romaine braillaient leurs fort licencieuses chansons.

Ils paieront! ils paieront!, répétait mon parrain à mes parents qui priaient pour les Bartavel et les Passevignettes que les dragons avaient pendues au-dessus des brasiers de leurs meubles, qu'ils descendaient et remontaient à convenance, pour qu'elles ne fussent point trop promptement quittes de leur vie. Mon parrain représentait que, sans la faim si soudainement inspirée de son filleul, ils fussent tous tombés dans la gueule enflammée. Avant de l'accorder là-dessus, mes parents voulurent en référer à notre pasteur. Ils ne le purent jamais.

Le ministre de Génolhac ne sortit point du royaume, car il fut arrêté le lendemain, pour être expédié par les voies coutumières, à savoir : poignets tranchés, langue arrachée, yeux crevés, puis lié par les membres à deux roussins et, tant à hue qu'à étrivières, partagé vif par le milieu. Les dépouilles de l'infortuné Cambadécède furent, suivant la loi, traînées sur une claie par nos villages, aux fins de persuader notre petit peuple, données en pâture enfin aux cochons de César Gardès, fermier du prieuré.

Voilà ce qu'il advint la nuit de mon baptême, qui fut le dernier célébré par le dernier ministre de nos vallats du Luech, de l'Homol, de la Gourdouze et autres eaux *davallant* du Lozère. Je n'ai donc, par moi-même, jamais connu de pasteur, mais j'ai telle idée de leur ministère que je ne souhaite rien tant que leur retour; qu'ils rentrent vite de la Genève, la Hollande et l'Angleterre, qu'ils reviennent parmi nous, pour consoler, fortifier et conduire les restes du Petit Troupeau abandonné de ses pâtres, dispersé par les monts, affligé, battu, froissé, mis en si grande désolation, subissant si grands ravages par le fer, et le feu, sous l'empire du Diable et de la Bête, qu'il s'en vit cent fois, de cent fois pires, depuis la dragonnade à Belle-Poële, la nuit même où me fut imposé nom Samuel.

*

Ma plume court, et m'entraîne, et me donne à voir ce qu'il vient de m'être dit d'écrire, mes yeux courent derrière elle, et mon cœur suit, écartant la présomption de corriger, de revoir même ce qui me fut dicté de si haut. Mon pupitre est la margelle du fenestrou de notre clède impérissable. Quand s'arrête la plume, mes jambes me portent entre les murs noirs du mas de mes aïeux, entre le four mort et l'âtre assassiné, où se balança mon berceau, qui fut celui de mes frères, celui de mon père et de son père et de tous les anciens du Gravas, le berceau qui n'est plus que cendres, et je me retrouve à la fenêtre crevée sur le petit champ aux deux cyprès où, depuis la Réforme, reposent tous les Chabrou. Dès le retour dans le séchoir à châtaignes, je suis repris par la plume et je me vois marquer sur le papier ma trace à moi, Samuel, dernier porteur d'un nom respecté, puisqu'il m'est commandé de narrer ma brève passée terrestre, avant de monter au Désert, avant de joindre ma voix au chœur de mes frères opprimés pour louanger l'Éternel enfin! sans plus retenir ma gorge, après que les parpaillots sont morts au Pont-de-Monvert, ce dernier samedi de juillet.

Voici que j'aurai mes dix et sept ans aux vendanges, mes dix et sept ans pour le sang nouveau. Ma taille est de cinq *pieds* et huit *pouces*, puisqu'il faut l'avouer; mes cheveux et mes yeux sont couleur des châtaignes; je suis maigre — puisqu'il m'est commandé de tout marquer! — j'ai néanmoins ce qu'il faut de vigueur, de bonne endurance à la marche, bien que n'ayant pas, de beaucoup, autant que le commun de nos garçons, troussé de la bêche ou de la cognée.

Dernier venu des trois enfants, mes parents, pressés par mon parrain de m'élever dans la voie tracée dès le premier jour de ma vie, ambitionnèrent tant pour leur *cure-nid*, qu'ils me voulurent apte à la lecture aussi bien qu'à l'écriture, consentant à y voir passer le meilleur de leur revenu.

En premier temps, ma mère établit en loi que chacun s'adresserait à moi en parler français, et fut si vigilante — reprenant jusqu'aux doyens qui n'en savaient que leur Dieu-vous-bénisse! — que je fus, enfant encore, en état de me faire entendre en français presque aussi bien qu'en notre patois de Cévennes.

Si grand savoir à si petit âge portait les vieillards à la méditation, voire à l'inquiétude, plusieurs de nos sages craignant que la cervelle d'un marmaillon ne pût souffrir pareille presse sans péter. Je les revois, à la *soreilhade*, les papés du Pont-de-Rastel, *accagassounés*, tous en ligne, le râble aux pierres chaudes du *traversier*, la barbiche sur la canne, quand ils préméditaient à plaisir mes services au soutien de la chère religion, bien devant que je fusse en vigueur de soulever de terre un pistolet d'arçon.

En deuxième temps, ma mère, qui avait acquis de par

elle-même assez de savoir pour déchiffrer jusqu'à trois versets de l'Apocalypse de Jean en une seule veillée d'hiver, m'apprit mes lettres dans le Livre qu'elle sortait de sa cachette, après avoir tiré la barre aux contrevents. La bonne femme retint à deux mains la fierté de son cœur, le soir que, m'ayant ouvert la Bible à « la bête qui monte de la mer », j'en donnai si bonne lecture jusques à « la bête qui monte de la terre », que mon père, et mon parrain, et mes deux frères, et tous les Désailhen des Bories, nos cousins par Adam et Ève, et les voisins assemblés autour de la cheminée, s'en oublièrent jusques aux larmes. Et lorsque ma voix de droulet proféra : « ... si quelqu'un a des oreilles qu'il entende! Si quelqu'un mène en captivité, il sera mené en captivité, si quelqu'un tue avec l'épée, il faut qu'il soit tué avec l'épée... », ils se levèrent comme au temple, et le Pagaron de leur montrer, sur le front de l'enfant, une lumière.

De cette nuit, les vieillards me respectèrent, et mes frères redoublèrent de labeur, Théodore à la bêche, Élie aux fagots, pour élever encore leur petit savant. J'aurais voulu garder ma mère de ce temps-là, car elle en était redevenue jeune fille. Pauvre paysanne, m'ayant donné tout son savoir, elle n'en revenait pas, de ces biens qui se peuvent ainsi céder sans qu'on en perde miette, et au contraire! — merveille qui lui rallumait aux joues les feux de la virginité.

Pour le troisième temps, mes parents, par l'entremise de mon parrain, firent arrangement avec le vénérable Alcide Favède, que l'on nommait l'*Escrivaïré*, vu qu'il avait été clerc d'un procureur au présidial de Nîmes mais était revenu sur sa fin en son hameau de Champ-Péri, sis proche la crête, au pied de Coudouloux. Considérant une douzaine de fromages par semaine, un *quartaut* de piquette, plus trois *livres* et cinq *onces* de lard par mois, plus un quart de cochon et une toise carrée de *cadis* au nouvel an, l'Escrivaïré s'engagea à m'instruire en toutes les écritures, figures et formules en usage dans les greffes et bureaux de justice, à me communiquer le reste de ses connaissances en toutes disciplines, si Dieu lui en laissait loisir, ainsi qu'à m'introduire en l'érudition des dix et sept volumes divers, dont il disposait à son gré, étant ses biens, propriété si loin de l'ordinaire qu'il eût fallu couvrir sept lieues jusqu'à la cité d'Alais, avant de rencontrer si riche bibliothèque. Les deux parties honorèrent le contrat avec égale conscience : mes parents, qui *regrattaient* longtemps au moindre débours, n'usèrent néanmoins jamais de lésine quant aux nourritures de mon entendement. Pour sa part, l'Escrivaïré conçut à mon endroit un vif attachement qui l'eût fait passer outre, si d'aventure je fusse monté, le samedi, sans ma panière de fromages, mais les *pélardons* étaient treize à la douzaine, de nos meilleurs, bien enserrés de feuilles de figuier, et, souventes fois, j'apportais en sus le corbeillon de figues, une pièce de charcuterie, suivant la saison, le pot de miel, le lièvre ou la truite.

Ainsi, je gravissais chaque jour, chargé comme la bonne abeille, le flanc de la montagne par les sentiers de Gibenne et d'Alteyrac, puis j'en davallais sur la brune, mon corbeillon, mon *vaisseau* vides, allégé, chargé de quelques connaissances nouvelles qui me soulevaient en l'air. Tant de fois je suis monté à Champ-Péri, que j'y crevai plusieurs paires de sabots, tant de fois que j'y traçai des raccourcis, tant que je revois les fougères du *castanet*, que je flaire les menthes de la Source à la Traquanette, que j'entends un essaim vagabond.

Il m'arrivait parfois de rencontrer un pâtre, lequel, n'ayant de longtemps ouï que sa propre voix, ne se contentait pas d'un lointain salut. Il m'arrêtait, me reconnaissait, et disait alors, gravement, en parler français :

— Si quelqu'un tue par l'épée, il faut qu'il soit tué par l'épée!

Tandis que son regard usé quêtait sur mon front la lumière.

D'autant je forcissais en taille et en sciences, d'autant faiblissait mon bon maître en voussure par vieillissement. Sa désespérance lui échappa, le jour qu'il se convainquit sans retour qu'il n'avait plus rien à m'apprendre. Mais il éprouva aussitôt la vergogne de son affliction et me donna congé, alléguant qu'il avait mené à bonne fin la tâche dont il avait obligation. Le lendemain néanmoins je me présentai à l'heure coutumière et vivement le priai de m'éclaircir sur un dogme particulier que mon entendement se refusait à concevoir. Mon vieux maître ne consentit à l'abandon de sa réserve qu'une fois assuré par une inquisition prolongée qu'il n'y avait point de ma part stratagème. Mon innocence était telle, ma curiosité aussi, qu'il fallut bien qu'il acceptât que je revinsse l'en demain, qui était un samedi, le jour des treize pélardons ; il les accepta encore, sous réserve qu'ils fussent le cadeau de nos adieux, encore qu'il eût bonne conscience, à l'issue de ces deux journées dogmatiques, de n'avoir point démérité ses derniers fromageons.

Ma plume enchantée m'a mené par la main jusqu'aux neiges premières de l'an 1697, jusques à ma douzième année, dont chaque lueur m'attirait vers de nouvelles obscurités, lesquelles valaient bien le voyage à Champ-Péri, et les treize pélardons. Un jour de ce janvier, je trouvai le mas aveugle et noir sur le versant de neige, et le vénérable Alcide Favède pendu à son tilleul, le plus doux de la montagne, dans lequel, depuis, on ne vit plus jamais une abeille.

Baptistou Pranouvel, le petit du chevrier d'Alteyrac, me rapporta que les dragons du roi avaient, de leur aveu, tiré moins de plaisir aux tourments derniers du digne et benoît Alcide Favède, qu'au brûlement de ses dix et sept volumes, duquel ils se paraient comme d'un fait glorieux, pour la raison que trois des livres provenaient de la Genève.

Comme j'étais curieux de savoir si ces gens d'armes savaient leurs lettres, le Baptistou Pranouvel me répondit qu'ils ne les savaient point, mais se faisaient forts de reconnaître au dessin le mot Genève, de la même manière qu'ils avaient crédit, sans rien savoir de la Réforme, pour distinguer et justicier les loups-garous de la *Religion-Prétendue-Réformée.*

*

Mes soirées, mes nuits sous le toit du vénérable Favède me reviennent présentement : la bourrasque, comme il arrive souvent, s'était levée dans la journée, amenant force neige, alors, suivant le congé qu'il en avait de mon père, l'Escrivaïré me retenait chez lui. Je goûtais ainsi, parfois une semaine durant, une paix approchant la Félicité. Au chaud de son mazet perdu dans les neiges, le regretté Favède unissait sa grosse voix à la mienne, sur la tombée de la nuit, pour une louange qui montait, à travers les *lauzes* du toit, à travers le ciel d'hiver, jusqu'à notre doux Seigneur qui tendait l'oreille.

La souvenance m'en est si douce que ma plume s'y attarde, que je m'y abandonne dans la nuit chaude qui s'avance. Que ma soif d'aimer se manifeste au moment même où je vais saisir l'épée de la vengeance prouve une fois de plus la duplicité de mon âme, en toute rencontre partagée, possédée tour à tour par l'audace et l'effroi, tant et si bien que, plus je m'affole au tonnerre des mousquetades, plus tremble mon échine, et plus vivement je sors de moi-même, plus vite mes jambes me portent au-devant des mousquets...

A l'aube de ce lundi 7ᵉ d'août.

Seigneur! puisqu'il faut ici tout marquer, j'en dois l'aveu, j'ai suspendu l'ouvrage à peine commencé. Mais, hier, mon Dieu, c'était ton jour et tu l'as voulu, pour moi, plein d'une tendre lumière. L'ordre que tu m'avais inspiré pendant mon sommeil de partager le secret de mon écrit, je pus l'exécuter presque aussitôt après mon réveil. Ma plume frémit, s'élance pour me donner à revivre ce beau dimanche, le premier du mois d'août...

Derrière un buisson, sous le mas, à niveau de la rivière, d'où l'on voit le plus long du sentier de Gibenne, j'étais allé attendre la Finette Désailhen. Elle est si petite qu'à chaque pas elle donnait du talon dans sa besace, si petite que sa tête ne m'atteint pas le creux de la poitrine, comme je le vis la fois qu'elle me vint tout contre, pour une raison que je ne sais plus, peu importe, car il n'y eut qu'une fois qu'elle me vint tout contre, ce qui me fit monter les sangs des jambes à la tête ; c'était l'an passé, pour les châtaignes premières. Depuis, il suffit que je me rappelle cette fois pour me sentir un bon coup de chaleur dans la poitrine, à sa hauteur. Je m'en fais parfois ressouvenir à dessein, quand je suis triste, que j'ai froid. Elle est si petite que les dragons, du sommet de leurs destriers, ne se retournent même pas pour elle, si petite que les anciens l'en plaisantent aux veillées : ils l'appellent *pécole*, et lui conseillent de se trouver un galant qui la compense, à peine de voir ses enfants danser sous son lit.

Pour rougir, Finette se cache dans ses bras, comme pour rire avec les autres, tandis que son père répète : « lous pitchétés pourrien dansa souto lou lièt ! » en me regardant. Alors je rougis, moi aussi, du haut de mes cinq pieds, huit pouces.

Il ne s'en est jamais dit plus entre nos familles, entre elle et moi, encore moins.

*

Ainsi s'interrompt, semble-t-il, mon récit, quand je n'en étais encore qu'à mes douze ans et que je n'avais pas tout dit. Voici que je vais sur mes dix et sept, que ma petite sœur en Christ vient de me quitter pour ne me revoir jamais, à la vraisemblance, avant les retrouvailles du Ciel, voici que, Dieu voulant, je ne peux sur l'instant écrire autrement que d'elle. Certes, je fais profession d'écrire, mais à la différence des auteurs qui n'écrivent que d'eux-mêmes, à leur fantaisie donc, je ne suis qu'un greffier, n'écrivant que sous dictée ; or il ne m'est dicté, présentement, que de Finette.

*

Françoise-Isabeau Désailhen, car Finette s'entend pour Françoise entre nous, naquit le jour même qu'Isabeau Péras de Sumène, Isabeau Surville de Molières et Françoise Arbousse du Vigan furent expédiées au Vigan *, sur l'emplacement du jeu du ballon, assassinées sous l'assistance papelarde du capelan commis à forcer leur foi jusqu'à leur souffle dernier. Elle est enfant des vendanges comme moi, des vendanges de sang, comme moi. Encore que d'un an tout au plus son aîné, je la vis toujours ma petite sœur, elle est si petite, la pécole ! si petite qu'elle semblait s'appliquer à ne point grandir pour demeurer ma cadette.

Nos familles furent amies et alliées, d'aussi loin que porte la souvenance des veillées d'hiver. Piques au poing pour la foi, nos grands-pères furent en Alais sous M. de Rohan, tous quatre, il n'en manquait pas un, mais n'en revint que deux, le premier ayant sauvé le second, le père de mon père et le père de sa mère : Samuel Reboul, dit le Pagaron, mon parrain, qui n'avait alors que seize ans. Aux Bories, tout là-haut, sous la crête de Coudouloux, le raisin ne mûrit qu'une quinzaine après le nôtre, ainsi les Désailhen descendaient pour nous donner la main et puis, tandis que le moût bouillonnait dans les cuves du Gravas, nous montions vendanger chez eux. Les Désailhen avaient le gland, le seigle ; nous, le blé, les châtaignes ; d'eux, nous recevions le meilleur du coteau, nous leur rendions les fruits de la vallée. Leurs brebis et nos chèvres ne formaient qu'un seul troupeau qui gagnait la crête aux premières chaleurs, sous la houlette d'un seul berger vêtu de bure et de cadis, le grand-père de Finette, mon parrain, le Pagaron.

Il me revient la surprise que nous eûmes, quand nous apprîmes que nous n'étions pas parents, Finette et moi. Nous en eussions sans doute gardé longue tristesse si nous n'avions, peu de temps après, compris que tout espoir de parenté ne nous était point refusé. Nous apprîmes ensemble à garder, à châtaignier, à vendanger, à ramasser la feuille de mûrier, à connaître les champignons ; un jour vint que je pus enfin jouer à lui apprendre à lire, puis à écrire. Nous tenions à deux des assemblées dans les jasses du Péri ; elle faisait mon chantre et je prêchais notre commun troupeau, et c'était aussi, après tout, des brebis du Seigneur. Je n'ai pas souvenance que nous ayons jamais échangé quelque mot d'affection, mais lorsque je tombais, elle pleurait, mais quand la fraîche la touchait aux épaules, je sentais le froid ; quand je montais aux Bories, elle était la première à ouïr mon pas ; quand elle eut les fièvres malignes, il fallut m'appeler. Nous ne savons toujours pas pourquoi, ni si cela porte un nom, et n'en sommes point curieux.

*

La besace contenait le plus beau des présents : une paire de souliers. Les Bories m'adressaient aussi une peau de chèvre taillée par le Pagaron, une botte de chandelles, des pélardons, des figues, des *châtaignons*, et le saucisson du gros boyau nommé le bout-du-monde. Je refusai tout le temps convenable, me mis même en courroux, jusques au point où c'est qui offre qui doit le merci, ainsi qu'il sied chez nous.

Après, nous restâmes un temps, debout, à six pieds l'un de l'autre, sans parler, sans nous regarder ; nos yeux erraient vaguement sur les murs brûlés du Gravas. La pécole me demanda soudain si j'avais souvenir des neuvièmes de septembre.

C'est le jour de la foire de Chamborigaud, mais, dès le premier du mois, on entend les sonnailles des troupeaux qui descendent de Villefort et du Pont-de-Monvert, puis, l'avant-veille et la veille, ce sont les chariots, les jardinières, les voitures de gens, les diligences. On voit arriver au Gravas les deux grands cousins roux du Collet-de-Dèze, les Vergèze de Valmalle, l'aïeul Espérendieu du Chamas, l'oncle *Pèguot* du mas *Loupinau* sur le Lozère, avec son *cougniat* Fossat le *bouscassier* de Gourdouze, des Rieutord et des Plan de Donnarel, avec le *Plan-plan*, leur aïeul, le bon oncle Larguier de Corniaret et même le grand *Bastissier*, petit cousin qui n'avait point d'affaire en foire, vu qu'il s'était établi maçon vers Concoules, mais qui venait pour voir la famille d'un coup, d'autant, criait-il, que c'était la bonne occasion de se laver dans l'année, de se mettre en toilette et de faire voyage, pour voir du pays et des gens. Mon père était heureux de son Gravas, qui point ne désemplissait de près de deux semaines. C'étaient chevriers, travailleurs de terre, marchands de cochons, castreurs de moutons, mais aussi peigneurs de laine, cardeurs et tisserands, marchands de fer, de soie, de drap, sabotiers, tanneurs ou cordonniers, car, douze mois durant, on réservait les gros achats, les contrats, les dents à arracher, les fers à forger ou les papiers de notaire pour le neuvième de septembre et notre Gravas se campait sur la Régordane, au pied du Lozère, à mi-lieue de Chamborigaud.

Le sérieux de la foire se passait dans la matinée, laquelle se prolongeait suivant le train des négoces, tant que la table de midi se dressait à la brune et je n'eus jamais l'estomac si grand qu'aux jours de ladite foire et ne vis jamais non plus humains tant affamés que nos parents, amis et alliés, quand ils prenaient leurs places, affaires faites, autour de notre grande table rallongée d'une ridelle à chaque bout.

Mon père y donnait à juger son vin de l'année, puis on présumait du prochain, d'après les raisins qui tournaient tout juste. Cependant que les femmes trottaient de la huche à la cheminée, du saloir à la table, les hommes des montagnes et des vallées faisaient les comptes de la terre, des soleils et des pluies, les comptes du travail de leurs bras, de leurs têtes et de la providence, le bilan des douze mois, car, chez nous on comptait l'an d'une foire à l'autre.

Quand il était enfin rassasié, l'Espérendieu, l'aïeul du Chamas, qui avait fait dans sa jeunesse la guerre d'Alais aux côtés du Samuel Reboul, mon parrain, écartait son escabelle du bout de la table, la place d'honneur, face à mon père, se renversait en arrière, étalait les mains sur son ventre et lançait la politesse de coutume :

— Toi t'en es inquiet, moi, j'en suis gonfle!

On y apprenait aussi, autour de cette table, un an de baptêmes, de mariages, de morts, de bons et de malheurs, les batailles et les épidémies lointaines ; on les commentait, on les disputait tant que la tablée tenait jusqu'aux aurores. C'était l'unique jour dans l'année où leur sommeil seul commandait le coucher des enfants, lesquels pouvaient voir, front contre front, les bras dans le dos, arc-boutés sur leurs robustes jambes, Darius Margailhan, le castreur de porcs, et l'énorme Beltresque, notre forgeron du Pont-de-Rastel, jouer à qui recule, ou ré-entendre les souvenirs du temps de M. de Rohan, suivis nécessairement de l'interminable dispute du vieil Espérendieu du Chamas et de son compère, le Pagaron, mon parrain...

*

« Leur face, de honte, soit teinte... » murmura Finette.

Nous étions arrivés au seuil de la salle livrée aux quatre vents, huis et contrevents arrachés, nue autour de la grand'table que n'avaient terrassée ni le feu ni le sabre.

Finette me dit :

— Tu aurais eu tes aises, chez nous, aux Bories, pour ces quelques jours avant de monter là-haut...

Je ne sus lui expliquer pourquoi il me fallait revenir dans les ruines de mon foyer, mais elle comprit et dit encore plus bas :

— Nous couchions là-haut, ma sœur Catherine, ma mère et moi, et mon frère Abel couchait avec toi, au fond de la magnanerie...

Nous avions les pieds dans la cendre des planches du plafond, mais le feu n'avait pu que mettre en deuil les grosses poutres de châtaignier. Elle ajouta, plus bas encore :

— Il est des choses, *pamen !* qu'ils n'arrivent pas à détruire...

Finette, Catherine et leur mère descendaient de leurs Bories une bonne semaine à l'avance, pour aider ma mère à préparer la foire ; elles restaient pour les rangements et même, si le raisin avait pris tournure, jusqu'aux vendanges ; alors nous remontions avec elles vers les treilles de la montagne.

(Le doute m'en vient ici : n'est-il pas vain de s'attarder sur les beaux septembres de jadis, quand il me reste tant à écrire et si peu de temps ? Pourtant, voici ma sixième année de septembre sans neuvième jour, voici qu'il me paraît clair que je n'en vivrai jamais plus de pareils, que nos Cévennes même en perdront jusqu'au souvenir, si ne périssent point les persécuteurs du cher petit pays. Le doute s'efface alors, car ce n'est point gaspiller les mots que de marquer la trace des septembres heureux, ainsi qu'il me fut inspiré de le faire.)

Nous traversâmes la cour où l'on cordait trois ou quatre mulets au même anneau, tant le bétail de nos hôtes débordait nos écuries, et nous arrivâmes devant la clède.

— Ils n'y ont pas mis le feu ?

— Si, Finette, mais c'est fait au feu, une clède.

Le soleil était droit sur la vallée du Luech, avec autant de chemin devant lui pour descendre derrière la crête de Coudouloux qu'il en avait couvert depuis qu'il était sorti des *serres* de Dieusses, à l'aube.

— Il est temps que je remonte.

— Tu as bien le temps, *vaï !*

Elle me montra le soleil :

— C'est que lui, il va descendre maintenant, et moi, je monte !

Nous disions toujours cela, du soleil, du retour, mais, cette fois, c'était la dernière, et Finette restait là, l'œil au ciel, à s'essuyer les mains dans son tablier, à l'habitude.

Comme il y eut des hirondelles, Finette rappela ce qu'on dit, que c'était signe de pluie. Moi, je remarquai qu'elles ne revenaient plus au fenestrou de la magnanerie, dans leur nid de toujours, que mon arrière-grand-père avait affermi d'une planche clouée en dessous. Finette aurait pu ajouter que c'était mauvais signe, selon les mêmes dires, mais non. Moi, je pensais que les bêtes se dégoûtent les premières, comme les abeilles du beau tilleul de l'Escrivaïré.

Le temps de quelques hirondelles et la clède portait un peu d'ombre. Finette soupira, me demanda si je n'avais rien à faire dire à ma mère.

— Finette, j'ai quelque chose de grave à te déclarer.

Lors, je vis ses yeux, pour la première fois. Qu'ils sont bleus, qu'ils sont grands, je ne le sus qu'à cette minute. L'usage n'est point de regarder les yeux des gens ; il faut des querelleurs, à l'heure du défi, pour cela. Les yeux d'autrui sont un passage où l'on ne s'attarde guère. Mais voilà, je m'arrêtai dans les yeux de Finette, je m'y cramponnai, comme un qui se tient à l'huis, bras en croix, pour n'être point tiré céans. Une peur bien étrange me donna les yeux de Finette.

Ils sont d'un bleu-gris fort commun en pays *Raïou*, mais ils me parurent immenses, hors de rapport avec la pécole, si menue, qu'un jour que nous avions gueé, comme nous nous séchions dans l'herbe, la raïoulette se fit un jeu de mettre ses deux pieds dans un de mes sabots.

Un charme reliait nos yeux, au point que je penchai la tête sur mon épaule, une fois, pour voir, et je la vis, comme dans un miroir, pencher pareillement la sienne, un charme qui pouvait tout effacer, de la création, qui n'était point les yeux de Finette : plus d'hirondelles, plus de ruines, plus de grand soleil d'août, plus même de ciel! j'étais au mitan de ses yeux, avec du bleu tout autour, à perte de vue...

— Asseyons-nous... Finette... pour parler...

Détacher nos regards fit comme une cassure et j'en crus ouïr craquer mon cœur. Nous nous assîmes sur les lauzes de l'escalier.

Là, je m'ouvris pour elle de l'ordre que j'avais reçu de confier ma vie à nos vieilles pierres devant que de l'aller offrir au Seigneur par les Déserts, et le commandement, mêmement inspiré, de lui partager mon secret, à elle seule.

Nous entrâmes par la porte basse, marchâmes précautionneusement sur le clayonnage usé par tant de fumées de bois verts et je lui montrai la cache dans le mur. Finette me pressa longtemps de questions, avant de convenir qu'il n'y aurait, en effet, d'autre possibilité que de détruire la clède pierre à pierre si l'on voulait reprendre mes écrits.

— Chacun des feuillets que je confie à ces pierres est comme un jour de la vie, lorsque tombe la nuit : on peut y revenir en pensée, s'en repentir, on ne peut plus jamais le retoucher ; il en est ainsi de nos jours à nous, Finette!

L'assurance que la cachette fût sans recours lui donna telle satisfaction que j'en fus surpris. Il est vrai que nous avions toujours aimé parler de la gravité de nos actes ; nous aimions nous placer ainsi à l'opposé des papistes, lesquels n'ont qu'à passer à confesse pour effacer leurs péchés de la veille, et se rachètent une conscience neuve au prix de quelques *répapiages ;* nous nous placions plus haut qu'eux, à découvert, avec la fierté du pouvoir sur nous-mêmes. Il me fut donné de voir, ces temps derniers, d'aucuns étrangers à nos Cévennes qui ne revenaient point de la sagesse des petits huguenots. Si j'en avais eu licence, je leur eusse aisément montré la différence entre nous et les enfants de Marie et autres lèche-pieds et baise-bagues des *synagogues*, où Satan dispense à bon marché sa lessive d'âmes.

Je fis compagnie à Finette jusqu'au gué du Martinet, où le soleil marquait trois heures bien sonnées.

Pour la deuxième fois, nos yeux se trouvèrent, nos regards se soudèrent mais si vite et si fort que nos visages en furent tirés l'un vers l'autre. Je serrai les dents pour la cassure, pour fermer les yeux avant qu'il fût trop tard.

— Que Dieu te garde, Finette!

— On ne s'embrasse pas, Samuel?

Quand le raisin était foulé, quand les troupeaux étaient rentrés, quand nous nous quittions pour plus d'une semaine, nous nous *mourrégions*, comme on dit, nous

nous frottions les museaux du bon aller-retour de cousinage.

Je répondis sourdement. :

— Maintenant, on ne peut plus, Finette...

Je ne rouvris les yeux que lorsque j'entendis claquer ses *escloupets* sur les cailloux du gué. Les trois bonds de cabri qui la portèrent sur l'autre rive me donnèrent à voir qu'elle était heureuse. Elle fit un geste d'adieu, avec des mots qui se perdirent aux remous du Luech, et disparut dans les *viges* de la berge.

Bleue, la berge! bleus, le courant et la grève, bleue l'herbe, bleues les blessures du feu sur les murs du mas, à croire que mon regard passait par ses yeux. J'avais beau me dire que c'était un adieu, que je ne reverrais jamais Finette, selon toute vraisemblance, je n'étais pas tellement triste. Je me dis aussi que tous les yeux de fille avaient même pouvoir sans doute, je ne me crus point.

(Outre la satisfaction d'avoir rendu compte de la confidence commandée, je suis plein du contentement d'avoir rapporté nos adieux sans faiblesse, plein d'une joie mystérieuse aussi, comme si je m'étais dépouillé pour la tâche qui m'est donnée. La chaleur de nos heures d'adieu, la douceur de les revivre en les narrant, me transportent au-delà de moi-même et, ma plume n'en pouvant rien celer, par-dessus mon vouloir même, soumise à la dictée, peut-être lira-t-on ici ce que je ne sais point moi-même.)

*

Ma pause n'a duré qu'un crépuscule à présent que la nuit même ne peut m'arrêter. J'ai pris un couple de pélardons, une douzaine de figues et me suis rendu au ruisselet sous le mas. J'ai prié, puis j'ai mangé en guettant la première étoile, la plus grosse, qui fait le premier trou dans la nuit, sur le Finiels, au front du Lozère.

Jamais soir ne connut autant de grillons ; la vallée grésillait telle une poêlée d'huile où l'on verse les vairons, tellement qu'à quelques toises la rivière ne s'entendait plus. Le coup de frais du soir sur les heures chaudes exprimait les menthes de la source. Agenouillé, je me désaltérais autant du nez que de la bouche, le menton dans la mousse. Je t'ai loué, Seigneur! pour le soleil, pour l'étoile du Finiels, pour les grillons, je t'ai loué en revenant, Créateur! je t'ai loué encore en allumant la première chandelle des Bories!

De tous temps, Dieu consentit une grâce particulière à son peuple des Cévennes ; en tous temps, dans les vallées des trois Gardons, sur les traversiers, dans les serres des monts Aigoual, Bougès et Lozère, sa voix fut entendue, de même ses avertissements contre les dérèglements de Rome, les débauches des moines, les manigances des prêtres, l'idolâtrie des saints, l'artificieuse fourberie de la messe, des indulgences et du purgatoire. Voilà sept siècles et plus, sous Lothaire ou sous Charles, des gardeurs de chèvres qui n'avaient rien à eux, pas plus leurs bêtes que leurs pâtures et pas même leur propre personne, des pâtres pauvres comme Job, qui ne savaient pas leurs lettres et comptaient en bûchettes, pierrettes ou entaillures, prophétisaient déjà sur nos sommets. Les anciens nous ont transmis que leur parole était si forte qu'elle assemblait les montagnards, si belle qu'il ne se pouvait douter que l'Esprit leur parlât par la bouche.

La Réforme ramena sur nos monts la parole de Dieu par la bouche des pâtres. Nos Cévennes se firent nettes des confesseurs et des confessionnaux, des séminaires et de leurs fallacieuses sciences ; elles *ébrénèrent* le Livre de la gadoue latine ; chassés les fourbes intercalaires, les maquignons des âmes, notre peuple put aller droit au Seigneur, tel l'agneau vers le berger qui sait le prendre dans ses bras pour le glisser sous son cadis, à nu contre son cœur, quand se lève le vent de neige.

De longs temps donc, la coutume est en notre naturel de prier ensemble, de nous entretenir en franc parler du péché, de la mort, de la vie éternelle. Il est bien dommageable que les pâtres inspirés des temps anciens ne nous aient point laissé leurs traces, comme je suis ici commandé de faire la mienne!

*

J'en étais à mes douze ans, avant que Finette me vînt dire son adieu, mais je dois revenir en arrière encore, avant même l'âge de raison *, jusques à mon baptême remonter. Du désordre, des malhabiletés dudit récit, il ne me chaut, attendu qu'il n'est question ici ni d'ouvrage plaisant, d'artifices des belles lettres non plus, mais de dresser au plus court la procédure hautement requise. A telles enseignes que voici justement la plume qui me frémit dans les doigts, impatiente d'écrire, sans mon escient mais suivant l'inspiration, des faits si communs chez nous, que les miens me tiendraient pour tant *bédigas* que celui qui arrose ses plants sous l'orage. L'idée me vient aussi que nos ravages, nos tourments de fer et de feu, seront un jour aussi loin des mémoires communes que le sont aujourd'hui des nôtres, en dépit des contes anciens, nos cent et cinquante places fortes bien garnies et pourvues sur la cassette du roi, nos quatre universités, nos académies, nos chambres en parlement, nos trente mille soldats, nos quatre mille gentilshommes, nos ducs de Sully, de Bouillon, de Lesdiguières, de Rohan, notre bon roi Henri... Que Dieu me donne de conter notre *géhenne*, comme j'aurais aimé que me fût conté l'âge d'or de l'Édit de Nantes!

Au vrai, si je sais fort peu des deux guerres que nous fit M. le Cardinal **, je ne pourrais non plus fournir le détail des quelque quatre cents édits ou arrêts divers sous lesquels nous sommes toujours, l'un interdisant de nous enterrer entre six heures du matin et six heures du soir, l'autre de nous réunir à plus de douze, même pour raison de baptême ou mariage, un autre qui prescrivait que je fusse, tendre nourrisson encore, surveillé par des nourrices sèches de la paroisse de Chamborigaud, lesquelles s'employèrent si bien que mes premiers mots ne furent ni papa ni maman, mais sainte-vierge, ave-maria, vive-la-croix, la messe-est-belle, et nombre d'autres de même farine, pour apprendre au petit huguenot à mentir en même temps qu'à parler *.

Il me souvient soudain de la fois que je descendis en Alais, sur mes onze ans, derrière les brebis du Pagaron. Dans cette ville capitale, je vis des enfants plus marmaillons que moi s'appliquer sur le Mail à toutes sortes de rites et grimaces qui m'intriguèrent fort. Mon vieux parrain m'expliqua sombrement que ces enfants jouaient, et aussi que le jeu est, par nature, l'activité de l'enfance.

Cette nature ne fut pas la mienne, non plus celle des enfants Désailhen, Delmas, Beltresque, Fossat, Pranouvel, Vergèze ou Bartavel ; par contre il me fut naturel, comme à eux, d'être en pleine nuit arraché du berceau, emporté sous l'écharpe de ma mère, et d'attendre l'aube avec elle, entre deux rocs du torrent, dans une niche de paille, d'y attendre parfois l'aube de l'endemain de demain ; il nous fut naturel de pressentir à leur poussière, à leur tumulte, les lourds escadrons casqués, de disparaître sur l'instant, de respirer, de vivre des jours enfouis dans un monceau de châtaignes, sans en faire rouler une ; notre nature fut d'avoir deux religions, l'une pour les dehors et la bonne au dedans. Il fallut la grand' foire du 24 août pour que j'apprisse enfin que tous les enfants du royaume ne vivaient pas les mêmes onze ans, qu'au pied de nos montagnes, là où s'unissent nos trois Gardons avant de rouler par le bas pays, il est une *Babylone* en laquelle les petits des marchands catholiques et *romains* chantent au soleil des chansons qui rendent les dragons paternels.

Chaque soir, la patience de nos mères nous décatéchisait, défaisant les mille fadaises, fallaces et faux-fuyants des filous de la foi, pour nous afraîchir enfin, furtivement, à la source des Écritures.

Je ne marchais encore qu'à quatre pattes quand notre Gravas fut livré aux garnisaires * ; je n'en garde souvenance aucune, hormis les bruits de fer, et, surtout, l'odeur, l'odeur de graisse à bottes, d'autant mémorable qu'elle n'a pas changé depuis lors, senteurs mêlées de vieux cuir et de bon lard, parce que les dragons, on le sait, se plaisent à graisser leurs bottes dans nos celliers. Mais, à l'âge-de-raison, des Bories au Gravas, du Chamas à Donnarel, les enfançons apprenaient le tourment de leurs Cévennes ; nous balbutiions « la Colombe volant en nos vallats et non dans les palais des prélats », nous voulions être des Vivent, des Brousson, avant même d'en connaître long sur les deux prédicants. Et encore, j'en sais plus sur l'assemblée du 12e de mai de l'an 1686, au mont Bougès, ou sur l'affaire de l'Espinas, que sur notre dragonnaille d'un jour qui nous mangea cinq lustres d'épargne et fit de tous les Chabrou des Nouveaux-Convertis, des N. C., des *nécés*.

L'hiver, quand les Désailhen davallés de leur crête et *Vieillün*, le roulier, et *Cagopertou*, le muletier, nous avaient donné assurance que soldats de bourgeoisie ou troupes réglées de l'Intendant ne *barroullaient* pas alentour, nous tenions veillée. Notre mère nous avait mis au lit après quelque verset de Paul ou de Matthieu pour le bien-dormir, mais, tandis que les châtaignes cuisaient sous la cendre, les nouvelles des trois montagnes, celles des vallats et des villes, des frères ou des félons, venaient nous trouver jusque sur l'oreiller. Nous enfoncions dans une nuit amicale, bruissante des mots familiers de la chère Religion, des voix rudes ou rieuses que nous aimions : véhémente, celle de parrain Pagaron ;

charitable, celle de l'aïeul du Chamas, l'Espérendieu ; belle et chantante, celle de Pierre Ramot dit le Cagopertou ; le tonnerre de forge de l'énorme et roux Beltresque, le calme du bonhomme Plan-plan de Donnarel, la râpe à bois du menuisier Vergèze de Valmalle, bourdonnante rumeur des rudes raïous heureux de ne plus se sentir nécés qui gravait dans nos sommeils les dires de la Cause. Tout petitons, déjà, nous aimions dans la nuit ces choses, qui allaient devenir claires pour nous, très tôt, très vite.

L'an de ma venue au monde fut dur à notre petit peuple ; la famine prit la montagne tellement que nos bonnes gens en furent à subsister de glands et d'herbes ; huit cents d'affamés fondirent en Alais, dit-on, sur le vague bruit des aumônes d'une mission convertisseuse. L'édit royal me reste néanmoins comme le plus grand des maux de cette année-là. Les premières assemblées secrètes firent renaître l'espoir aux premiers jours de l'an qui suivit. J'étais encore au sein, mais j'en vis assez depuis pour imaginer les algarades entre mon cher Pagaron et son vieil Espérendieu, aux nouvelles de cette réunion dans le bas pays où les dragons furent accueillis à coups de fusil. Mais un jour, je cessai de sourire de l'interminable querelle de nos deux sages, quand je compris qu'elle n'était pas qu'une manie de compères, mais que la chamaille des deux anciens cadets de M. de Rohan partageait mêmement la Cévenne en douloureux contraires ; j'en eus pleuré la nuit que je sentis la cassure jusqu'en mon cœur prolongée.

Le 12e de mai de l'an sus-dit, sur le mont Bougès, François Vivent fut surpris : dispersés d'abord, cent et cinquante des nôtres retournèrent — nombre d'entre eux étant pourvus de fusils —, se mirent en bataille, mais, ayant tiré deux coups, prirent encore la fuite, laissant le champ aux représailles : six prisonniers, deux villages saccagés. Toutefois, par la suite, quelques frères à l'exemple de Vivent se montrèrent en armes aux assemblées... Au fil des mois, nos veillées avaient à connaître les sarcasmes du ministre Jurieu à l'encontre de ceux qui prêchent la soumission au roi *, ses lettres pastorales qui finissaient par nous arriver depuis Rotterdam. Les uns disaient que Jurieu soutenait Vivent, que le prédicant au fusil et l'exilé appelaient de concert les pasteurs à rentrer au pays pour y lever la rébellion. Les autres déploraient autant la plume coléreuse que le fusil trop vif, et, plus encore, disaient-ils, parce que notre bouillant François s'exposait à la mort sur nos rocs, quand si douce était la vie dans l'accueillante République des Provinces-Unies ; les mêmes espérant que les bergers ne rentreraient que pour ramener dans l'ordre et la réserve les brebis égarées. Ainsi, encore que pour des raisons opposées, les disputeurs les plus entêtés s'accordaient pour prier le Seigneur de rendre à son petit peuple ses ministres.

« Toute nation qui se fait un roi se conserve le droit de le défaire, quand il va au-delà des bornes de son devoir », proclamait Jurieu dans la vaste barbe blanche du Pagaron. « L'épée de l'Esprit, c'est la seule arme des soldats de l'Éternel », répondait Brousson dans la barbe blanche de l'Espérendieu.

Las! les massacres en Vivarais redressaient de plus belle, barbe à barbe, le sage du Chamas, le sage des Bories, réarmés des sagesses opposées qu'ils venaient chacun de vendanger du même sang nouveau. Ils avaient résolu, paraît-il, de porter leur querelle devant le conciliabule de Génolhac **, elle y était déjà quand arrivèrent nos deux anciens.

J'étais sur ma huitième année quand François Vivent fut tué, pourtant il me semble que je fus témoin de son supplice, que je vis de mes yeux son corps traîné tête en bas par le pays avec le traître-et-assassin marqué dessus, son corps brûlé, ses cendres dispersées au vent, par diligence de M. de Chanterenne, gouverneur d'Alais. Les garçons montagnards de retour de la plaine où ils s'étaient loués pour les vendanges, les muletiers, les rouliers, les *rouleurs* de foires, nous rapportèrent longtemps encore les échos de sa vie terrestre inachevée. Nous finissions par le voir, dans la surnaturelle beauté que lui conférait la Parole, le petit maître d'école maigre et noir, tordu comme une méchante souche, mais qui parlait droit et fort, qui écrivait parfois à M. de Basville pour le maudire, et pour le railler, d'autres fois. Des colporteurs nous contaient comme il s'encolérait, notre Vivent! contre les pasteurs qui prenaient par trop leur exil en patience, criant que les bergers doivent d'autant moins s'écarter du troupeau que les loups s'acharnent sur les brebis.

En dépit des curés, des dragons, des soldats de bourgeoisie, des missions, nous savons toujours tout dans nos montagnes, voilà bien pourquoi nous ne sommes point encore tous galériens ou trépassés. Ainsi nous sûmes que François Vivent avait, un soir de Noël, reçu comme prédicant, en lui imposant les mains, un homme de justice nommé Brousson * et qu'ils faisaient depuis assemblées communes ; les *archers* vinrent même placarder jusqu'en Pont-de-Rastel la prime de dix mille livres offerte par M. l'Intendant à qui ramènerait la tête des deux prédicants.

Pourtant, Brousson et Vivent étaient tant opposés qu'Espérendieu et Pagaron, et pour même querelle, la preuve en est que le maître d'école ayant expédié trois curés et un ministre apostat, son compagnon se sépara de lui. C'est ainsi que le Verbe prit chair et sang ; l'Épée, la Colombe, dont disputaient nos veillées, roulaient l'une et l'autre par nos déserts comme les deux prédicants, l'un ne portant que la Parole, l'autre, le fusil avec, l'un la pitié de Jésus, l'autre, la vengeance de l'Éternel.

J'ai souvenance de nos prières pour l'un et l'autre, comme il s'en faisait dans tous les mas où l'on oubliait sa faim pour laisser du pain et du lard sous une pierre plate, à l'intention des ministres pourchassés. Les mots que Vivent avait inscrits au bas de son testament lorsqu'il avait légué sa fortune aux pauvres de la religion, « mon Dieu, soyez ma garde sûre, car en vous je m'assure! » devenaient la devise des enfants de la vallée, roulant de droulets en droulettes, avec les moqueries de Pierre du Moulin sur le feu du purgatoire, le sacrement de l'hostie, l'intercession des saints, la confession auriculaire, la messe et les indulgences vendues comme en foire. Nous écoutions le curé en marmonnant bouche close : superstitions-idolâtries-abus-et-fallaces-de-satan! Le Delmassou, le droulet du Delmas, le serrurier, remuait ses grandes oreilles, si bien que nous nous tenions à quatre, quand son crâne frisé battait des ailes aux sornettes du capélan, toujours à débagouler ce latin qui ne sert qu'à tenir les populations dans l'ignorance, à les tenir à l'écart de la Parole et, partant, de Dieu. Tandis que *répapiait* le papelard, nous, nous nous passions les versets lus à la douce, qui nous parlaient en clair de vigne, de sources, de figuiers, de brebis, de rochers, d'huile d'olive, de bergers et de laboureurs, où il n'était écrit que de nous, que de notre vie, de notre petit pays, écrit pour nous si simplement.

La querelle cependant n'épargnait ni Gauthier ni Garguille, fendait la gent, fendait le temps ; il y eut des heures douces comme un sermon de Brousson, des moments durs ; il y eut les épreuves qui confortèrent des sages, mais en poussèrent d'autres vers l'Épée...

La querelle était donc partout, que mon vieux maître l'Escrivaïré voyait, lui, en nous-mêmes, et comme l'âpre combat des deux partis qui briguent le pouvoir sur notre âme...

[*La feuille suivante est griffonnée de notes sans souci de rédaction.*]

Songe d'Abraham Mazel : des grands bœufs noirs et fort gras (les prêtres qui nous dévorent) mangeaient les choux du jardin. Ordre de chasser les bœufs.

Plan de Fontmorte : le capitaine Poul surprend les attroupés de Mazel. Pierre Esprit capturé... Pourquoi notre Seigneur l'a-t-il permis ? Il ne l'avait point permis, dit-on, et le seul Pierre Esprit doit en être blâmé, puisqu'il s'opiniâtra pour demeurer encore en ce lieu de Fontmorte, contre un avertissement que Mazel avait eu de les en vite retirer.

Le même Esprit, la frayeur l'ayant saisi, s'enfuit sans combattre, se tapit sous un genêt, où les hommes du Poul le trouvent plus de six heures après.

Pas d'inspiration pour tirer Esprit des griffes papistes. Son heure est venue de glorifier Dieu par le martyre. Une chambre ardente, déléguée par le présidial de Nîmes, se transporte vers nos Cévennes pour instrumenter en divers endroits.

Abraham reçoit avertissements de se préparer à prendre les armes plus fortement qu'il ne se fit jamais pour livrer la guerre aux persécuteurs.

Les attroupés auraient (le muletier l'affirme!) castré les régents du Pont-de-Mouvert et de Saint-André-de Lancize *, ce que je refuse de croire (encore que, selon la rumeur, les sus-dits auraient suivi le Chayla sur d'autres chapitres que la foi), car telle férocité n'est point dans nos manières, fussions-nous en fureur! Mon indignation détournera, je l'espère, le Cagopertou d'aller porter plus loin ce mauvais propos.

Les vendangeurs qui remontent du bas-pays rapportent que tous les fusils ont été enlevés en un instant à la grand'foire de Beaucaire *, avant donc que le Chayla ne fût dépêché, ce qui voudrait dire que la plaine n'est pas moins résolue que la montagne.

De la lettre pastorale de Mgr Fléchier à tous les prieurs et curés de son diocèse :

« ... demande contre les N. C. qui n'assistent point au culte catholique des remèdes efficaces, une peine médicinale, cependant, une fois la peine prononcée par les autorités, pour gagner la confiance de nos peuples, il ne serait pas mal à propos que nous soyons quelquefois les entremetteurs entre eux et le Prince, en les plaignant par charité et leur faisant obtenir grâce quand ils le méritent... »

De l'évêque de Mende à son clergé :

« ... rappelle aux curés la surveillance qu'ils doivent exercer sur leurs paroissiens Nouveaux-Convertis, mais les engage à faire remettre publiquement une partie de l'amende que le pouvoir aura prononcée...

« ... le clergé doit veiller à ce qu'aucune faute n'échappe au châtiment, mais une fois la condamnation prononcée, et alors seulement, le prêtre intercédera en faveur du condamné, aux fins de gagner sa reconnaissance ou, du moins, celle des siens... »

Ce mardi 8e d'août, sur le midi.

C'est un beau chant familier qui suspendit ma plume, à ne s'y pouvoir tromper, la voix du Cagopertou qui ne sait mener ses mules sans chansons. Il davallait du Pont-de-Monvert, c'est assez dire qu'il savait tout sur la mort du Chayla. Notre muletier portait même sous sa chemise, mandés par Abraham Mazel à nos frères du Collet, les papiers trouvés en la demeure du Sultan des Cévennes. J'aurais voulu les copier tous, mais les mules piaffaient, le soleil descendait sur Coudouloux, et je n'eus loisir que d'en écrire des miettes. Je retenais le Cagopertou par le pan de son cadis pour en savoir davantage que la dernière de ses bêtes avait passé le gué du Luech, sur le chemin qu'elles connaissent bien. Le récit des exploits de nos frères attroupés me donne telles impatiences que la légèreté de ma plume me porte vergogne, quand mon être entier n'aspire qu'aux mousquets. Dussé-je ne plus céder au sommeil, je presserai la bonne fin de l'écrit commandé, pour la cause que, vraiment! j'en demande à Dieu pardon! je n'en vois plus l'heure et le moment de rejoindre mes frères en armes dans le libre Désert!

L'est *crevé*, le Chayla! pour le pleurer qui y a?... A voir tomber son nom de la bouche des grands, les petits tenaient chayla pour une injure. Forgerons et bouscassiers, les hommes qui travaillent fort, qui ont besoin du juron pour l'*escousse*, sans blasphémer jurent par le Chayla, chayle-diable ou chaylapute! L'archiprêtre des Cévennes, notre maître, *papediable* et satan. Ces jurons, nous avons entendu nos parents les cracher dans leurs paumes, quand ils étaient « requis à creuser par corvées, suivant les présages et facultés de tous les taillables de la paroisse, sous peine d'y être contraints par garnisons de soldats, conformément à l'ordonnance de M. de Basville et sous inspection de M. du Chayla, les chemins royaux et chemins de traverse », nos parents, enlevés à leurs moissons pressantes pour tailler dans le roc ces belles et larges voies, reconnaissables aussi à ce qu'elles ne desservent ni bourg ni village, mais passent loin par-dessus pour les surveiller, voire les canonner.

Missionnaires en robe ou en cuirasse, les gens de l'abbé nous sont sans trêve sur le dos, l'oreille tendue pour surprendre un psaume, prêts à bondir sur Delmas, le serrurier, pour crime de travail un jour de fête de l'Église, sur les Rieutord de Donnarel, pour avoir des livres chez eux, sur les époux Tafanel mariés et heureux depuis cinquante ans, mais sans le sacrement romain, coupables donc de débauche et concubinage ; sur leurs enfants et petits-enfants, bâtards par le fait ; clercs ou *tarabastiers*, âmes damnées du Chayla, ils n'ont pas leurs pareils pour chercher des poux dans un baptême afin de débouter l'héritier ; pour confisquer les biens, vu le refus de l'extrême-onction : pour venir le vendredi traîner leurs nez pointus dans nos marmites, reniflant, tels mâtins, après le moindre bout d'os ; et les curés formés dans sa manière n'appelaient pas deux fois les noms avant la messe, trop contents quand un nécé ne répondait point : « Monsieur, suis ici! » de lui mander sans retard quelques roides empêcheurs de dormir *.

Voilà qu'il est enfin rendu chez lui, en enfer, cela paraît trop beau! depuis une semaine, le voilà justicié, ce juge ensoutané, qui donnait la question de ses propres mains et sur un chevalet de son invention, qui condamnait, présidait l'exécution, puis, en régisseur exact, n'arrêtait point la procédure avant d'avoir, par lui-même, dressé les frais de déplacement, d'escorte, d'arrestation, de question, de justice, de bourreau, avant que la somme n'en ait été acquittée jusqu'au dernier sol par la mère ou le fils ou la femme du pendu, du roué, du brûlé vif...

Dire qu'il y a plus d'une douzaine d'années que nos bonnes gens auraient pu l'expédier, ce jour que l'abbé tout seul se trouva nez à nez avec trois vingts de nos paysans qui accompagnaient les prédicants Olivier, Roman et Quet, sur le Cam de l'Hospitalet, un beau désert de la montagne. Certes, ils lui jetèrent à la face les procès, amendes, tourments et supplices portés à son crédit, et lui déclarèrent qu'ils allaient là, sur le Cam, sans balancer plus, pour petite monnaie d'un tel déboursé, au plus court, lui trancher le col.

Mais alors le propos de l'archiprêtre des Cévennes devint si humble qu'ils lui redemandèrent s'il était bien le fameux Chayla. Les ayant assurés qu'il l'était bien en effet, il leur représenta aussitôt avec une pieuse gravité que Dieu défend le meurtre.

Les chevriers, les laboureurs, les rouliers, les castreurs, les cardeurs, les muletiers, la bonne gent des bergeries, des forges et des moulins en restait là, sur un sabot, écarquillant les yeux, cherchant crocs, cornes et pieds fourchus, et ne voyant qu'une brave hure de Gévaudan * ; cet abbé n'avait point les peaux soufrées du Siam, mais la couenne fumée aux mêmes tramontanes que ses vis-à-vis, n'avait point l'œil en olive verte mais rond, et le regard dolent des pâtres de plein vent, et il avait aussi le râble arrondi des gens de la terre.

Je me rappellerai toujours que, lorsque la veillée en revenait au Cam de l'Hospitalet, Vieillun le roulier soupirait :

— On attrape un loup, il parle comme l'Agneau! On regarde mieux le loup, il nous ressemble tant qu'on dirait un de chez nous! alors, qu'est-ce que tu veux... ?

Aux quatre vents désespérés du Cam, à ces malheureux épuisés, transis, au petit peuple altéré d'amour, il sut servir la parole pour la soif : Le Créateur ne demandait qu'à être loué, entendant aussi bien latin, français, que tous les patois ; il ouvrirait sa Jérusalem à tous les cœurs, sous réserve qu'ils soient purs, mais il l'ouvrirait d'abord à ceux qui, possédés par les plus justes ressentiments, auraient su se retenir de verser le sang de ses fils...

Il fut estimé plus tard que la fortune avait réservé à nos paysans, sur le Cam, ce soir-là, le sommet oratoire de l'archiprêtre des Cévennes.

— Il était beau, pamen...! soupirait, longtemps après encore, Delmas, le serrurier du Pont-de-Rastel.

— Alors ? Il aurait fallu se fermer à la Parole... ? demandait encore Vieillun le roulier.

Car, ce soir-là, dans les vents aigres du Cam, le Chayla leur avait crié, les regardant : regardez-moi !

Puis, il leur avait crié :

— Frappez-moi ! si vous croyez que Dieu le veut, mes frères, frappez ici... !

Et il avait déchiré sa soutanelle, pour leur tendre son cœur à nu.

— C'est ainsi ! Un homme, cela ne peut pas se tuer comme une sauvagine, répétait Darius Margailhan, le castreur de porcs. Beltresque, le forgeron du Pont-de-Rastel, ajoutait qu'on a beau s'être promis, un an durant tous les jours, de lui sortir les entrailles, s'être chaque nuit réveillé pour se jurer encore de lui mettre au vent tripes et boyaux, quand on y est, devant, de près, à bien voir sa peau qui frémit, sur tout ce sang qu'on entend courir dessous pas bien profond, le marteau vous pèse dans le poing plus lourd que le grand Roc de Vialas.

Il le disait hier encore, le Margailhan, que ce soir-là ils davallèrent du Désert en chantant de joie, en louant Jésus de leur avoir donné sa douceur en partage ; le disait hier encore notre Beltresque couplé comme bœufs, qu'il entendit là-haut que « le Fils de l'homme est venu sauver ce qui était perdu » et qu'alors son bras de forgeron n'avait pu lever la première pierre ; hier encore ils le disaient, le Beltresque et le Margailhan, en leur franc parler, mais jamais plus ne le dira Delmas, le serrurier du Pont-de-Rastel, qui fut rompu vif, en 99, sous présidence de l'archiprêtre ; nous ne l'entendîmes plus de la bouche de Vieillun le roulier, depuis l'an premier du nouveau siècle qu'il fut rivé sur la Grande-Réale, galère du roi, par diligence dudit Chayla, lequel en a reçu son salaire la semaine passée par diligence d'Abraham Mazel, Salomon Couderc, Nicolas Jouany, Gédéon Laporte et autres attroupés, et par la fortune d'un second face à face

Et si j'eusse sans doute, moi aussi, ouvert les doigts sur la pierre ramassée au Cam de l'Hospitalet, moi aussi, mardi dernier, au Pont-de-Monvert, j'eusse frappé à m'en péter le bras, j'eusse redoublé quand le Chayla m'aurait supplié : « vous savez, messieurs, que Dieu défend le meurtre ! » j'eusse, moi aussi ! cassé mon sabre dans son crâne, comme Nicolas Jouany, le tuilier de Génolhac, et Pierre Séguier dit Esprit, le cardeur du Magistavol, y cassèrent le leur *, et pour cette raison qu'à l'instar de mes frères, j'eusse voulu, moi aussi ! frapper pour les deux fois !

Au seuil du plus sombre des chapitres, j'en appelle à toi, Seigneur! pour que tu me tiennes et la main, et le cœur, vois! je suis comme au bord du ravin à franchir d'un bond, et, tout à l'heure, le sol me faillait déjà. C'est pour reprendre élan que je suis allé vers notre coin de terre, le dernier pour ici-bas. J'ai marché sur la mauvaise herbe du champ abandonné, vers le cimetière des miens : assis sur la murette, au pied de notre cyprès bleuté, j'ai médité, mon Dieu, sur les bosses qui, de grand-père en arrière-grand-père en aïeul, s'effacent doucement. J'y ai vu la plus haute, la mienne, là, au lieu que je sais mon endroit marqué depuis le jour où ma mère m'a montré, de la fenêtre, la murette, les fleurettes et les deux cyprès. Les curés nous ferment leurs cimetières, m'expliquait-elle, alors nous nous enterrons chez nous ; nos morts sont sous nos fenêtres, sous nos yeux de tous les jours, et c'est bien ainsi. Je n'aurais pas mieux écouté, pas mieux retenu le plus beau des contes ; quand ma mère disait NOUS, je frissonnais, je me sentais grand. Depuis le jour où nos morts sont entrés en ma vie, où la fenêtre m'est devenue profonde, j'ai connu ma place dans la chaîne...

*

Le *monitoire*, que nous nommions la Dénonce, feu M. l'archiprêtre l'avait en prédilection, à telles enseignes qu'au moindre doute, il écrivait un questionnaire hérissé d'accusations allusives et de crimes supposés, qu'il mandait au curé du nécé douteux, avec la patience intéressée du pêcheur qui lance son ver venimeux en eau trouble. Ses curés de sac et de corde, tous concurrents dans sa faveur, luttaient de zèle pour appâter leurs ouailles, ajoutant aux menaces d'excommunication, à l'assurance renouvelée du secret de la confession, l'offre d'espèces moins spirituelles, bref, offraient un bon prix du moindre soupçon.

La rumeur la plus légère devenait le dimanche tonnerres et foudres, qui fondaient du haut de la chaire sur un Nouveau-Converti ahuri. Le monitoire ouvrant aux lâches, pour se passer leurs envies, leurs rancunes ou leurs dettes, une voie sans gloire mais sans péril, je ne doute guère que sa pratique eût désolé un pays ailleurs qu'en nos Cévennes.

Entre neiges et crues, agriffés aux flancs des montagnes, à choyer des piécettes d'une terre *taquine* qui nous fuit entre les doigts suivant les *humeurs* du Lozère, la race raïoulette aurait été broutée par les rochers depuis des temps immémoriaux, si, des vivants des vallats, tous n'accouraient quand ma vigne glisse au torrent ou quand le feu d'août prend ta pinède. Il y a trop de gels, trop de sécheresses chez nous, les neiges y fondent, les foins y pourrissent trop vite, pour que, sans les voisins, tout ne périsse point chez chacun, cet an chez l'un, chez l'autre l'an qui vient : le temps, la caillasse, et en pente encore! les Cévenols ont tout contre eux, sauf eux-mêmes.

Quoi! sans trop se le dire, sans en faire des esbrouffes, à contre-poil plutôt, on s'aime bien, voilà. Ce n'est pas venu de la persécution, c'est comme de parenté, c'est de loin, de très loin dans les temps, au dire des anciens.

Il y eut pourtant un matin, un dimanche, qui était le premier du mai de l'an 97...

Ma famille assistait au complet à la grand-messe en

l'église du Pont-de-Rastel, pour obtenir le certificat de présence qui pouvait être requis de chacun de nous dans les jours à venir, sur le pont, dans la vigne, à l'école, sur le chemin, autour même de notre cheminée. Sous les dehors de l'attention, nous résistions si bien au prêchi-prêcha commandé, qu'il ne nous était plus qu'un ronronnement monotone sur lequel nos pensées montaient droit à notre Seigneur, sans passer par le capélan ; aussi sursautâmes-nous, quand, du haut de la chaire, le nom de père nous tomba dessus :

— ... David Chabrou, du lieu dit le Gravas, convaincu d'avoir donné asile au sieur Toyras Siméon, dit Blanquet, lequel fait profession de guider les entêtés de la R. P. R. hors les frontières du royaume... Suivirent les appels à confesse, les promesses d'écus et l'assurance sacrée du secret sacerdotal. La seule disposition en faveur de l'accusé fut rappelée à mon père, à savoir qu'il serait déclaré non coupable, s'il fournissait des avis conduisant à la capture de quelques hérétiques, et surtout s'il menait, pour commencer, les soldats à la cachette du sus-dit Blanquet.

Notre village est en longueur, comme tous ceux de nos vallées, ce n'est rien de plus que deux rangées de maisons, une sur chaque bord du chemin qui accompagne la rivière, avec l'église à un bout, le pont sur le Luech à l'autre et, à cent toises de là, sur le chemin de Chamborigaud, seul au bord de la rivière, notre mas. Jamais nous n'avions traversé notre village aussi lentement, mes frères aînés, Élie et Théodore devant, tels des hérauts, moi, tel un page, derrière mon père et ma mère qui se donnaient le bras, ce qui n'est point dans les usages, si lentement que le village s'allongeait entre les villageois alignés comme leurs maisons, immobiles, dans un silence qui prenait même les bêtes, sauf qu'on entendit un coq, celui de Donnarel sans doute, mais ce mas est tout au bout de la vallée, autant dire sous Vialas, on n'y savait pas encore...

Je n'ai souvenance que d'une querelle entre mon père et ma mère, le soir de ce dimanche qu'elle le disputa pour qu'il prenne les déserts.

— Personne n'ira dire contre moi, Élodie.

— David! les sacrificateurs trouvent toujours un Judas!

— Je me fie de tous, femme! et des Lartigues les premiers.

Les Lartigues ont toujours été papistes, même aux temps de nos privilèges, contre leur intérêt, et tout le village les estime, attendu que, ce travers mis à part, ils sont fort bons et sans vilenie.

— Quand je veux tuer mon chien, je l'accuse de la rage! s'opiniâtrait ma mère, mais elle ne put troubler la résolution de mon père.

L'endemain, l'archiprêtre des Cévennes prit quartier dans notre village, après avoir requis des corvées de maçons et de manœuvres pour fortifier le domicile qu'il avait élu pour sa personne et son escorte ; l'inspecteur des missions, en effet, ne risquait plus une enjambée hors de ses murs sans dragons et soldats de milice, lesquels se fournissaient l'étape en largesse sur les nécés, et ce, depuis sa malencontre du Cam de l'Hospitalet. Ordres donnés pour sa table et son plaisir, il manda son enfant de chœur favori, ainsi que le registre de la paroisse pour sa lecture d'avant-dormir.

Et voici, c'est le mardi qu'ils vinrent, sur le midi, comme pour s'attabler, à quatre, deux dragons et deux bourgeois de la milice de Concoules. Ils vinrent en musant sur le chemin, après une halte à la Font de Beaujou pour boire frais une eau qui fait l'envie jusqu'à Concoules. Le plus grand des dragons, qui parlait allemand et qui s'était piqué une pâquerette entre l'oreille et le casque, ne frappa qu'un coup à notre porte, mais tel que l'huis fendit du haut en bas sous sa botte.

Mon père passait la pierre à sa faux dans le coin de la fenêtre ; mon frère Élie était au bois dans la montagne ;

mon aîné, Théodore, donnait le mûrier, dans la magnanerie, sur nos têtes ; ma mère me poussa sous la table.

Ils s'attablèrent donc. Le boire et le manger leur furent servis, comme s'ils eussent été de ces voyageurs qui prient pour le toit, au crépuscule, depuis qu'il n'y a plus d'auberge à Belle-Poële, de ces inconnus que l'on traite de son mieux, mais auxquels l'on demande, quand ils ont les pieds réchauffés et le ventre content : alors, qu'est-ce qui se passe ? et qui, pour le merci, prennent sur leur sommeil, vous rapportent guerres et pestes, font entrer derrière eux la rumeur du monde...

Mais voici : ces quatre-là mangèrent plus, burent plus, redemandèrent souvent à boire, d'une façon qui n'est point celle des passagers.

Sous la table, entre les quatre bottes dragonnes et les quatre sabots miliciens, bruits et propos m'arrivaient plus railleurs que méchants ; pourtant il me sembla qu'ils s'incitaient à boire, s'excitaient à la colère, comme il se voit aux foires, des maquignons qui doivent se battre et ne le voudraient guère.

Panse remplie, ils se mirent debout, tirèrent leurs épées, donnèrent de droite et de gauche, et, pour finir, sur la table qui me tremblait sur la tête.

Là, ils interpellèrent mon père de tomber sur les genoux.

Alors, il y eut un cri farouche, tant que je sortis la tête.

Je vis les deux dragons et les deux bourgeois qui avaient laissé tomber leurs armes, levé les bras ; je vis au plafond, la trappe ouverte sur la magnanerie, et mon frère aîné Théodore qui pointait notre fusil de chasse, avec, dans les yeux, un incendie.

Mon père, debout, avec toujours la pierre noire d'une main, la grande faux dans l'autre, leva vers mon frère un regard d'une grande douceur :

— « Remets ton épée en son lieu, car tous ceux qui auront pris l'épée périront par l'épée. Penses-tu que je ne puisse pas maintenant prier mon Père, qui me baillerait présentement plus de douze légions d'anges ? Comment donc seraient accomplies les Écritures, qui disent qu'il faut qu'ainsi soit fait ? »

Le silence, si grand que les murs épais du Gravas laissèrent passer les cris d'amour d'une paire de geais, fut brisé par le bruit que fit en se cassant le fusil que venait de jeter Théodore.

Rien ne bougeait, ni les bourgeois, ni les dragons, tout tremblants, bras en l'air.

Et voici que mon père abaissa sur eux le regard même du Prince de Lumière, et leur dit :

— « Vous êtes venus comme après un brigand, avec des épées et des bâtons!... J'étais pourtant avec vous au temple, et vous n'avez point étendu les mains sur moi, mais c'est ici votre heure, et la puissance des ténèbres. »

Il y eut encore un temps assez long, où rien ne bougea ni ne bruit, avant qu'ils reprissent leurs armes, avant qu'ils se jetassent en hurlant sur les miens...

Voilà ce que je vis ; après, j'entendis coups, injures et jurements, mais ne vis plus rien, empêché par la robe de ma mère, laquelle s'acculait à la table, pour me sauver tant de voir que d'être vu, empêché, après, par la vergogne que j'avais, là, sous notre vieille table, une telle honte que je m'en bouchai les oreilles...

(A ce point de mon récit, l'Esprit n'a point adouci son commandement de ne rien taire, comme j'en faisais durer l'espoir. Sans force pour coucher l'aveu sur le papier, j'alléguerais bien la nuit qui tombe à point, ma tête qui s'alourdit, ma main lasse d'avoir trop tiré la plume depuis l'aube, l'Esprit n'y verrait que faux-fuyant et me courberait encore sur ma page déjà moins blanche. Dieu d'Israël! donne-moi congé, avant de confier au papier les mots tout noirs que tu attends, d'écrire en la chantant la Parole qui me rend forces :

« ... Ainsi ton orage, ô, mon Dieu,
Les poursuive de lieu en lieu,
Les épouvante ta tempête,
Leur face de honte soit teinte... !
Soient de plus en plus éperdus,
Troublés, honteux, même perdus! »

Merci, Seigneur! car j'y vois encore à écrire, mais la vue des mots m'est épargnée, merci pour la pitié que tu sais mettre dans un crépuscule!...)

Car, ce jour-là, les missionnaires bottés s'amusèrent de ma mère....

A l'aube de ce mercredi 9ᵉ d'août.

(Le dernier feuillet tourné dans la nuit, tourné pour toujours sur ses mots de deuil, je priai. Je connus la paix d'avoir obéi, quoiqu'il m'en coûtât, par la grâce d'un beau sommeil dans le murmure nocturne de ma rivière, qui m'est tant familier que, lorsque je quitterai ma grève natale, mes oreilles l'emporteront à jamais, comme, selon les dires de l'Escrivaïré, les coquilles gardent le bruit de la mer.

Au réveil, l'âme aussi bien restaurée que le corps, je me rendis au bord du Luech. me dépouillai, me plongeai dans les eaux fraîches de l'aube, puis, à genoux, je levai les yeux vers le ciel du matin, dans son bleu de vérité :

« ... C'est lui qui par la puissance
A fait la terre et les cieux
Et la mer et l'abondance
De ce qui est en iceux,
et maintient la vérité
Jusqu'à perpétuité... »

Ensuite, je pris à la main, sous un caillou, une truite d'environ huit pouces, la mis à cuire entre deux pierres plates, puis la mangeai, prenant mon temps et ma lenteur. Je bus, les lèvres dans la mousse du ruisselet, ce tandis que mon âme se désaltérait de la pureté de s'agenouiller ainsi, dans le cresson d'une source plutôt que sur le prie-dieu d'un saint-Joseph de craie, et de baiser l'eau des neiges plutôt que la bague d'un évêque.

« Des paroles bouillonnent dans mon cœur, que ma plume soit d'un habile écrivain... » Touillée mon encre, chantant encore, fort de ma victoire d'hier, je me lançai sur le papier, suivant sans réserve l'inspiration, dans l'allégresse, pour le lecteur d'ici, d'Anduze ou d'Amsterdam, de l'an, ou du siècle à venir, du grand-avenir, de l'an 1800 peut-être!)

Je courus droit sur la montagne, montai droit, toujours plus haut, toujours tout droit, coupant les sentiers, par le col de la Rize, par les Bouzèdes, par travers le Bois du Commandeur, proche les sources du Tarn, sur les sommets du mont Lozère, où, saoulé de ma course et de ma douleur, je m'écroulai sous le ciel, car j'avais douze ans.

Ceux des Hortals, de Bellecoste et de Salarials dirent avoir vu passer un *trêve* hurlant, selon les uns, chantant, selon les autres, gesticulant comme un démon, dirent-ils tous, et bondissant comme un cabri. Le vieux Poujol de Génolhac voulut me couper le droit chemin, je lui bondis par-dessus sans plus d'effort ni d'attention qu'un chamois sur un roncier. Voilà de quoi je n'eus jamais souvenance aucune, non plus ne pourrais dire combien de temps je restai blotti sous un *ranc* dressé comme une défense de sanglier sur la crête du Lozère. Dieu voulut que ce fût en mai, que j'eusse grand'vigueur pour mes douze ans, afin que je n'y mourusse point.

(L'idée m'en vient à l'instant : c'est de cet âge que Françoise-Isabeau Désailhan me devint quelque chose de plus que les autres droulets et droulettes de ma connaissance ; c'est de ce long temps sans la voir que ma tête se plut à s'en représenter souvent l'image. Je la reprends ici, la Finette, à se glisser, pécole! dans un val de mon récit, comme l'ombre suit au couchant celui qui marche vers le soleil, tellement que, pour un peu, ma plume laisserait sur le papier trace double!)

*

De tout son séjour de montagne, Léomond Polge, berger du pays de Masméjean, ne se taille barbe ni cheveux, aussi quand je le vis dans sa longue peau de bique, si grand sur moi, je me crus arrivé, reçu par un apôtre. Il est si maigre et si sec qu'à chaque brebis à traire il craque de partout, comme une verne morte qui n'en finirait pas de casser aux vents.

Il tint à mes lèvres un pot de lait fumant et je bus, tel le peuple d'Israël au rocher d'Horeb. Il me soigna, tant que dura ma faiblesse de corps et d'esprit, me marquant une extraordinaire déférence, sans une parole, et je ne sus qu'ensuite qu'il m'épargnait sa voix, pour la raison que sa bouche était un canon.

Si je l'avais, quant à moi, regardé comme un élu chargé de m'accueillir dans la Jérusalem, il m'avait, quant à lui, reçu comme un enfant tombé du ciel. J'eus beau lui conter ma vie, les funestes événements qui m'avaient conduit ici, il persista dans cette croyance, dans les attentions singulières à mon endroit, comme en sont seuls capables ceux qui vivent des mois sans âme rencontrer, dans le silence et la pensée solitaires.

Je rompais notre pain, rendais les grâces, comme l'eût fait mon pauvre père, mais, pour la première fois, librement, non plus l'huis clos, l'ouïe tendue, la voix retenue, mais la gorge enfin, les oreilles, le cœur, tout l'être déployés pour lancer dans les airs la Parole. Avant de nous asseoir, nous attendions que, jusqu'au dernier mot, le mot à mot de la Parole réfléchie nous eût été répété par le Rocher de l'Aigle, la Peyre-Plantade, la dent de Costelades et, de ranc en ranc, jusques à la lisière du ciel. Ensuite nous mangions en silence, l'ouïe rebroussée pour écouter en nous-mêmes le troisième écho, le plus beau, le plus long.

Sur la vêprée, après les traites, quand les biques s'agenouillaient pour se coucher, nous, les hommes, pour ne point lâcher ainsi le soleil et lui tenir encore un bout de compagnie, nous gravissions quelque échine de granit, au plus près du ciel, « suspendions nos harpes aux saules de la contrée, puis, assis sur les bords des fleuves de Babylone, nous pleurions au souvenir de Sion... »

Les louanges éternelles montaient de nous, nos yeux les suivaient, telles les hirondelles que le printemps rappelle à leurs nids dans les maisons familières ; elles allaient rafraîchir les cœurs, conforter les courages dans les mas *foulés* à bottes. Nous étions alors le sommet des sources, l'Homol, la Gourdouze, le Rieutord, le Rieumalet, le Tarn, eaux de roche et eaux de glaces, rayonnant de notre Malpertus, comme les rayons de l'Étoile, rayonnaient de nos larmes. Nous pleurions, car la grandeur du ciel passe l'entendement ; il fallait monter ici pour le savoir, et je le sus, moi qui n'avais jamais quitté nos vallées, nos vallats cévenols chiches même de ciel.

La puissance de poitrine, la portée de gorge du long berger bancroche ne se peuvent imaginer. Sa voix, rompue à rassembler dans les tramontanes, les tourmentes, ses troupeaux tiraillés d'effrois, eût couvert les plus grandes gueules de l'artillerie royale. Un soir dans l'autre, il apprit les psaumes ; le soir qu'il entonna par surprise, je m'en retrouvai par terre de tout mon long.

Du Lozère au Bougès on le nommait *Badarel*, m'avoua-t-il.

Son organe était à la taille de l'œuvre parfait que chaque crépuscule incendiait de gloire à nos pieds, de l'assemblée de monts, de collines, de crêtes, de dômes, de croupes et de flancs, que ni dragons ni soldats de bourgeoisie ne pouvaient décoler, disperser, ni troubler ; c'étaient, du Vivarais à l'Aigoual, du Méjean à la Gardonnenque, serres et ravines accoutrées à la montagnarde, castanets, pinèdes, *pélencs* et *pâquis*, mais toutes têtes nues, crânes de pierrailles, vieux volcans transis, glaciers pelés et fiévreux, avec Bougès l'Ancien devant, debout, faisant le chantre, fidèles innombrables, serrés entre le Causse et le Rhône, des falaises du nord aux salines, aux étangs de la mer, le moutonnement des bons dos ronds, que seuls pouvaient couvrir les *badaras* du Badarel, dont la voix rassemblait les étoiles.

Il avait l'oreille profonde des bergers du silence et n'était jamais las du récit de mes universités, ma mère et l'Escrivaïré, des disputes du Pagaron avec l'Espérendieu, de la vie d'Agrippa d'Aubigné, que je lui rapportais comme je l'avais apprise aux veillées ; ses poésies versaient en mon berger les bonnes émotions dont ses yeux rendaient le témoignage farouche.

« ... Vous qui persécutez par fer mon héritage,
Vos flancs ressentiront le prix de votre ouvrage.
Car, je vous frapperai d'épais aveuglements,
Des plaies de l'Égypte, et de forcènements... »

Je lui devais alors, sans en omettre une, énumérer ces plaies, eaux de sang, grenouilles, petits insectes piquants, mouches, peste, ulcères et pustules, grêle, ténèbres, sauterelles, mort des premiers-nés des hommes et des bêtes, qui punirent Pharaon.

Le Badarel me disait alors que Reversat, le méchant curé de Frutgières, goûtait fort les grenouilles, qu'il en mandait pour sa table du vendredi. Force m'était de lui peindre l'invasion montant des ruisseaux, des étangs, vers les maisons et le palais, couvrant les serviteurs, le peuple, en telle multitude que le pays d'Égypte en fut infecté.

Le jour d'après, je surprenais le berger alors qu'il exhortait deux crapauds du ruisseau de Gourdouze à rassembler leur peuple pour fondre sur la paroisse de Frutgières.

*

Les premiers flocons sur l'automne de mes douze ans marquèrent le moment de redescendre les troupeaux vers les écuries de Masméjean. A la veille de rejoindre les hommes, je fus une fois de plus, il m'en souvient, partagé dans le profond de moi-même entre la peur et le bonheur, sans pouvoir décider lequel procédait du démon et lequel de notre Seigneur. Quand je fis voir à Badarel, le dernier soir, combien les Cévennes étalées à nos pieds étaient rouges, il me répondit que c'était grand vent pour l'endemain, mais je lui montrai nos Cévennes ensanglantées, notre pays perdant le sang par tous ses vallats, nos montagnes crucifiées qui nous appelaient...

Les Felgerolles de la Boulade, qui me reçurent des mains du berger, avaient, à l'image de la plupart de nos familles, souffert le feu de Baal et Jézabel : les deux fils aînés ramaient pour le roi, le premier sur la Vieille-Réale à Saint-Malo, le second sur la Madame, ne savaient où ; leur grande fille, Anne-Jean, languissait dans le couvent de Sommières par ordre d'Esprit Fléchier, évêque de Nîmes. Par compensation, la famille s'était agrandie de la tante, des nièces et des neveux, pour la raison que le Felgerolles de l'Aubaret avait été roué vif à Mende, « pour réparation de quoi, sa mémoire devait demeurer éteinte, condamnée et supprimée à perpétuité, ses biens acquis et confisqués au profit du roi, distraits sur eux les frais et dépens du procès, suivant l'accoutumée, sur requête de l'abbé du Chayla, à la diligence d'icelui... » D'autres oncles, d'autres neveux, des cousins avaient été tués, emprisonnés, déportés ou rivés aux galères, tant que, de la parentèle des Felgerolles dont il se trouvait à Finiels, au Villaret, même jusqu'au Pendédis vers Alais, tout ce qui vivait encore s'était ramassé autour d'un seul feu.

Dans leur dernier mas bien étouffé, l'Ésaïe de l'Aubaret montait au guet sur le toit, le plus ancien, Estienne qui allait sur ses quarante, tirait le Livre de sa cachette, et, tandis que la tramontane cognait le mur aveugle *, le cœur content, les Felgerolles louaient notre doux Seigneur.

Un soir glacé, un visiteur frappa aux contrevents, lequel était Antoine, le fils de Claude Agulhon, le maire des Rousses, lui-même procureur de M. de Salgas, baron huguenot **, qui venait donner avis aux Felgerolles qu'une assemblée se tiendrait dans la nuit aux Bouzèdes, et leur apporter les *méreaux*. Avant de m'en donner un, il s'enquit de mon nom. Je n'avais pu rien savoir des miens jusqu'alors, les Felgerolles me taisant les bruits qui couraient de Vialas au Pont-de-Monvert. Le procureur du baron de Salgas avait vu la procédure, lui, et put m'en communiquer les malheureuses certitudes : mon frère aîné, Théodore, avait été enrôlé dans les Dragons d'Orléans pour être envoyé servir le roi sur les frontières ; mon frère cadet, Élie, interpellé par la mission quand il rentrait avec ses fagots, avait abattu un dragon et un milicien avec sa hache et avait été abattu le jour suivant au cours d'une battue mandée pour ce ; mon père, à l'issue d'un procès régulier, après avoir subi la question ordinaire et extraordinaire, avait été brûlé vif, le poignet droit dûment tranché ; ma mère avait survécu à d'horribles épreuves, s'était retirée chez les Désailhen des Bories, mais on disait qu'elle n'avait plus toute sa tête...

Les Felgerolles en avaient tous baissé le nez dans l'écuelle, ils priaient, c'était comme si je les entendais. Ils sursautèrent quand mes yeux, en place de larmes, lancèrent du feu, quand ma douleur tourna en fureur, quand ma bouche, au lieu de sanglots, vomit le vin noir de la vengeance, tonna contre Babel, le Turc et l'Idolâtre, voua la Babylone aux déluges de feu, bourbiers et bourrasques.

Hormis les Felgerolles de mon âge, le Jean et le Pierre de la Boulade, leur cousin germain Ésaïe de l'Aubaret, mis à part aussi le visiteur, le jeune Agulhon, les autres me remontrèrent l'impiété de ma colère : que ton âme ne se révolte plus pour la perte que tu souffres, que ta bouche cesse de crier puisque l'âme de ton père repose dans le sein de l'Éternel. Le père Felgerolles m'accusait même de douter que mon père n'eût été rappelé là-haut par la volonté de notre Seigneur et me poussait à me repentir, à demander à Dieu pardon de mon égarement. Comme je n'y inclinais guère, le maître de la Boulade me dit que je blessais Jésus, que je leur faisais vergogne à tous.

Je partis avec eux dans la nuit sans lune, si noire que nous dûmes patauger à tâtons pour traverser le Rieutord, puis la Gourdouze, que la glace n'avait pas encore pris. Depuis mes six ans, mes parents ne m'avaient point conduit à une assemblée, c'est dire que mes souvenirs étaient petits, comme le balancement de la lanterne, sa lumière apparaissant et disparaissant, d'invisibles ronces m'entravant, mon père réduit à ses yeux entre bonnet et cadis, ma mère masquée d'un voile, mes parents méconnaissables, la peur de lâcher la jupe.

L'assemblée de mes douze ans orphelins me fit une impression première. Les faibles lanternes dispersées sur le plateau des Bouzèdes me furent un ciel pauvre en étoiles, un ciel tombé dans le miroir de la jasse. Je crus d'abord que le bourdonnement étouffé montait de la Gourdouze grosse des orages de la montagne, mais, mes yeux s'habituant, je distinguai petit à petit la foule, l'immense presse, et je compris alors que c'était le murmure infini du petit peuple en prières. Il y avait là une sorte de charme, mes frères me comprennent qui furent à ces assemblées secrètes, par ces nuits si noires que les dernières étoiles collent aux jupes de nos paysannes, où l'on se sent seul et nombreux à la fois, où l'on se sent dans le peuple comme la goutte dans le gouffre, où l'on se perd à écarquiller les yeux, à forcer l'ouïe, où les yeux fermés, le cœur ouvert, on se sent, serré de partout par ses frères, brebis dans le troupeau.

Ils étaient des milliers, hommes, femmes, enfants, vieillards montés du Pont-de-Monvert, de Génolhac, de Clerguemort, du Collet-de-Dèze, dont certains avaient pris chemin la veille, passé les voies royales en plein jour et les repasseraient de même entre deux patrouilles. La Finette Désailhen était là, avec mon parrain, avec ma mère peut-être, je les sentais, mais personne ne voyait, ne voulait voir personne. Les vifs lambeaux de familles déchirées, dont le vœu le plus fort eût été de se retrouver enfin, fût-ce brièvement, ne se recherchaient point, et nous, qui étions montés ensemble de la Boulade, avions cessé de nous connaître en arrivant ici. Chacun n'était venu que pour s'ouvrir à Dieu parmi les cœurs innombrables, comme la prairie s'épanouit au soleil du matin.

Je ne vis point le prédicant — mes yeux, du moins, ne le virent pas — et je n'aurais su dire le ranc qui lui servait de chaire ; le réel, le seul, était sa voix, grandie par le granit, sa voix dont retentissait le temple à ciel ouvert, digne de l'Éternel ; cette voix sans figure, cette voix de la nuit nous parlait de la *Colombe* qui se cache en rocs et vallats, de l'oiseau doux et paisible, qui fuit les palais des rois et des prélats pour nos étables et nos bergeries, qui s'éloigne à tire-d'aile de ceux qui sortent de la Sainte Communion pour entrer dans celle de l'Antéchrist, l'oiseau tendre à ceux qui sont dépouillés, à ceux qui souffrent.

La voix du ciel était douce et brûlante comme le feu du foyer ; quand elle se tut, l'assemblée fut comme effleurée d'une aile de tourterelle tiède comme une larme...

(En allumant ma chandelle, je méditais sur cette Colombe qui nous fut donnée à chérir par Brousson. Les flots de sang de ces années depuis nous en ont écartés et pourtant, à contre-courant, la douceur m'investit de nouveau, au point que la plume me glisse des mains comme « l'épée qui venait d'emporter l'oreille ». Voici que je me reprends à aimer la nuit qui descend doucement sur l'odorant vallat, ma rivière bruissante, le bonheur familier des soirs d'été, fraîcheurs retrouvées dans ma bouche rendue, par le seul ressouvenir de Brousson, à sa bonne soif d'amour. Je suis comme baigné dans « le Fleuve de Vie, comme entraîné sur la Place où croît l'Arbre qui donne ses fruits douze fois l'an, vers les temps sans anathème où il n'y aura plus de nuits, où le besoin ne sera plus de lampe ni de lumière »... tant et si bien qu'à bout de songes, je me sens conforté en Brousson. Me voilà donc dans une heureuse disposition pour écrire d'un homme bon, car j'eusse été emprunté maintenant pour un méchant, mais voici celui-ci, qui est catholique, et j'ai la fierté de Brousson * pour l'aimer nonobstant.)

*

Maître Péladan, le consul de Génolhac, est bien connu de tous ; c'est un *Ancien-Catholique*, on le sait tel, pourtant s'en faire l'avocat serait vain, car il n'eut jamais d'ennemi.

Cette famille Péladan sort des Laupies, près Sauveplane, et de tous temps professa la Catholique-et-Romaine. Il ne s'y trouva jamais ni un ni une, des jeunes pas plus que des anciens, ni par filiation ni par alliance, pour prêter l'oreille aux pâtres inspirés ou même pour s'étonner de tant de vaisselle d'or chez les évêques. En leur parentèle, il se compte quatre curés, un abbé, deux vicaires, deux chapelains, deux missionnaires, quatre marguilliers, trois vidames, la douzaine bonne mesure de diacres, sous-diacres, ou archidiacres, feu l'aïeul qui fut évêque de Cahors, grand-oncle le protonotaire, et tant de moines et de nonnes, que c'en est à se demander par quel biais la lignée continue de croître et de multiplier ainsi, car, le fait est là, il ne s'endosse pas vingt soutanes dans le royaume qu'il n'en sorte au moins une tête de Péladan. N'empêche qu'ils ne firent jamais tort d'un liard à personne et que jamais on ne cria misère ou tourment à leur portée qu'ils n'accourussent sans demander le bulletin de confesse. Nos gens de Dieu en conviennent, ces Péladan sont de si bonne façon qu'il ne s'en pourrait trouver les seconds ailleurs que dans notre parti protestant.

Grande fut ma surprise, quand je vis maître Faustin Péladan pour la première fois, car le consul, proche pourtant la soixantaine, avait le visage nu : point de barbe, pas même la moindre moustachette, un air féminin, quoi! Je sus après que le bonhomme se rasait pour se donner l'air dur, lui que je surpris à soupirer : ce n'est plus à mes âges qu'on se fait méchant! Pour ne point faire le mal, il en fait le moins possible et se tait.

Maître Péladan tira les Felgerolles de leur gêne à me nourrir, pauvres appauvris par les parents réfugiés à leur table, ainsi que du péril de me cacher, suspects qu'ils étaient déjà, souvent visités et toujours guettés. Il me prit au titre de saute-ruisseau, m'assura le manger, le coucher, et même, pour plus tard, une piécette ou deux dans l'occasion des fêtes, contre engagement de ma part à faire les écritures, rangements, nettoiements, commissions et courses, à le servir avec zèle dans tous les travaux d'office ou de force dont je serais requis, sous condition expresse enfin que je changeasse de nom et fusse censé venir de Roussillon, sur recommandation de son cousin, le marguillier d'Argelès. Le choix m'étant laissé, je voulus pour prénom François et pour patronyme Coligny. Maître Péladan changea ce dernier en Roux, et m'apprit à rouler les « *r* » comme un Espagnol.

Quatre ans et plus, je fus ce François Roux, originel de Trouillas en Roussillon, petit-clerc chez M. le Consul de Génolhac ; il n'eût tenu qu'à moi de l'être encore.

Mon nouveau maître fut surpris, comme un qui voit que son bienfait n'est pas perdu, par mon orthographe et mon écriture qui passait en vitesse et en dessin les tremblotis pâteux du vieux Bellugue, son premier clerc. Puis il éprouva la vivacité de mon esprit, ma mémoire des enseignements du regretté Favède de Champ-Péri sur la construction, la syntaxe et autres savoirs encyclopédiques qui secouraient parfois le lointain acquis de l'officier de ville, au collège du Sacré-Cœur-de-Jésus en Alais.

A l'automne suivant, le vieux Bellugue ne griffonnait plus que les duplicata, avec loisir de ménager ses douleurs d'humidité, ce dont il me témoignait une gratitude sincère, et donc, de fil en aiguille, j'eus à connaître des affaires — sans pouvoir aucun — et fus au fait de tout sans y pouvoir changer rien. Encore que je fusse trop grand pour mon âge, la charge était d'importance, au regard de mes treize ans.

Manquement fâcheux touchant une race assez stérile déjà par surabondance ecclésiastique, il n'avait point été donné d'enfants aux Péladan de Génolhac et, en conséquences contraires, le consul les aimait tous quand son épouse n'en pouvait aucun endurer. La Péladane s'était désséchée dans l'attente du mûrissement, comme un cep provigné sous mauvaise lune ; elle fuyait petiton comme petitette, qui eussent pu être les siens et, depuis des années, n'avait approché un seul des monstres criards qu'étaient devenus pour elle les enfants des hommes. Pour m'introduire chez lui, le consul dut l'abuser sur mon âge, ce qui fut facile, vu ma belle taille, et surtout parce que son épouse ne savait plus rien de la réalité marmaillonne. L'année suivante, la Péladane commença de me traiter en enfant. Son mari espérait qu'on pourrait lui apprendre que j'en étais un avant j'eusse fini de l'être. Quant à lui, il n'eût pas mieux traité son propre fils.

Voici les ans que j'eus bon maître, plaisant emploi, nourriture à discrétion et gîte douillet. J'estimais mes hôtes et leurs pratiques et fus bientôt estimé d'eux. J'avais même congé, parfois, de rencontrer Finette ou mon parrain. Je fus à sûreté tout ce temps, à couvert de l'angoisse et de la gêne, hors d'atteinte tant des tourmenteurs que des tramontanes. Sans mentir, et pour le dire tout, l'ambition ne me fut point venue d'un travail mieux à ma convenance et d'une place meilleure...

Et me voici seul et nu derechef. De ma seule volonté, j'ai tout quitté pour retrouver ma peur.

Me revoici Samuel, fils de David Chabrou.

*

Les grands desseins de notre souverain ne sont point à la portée de notre petit peuple qui, des guerres, ne connaît que les impôts et les maux, réduit pour le reste aux récits des manchots et culs-de-jatte ignorant jusqu'au nom du pays qu'ils conquirent.

Nous sûmes pourtant assez de la victoire de Guillaume d'Orange, notre Lion de Juda! sur Louis-le-Quatorzième, pour nourrir l'espoir *. Nos mas reçurent de leurs parents au « Refuge » les messages de leur prochain retour; on y attendait d'abord le retour des soldats et les Bories, me vint dire Finette, dressaient le lit blanc pour mon frère aîné Théodore, dont nous étions toujours sans nouvelles. Ils ne revinrent point, pas plus les exilés, ni Théodore, ni les temps de la clémence, au contraire, comme si le roi eût voulu se venger sur nous d'avoir cédé devant Guillaume, le Protecteur de l'Huguenotisme. La paix ne ramena des frontières que des renforts pour nos tourmenteurs, tandis que nous gagnait le doute quant aux avantages que le Nouveau Josué avait réservés pour ses frères persécutés dans son traité victorieux. Cependant, Bellugue et moi faisions des copies, autant que de hameaux, des sentences, confiscations et séquestres redoublés.

Elle fut courte, la joie de savoir notre foi rétablie dans sa gloire à deux douzaines de lieues du Lozère **! Ce fut, naturellement, les raïoulets de mon âge qui firent le rêve d'aller entendre la Parole de la bouche de ministres régulièrement ordonnés, dans un vrai temple. Dépourvus de cartes, il nous fallut nous enquérir auprès des rouliers et des marchands, puis nous mandâmes les deux garçons les plus durs à la marche, le Marcel Rouvières et Simon Pellet, le fils de l'armurier, pour reconnaître le fleuve. Ils revinrent mission accomplie, s'étant accordés avec un passeur nommé Gazaïré, lequel se faisait fort de traverser notre troupe en deux fois sur sa barque contre versement de trois mille livres par cargaison.

Jamais mon maître ne m'avait refusé de congé, il dit non cette fois, m'ordonnant de l'accompagner en Alais où il aurait besoin de mon office.

La voiturette à deux chevaux parcourut les sept lieues en moins de deux heures et n'en mit qu'une de plus au retour, à la montée, si incroyable que cela soit aux yeux de qui n'a point voyagé dans un de ces coches légers. Avant d'aller à la conférence des subdélégués et consuls des Hautes Cévennes tenue sous présidence de M. l'Intendant du Languedoc, maître Péladan m'introduisit au bureau de justice attenant à l'Hôtel de Police, où me furent communiquées deux procédures que je devais copier.

Quand j'eus rassasié ma curiosité des commis, de leurs clients *lestes* et civils, de ces élégants sans patoiserie aucune, j'en vins à mon travail et je m'aperçus que, des deux pièces, l'une était l'interdit royal d'aller faire en Orange aucun exercice de la R. P. R. à peine de mort, l'autre un jugement de la cour présidiale, en application d'icelui, qui condamnait à mort cinq hommes et trois femmes ayant contrevenu le sus-dit.

Copies achevées, j'attendis mon maître dans l'antichambre où débouchèrent consuls, officiers de justice et capitaines d'armes, dans la foule desquels l'abbé du Chayla, le baron de Saint-Cosme, le marquis de Ganges, le comte de Broglie, lieutenant général des armées, commandant pour le roi en Languedoc, le Sieur des Hours de Mandajors, juge général de la ville et comté d'Alais et commissaire-subdélégué de Monseigneur l'Intendant me furent plaisamment montrés par un gandard parfumé, petit clerc de ce dernier.

Maître Péladan avait prié à dîner un beau capitaine qu'il entraîna vers la taverne du Chapeau Rouge dont l'hôtesse, Dauphine Fugère, qu'il appelait Fifine, me parut lui être une vieille connaissance.

Le premier cruchon d'un vin que le consul n'avait nommé qu'en secret, les lèvres dans l'oreille de Fifine, n'était point sur la table que ma tête tournait déjà, ivre de tant de gens entassés dans les rues, de tant de soldats si richement équipés, si chargés d'armes, sans omettre le Chapeau Rouge, avec ses casseroles et chaudrons magnifiques — à balancer s'ils n'étaient pas plutôt d'or que de cuivre! — ses chalands chamarrés — à parier, parmi le fouillis des bijoux et des dentelles, qui était qui, lesquels étaient messieurs, messires, messeigneurs, à confondre l'épée, la robe et la manufacture! — la cuisinance enfin, à l'avenant, tant affétée que la bouche s'y perdait entre chair et poisson.

L'hôte du consul se carra pour passer à l'attaque des plats et cruchons, à ne perdre gorgée que pour mâchée, à ne céder le pot que pour le rôt, sans laisser goutte ni miette. Quand il eut, selon son mot, garni le plus pressant, il se mit à parler d'abondance, entre les plats, et ses propos me firent tomber de haut. Je compris que notre invité arrivait de Bagnols où il commandait, avec mission d'empêcher les religionnaires cévenols d'aller au culte en Orange.

Mon maître montra beaucoup d'intérêt pour la traversée du Rhône, pour sa surveillance aussi. Le capitaine combla sa curiosité, lui expliquant que la plupart des passeurs s'étaient soumis de bon ou de mauvais gré, la place des entêtés ayant été donnée à de fidèles fripons, il suffisait pour garder le contrôle d'enregistrer les bateaux. Notre hôte se considérait comme une sorte d'amiral du Rhône, rapportant les stratagèmes, les malices, les sobriquets de ses espions du fleuve : *Chaboutas*, Béouraspatou, Pissaumitan, Gazaïré, Pèsset, Pescaïré...

Il racontait aussi que la canaille riveraine, *trucheurs*, sicaires, bandouliers et malgratieux, descendus depuis Bourgogne et Franche-Comté, venaient se battre pour les derniers postes de mouchards du Rhône, pour la raison que les passeurs, en sus des livres versées par leurs passagers, recevaient une prime par tête de huguenot livré.

Nous fîmes le retour sans mot dire, mais avant la *viste* de l'Homol, mon maître arrêta les chevaux, me passa les rênes et, me donnant pour la première fois mon nom de baptême :

— A présent, Samuel, je te donne congé d'autant de jours qui te font besoin. Garde la voiture, il te faut peut-être bien aller vite! et loin!

Le Marcel Rouvières et le Simon Pellet étaient déjà repartis, vu que les six mille livres devaient être portées une semaine d'avance ; on ne les revit jamais non plus que l'argent du passage.

Ainsi se perdit l'espoir des libres sermons d'Orange et, tout portant à croire que notre illustre protecteur avait autre chose que nous en tête — avec cette couronne des Anglais dessus! — nous fûmes derechef tout seulets en nos pauvres Cévennes.

(Mon témoignage ne s'est pas ensablé, je n'ai pas gaspillé les moments qui me restent, à raconter le consul Péladan, le plaisir que j'y ai pris n'était pas vain et, quoi qu'il en soit, je n'ai pas d'un seul mot enfreint l'inspiration. Ignorant de mon lecteur, je demande, d'ici même, l'indulgence de celui qui déchiffre ces lignes, qu'il me veuille pardonner si je suis trop long sur ce qu'il sait trop bien, ou trop court sur ce qu'il sait mal, qu'il songe que je suis fondé de l'imaginer venu de loin, venu tard. Le lecteur que l'Éternel me donnera couvrira plus de chemin et de temps, peut-être, que le garçon en compagnonnage de charpentier que j'ai rencontré le printemps dernier : il arrivait du Rouergue où il avait passé l'hiver mais n'avait ouï dire un peu de nos maux que passé le Causse Noir, rumeurs qui l'avaient, de son aveu, laissé incrédule. Sa première question fut : un si puissant concours, un si farouche concert se seraient si longtemps conjurés à votre perte et il survivrait encore des Cévenols ? Lecteur! ou, toi, tu t'es trompé de lecture, ou, moi, j'ai pris l'inspiration de travers, ou alors tu ressembles bien au jeune charpentier, et tu as besoin de mon pâle portrait du consul de Génolhac, maître Faustin Péladan, qui jamais ne prononce pour ni contre, qui donne à voir l'envers comme l'endroit sans plus, magistrat commis à pourvoir bûchers et potences, malicieusement avare de cordes et fagots, qui sait sauver les vies sans héroïsme, qui sait tricoter sans fin petits retards, négligences, sans plus d'éclat ni de bruit que les aiguilles menues de nos vieilles au plus obscur des veillées, pour être bon tous les jours. Mon compagnon-charpentier crut comprendre que Catholiques et Réformés n'avaient point tellement soif de s'entretuer, Dieu le sait! moi, je le prie seulement de nous garder un Faustin Péladan par-ci, par-là, plus quelques papistes qui baissent le front devant nos potences ; notre volonté, notre foi feront le reste, et vivront Cévennes!)

Force m'est de revenir dans la ville de Génolhac *, lors de mes débuts de saute-ruisseau ; non tant pour ce qui me regarde que pour la marmaillonnerie du bourg, laquelle me tint d'abord à l'écart à cause de ma prétendue parenté péladane. Les raïoulets de Génolhac s'étaient secrètement formés en compagnie, dont le chef avait été proclamé par élection, à la mode des pasteurs, lequel était le Pierrot Poujol, dit le Poujoullet, les plus longues jambes du Lozère.

Même quand ils surent ma foi, devant que de me recevoir, la Poujoullaille me voulut éprouver et, pour ce faire, me donna le Didier Pinchinave à *tarabuster*. Dans une époque de moindres massacres, l'*estrapassage* qui s'ensuivit eût marqué durablement la chronique enfantine du pays cévenol. Ne m'étant jamais battu, je ne connaissais point ma force ; je la connus en même temps que l'arrière-petit-fils de l'aïeule Pinchinave, au moment où la compagnie du Poujoullet me poussa contre lui, en me le présentant comme le chef des enfants papistes, neveu du porte-verge et petit-cousin de l'abbé du Chayla. Ma vigueur me surprit autant que le grand Didier, mais mon heureux étonnement fut à l'opposé du sien, tout de meurtrissures, et drues, et roides, tant que fut mandé de Villefort, pour rapetasser l'enfant de chœur, un *barbier* fameux pour son industrie. Plaintes ni dénonce n'y eut, car, d'un côté comme de l'autre, on n'était pas assez grand pour faire l'homme à ce point-là.

Entré par la grand'porte dans la compagnie du Poujoullet qui se nommait en cachette les Enfants-de-Jésus, je pus connaître ses secrets, ses coutumes, son histoire, dont la plus haute gloire avait été de couper la queue de la mule de la marquise de Portes *. La Compagnie s'était même choisi un patron du cru, l'illustre capitaine Merle, lequel s'était coulé jadis un canon géant dans le bronze de la Non-Pareille, cloche magistrale de la cathédrale de Mende.

Le jouet ordinaire de nos Enfants-de-Jésus était la milice bourgeoise de Génolhac, qui s'exerçait sur la place du Colombier sous commandement de M. Soleyrols de Roche, le dimanche, jour qui assurait au spectacle le plein d'acteurs et de spectateurs. Un taureau furieux, jailli de la rue Piédevale, enfonçait de front les rangs des A. C. au port d'armes ; la cloche d'alarme du couvent des dominicains les affolait ; un pétard de foire, lancé on ne sut jamais d'où, jetait nos bourgeois ventrouille à terre ; la bannière bénie prenait feu ; la perruque du commandant s'envolait ; les étalons des trois brigadiers Pinchinave se vidaient les arçons, pour charger une jument chaude qui passait par là par hasard ; un mousquet explosait ; la première ligne d'assaut s'atterrait sur un fil tendu ; il y avait des œufs pourris dans les casques, du purin dans les gourdes, des frelons sous les cuirasses ; bref : chaque dimanche, une turlupinade inattendue pourvoyait la semaine en rires sous cape.

*

Dieu sait comment tournèrent petit à petit nos conciliabules de nique-bourriques, comment, sous le même castanet, nos rassemblements muèrent insensiblement en assemblées. Un an de plus, sous la croix, à cet âge, pèse double gravité ; de plus, nous avions pour nous réunir des aises que ne concédaient point aux parents les mêmes dragons insouciants d'une marmaille ; mais il faut y ajouter notre liberté intérieure aussi, car n'ayant connu ni pasteurs ni temples, nous n'étions pas comme les grands imbus de discipline synodale, nous n'avions plus leurs scrupules à reconnaître ces assemblées qui se formaient toutes seules et comme de source.

Mal ou bien, je l'avoue, je n'y fus pas pour rien : d'abord, je les pouvais chaque soir informer des ordonnances et jugements dont je venais de dresser copie, ensuite, je les ramenai au Livre dont la lecture ânonnée, toujours reprise aux mêmes versets, les avait rebutés. Ils ne s'y étaient à vrai dire essayés que pour contrevenir aux interdictions ; je les y ramenai d'une voix qui, sûre de ses lettres, pouvait s'abandonner à la passion, qui leur brisait la glace des Écritures et leur parlait la Parole. Ils furent entraînés, quittèrent les Évangiles trop rebattus en famille, pour remonter le cours, vers des eaux toujours plus claires, plus fraîches, plus vives à mesure que les sources se rapprochaient et s'ouvrait à nous un champ libre : éperdument, nous nous y donnâmes carrière...

Notre Poujoullet, lent pour lire mais prompt de jarret, nous avait déniché une Bible, et d'une taille à essouffler un mulet, tranche dentelée par les rats et reliure moisie, mais c'était le premier Livre entier que j'avais en main! car si les Évangiles m'étaient familiers, de l'ancien testament, je n'avais aucun savoir ou presque.

Les Enfants-de-Jésus, portés par un lecteur agile, estimèrent sa vivacité, en usèrent comme d'une monture, lui menèrent le grand train de leurs galops et caracoles inassouvis en pays inconnu. Oh! ils n'avaient point à me beaucoup presser les flancs, j'avais dans cette voie les sangs et les nerfs d'une jeune cavale pour bondir de Jonas en Osée, de Daniel en Job, quitte à reprendre pour quelques versets de lumière l'amble naturel de la Parole.

Quand nous arrivâmes enfin, nous sûmes qu'avait été belle et droite la chevauchée bride au cou qui nous avait conduits là. Nous sûmes du même coup quelle était la question de toujours, et qu'elle ne se peut poser que lorsqu'on est rendu à la réponse.

Je la lus d'une voix ordinaire, la réponse, mais elle est de ces propos qui se passent des secours oratoires ; du reste elle suspendit nos souffles, à nous et à la Tramontane :

— « En ces temps-là, Moïse, devenu grand, se rendit vers ses frères, et fut témoin de leurs pénibles travaux. Il vit un Égyptien qui frappait un Hébreu d'entre ses frères. Il regarda de côté et d'autre et, voyant qu'il n'y avait personne, il tua l'Égyptien et le cacha dans le sable... »

Le plus savant des théologiens de la Genève n'eût pas mieux compris le berger Moïse au désert d'Horeb que ne le firent dans l'instant les petits raïoulets de Génolhac, les orphelins de la potence et de la roue.

*

Les trois brigadiers Pinchinave vinrent consulter mon maître sur le fait qu'ils entendaient au crépuscule des voix enfantines qui les appelaient Égyptiens, alors qu'ils étaient de purs raïous nés-natifs du mas Montelard, sur l'Homol, paroisse de Génolhac, diocèse de Mende. Le consul les détourna d'y entendre injure et manda trois bouteilles de vin vieux. C'est vers le même temps que nous avons changé aussi le nom de notre compagnie en celui des Enfants d'Israël.

Alors que fondait en eau le courage de nos aînés face à la multiplication des tourmenteurs, s'agrandissait notre petite compagnie ; ses assemblées sous le castanet, ni le petit Élisée du Pradel, ni la Finette Désailhen, bien sûr, après le long chemin depuis ses Bories, ni le tout-petit Louiset des Moulines du Viala qui courait encore après ses dix ans, ni même le gros Louis du Cabanis dont le bedon avait profité aux dépens de la tête, pas un droulet, pas une droulette qui les prît encore à jeu. Deux ou trois bons fils, formés à la sévérité paternelle, tel celui du sieur Vernissac, furent timorés au début, mais se lancèrent, sans plus de timidité quand il nous fut rapporté que les enfants de Cassagnas, au pied du Bougès, avec lesquels seuls les aigles nous joignaient, tenaient, de leur côté, des assemblées à la semblance des nôtres, preuve que c'était bien le Seigneur qui les voulait d'une montagne à l'autre. Les jours vinrent où nos réunions furent prises en considération par quelques hommes et, parmi eux, des plus grondants, tel le vigoureux Nicolas Jouany, le garçon de la tuilerie des Plos qui, libéré de son enrôlement contraint, faisait le valet chez M. de Montlebourg. Les gens d'âge vinrent plus nombreux quand nous parvint la nouvelle d'assemblées qui se tenaient dans la plaine, tandis qu'en nos hautes Cévennes il ne s'était depuis longtemps ouï parlé d'aucune, les nôtres exceptées.

(La nuit va céder au jour, car voici que se meurt ma troisième chandelle sans que la moindre lassitude n'ait alourdi ma plume. La senteur de suif et le froid de l'aurore me ramènent soudain les longues nuits d'hiver à Génolhac, au Viala, chez les Moulines, lesquels étaient en renom du Causse à la Plaine pour leur industrie à faire fleurir le cuivre sous le marteau, et les mules de deux ou trois paroisses leur devaient obligation des cocardes de leurs harnais de foire.

Leur petit Louiset que nous nommions « Moustique » — plus péquélet qu'une pécole! — fort instruit dans l'art familial, grava pour moi deux méreaux semblables, suivant une idée que j'eus : l'image du Berger dans le Désert, la parole : NE CRAINS POINT, PETIT TROUPEAU! et la fleur de lis, en signe de fidélité à notre roi.

Quand la Finette allait à Corniaret, chez son oncle Larguier, elle ne manquait point de pousser jusqu'à Génolhac pour m'apporter des nouvelles de ma mère, pour être d'une de nos assemblées aussi. Un soir qu'elle reprenait la *draille* de Corniaret, je lui donnai à choisir entre mes poings serrés. J'ouvris le gauche sur lequel s'était posée sa menotte et lui offris l'un des méreaux, lui donnant à comprendre qu'ils nous seraient un signe, à nous deux, à jamais. La pécole noua la ficelle dans son cou, glissant la médaille dans son corsage. Le deuxième méreau n'a plus quitté ma poitrine depuis et, dans ce moment, il me bat la peau, selon que je me penche sur mes feuillets...)

En ce matin du jeudi 10e d'août.

(La fin de ma flamme entre chien et loup, quand il ne reste pas assez de nuit pour entamer chandelle, mais trop pour reprendre plume à la chaude, m'a donné l'occasion d'aller au bord de ma rivière pour manger un pélardon et boire frais.

Là m'est venu jusqu'aux oreilles un bruit qui m'a fâché, celui d'une charrette. Au crissement des roues, au pas de la mule, j'ai su que le Douaras Lartigues montait au bois vers ses Fossats. Voici qui m'a paru étrange : qu'un homme se rende à l'aube dans sa pinède, avec sa matinée devant lui pour couper sa charretée, qu'il rentre avec sa charge sur la mi-jour, qu'il s'attable devant sa soupe, qu'un autre jour, il lave sa cuve, qu'il prenne le temps de ses foins, ses regains, ses vendanges, de rentrer son bois pour l'hiver qui vient ; cela me semblait après ma nuit d'écritures, là, dans ma vallée du Luech, comme en dehors de la vie. Que cet homme, à ce jour, agisse comme ses ancêtres depuis le début des temps, avec les mêmes gestes calmes et lourds au tran-tran de sa mule, qu'il soit, en cet août, prévoyant de sa chaleur, présumant donc de vivre jusqu'à l'hiver, bref, qu'il continue, ainsi! tandis que l'Esprit soulève notre petit peuple des Cévennes, et que cet homme soit un raïou! voilà qui passait la vraisemblance...

Certes, les Lartigues du Pont-de-Rastel sont papistes,

mais les A. C. non plus n'en peuvent garder le cœur en repos ; certes, du *Douaras*, de sa Douarasse, de leurs Douarous à leurs Douarettes, nos Lartigues sont des plus paisibles mais, dans cette espèce-là, justement! ne devraient-ils point en avoir le cœur sens dessus dessous ?

J'ai vu, entre les vernes, un *ősségrier* aux fruits presque mûrs, dont j'ai cueilli trois des plus avancés. Leur saveur de nature était loin de la fadeur des pêches greffées, leur chair craquait sous la dent, si fort que je n'entendais plus la charrette du Lartigues, le charroi trop familier se laissait effacer par le tumulte de mon âme. Je me suis retenu d'essuyer le jus qui me coulait dans le cou, j'aurais voulu remercier le Créateur pour tout. Je suis revenu en hâte vers cet ouvrage qui m'est offert comme la voie la plus droite pour rendre mes grâces.)

Nos assemblées des Enfants d'Israël furent par deux fois surprises : nous fûmes d'abord saisis sur le fait par un ennemi, et par un ami, la deuxième fois, et pourtant tout le mal vint de l'ami, lequel était en outre le plus vénérable, sans conteste, et le plus ferme de nos héros survivants, tandis qu'il ne nous vint la moindre infortune de la part du papiste en soutane.

Le curé de Génolhac revenait d'administrer un mourant, et il eût été en droit de méchante humeur, vu que son moribond, l'aïeul Bonnefoi, dit *Testodazé*, voyant arriver dans son nid d'aigles des Tourèves le vieux prêtre rendu, lui avait, pour la bienvenue, craché sur les saintes huiles. Après quoi, l'intraitable vieillard s'était refusé à mourir tant il était en colère, en avait même sauté bas de son lit pour chasser le capélan. Tout autre que le père Manigas en eût appelé au gibet pour huiler enfin le Testodazé dans le chanvre. Le gros curé de Génolhac, lui, ne faisait qu'en rire, soupirant :

— Quelle race, ces raïoulets! ah, s'ils n'avaient que Dieu pour les faire mourir!...

Ledit curé donc déboula dans notre assemblée comme

pour nous jouer un tour et nous approuva de singer les pratiques huguenotes qui ne méritaient pas mieux. Il ne s'emporta que contre moi qui m'opiniâtrais à ne point me lever pour le saluer, et ce, pour la raison que je m'étais assis sur le Livre, seule cachette à ma portée sur le coup *.

Le père Manigas s'accommodait d'une époque méchante, sans emprunter rien de l'humble bonté d'un Péladan ; il n'exigeait point le net désaveu de sa foi du religionnaire mourant, se satisfaisait de la formule la plus vague, moyennant que les héritiers lui payassent grassement l'extrême-onction. Il délivrait les certificats demandés, et sans même le simulacre du reniement, si la bourse était rondelette, bénissait en fermant les yeux sur les cœurs et la main sur les écus, laissant les riches naître, se marier et mourir sans trop de simagrées. Quand le jour venait de dresser les « états des méchants sujets et des personnes infectées de fanatisme », il ménageait les propriétaires et les artisans de sa paroisse, à savoir les familles les mieux nanties, les plus anciennes, qui sont toutes huguenotes. Sa paroisse étant son pâturage, il en écartait le feu autant que faire se pouvait ; en outre, comme elle était riche, qu'il s'y levait de beaux impôts, l'évêché se tenait sur cet or, et soutenait le vieux renard ensoutané contre les homélies de l'archiprêtre des Cévennes, lequel, à l'envers, était plus assoiffé de bûchers que d'écus, autrement dit : il était d'une cruauté sans défaut. Le Chayla eut beau en appeler au couvent (les dominicains de la rue Piédevale ne s'insurgèrent qu'en propos contre un curé sous lequel le bourg était calme et le vin du bon tonneau): on dit même qu'à l'évêché, le Sultan des Cévennes se serait fait un jour rabrouer par Monseigneur d'assez verte façon :

— Tout beau, Monsieur du Chayla! vos jeunes prêtres s'en donnent sans compter encore l'hérésie, hélas! où ils passent, les écus ne repoussent plus...!

La seconde surprise nous advint dans un chaud crépuscule, où les Enfants d'Israël vivaient la Parole comme si elle fût jaillie d'eux-mêmes, à n'entendre plus les crapauds de la Gardonnette, les criquets du regain ni la brise de nuit commençant à bruisser sur le castanet.

« L'Éternel parla à Moïse et dit : Venge les enfants d'Israël sur les Madianites... Moïse parla au peuple et dit : Équipez d'entre vous des hommes pour l'armée, et qu'ils marchent contre Madian, afin d'exécuter la vengeance de l'Éternel sur Madian... ! »

Une voix tonna :

— Malheur aux faux prophètes!

Dans la vieille lumière qui perçait encore le feuillage, nous vîmes s'avancer parmi nous le Berger tel qu'en la Bible, barbe blanche sur les épaules, son long bâton en main, ses brebis sur les talons.

— L'Éternel a dit à Ézéchiel : « Malheur aux faux prophètes! leurs visions sont folles, leurs oracles menteurs ; et ils ne feront point partie de l'assemblée de mon peuple! »

Nous reconnûmes le vénéré Salomon Puech, des Brugèdes, le Doyen des Trois Vallées, dont la vie était contée pour l'exemple par chaque mère cévenole : à huit ans, il suivait nos guerres sur l'affût du fauconneau que servait son père ; il était douze années resté dans un cul de basse-fosse sans se parjurer ; devant son temple, il s'était jeté aux pieds des démolisseurs, recevant dans sa chair les premiers coups de pioche ; mourant, il avait survécu ; muré dans un cachot pour vingt ans encore, il en était sorti vieillard avec une foi d'enfant. Depuis, il hantait les solitudes, étant interdits non seulement sa personne mortelle mais encore sa mémoire et son souvenir à perpétuité : prononcer son nom, c'était s'asseoir au banc de géhenne pour les six tours du tourniquet de la question.

Sa forte voix était moins sévère que dolente :

— O jeunesse folle! es-tu dans l'ignorance ou dans la malice, pour ainsi céder aux séductions du chérubin Protecteur et le suivre dans les voies de l'hérésie ?

J'entends encore l'aïeul vénéré nous exhorter à rétablir l'ordre et la discipline de notre religion réformée, je vois encore nos Enfants d'Israël, le Poujoullet inclus, s'arrondir de l'échine pour se mieux battre la coulpe, mais je vois surtout Françoise-Isabeau Désailhen et mes oreilles résonnent de la voix qui fut la sienne soudain, et je ressens notre ébahissement, quand la pécole coupa la parole au doyen des Trois Vallées, ric-à-ric, à dire le vrai, je n'en suis encore pas revenu. Qu'elle me parut grande, la Finette des Bories, quand, la face levée sur la voûte du castanet, elle cria :

— Mon Dieu ! s'il n'est plus d'écoles et plus de maîtres pour nous apprendre à te servir, inspire-nous ! car nous ne voulons que te servir.

Son corps tremblait des pieds à la tête, sans cesse : c'était veille de vent, elle était rouge-sang.

— Malheureuse enfant, murmura l'aïeul.

Cependant, la raïoulette avec laquelle nous avions joué était habitée par une force merveilleuse qui se manifestait à nous pour la première fois, mais le sentiment nous gagnait que c'était quelqu'un de plus que notre pécole qui usait de sa bouche, et que ne lui était que prêtée la pertinence de ces propos : ces enfants, dont le plus vieux n'avait point ses premières dents à l'abolition des édits, tout leur fut arraché devant même qu'ils y aient touché, dans le dessein de les écarter d'une foi de laquelle on les tint ignorants par un soin jaloux ; et pourtant l'impossible foi les occupe, plus ardente que jamais !...

L'éclatante voix ne quitta Finette qu'après le dire de François Vivent : « Nous ne sommes point assez savants pour raisonner de travers ! »

Le silence fut tel qu'on ouït battre la laine sur les claies de l'oncle Pèguot, au mas Loupinau du Lozère.

— Mon enfant, dit enfin le vieillard, j'ai souffert aussi, et je sais : le désespoir est une épreuve et la foi se conforte à le vaincre...

— Vieillard! on ne vainc pas les mousquets avec des prières!

Bien sûr, je reconnus là l'un des propos de Nicolas Jouany le tuilier, lequel prétendait mettre au service de Jésus-Christ le savoir-faire qu'il avait rapporté de son temps dans les Dragons d'Orléans; mais l'incrédible demeurait, car le mot de l'ancien maréchal des logis coupait à vif dans la pensée du Grand Sage, et ce, par la bouche de la même Finette qui ne parlait à la table de ses Bories que pour répondre au plus court à son père.

Le Doyen des Trois Vallées posa sa grande main de nerfs et d'os sur l'épaule de la droulette :

— Si, mon enfant! quand on est soldat de l'Éternel! Quittez là le blasphème pour endurer en joie les épreuves qu'il nous accorde! Il n'est de salut que par la souffrance, c'est la vérité, la seule, car Dieu est amour!

Le vieillard regarda vers Là-Haut et supplia :

— Mon Dieu! pardonnez-leur... et vite! vite, renvoyez ici vos bons pasteurs!

Lors, la Voix rentra dans Finette, et avec tant de violence que la pécole en fut soulevée de terre ; tant qu'on la vit presque, dans la secousse du petit corps, cette Voix qui rentrait en lui :

— Toi qui achèves une longue vie d'agneau, l'idée ne t'est donc jamais venue que si l'Éternel nous mit à l'épreuve des loups, c'était moins pour les engraisser que pour les vaincre?

Si vivement le Doyen s'écarta d'elle et leva son *bouscas* que je crus qu'il l'allait frapper :

— Jamais!... Dieu ordonne la résignation...! Dieu réprouve la rébellion et les rebelles!... Dieu interdit qu'on vienne en armes aux assemblées!... Dieu prescrit l'obéissance au roi en toute chose...!

Suivi par ses brebis il s'éloignait, quand la raïoulette poussa encore ce cri, lequel d'abord nous fut incompréhensible :

— Vieillard! tu auras des songes...

Le vénérable Salomon Puech s'arrêta, se retourna, attendit. Frémissante, Françoise-Isabeau Désailhen lui déclara :

— Dans les Écritures il est dit : vos enfants prophétiseront et vos vieillards auront des songes!

Le Doyen des Trois Vallées dut se soutenir des deux mains à son long bouscas, dut y appuyer son front aussi. Enfin, il releva la tête, ouvrit la bouche, nous regarda l'un après l'autre, referma la bouche, secoua la tête, et s'en alla d'un pas lourd.

*

Sur ces entrefaites, ce fut la mauvaise saison mais, plus que par les premiers gels, nos assemblées furent empêchées par certain interdit. Les Enfants d'Israël barguignaient quand les convoquait le Poujoullet, le petit Vernissac repartit même :

— Qui prêche sans permission sera privé de la Cène et retranché de l'Église!

D'autres, combien plus ignorants! charriaient dans leur bon patois des bribes de la Langue du Dimanche, tels que proposant, apostolat, ordination, dont ils se trouvaient en peine pour donner le sens. Le Gros Louis du Cabanis, qui ne savait compter ses doigts, allégua bravement la confession de foi de nos aïeux, qui dit que nul ne se doit ingérer de son autorité propre.

Après une retraite de près de vingt ans, le Doyen des Trois Vallées allait de mas en mas, annonçant sur la Cévenne le nouveau danger des faux prophètes qui, plus encore que les dragons, désoleraient l'Église.

— Les persécuteurs ne nous ruinent que les corps et les biens, les faux prophètes nous ruineraient les âmes! répétait l'inlassable vieillard dans chaque foyer où, désormais, l'on gardait les enfants à portée de voix. Nous ne sûmes cela que plus tard, lorsque le vénérable Salomon Puech qui s'était par trop exposé, tournant et virant ainsi, fut pris par les miliciens de Concoules, sur avis, disait-on, de Chabert, l'hôtelier de Chamborigaud (de toute façon, on ne prête qu'aux riches!). Le Doyen mourut au quatrième tour des six du tourniquet ; son dernier souffle fut pour protester de son amour pour son bourreau, lequel racontait partout, depuis, qu'il en avait d'abord été surpris, car cet usage se perdait chez les hérétiques, puis attendri, car il était personne de tradition.

Le Salomon Puech roulait encore par le Lozère, la fois que nous nous trouvâmes à trois dans le castanet, où si souvent nous nous étions comptés plus de trois vingts : le Poujoullet, la Finette, et moi, trois têtes basses.

Nous fîmes une courte prière et décidâmes de rentrer.

D'un coup, le Poujoullet nous fit ce violent aveu :

— Je ne peux plus vénérer le Salomon Puech.

Finette entreprit rudement le chef des Enfants d'Israël sur sa colère honteuse.

— Aïe! pamen, Finette! mais tu lui parlais donc à contrecœur au Doyen ?

La raïoulette tombait des nues.

Ce soir-là, fortement impressionnés, nous nous étions séparés sans un mot. Nous soutenions Finette, faible comme au sortir de maladie. Une manière de pudeur nous avait retenus de parler avec elle de sa conteste avec le Doyen des Trois Vallées. Mais quand elle prétendit qu'elle ne s'était jamais, au grand jamais, donné telles licences, nous crûmes un bon moment qu'elle se gaussait de nous. Après assez de criailleries de part et d'autre, nous dûmes en convenir, non seulement la pécole n'avait souvenance aucune d'avoir tenu tête au Sage, mais encore elle l'avait fait sans le vouloir, sans le savoir, sa bouche avait parlé sans ses ordres et ses oreilles n'avaient point entendu ses propres paroles. Ses propos d'alors, que nous lui apprenions, l'irritaient, l'indignaient, c'était son tour de se croire moquée. Les façons de chacun à son endroit depuis, les égards ou la défiance qui lui étaient marqués, changements dont elle avait en vain cherché la cause, concoururent à la convaincre, beaucoup plus que le témoignage sous serment du Poujoullet, et le mien.

Nous reprîmes créance en nous-mêmes à la longue, toutefois la cause du prodige ne s'éclaira pas pour autant, l'Esprit ne s'étant point encore prodigué chez nous, comme il se voit de nos jours.

Nos méditations furent profondes mais non chagrines, hormis pour la Finette qui soupirait :

— *Dieu-garde!* et si c'était le démon qui m'avait prise pour son instrument ?

Le chef des Enfants d'Israël la rabroua, lui montrant le castanet déserté :

— Ici, Finette! on aimait l'Éternel en des assemblées que les dragons auraient bien voulu disperser ; ce qu'ils ne purent, ce vieux le fit! ils peuvent porter sa langue à leur compte pour la valeur de quatre régiments.

Ceci dit, il nous planta là, furieux, prit sa course sur ses longues jambes de poulain, lesquelles, de crête en combe, nous le tirèrent hors de vue promptement.

*

Le Poujoullet parti, ce soir-là, il m'en souvient, nous sommes restés un bon moment, la Finette et moi, au partage du sentier. Elle allait prendre la draille de Corniaret pour passer la nuit chez l'oncle Larguier, comme à chaque fois qu'elle rentrait de nos assemblées. Elle m'apparut de nouveau, là, aussi petite que toujours. Maintenant que je connais ses yeux sans mesure, où peut tenir tout le bleu du monde, j'en suis à me demander comme je ne les vis point dès ce soir-là, puisque je sus qu'elle pleurait.

Elle me dit :

— Le coup porté perd l'âme, le coup souffert l'élève à Dieu, car c'est toujours l'Éternel que blesse l'épée... c'est le Doyen qui le dit, Samuel!

— Et il va de mas en mas le répéter. Voilà un mot qui donne plus de travail au bourreau qu'un cent de mouchards! c'est le Jouany qui le dit, Finette! tu sais, le garçon de la tuilerie de Plos, celui qui revient des Dragons d'Orléans.

Plus petite que jamais, seulette en plus, elle me parut ce soir-là comme perdue dans notre fouillis cévenol de vallats et de combes. Quelques mois, quelques jours avant, je l'eusse prise contre mon cœur, j'eusse fait le grand frère, mais, pour la première fois, je ne pus soulever les bras vers elle.

Elle s'était approchée de moi, elle ; son front pesait sur mon coude mais d'une toise plus loin je n'aurais pu l'entendre soupirer :

— Hélas, Samuel! Il m'arrive de sentir le mal en moi, comme si mon corps allait m'échapper! Souvent, j'ai besoin de toute ma force...

Je l'écartai de moi avec la rudesse qu'il sied : je la vis encore, le long cou, fragile, la poitrine menue, et si bien prise pourtant, que j'estimai soudain sa petitesse comme une distinction ; elle était petite comme l'est une bague, mais en plus précieux, en plus rare encore, petite comme le jouet ciselé pour le Dauphin. J'ai longtemps regretté de n'avoir point su le lui dire, pour l'assurer qu'il était aussi difficile de voir un démon l'habitant qu'une paire de grosses mains d'homme s'abattant sur elle, et presque aussi dégoûtant ; j'ai longtemps regretté de n'avoir trouvé que cette réponse :

— Les temps ont changé, sans doute, sinon tu n'aurais point parlé ainsi, Finette. Peut-être que le Doyen a raison et toi aussi, peut-être que Dieu lui donna le martyre, et nous donne à nous le combat!

Elle parut m'avoir entendu, comme si son ouïe si fine eût percé sous ma voix, car elle me planta les quatre poutous sur chaque joue, à l'affûte-museau, et davalla sur Donnarel, à son accoutumée, avec ses bonds si courts et si vifs que ses escloupets font autant pétiller la rocaille que l'entier troupeau d'un bon raïoulet, heureuse comme toujours en me quittant.

Nous le savons maintenant, et l'en aimons plus encore, outre que la patte du démon ne l'avait point touchée, la Finette des Bories avait été l'une des premières à être distinguée.

A l'aube du vendredi 11ᵉ d'aoûi.

(Mon ouvrage d'hier glissé dans sa cachette avant le dormir, me voici, au réveil, à ne plus trop savoir où reprendre le fil, mais il en est ainsi de chaque matin et je ne suis plus à m'en inquiéter. Je n'ai qu'à faire le premier pas, les mots s'attroupent sans effort, cependant que les écrits suivants s'apprêtent dans ma caboche, bientôt s'y bouteculent, pressant ma plume qui se hâte, si légère que j'en viens à l'oublier. J'en remercie mon Père, et aussi pour cette tâche en tel accord avec mon naturel que ma joie de le servir s'accompagne des petits plaisirs de la façon.)

Je pourrais narrer ma vie chez le consul, la Péladane en chemin de m'affectionner, comme à son insu, suivant son époux, lequel était rendu déjà à mon cœur ; je serais même assez porté sur le récit de mes années dans ce foyer dont j'ouvris la double solitude, dont, partant, j'alentis le vieillissement ; mêmement, je saurais, me paraît-il, compter les marches que je gravis une à une depuis le *tristet* de varlet sous les toits jusqu'à mon escabelle au coin de la cheminée, pour être finalement installé dans la belle chambre vouée au fils qui ne viendrait plus. Quelle que fût mon affection pour mes maîtres, je ne laissais pas d'être surpris par ces époux qui s'accordaient, sans que la femme prît part ni intérêt dans les travaux de son mari, sans s'entretenir jamais de religion — voire catholique — élevé que je fus par un père et une mère qui étaient de moitié en tout, incluse leur foi, dans laquelle ils vivaient conjugalement. Peu curieuse des persécutions, la femme du consul ne sortait qu'à l'occasion des missions de bienfaisance : on pouvait voir la Péladane présider les distributions de seigle et de sabots aux familles ruinées par les dragonnades, moins soucieuse d'obtenir en retour la reconnaissance des veuves pour ce surcroît de bonté, que de tout donner aux plus misérables.

*

Le vieux curé Manigas devança le contrariant Testodazé, son aîné pourtant, et trouva, l'an dernier, un trépas à sa mesure dans l'auberge du Chabert de Chamborigaud, la panse pleine à péter d'eau-de-vie. Pour tenir sa place, nous fut envoyé un jeune capélan nommé La Chazette. Belle mine et belle allure, souplesse et minceté de damoiselle, des cheveux si blonds et si fins que sa tonsure nous fit peine, il sortait, comme on le voit, du séminaire de l'abbé du Chayla, sis à Saint-Germain-de-Calberte.

Le père La Chazette s'employa, dès l'abord, auprès des enfants, les priant chez lui, autour d'un grand feu, avec force caresses, sirops cuits et châtaignes sous la cendre. Notre surprise grandit encore, quand il nous manifesta sans barguigner qu'il n'aurait cure de notre foi et que s'il nous plaisait de nourrir un cœur réformé sous des affectations romaines, c'était l'affaire entre Dieu et chacun de nous ; d'ailleurs nous suivions nos parents en cela ; or la soumission filiale c'est fort beau sentiment... Il délivrait les certificats avec la complaisance de son prédécesseur, mais sans demander doubles ni souvent simples honoraires, tant et si bien que les parents, après les enfants, en furent enchantés.

Néanmoins, je ne parvenais point à me désister de mes craintes, qui s'affirmèrent encore quand mon maître murmura devant moi contre la malignité de certains prêtres. Le Poujoullet restait sourd aux tentations du presbytère, mais il fut bientôt le seul, avec moi, car la Finette même, quand je pus m'en ouvrir à elle, n'y voulut voir qu'un heureux hasard et, rassurée sur mon sort, sourit de mes doutes.

Cependant, le père La Chazette emmenait la marmaille par les castanets, lui enseignait des jeux ; il entreprit un jour une sorte de concours de dessins dont le vainqueur serait le droulet qui aurait tracé la meilleure image de son foyer, en y figurant le plus de pièces de vaisselle et autres ustensiles de ménage. Nous ruminions en vain cette nouvelle manigance, le Poujoullet et moi, pour en trouver l'artifice, quand nous eûmes l'occasion d'examiner les œuvres du Louiset et du Gros Louis.

Après avoir tourné, retourné les deux dessins, le Poujoullet poussa un cri :

— Voilà! le capélan va connaître quelles sont les familles restées fermes sur la foi, les foyers où l'on s'est pourvu afin de violer régulièrement les commandements romains!

Son doigt montrait, parmi les chaudrons et toupins, la marmite du vendredi, notre *huguenote*. Notre chasse aux dessins, ouverte sur-le-champ, fut maigre : la plupart de nos gribouilleurs, ayant déjà livré leur œuvre, ne pouvaient croire à tant de méchante subtilité, le fils Vernissac, que nous prîmes sur le chemin du presbytère où il l'apportait, pas peu fier! ne voulut rien entendre pour gratter la huguenote de son foyer, qui ne manquait pourtant pas de brics et de brocs, les Vernissac ayant leurs aises depuis toujours.

Le temps de la belle saison passé, ce miel de séminaire tourna d'un coup bref en vinaigre, mais quand tomba le masque, et le sourire avec, bien des mouches étaient prises...

Ce lundi 15e de l'août 1702.

(Après deux jours entiers loin de ma plume, j'y reviens ce matin pour ne la plus lâcher devant que d'avoir achevé mon ouvrage, dussé-je y rendre mes forces dernières! mais je me suis trop bien armé depuis avant-hier pour céder au sommeil et gaspiller si peu que ce soit de ma passion renouvelée! Pour m'animer ainsi, l'Éternel voulut interrompre ma relation, et c'est lui, je n'en doute pas, qui m'envoya le frère de Finette, dans la matinée de vendredi.

Le grand Abel Désailhen m'annonça que Pierre Séguier, dit l'Esprit, avait été condamné par la Chambre Ardente de Florac à être brûlé vif et que la sentence devait être exécutée sur la place du Pont-de-Monvert, le lendemain. Le greffier, qui avait été requis par les conseillers de la cour du Présidial de Nîmes montés à Florac, était des nôtres ; il avait pu prendre copie de la procédure pour en informer le petit peuple. Travailleurs de terre ou de laine, nos gens s'en étaient pénétrés comme si ce fût de l'Écriture, par le cœur, si bien que le grand frère de Finette, qui point ne savait ses lettres, m'en rapporta le meilleur.

« Interrogé sur-le-champ, au lieu même où il fut pris, sur le Plan de Fontmorte, par les soins de messire le Capitaine Poul, et en cette façon :

— Misérable, comment crois-tu qu'on va te traiter?

A répondu :

— Comme je t'eusse traité moi-même...!

Interrogé devant la Chambre Ardente :

— On t'appelait Esprit ?

— Sans doute, car l'Esprit est en moi!

— Ton domicile ?

— Au Désert, et bientôt au Ciel!

— Demande pardon au roi!

— Le Roi, c'est l'Éternel! »

Le greffier avait aussi marqué : « sur le banc de géhenne, Séguier fanatisa dans toutes les formes. »

« La sentence portant qu'il lui serait donné la question ordinaire et extraordinaire, ensuite de quoi il lui serait tranché le poing droit, puis qu'il serait brûlé vif et ses cendres jetées en l'air, ayant été lue au nommé Séguier, ledit répondit ce qui suit :

— Mon âme est un jardin d'ombrages et de fontaines. »

Et tant d'autres encore que je demandai à l'Abel s'il était sûr que cet Esprit fût le même que le couard de Fontmorte, ou alors si le Cagopertou avait médit de son courage.

Le frère de Finette me répondit aussitôt que c'était assurément le même, puis, après un temps pour y penser, il ajouta lentement :

— Et aussi, peut-être que ce n'est plus le même homme, Dieu le sait, Samuel.

Des arrois de troupes réglées et de milice qui suivaient le Grand Chemin de Chamborigaud à Pont-de-Monvert nous obligèrent d'attendre la nuit pour reprendre la route. C'était le premier jour de la pleine lune, les sentiers nous eurent vite enlevés jusqu'à la cime de Tréméjols. Pendant la courte pause sur le pic, notre première, j'aperçus derrière moi sept étoiles pauvrettes, comme un *Chariot de David* tombé du ciel au flanc de Coudouloux.

— Ils savent tous, dit l'Abel Désailhen.

Je compris alors que Champ-Péri, Valmalle, Alteyrac, Clerguemort, le Villaret, le Chamas et les Bories priaient à la chandelle pour l'Esprit Séguier.

Je me fais un scrupule de la relation, du moment où, arrivés au Pont-de-Monvert, nous nous étions mêlés, le frère de Finette et moi, à la presse autour du bûcher, sur la place du marché entre le pont du Rioumalet et le pont du Tarn. La grande figure d'Esprit Séguier, sa mémoire n'attendent point après ma pauvre plume de greffe ; le peigneur de laine de Magistavols sera chanté en vers épiques et taillé dans le marbre des grand'villes. Et voici, pourtant! que je ne peux me retenir les mots qui jaillissent de ma foi confortée, qui coulent sur le papier pour y marquer qu'il n'avait rien de l'archange flamboyant dont nous nous étions formé l'image, qu'à l'opposé, il était notre pareil, merveilleusement! tel qu'il s'en peut voir un derrière chaque troupeau, aussi maigre, sec, tanné, avec la même bouche retraite, sans dents, qui tire le menton vers le nez. Le grand Esprit, qu'on le sache! nous apparut plus petit, plus misérable que le plus misérable de nos montagnes de misères, disloqué de par tout le corps par le tourniquet à tourments, quand il fit son entrée sur cette place du Pont-de-Monvert qu'il avait, trois semaines avant, traversée triomphant avec Abraham Mazel, Jean Rampon, Salomon Couderc, Nicolas Jouany de Génolhac, Gédéon Laporte de Branoux et ses autres frères *malcontents* levant leurs fusils, leurs sabres, leurs haches, leurs faux et leurs bâtons. Esprit Séguier fut encore plus grand, prisonnier, dans cette marche sur ses os et ses muscles brisés qui eût réduit un vieux sanglier, et quand, soudain, il se mit à chanter :

« ... Répands sur eux ton indignation!
Viens les saisir en ta fureur dépite!
En leur maison, sans qu'un seul y habite,
tout soit désert en désolation! »

Le silence fut entier, car l'étonnement des soldats était plus fort que l'ordre de couvrir la voix du supplicié. Nos yeux virent l'Esprit tendre le poing droit au bourreau, puis, ce premier poignet étant tranché, présenter l'autre pour être coupé aussi, lui criant de se rassasier, en propres termes et beau patois : *assadoulo-ti !*

Mais le bourreau lui repartit que la sentence n'en ordonnait qu'un. Son poing droit tenait encore par la peau, l'Esprit alors l'acheva de trancher avec les dents et le jeta dans son bûcher.

On l'attachait au poteau avec deux chaînes quand il prophétisa :

— « Cette place dans peu sera par les eaux emportée ! »

Sa dépouille n'était point encore rendue en cendres aux tramontanes que la gent allait par les pays disperser les merveilles de la fin d'Esprit.

En chemin de retour, nous en avions la tête si pleine que nous n'en pouvions ouvrir la bouche. L'Abel a dit seulement : d'aquel *mounstré* !, sur la crête de Clerguemort, avant de me donner sur les joues double mesure, pour sa sœur et pour lui.

Je commençai : tu diras à Finette... mais j'eus beau crier, il davallait à grands coups de jambes vers ses Bories, se répétant ses tendres mounstré...

L'Esprit Séguier, Abraham Mazel, Salomon Couderc, Nicolas Jouany, Gédéon Laporte et leurs attroupés, quand ils couraient donner au Chayla juste rétribution de ses crimes, criaient : Dieu, premier servi ! Seigneur ! tes douces brebis prennent le goût du sang ! car j'ai de la joie à rappeler le récit qu'on m'a fait au Pont-de-Monvert des funérailles de notre persécuteur à Saint-Germain-de Calberte, où les gens s'étaient enfuis au seul bruit que la troupe de Mazel venait par là, abandonnant le corps de l'archiprêtre au seuil de son caveau. Jésus ! voilà que sangs et flammes se retournent pour nous, que nos grands feux d'église font fuir la vermine noire *...

Qu'ainsi s'ébrennent nos Cévennes !

Le soleil sera de nouveau debout sur ma clède, et je ne suis point retombé dans mon récit, mais il fallait écrire cela, ne fût-ce que pour moi, car je m'y appuie maintenant, j'y prends l'escousse de la bonne fin.)

*

L'après-souper tout blanc dehors que le père La Chazette vint frapper chez le consul, je nous revois encore tous les trois à portée d'un feu de braves souches, mon maître apprêtant ses lignes à truites, la Péladane filant, et moi, le nez dans l' « École des Arpenteurs », tout à l'étude de la trigonométrie, qui est l'art de connaître ou de mesurer un triangle, trois de ses parties étant connues.

Le jeune curé, après avoir refusé le vin chaud, fit savoir qu'il était là pour se concerter avec le consul, dans la vue d'en finir avec les entêtés de la paroisse. Il sortit une lettre épiscopale de Mgr Fléchier, lequel, s'appuyant sur l'extrême-onction obligée, écrivait que les huguenots sont contraints par tant d'endroits qu'il serait déraisonnable de ne les forcer point à s'accoutumer de faire, pendant la vie, ce qu'on leur rendait nécessaire à la mort. Enfin, il requit le consul de l'éclairer sur l'état de la paroisse, avec une roideur qui suspendit le fuseau de la Péladane et me donna le froid.

Mon maître répondit qu'en effet les bonnes gens de Génolhac lui tenaient à cœur, mais qu'il craignait moins pour leur vie éternelle que pour leur vie l'hiver prochain, lequel s'annonçait parmi les plus furieux dans le temps, que les greniers n'avaient pu se remplir, à beaucoup près, par chicheté de la terre et caprice des soleils, dans le temps aussi que notre souverain, partant en guerre * à nouveau, retournait vers nos montagnes ses besoins d'or et de garçons encore. Étant donné la difficulté d'exhorter les castanets, vignes, seigles, chèvres et abeilles au zèle pour la victoire, Me Péladan tenait pour son premier devoir de concerter avec le chef spirituel les moyens de secourir des paroissiens tellement accablés.

Le curaillon demanda au vieux consul s'il se moquait de sa robe.

Le peuple de la Cévenne, le plus misérable du royaume,

l'allait devenir plus encore, mais l'imputer aux soleils ou à la guerre était de petite foi, quand s'y montrait si clairement la justice divine pourchassant l'hérétique; les premiers secours à lui donner, c'étaient de fortes médecines contre l'entêtement, purges et saignées.

Il cria pour finir :

— Par la sembleu! la corde et la roue n'ont pu en cent ans tuer l'hérésie, parce qu'il fallait la tuer dans l'œuf... dans les enfants!

En moi, la crainte le cédait à la joie, pendant qu'il nous peignait, nous, les petits Cévenols, opiniâtres, payant de mépris l'éducation catholique et romaine, raillant les dogmes, tenant les soins de notre sainte-mère pour méchantes contraintes, en un mot : pires que les pères et ce, dès l'âge tendre!

Le clergé cévenol se tenait sur l'alerte, convenablement informé des troubles en Dauphiné, puis en Vivarais, où des enfants enragés de fanatisme prêchaient tant et tant que des personnes d'âge couraient à leurs assemblées.

Quand mon maître voulut glisser que, par bonheur, la folie enfantine semblait passer à côté de notre Lozère, le capélan blondinet jura comme il n'est même pas permis de le reproduire ici et, me désignant, il cria :

— Regardez-le, lui! il en sait quelque chose!

Me Péladan et son épouse se tournèrent vers moi : je riais aux anges.

— Tu riras moins, demain, sous le fouet!

J'en serais entré dans le feu : nous n'avions pas été vendus, nos Enfants d'Israël ne s'étaient que racontés, petit à petit, gentiment. Il savait tout : la Sainte Bible, la Vulgate en latin de saint Jérôme! avait été lue en français... dévoilée, bassement, là, sous une... nef de châtaigniers, en langue vulgaire! et par moi... l'abomination avait été maintes fois perpétrée, et toujours par moi! je devais en conséquence recevoir demain, publiquement, cent coups de fouet.

Le consul, revenu de l'ébahissement, et son épouse défaillie s'étant reprise, protestèrent leur vigilance à mon égard dorénavant, protestèrent l'arrêt, protestèrent de nullité, d'incompétence ; leurs dires indignés, la caution de la parentèle péladane en papisme sans seconde, furent crachats au ciel, autant qu'autant ils en reçurent sur le nez, en rudes retours, savoir : qu'il tenait pour plaisante cette vivacité soudaine chez un officier de justice, qui s'était trente ans accommodé d'un trop accommodant curé ; que si ses parents étaient autant dévots, ils ne devaient point tirer de lui tout l'orgueil qu'il étalait d'eux ; que si j'étais quelque peu leur cousin, si je l'étais... en vérité! au crime d'hérésie, j'ajoutais celui d'apostasie ; et que, pour en finir! rencontrer un magistrat royal, et des moindres encore! qui eût le front de gloser les lois de son souverain maître, voilà qui sortait de l'ordinaire, pour ne pas dire plus. Feu Manigas avait l'oreille dure, sans doute, requiescat in pace! mais c'était l'heure du réveil pour sa paroisse dans une main, enfin! qui ne tremblait pas. Garder trois mois patte de velours avait poussé à bout la patience du curaillon qui jetait le gant en criant de joie : dans la semaine arriverait un régiment avec assez de soldats pour garnir à suffisance chaque foyer mijotant la huguenote ; et... les filles au couvent!... les garçons à la guerre! Il s'applaudissait du sort de ces derniers, dans son allégresse d'en pouvoir tirer tout le parti :

— Ils rachèteront leur âme en sacrifiant leur vie à la gloire de notre grand roi, Louis-le-très-pieux! On ne peut mieux tirer d'un seul sac deux moûtures!

Il ouvrit aux trois miliciens Pinchinave, lesquels me lièrent les coudes ensemble dans le dos.

La Péladane supplia :

— Monsieur le Curé, mais c'est la mort pour cet enfant!

Je le savais : cent coups de fouet avaient tué plus d'un bouscassier, dont le moindre en faisait cinq comme moi, et taillés en cœur de sombre chêne. Mais, voici : Dieu voulant, la peur ne m'en visita qu'après, derrière la douleur des plaies, et c'est depuis que la pensée d'avoir peut-être à y repasser un jour me tord tripes et boyaux... Bien après, car, ce soir-là, pendant que les brigadiers Pinchinave me poussaient dehors, le silence en moi était assez fort pour que j'entendisse mon maître marchander le prêtre sur le nombre des coups et qu'un sourire m'en vînt.

Je n'eus jamais plus belle nuit que dans le trou à rats : les sept lampes y flambèrent devant le Père, tous les rossignols du Ciel y chantèrent leur cantique, pour moi. J'y louangeai l'Éternel pour cette grâce d'être battu à verges, comme le Fils qu'il gardait à sa droite. J'y reçus la visite du Louiset des Moulines, le préféré du La Chazette, le Moustique en personne, le premier de nos Enfants d'Israël à suivre le nouveau curé. Notre benjamin avait dû, pour parvenir jusqu'à mon soupirail, se glisser entre les pattes du gendre Pinchinave, preuve qu'il n'avait point usurpé son sobriquet.

Il me donna un morceau de lard (assez gros pour graisser, pendant un mois, la soupe de toute une famille raïoulette) dont je devais m'enduire longuement l'échine, ce qui ferait glisser les coups (selon le Jouany qui avait tâté des baguettes de fusil) — les premiers du moins, — et dont je devais manger le reste pour me faire des forces.

Déjà, les Enfants d'Israël s'étaient retrouvés au complet, avaient tenu assemblée comme avant, en plus brave même puisqu'en plein village, en pleine nuit, avaient prié pour moi, député notre benjamin pour conforter mon courage, pour m'exhorter au nom de tous à retenir ma vie tant que je pourrais, à la leur garder. Le trésor de lard, premier fruit de notre Compagnie retrouvée, me fut moins précieux que ces bonnes nouvelles qui attisèrent la merveilleuse ardeur dont j'étais, depuis la sentence, comme emporté au-dessus de moi-même. J'en vins à balancer si ce n'était pas amoindrir l'épreuve décidée par le Seigneur que de me larder le râble, mais j'arrêtai que si Dieu avait voulu le fouet, il avait aussi voulu le lard.

*

L'en demain, qui était dimanche, je fus conduit dans l'église, pour la Grand-Messe. Après bien des années, de nouveau, les gens de Génolhac durent répondre à l'appel de leur nom, et l'on revit les soldats de bourgeoisie aller chercher les absents en leur logis, et l'on vit le Testodazé mourant davallé de ses Tourèves sur les épaules de son fils Daniel et de son gendre Vigère (la rage qu'il en eut le devait prolonger encore pas mal).

Du haut de la chaire, tombèrent des règlements réveillés avec vigueur, puis de nouvelles contraintes, à savoir le baptême dans le jour même de la naissance ; le mariage pour les concubinaires unis jadis à la *gaumine* ; baptême pour les bâtards des sus-dits, sous réserve d'actes de catholicité, renoncements publics aux prétendus sacrements de la prétendue religion, sous réserve d'une mise à l'épreuve, et cætera...

Bouscassiers, cardeurs de laine et fileuses presseraient demain le consul Péladan de leur tourner en bon patois ce déluge de jargon prévôtal épaissi de bas-latin, qui restait pour eux sur l'instant d'obscures et d'autant plus redoutables menaces.

Les héritiers de celui qui avait refusé l'extrême-onction devraient jurer publiquement qu'ils croyaient leur père ou leur aïeul damné pour l'éternité, à peine de se voir confisquer leurs biens et héritages au profit du roi, à peine des galères, item...

Les Folcher, Daudé, Desponchez, Le Blanc, Joussand, Macilian, Cance, voire les Pinchinave, les Anciens-Catholiques eux-mêmes s'en trouvaient dans leurs petits sabots ; quant aux nécés, ils tombaient de haut, qui s'étaient abandonnés à l'espoir que leur père-clément, prêtre nouvelle manière, introduisait les temps nouveaux de la modération.

Les approches de la flagellation ne retenaient pas l'emportement de mon âme, au contraire, et quand l'orateur, au bout d'un sermon qui ne brilla que de foudres, invita chacun au spectacle de mon supplice, mes épaules se soulevèrent, car tous les yeux de l'église s'appuyaient dessus.

La paroisse de Génolhac dans son entier, les ACÉS — de mes maîtres Péladan à la tribu Pinchinave —, les nécés — du Jouany des Plos au vieux notaire Viernes —, firent cercle sur la place du Colombier, avec les gens qui étaient venus de loin, par haine de nous comme l'hôtelier Chabert, ou par amour de moi comme la Finette, mon parrain Pagaron et son compère du Chamas, l'Espérendieu. Nu jusqu'à la ceinture, je fus élevé par les poignets le long du piquet, en sorte que je ne pusse reposer sur terre même des orteils. Cependant, le milicien *Tilhabioü*, le maréchal ferrant de Chamborigaud, demi-nu comme moi mais velu comme un bouc noir, éprouvait quelques verges sur le vieux rouvre du Colombier, dont volaient, sur chaque sifflement d'*abarine* rompue, des pans d'écorce de quatre pieds carrés.

Le maréchal-ferrant vint se placer dans mon dos et, tandis qu'il choisissait une verge dans la brassée, j'entendis quelqu'un dire dans une plainte qu'il m'allait du premier coup trancher en deux par le mitan.

Alors j'entonnai de toute ma gorge :

« En ma jeunesse, ils m'ont fait mille assauts,
Israël peut à cette heure bien dire,
Dès ma jeunesse, ils m'ont fait mille maux,
J'en porte encore les marques jusqu'aux os,
Tant qu'à me voir semble qu'une charrue
M'ait labouré tout au travers du dos,
Traînant le soc sur ma pauvre chair nue... »

*

Quand mes sens me revinrent, j'étais sur une couche douce et blanche, allongé sur le ventre, avec sur l'échine la charge de bois qu'avait portée Simon de Cyrène. Mon nez reconnut les onguents, mes yeux, la lumière dorée des Bories et la Finette à mon chevet.

La raïoulette me conta mon supplice, récit qui ne laissa pas de me surprendre, autant que sa dispute avec le Doyen des Trois Vallées l'avait jadis surprise elle-même.

Finalement, je n'avais reçu que trente verges, dont l'œuvre témoignait sur mon corps qu'il n'eût point survécu jusqu'à la centième. La grâce des coups suivants, ni la Finette, ni le Poujoullet, ni aucun des Enfants d'Israël qui me visitèrent ne put me dire qui l'avait arrachée ni comment, mais j'y sentis la main péladane, les secrètes ressources du vieux consul, et je garderai toujours à mon maître une gratitude filiale pour cette merci de ma vie.

Le Tilhabioü raconte encore sa surprise d'entendre mon psaume continuer sous ses coups ; il répète par tout Chamborigaud que son élan en fut coupé, tellement qu'il ne me put briser que trois côtes d'une part et, vu qu'il est gaucher, comme on sait, une seule sur mon flanc qui se présentait à sa droite. Les Enfants d'Israël disent que l'Éternel lui affaiblit le bras gauche, tandis que le Didier Pinchinave jure que les poches du maréchal-ferrant tintaient des écus qu'il avait reçus pour faire plus de vent que de mal, mais ils s'accordent tous, inclus le neveu du porte-verge, sur ce qui s'ensuivit pendant que, sa trentième abarine brisée sur mon râble, le Tilhabioü se désaltérait. Alors, disent-ils tous, la corde fila sur la poulie, en jaillit, vive telle une vipère, et vint fouetter le père La Chazette au nez, pointée si franc qu'il n'y eut qu'un cri sur la place du Colombier.

Au moment même, une voix énorme fit entendre ces mots :

— Dieu le dit : « si quelqu'un agit méchamment contre son prochain, en employant la ruse pour le tuer, tu l'arracheras de mon autel pour le faire mourir ! » Écoutez encore ceci, aïeuls vénérés qui portez l'Agneau, ce bouc noir ne verra point fleurir les cerisiers, car il sera mort, puis nous en dépêcherons d'autres, car votre Agneau n'est plus qu'un faux-semblant ; voilà, vieillards, la vérité qui sort de la bouche des enfants !

Cette parole sembla tomber du ciel comme un tonnerre, tant qu'ils furent longs à voir qu'elle montait de la bouche du Louiset des Moulines, notre benjamin, le Moustique.

*

A ces mots, le père La Chazette disparut si bien que jamais aucun des nôtres ne le devait revoir. La nouvelle de sa mort nous parvint dans les premières chaleurs, par un marchand qui était en affaire avec les Trappistes de la Bastide, où le curaillon avait fait retraite. L'ancien séminariste de Saint-Germain-de-Calberte souffrait de vapeurs malignes qui lui montaient du bas-ventre, par l'estomac, vers le cerveau ; le malheureux violait le vœu de silence pour s'enquérir du premier à fleurir des cerisiers du pays. Ayant appris que son arbre se dressait dans un cagnard de Lesclaneide, il s'y rendit et attendit là, jour et nuit, sur un roc en surplomb, sans quitter les bourgeons des yeux. Deux semaines après, on trouva le père La Chazette, le crâne fracassé sous le roc, au pied du cerisier qui s'ouvrait de toutes ses fleurs immaculées.

L'éclatant aveu du ciel aux paroles inspirées de notre benjamin n'était qu'une merveille entre tant et tant, répandues depuis sur notre cher petit pays, tant que je n'en ai pris la vraie mesure qu'après ma guérison, lorsque mes jambes me purent amener à portée d'œil et d'ouïe.

*

(Seigneur ! puis-je vous prier pour un idolâtre, un papiste ?

J'avais choisi la tombée de la nuit pour la première pause, pour laisser souffler ma plume filant de ce trot régulier d'un mulet qui connaît sa distance ; le temps du boire, du manger, du dégourdir serait temps gagné sur la chandelle, ainsi dut calculer à mon insu l'épargneux naturel du Raïou.

J'étais dans le sombre de la rivière, quand j'ai entendu, qui montait vers notre pauvre vigne du coteau, un charroi dont le crissement, le pas de mule m'étaient familiers. J'en voulais avoir le cœur net, et, puisque après tout ne brûlait pas encore ma chandelle, je me suis glissé dans les ronciers, sous les *bartas* qui, depuis cinq ans, dévorent le bien de mes aïeux, et, renardant de mon mieux, je suis parvenu derrière le vieux figuier. J'entendais des chuchotements, le bruissement de labeurs pressés à la sourdine, puis, d'un coup, la lune est sortie du Lozère, toute ronde.

Voici ce que j'ai vu : les deux Lartigues du Pont-de-Rastel qui travaillaient hâtivement mon bien : le père, le Douaras, renforçait le traversier avec les pieux et les pierres apportés dans sa charrette, ce mur de la barre que les eaux de neige avaient gonflé et qui n'avait cessé, depuis le printemps, d'avancer jusqu'à l'écroulement ; ce tandis que le fils, le Douarou, taillait, donnait de l'air aux souches qui se noyaient dans la mauvaise herbe.

Le père, sans s'arrêter de planter les piquets, de tasser ses pierres, grognait :

— Quinze jours de plus, la vigne davallait à la rivière ; après, il faut cent ans pour la remonter!

Le fils grognait de même :

— Et la vigne! ce n'est pas du jour au lendemain qu'elle donne, *té*! un coup de *poudet*, ici, un coup là, et elle les attendra sans trop pâtir...

Le Douaras soufflait dans sa moustache :

— Quand on pense comment il la soignait, le pauvre David, sa vigne, pamen...

Le Douarou, tirant ronces et orties à pleines mains, chuchotait :

— Et le papé Louis! vous vous rappelez, père? il y passait chaque jour dans sa vigne, même quand ce n'était pas de besoin...

— Il tenait ce goût de son père, l'Élie Chabrou, tu ne l'as pas connu, Douarou... C'est de race, qu'est-ce que tu veux! une race pour la terre, la nôtre, la terre à pierres, ah! misère de chien...

Je suis reparti sournoisement, comme un voleur, moi, le simple! qui avais cru jusqu'ici qu'une bonne fortune épargnait seule à notre Gravas la prompte ruine des patrimoines désertés.

Ainsi, je descends de ma vigne, j'en rapporte une lassitude... mes bras me pèsent, mes bras inutiles, de la fatigue des fainéants, car, dans la montagne raïolle, l'épée n'est point reçue pour un outil, la guerre pour un travail. Ce n'est point toutefois ce qui m'a retardé de reprendre le bout du fil de ma pelote pour en finir de la dévider, non plus que la lésine du suif, mais par l'effet d'une chute, rapide comme dans les mauvais songes, qui me laissait m'écraser du haut d'un bûcher sur une vigne.

Nous rendrons donc désormais l'œil pour l'œil sans manquer, mais nous devrons aussi n'oublier point de rendre cep pour cep, grain pour grain, le jour que chacun sera dans sa vigne au grand soleil.

Je suis revenu vers la rivière qui coule depuis toujours sous notre mas, j'ai trempé ma main dans ses eaux de nuit et de lune que je connais mal, puis je me la suis passée sur la face et la nuque, ce qui serait futile répété chaque matin, mais qui ne l'était point ici. A défaut de pain, j'ai rompu un pélardon, l'ai mangé, puis j'ai bu longtemps dans le cresson de mon *rajoullet*.

Et me voici, la tête pure et claire comme jamais je ne l'ai eue, mieux que si j'avais dormi mon content, et, j'y vois la preuve que je suis approuvé dans mon écrit, dans ma façon de le conduire, et de l'interrompre aussi, j'y sens à présent l'Esprit dans chaque détour, qui m'a poussé vers Séguier et poussé vers les Lartigues comme il vient d'en placer l'aveu sous ma plume ; je ne doute plus que si mon récit se fût en quelque point égaré, je me fusse endormi sur l'erreur, car je vainc le sommeil pour la première fois.)

*

Celui qui fait ici main-forte à ma plume, le héraut de notre Délivrance, qui parle par la bouche de l'humble paysan, des petits enfants, de gens aussi rustres que les demi-brutes de l'Amérique, l'Esprit de Dieu enfin! règne sur notre petit peuple. Je sais peu de la jeune bergère Isabeau qui cria repentance, jadis, par le Dauphiné ; des « petits prophètes dormans » du Vivarais, car nos pères nous parlèrent plutôt de leurs persécutions par M. de Folleville et du massacre qu'il fit de leurs assemblées *. Je vis mieux, à travers les récits des voyageurs et marchands venus du Vivarais, l'image du cadavre de Valette, le prophète-martyr, qu'ils avaient aperçu se dressant sur son bûcher, en écarter les flammes, et la pluie de sang sur Die. Cela, je le tenais pour contes dorés de l'enfance, quand l'aurore du nouveau siècle fit jaillir de nos gueules amères comme les chants de l'Oiseau Merveilleux.

Nous touchions au troisième dessous des trois misères, sans plus de pasteurs ni de temples et la désespérance d'en revoir jamais, disetteux, affamés, grugés entre autans et tramontanes, tant par le roi que par la terre, tant en tailles, dîmes, amendes, qu'en éboulements et grêles, les persécutions en sus, et de mal en pis! nous languissions dans ces ténèbres où le ciel disparaît, quand les premiers bruits nous revinrent d'un rustaud des bords de Cèze, qui appelait nos gens avec la voix de l'Éternel, qui se nommait Daniel comme le Captif de Babylone **.

Voilà un an, et même pas, mais il s'en est tant passé en un an! depuis ces jours qui nous poussaient au seuil de la quatrième misère, la dernière, l'incrédulité! depuis la longue nuit où notre désespérance se fit d'abord tirer par l'oreille. Mais quel sourd n'eût point ouï l'Éternel, quand la Bressette l'appelait à Clerguemort, Champ-Domergue, Castagnols ou Gourdouze, de jour et de nuit? La moindre des assemblées qui, dès alors, fleurirent nos montagnes, passe les cinq centaines d'attroupés; la plus brève, les dix heures de soleil; mais il arrive des fois au rendez-vous du Seigneur des nôtres par milliers; les premiers sont là devant que se lève le jour marqué, longues files sur les sentiers, on voit accourir raïous et raïolles, raïoulets, raïoulettes, petits enfants, foules guéant les torrents, perçant les forêts, au découvert de leurs beaux visages. Nos sauvages serres poussent vers Dieu, par-dessus le feu dévorant, les psaumes, les louanges qu'il aime, en retour desquels sur l'instant son Esprit donne langue à l'un des nôtres.

« Et il dit : écoutez bien mes paroles! Lorsqu'il y aura parmi vous un prophète, c'est dans une vision que moi, l'Éternel, je me révélerai à lui; c'est dans un songe que je lui parlerai. »

Nous sentons mieux encore la toute-puissance, me semble-t-il, quand c'est un du vallat, quand c'est un droulet de rien, avec lequel on a poussé, ensemble élevés à la Bible, quand le Bartavellou, le Moïse sauvé du feu de Belle-Poële, pâlit soudain à nos côtés, tombe à la renverse, les yeux fermés, avec son estomac qui se gonfle, sa respiration qui se coupe, ses râles, qui se raidit pour un terrible sommeil. Ses yeux s'ouvrent ensuite, sans qu'il nous puisse voir, ses lèvres remuent; la foule qui fait cercle voit les tressaillements, les sueurs du corps enfantin qui se débat sous l'étreinte de l'Esprit, qui, vaincu enfin, maîtrisé, livre sa Parole. L'émerveillement et la terreur nous partagent autour de cette bouche forcée par chaque syllabe, à chaque mot violée, cette bouche éclatant sous la formidable poussée du Verbe dont l'élu ne perçoit ni le sens ni le son : « Je te dis, mon enfant, je t'assure!... »

clairs et nets, les mots français jaillissent de la gorge enflée du Moïset de Belle-Poële, qui n'usa jamais que de notre patois, tandis que se soulève son corps, qu'il saute tel un jouet dans des poignes géantes, et retombe si sec que d'aucuns alentour gémissent leur crainte que ne casse le Bartavellou qui se frappe, ses petits bras jetant les lueurs huilées d'un sabre neuf. Il voyait les cieux ouverts, les anges, les paradis et l'enfer, il le criait, le hurlait, mais en avait perdu tout souvenir lorsqu'il se réveillait, quand, l'Esprit l'ayant quitté, le Moïse Bartavel ne se retrouvait que lui-même.

Castreur de porcs ou pâtre, fille ou droulet, tous sont aussi violemment habités, mais l'inspiration n'en use pas de même pour chacun : ainsi, la jeunette Marie, la promise du Fossat, le petit-fils de l'Espérendieu, n'a don que de prières et d'exhortations, tandis que le Bartavellou est investi des prédictions regardant notre Église et ses persécuteurs ; quand d'autres ne reçoivent que des avertissements particuliers touchant leur propre conduite ; il en est, tel le *Bounomaïssé*, le rebouteux du Pont-de-Rastel, qui sont possédés à la fois de l'Avertissement, du Souffle, de la Prophétie, du Don. Ceux-là, singulièrement distingués, notre Seigneur les inspire plus qu'en assemblée, et il n'est pas de besoin que le petit peuple autour d'eux crie des heures durant Miséricorde! pour que la Parole leur vienne à la bouche, Dieu la leur dispense à travers la campagne et jusque dans leur maison. La justice éternelle éclate d'ailleurs en ceci qu'elle choisit pour les combler les petits, les simples, les faibles, les plus débiles, comme l'orphelin Bartavel, grain perdu mal grené, d'un an mon aîné, qui me passe entre les jambes sans baisser la tête, comme Pierre Séguier, lequel était noir et tordu comme une racine après l'incendie, qui toujours tremblait, même hors les transes, comme une araignée tombée sur l'eau.

A l'opposé sont ceux qui ne reçurent qu'une faveur, tel le Delmassou, sur le retour du Pont-de-Monvert, le soir qu'il venait d'y voir rouer vif son père, Delmas, le serrurier de mon village. On en voit qui n'ont pas de force en suffisance pour contenir les puissantes poussées de l'Esprit, dont la gorge en contractions ne rend que parlers inconnus de nous ou bruits *estampissants*, ou cris d'animaux, telle Isabeau Cipeyre qui tour à tour aboyait, miaulait, faisait coquerico, défaillances qui n'épargnent pas toujours les préférés, puisque le sus-dit Séguier, dit l'Esprit, se mit un jour, sur le Bougès, dit-on, à faire le chien.

En compensation, durant leurs inspirations, aucun tourment ne leur est à douleur ni pour le corps ni pour l'âme, à preuve que j'en vis traverser les flammes, tomber de haut, se laisser pincer, percer d'aiguilles, se donner franc du pointu d'un couteau droit dans le ventre et l'estomac, sans s'en douloir le moindrement, sans coulure aux saignées, sans que les plus rudes coups fussent marqués de plaies ou de traces durables *. Ce qui s'abat sur l'élu est plus étourdissant, assourdissant, plus puissant que cent tonnerres ensemble ; et l'on entend les plus ignorants, incapables à l'ordinaire de dire deux mots de suite en français, s'exprimer en cette langue, et avec éloquence ! Qui aurait pu penser que la promise du gros bouscassier Fossat pût seulement joindre quatre mots ensemble, même en patois, ou qu'elle eût la hardiesse de parler en compagnie, avant de l'avoir entendue, Marie, la pauvrette ! exhorter les foules ? Qui n'a découvert soudain que la future bru de l'aïeul Espérendieu, que cette ânesse de Balaam a une bouche d'or, n'a pas pris la mesure de l'intelligence céleste !

Je les aime tant, nos rhétoriciens de droit divin, qui ne savent ni A ni B ! je les aime aussi, quand ils retombent sur leur propre vide, lâchés par la main de l'Éternel, gros-Jean comme devant, et rendus ! car c'est alors, quand ils se retrouvent au cœur de la presse qui leur narre ce qu'ils étaient le moment d'avant, c'est alors qu'il faut les aimer le plus. Serviteurs, ils ne gagnent en leurs labeurs harassants ni savoir ni salaire d'aucune sorte ; au rebours, ils consentent tous les sacrifices sur eux-mêmes, se dépouillent de leur personne à tel point que lorsque le Très-Haut les laisse tomber, leur chute est légère. Leur âme est nue, mais claire, parce que, c'est notoire, qui reçoit les grâces quitte incontinent toutes forces de libertinage et de vanité, se fait homme de bien, c'est-à-dire laisse là ses défauts, se transforme du jour où, d'une manière ou d'une autre, l'Esprit-Saint le touche.

Voilà les raisons pour lesquelles nous, les gens du Pont-de-Rastel et des mas alentour, nous considérons avec déférence le *Boffi*, paquet d'os haut comme trois sauterelles à genoux, le simple de notre village, dont le rire ne s'arrête jamais, qui fut le jouet des marmaillons jusqu'au jour où le Ciel nous le mit en lumière.

Le Boffi! il hurlait qu'il était poussé vers l'abîme, avançait la main mais la retirait aussitôt en poussant des cris effroyables, tout secoué qu'il était à chaque fois qu'il entendait le même ordre. Nous fûmes témoins de ses formidables efforts pour se reculer vite, sans cesser de pousser des badaras qui nous glaçaient les sangs, jusqu'au moment qu'il nous annonça qu'il s'approchait de la Porte du Ciel qui était à sa droite. Là, il nous fut manifeste que notre innocent y frappait, mais alors une voix terrible — qui sortait de la propre bouche de notre simplet — un tonnerre lui demanda ce qu'il voulait. Il répondit, par la voix que nous lui connaissions bien, qu'il demandait la grâce d'entrer. Alors il fut rejeté en arrière, soulevé de terre, jeté vingt pas en retrait. Après, il s'est relevé sans blessure, est revenu frapper à la Porte, criant grâces! et Miséricorde! mais fut encore rejeté avec grands reproches et menaces ; jamais rebuté, il revenait sans se lasser frapper à la Grand'Porte, cet enfant de notre village! Sa joie, enfin! quand la Porte du Ciel s'ouvrit à lui, sa joie fut à nous tous, les gens de sa vallée, buvant sa Parole, l'écoutant nous décrire ce qu'il pouvait voir, lui, et lui seul! les armes des Anges assistant le trône de Dieu, les mille milliers de Bienheureux en robes blanches qui chantaient louanges et bénédictions... là, notre Boffi chanta, mélodieusement, comme s'il eût fait le chœur avec eux.

Nous pleurions tous, il en fut trempé comme un gouffre, car pas un ne fût parti sans l'embrasser, et nous étions des centaines! De ce jour, les Anciens-Catholiques du Pont-de-Rastel eux-mêmes respectent le Boffi, inclus les Guiraud, Polgi et Dumazert, et pas seulement les Lartigues qui, tout papistes qu'ils demeurent, ont si bon fond qu'ils n'attendaient peut-être, du père aux enfants, du vieux Douaras à la dernière Douarette, qu'une bonne raison de ne plus en rire.

Ceux qui ont vu le Boffi traverser notre village avant et le peuvent voir à présent dans le même trajet, bien qu'il n'ait rien changé quant à lui de sa dégaine ni de son rire, ceux-là seuls sont à même d'imaginer le pouvoir éternel.

Mon Père, que mon seul mérite soit d'avoir, dans les longues lignes ci-dessus, suivi l'inspiration en serviteur soumis! que ton enfant, dont ni le corps ni la bouche jamais ne furent tes instruments, te déclare sa gratitude pour la grâce d'écrire dont tu l'animes si généreusement! Mon Père éternel! donne-moi congé de détourner, la longueur d'une ligne, la plume dont tu m'as armé pour ton service, afin qu'elle écrive sous ma dictée :

« Loué soit le nom de mon Père! Qu'il soit béni dès maintenant et à jamais, du lever du soleil jusqu'à son couchant! »

*

Ainsi revint le courage du petit peuple : à la Melouze, les gens attachèrent un chien crevé sur une croix ; à Grisac, les femmes firent serment de ne passer plus le seuil de l'église, conseillèrent à leur curé de renier le pape. Pierre Quet lui cria : allez, Monsieur, mettre cela dans votre requête! L'on vit même, en janvier dernier, des femmes aller par les rues des villes en plein jour, criant Miséricorde! Pénitence! L'on vit même prophétiser des enfants au maillot *.

Bref, aux Pâques dernières, il n'y eut, pour ainsi dire, pas un des nôtres qui communiât.

Voilà, déjà, qui était assez pour que nous n'eussions plus à nous plaindre ; toutefois, ce n'était point manquer à Dieu que de le solliciter encore en ordres nets quant à la disposition qu'il eût aimé nous voir en face des mousquets. En effet, jusques aux bœufs gras d'Abraham Mazel, le mois dernier, l'Esprit-Saint s'exprima si finement que l'aïeul Espérendieu comme le Pagaron le pouvaient alléguer avec les mêmes bons droit et raison, pour s'aiguiser la langue et *batailher* de plus belle.

Nos deux compères n'étaient pas seuls à retrouver leurs propres voies dans l'inépuisable variété prophétique ; ainsi, dans le même temps, d'une part, nos frères attaquent à coups de bâtons les miliciens qui emmènent la Vernalouze en prison à Sommières, et la libèrent, mais, d'autre part, un mois après, cette jeune prophétesse se laisse prendre sans résister au milieu des siens ** ; ainsi, en mai dernier, d'une part, nous arrachons, avec nos bâtons, deux prisonnières du Chayla qu'escortaient deux miliciens, mais, d'autre part, dix miliciens dissipent des assemblées de six cents paysans, cinq fusiliers ramènent vingt prisonniers ; ainsi, à Cabriac, d'une part, Castanet montre son pistolet au milicien qui le voulait prendre, mais, d'autre part, Antoine Roqueblave, le compagnon de Castanet, se laisse prendre sans y mettre aucune entrave...

Il fallut que vînt le fameux 24e de ce juillet pour qu'un papiste enfin! nous laissât la vie dans les mains.

Nous étions timides, Seigneur! le remords de notre faiblesse, ce remords croissant de nous être laissé marquer par la Bête nous grandissait en haine, entre les rancunes qui nous gonflaient et la longue maturation des bûchers, nous attendions le signal des grandes vendanges. Voilà si longtemps, Seigneur! qu'ils foulaient tes vignes, qu'ils livraient les cadavres de tes serviteurs en pâture aux oiseaux du ciel, la chair de tes fidèles aux bêtes de la terre, leur sang coulant comme l'eau et personne pour les enterrer *! Répands ta fureur, car on nous a dévorés, on a ravagé nos demeures ; qu'on sache, en notre présence, que tu venges le sang de tes serviteurs, le sang répandu! Rends sept fois en leur sein les outrages qu'ils t'ont faits en nous, Seigneur, nous! ton peuple! le troupeau de ton pâturage!...

*

Chacun à sa façon entendit alors sonner vendanges . vinrent les jours, et les nuits! où je me mis à songer sans cesse à celui qui avait vendu mon père dans le confessionnal, les nuits où j'eus le désir de le rencontrer ; à d'autres, des signes furent donnés, comme Abraham Mazel qui vit des bœufs noirs et gras et fut inspiré de l'ordre d'en débarrasser le beau jardin, car ces bêtes étaient les prêtres **.

La Providence, peu après, par la même bouche du cardeur de Fauguières, attroupa les nôtres, les dirigea sur le Pont-de-Monvert, droit sur la maison André, leur désigna, pour le premier à frapper, l'archiprêtre des Cévennes ; elle ne nous laisse plus au dépourvu, mieux même : ses ordres sont de plus en plus clairs.

Soyez vous-mêmes les instruments de votre salut! commande l'Esprit, et l'inspiré dit l'heure, le chemin, la victime. Les décisions inspirées sont maintenant en parfaite convenance avec notre sentiment, à telles enseignes que la prophétie de Rampon et d'Esprit Séguier fondant sur la prospérité de nos poux le retour des pasteurs ***, laquelle nous rapporta quelque espoir et beaucoup de démangeaisons, nous semble aujourd'hui, quand on y revient, sinon plaisanterie, malentendu pour le moins.

*

(Ma dernière chandelle est, de long temps, soufflée, que j'aurais pu laisser mourir, vu que je n'en aurai plus besoin, mais nous ne sommes point de ces brûleurs de cierges! Déjà le gros soleil d'août monte à l'aplomb de ma tête allégée. J'ai suivi de si près les inspirations que j'en ai perdu la conscience, et même la sensation d'écrire. Des garrigues aux causses, notre cher pays de Cévennes a connu tant de tourments, tant de merveilles, que j'ai eu congé d'en laisser la plupart en dehors de ma relation, mais le Seigneur les réserve sans doute pour des chroniqueurs plus dignes d'en témoigner devant l'avenir.

Avant de quitter mon patrimoine passé par le feu, mon regard parcourt une dernière fois mes murs malheureux, mais je retrouve bien peu de mes premières années dans ce foyer trop parfaitement mis à l'interdit. Par bonheur, la suie s'efface devant le bleu immense des yeux de ma raïoulette des Bories. Aux premières pages, par ce beau dimanche d'il y a dix jours, nous étions une dernière fois ensemble, à joindre nos regards sur le même mur qui en quittait son deuil. Elle pensait : on a ri, on a chanté, on a été bien ici... parce que cette même pensée me cognait la tête d'un bord à l'autre par l'intérieur, comme aujourd'hui : ici, on riait ; ici, on était bien...

N'aurais-je pas dû faire sa trace avec la mienne, faute de pouvoir garder sa compagnie d'une autre façon ? Mais s'il me l'était commandé, la deuxième ligne est marquée ci-dessus, j'en suis sûr, ma plume aura obéi sans mon gré, Françoise-Isabeau Désailhen sera sur mes feuillets dans l'épaisseur du maître-mur de la clède comme tant d'autres choses qui s'y trouvent celées et que je ne sais plus, que je n'ai jamais sues peut-être.

Mon heure est venue d'être tout à tous, selon le dire de l'apôtre Paul, de combattre, de vaincre pour la chère religion, comme Saül ses mille et David ses dix mille... Voici l'instant enfin de prendre les déserts, de monter vers mes frères, dont la bouche parle pour l'Éternel, et non la plume, car leur main brandit l'épée. Voici qu'après cinq années, je finis de me demander pourquoi je suis sorti du ventre maternel pour ne voir que peine et douleur, pour passer mes jours dans l'opprobre ; voici que je ne m'angoisse plus : ah, Seigneur, je ne suis qu'un enfant! car Jahvé, comme à Jérémie, me répond : ne dis pas : je ne suis qu'un enfant... n'aie pas peur d'eux, car je suis avec toi pour te délivrer! Alors me sont présentes les forces de mes dix et sept ans, et que c'est grand âge aux temps que nous vivons! et, plus forte encore, l'ardeur de n'avoir plus rien à sauver, que ma vie, bien peu en somme! ma vie qui appartient à mon Père, lequel me commande de mourir l'épée en poigne, à peine de me damner. Ma petite vie terrestre, si courte, si négligeable, merci Seigneur! de nous faire si bon marché de ton éternité!

Je te rends grâces aussi, mon Père des cieux! de ce bonheur terrestre que tu nous concèdes, comme un avant-goût de l'infinie félicité, cette joie de se desserrer enfin l'âme, de se soulager enfin dans ta vengeance, ce dernier bonheur redoublé d'être vécu en chœur, tel un libre psaume, tout à tous sur la montagne, dénudant de la même escousse nos lames au soleil comme un champ de roseaux.)

*

L'Esprit m'y inclinant, je me dois de l'écrire : ce n'est point sans tristesse que je vais lever une épée que ne m'aura pas conférée mon souverain, que je dois, au contraire, arracher à ses soldats; ce chagrin, tous mes frères le partagent, car nos ennemis peuvent bien nous nommer rebelles, et nous considérer comme tels doublement : rebelles au pape et rebelles au roi, nous demeurons envers et contre tout des sujets soumis et affectueux, à tel point que nous devons nous rappeler sans cesse le devoir de refuser à César ce qui n'appartient qu'à Dieu, oui! nous devons encore appeler le Christ à la rescousse, devant l'idée seulement d'outrepasser les désirs de sa majesté.

O, lecteur inconnu! toi, que je ne peux même pas imaginer, toi pour qui me furent commandées ces pauvres lignes, puisque notre Seigneur t'a choisi, il t'a fait pour m'entendre : tu as lu maintenant, et il est peut-être temps encore, alors, saute à cheval — si tu n'en trouves point, cours avec ce que Dieu t'a donné — vole par les chemins, passe le Vivarais, le Duché d'Auvergne, le Berry, l'Orléanais, tes pieds s'useraient-ils qu'il te faudrait poursuivre sur les genoux plutôt que de tarder, va à Versailles, va au Palais, force porte, fenêtre ou cheminée, mais parviens jusqu'à notre roi bien-aimé, et, Dieu voulant! tu y parviendras, et l'on t'écoutera. Pour le salut du petit peuple, de ce qu'il en restera alors, dis à sa Majesté la longueur de ta course, pour qu'elle mesure l'éloignement de nos montagnes, et saisisse mieux qu'à chaque lieue ses volontés souveraines sont trahies, et comment le trajet de sa Grand'Ville à nos mas change le joli sourire du courtisan en rapace affamé de nos biens, comment les Basville et les capitaines Poul usent des charges et brevets reçus de ses augustes mains, abusent de son nom, souillent son sceptre à son insu.

Lecteur! notre bon roi ainsi éclairé voudra savoir, je n'en doute point, quels sont les crimes qui appellent de tels châtiments.

Dis-lui alors, simplement, que nous ne demandons rien d'autre que la liberté de servir Dieu, sans perturber autrui, sans pompe ni scandale, humblement.

Et si tu m'as compris, lecteur! tu sauras lui peindre la belle conscience et la bonne force que nous apportent nos prières, et lui manifester qu'elles sont à lui, que nous appartenons à notre roi comme à notre Dieu ; dis quel beau petit peuple pur et fier brûle de le servir, là-bas, au creux de ses lointaines Cévennes.

Quand tu auras informé notre roi, il te faudra, lecteur, en notre nom, solliciter son auguste clémence. Pour ce, rapporte-lui l'état violent sous lequel nous vivons depuis tant d'années, ne lui cèle rien de nos propres violences, ajoute seulement qu'elles pèsent lourd à notre cœur, qu'elles sont aussi pour son service, car ceux-là, auxquels nous ôtons la vie — sans joie, le désespoir au cœur! — souillaient son étendard, et son nom vénéré, dont il leur avait donné pouvoir d'user ; dis aussi que la perte de chacun des félons concourt à conserver à sa magnanimité la vie de nombre de ses meilleurs, de ses plus dévoués sujets.

Ce mardi 16e du mois sus-dit, an
sus-dit, alors que tombe la nuit.

[*Un feuillet de mauvais papier, griffonné d'une grosse écriture maladroite, est tombé sur cette première partie du dépôt manuscrit. Voici, à peu près, ce texte qui n'avait ni orthographe ni ponctuation :*]

Le tracas ne m'en laisse mie de repos, alors je me suis rendue jusqu'à ton vieux mas, histoire de prier un fétu entre les pierres qui t'en restent. Qu'est-ce que tu veux, mon pauvre Samuellou, peut-être bien que je ne suis pas d'aussi bonne espèce, mais moi! je ne peux endurer de ne plus te voir! ça me met trop loin de notre Seigneur... Adieu, té! tu le dis facilement, toi!

Les gens de par ici disent qu'un vieux marchand de cochons — un qui serait de Branoux... — avec un varlet de Massevaques, et aussi le tuilier de Génolhac — tu penses, ton Jouany! plaies-et-bosses comme il est, il ne va pas laisser passer une aussi belle occasion de faire son dragon! enfin... — et puis d'autres, pleins de la Parole, rassemblent le peuple entre les deux Gardons et lui déclarent l'ordre de prendre les armes contre les persécuteurs *. J'ai comme une idée que tu es avec eux, toujours flambant comme tu es, mon Chabroullet! alors, du coup, je n'en vis plus! Remarque, ce n'est pas pour le fond de la chose que je trouve à reprendre, je savais bien qu'il fallait que ça craque un bon jour! mais quand même... comment tout cela va finir, partis comme vous l'êtes? Pourvu que ça tourne pas comme en Vivarais! c'est de quoi je tremble, pour pas plus, pour toi surtout, parce que notre temps n'aurait pas été bien long... Je me fais forte de te dire tout ça sur le papier, pour la bonne raison que je sais bien que tu le verras jamais. Dieu sait, avant moi! comme je me pâtis de toi... Il sait que je voudrais suivre votre bande, rien que pour me mettre à genoux devant vous, à la pause du soir, et « vous laver les pieds »...

II

Ils agirent en bêtes féroces, mais on avait enlevé leurs femelles et leurs petits ; ils déchirèrent les chasseurs qui les poursuivaient...

Voltaire.

Du Désert, le dernier d'août 1702.

Mère bien-aimée,

Je profite de l'occasion du fils Vieillun qui mène ses mules au Collet, pour vous faire tenir la présente et vous annoncer la bonne nouvelle : parmi nos frères du Désert, j'ai retrouvé notre Théodore. Rassurez-vous, votre fils aîné est plein de force et santé. Il vous l'aurait écrit lui-même s'il ne m'avait chargé de le faire, alléguant qu'il se trouvait plus habile à manier le sabre que la plume et, de fait, en quatre années, il s'est fait homme, je vous en réponds! Il m'a conté comment il parvint à déserter les Dragons d'Orléans, au printemps dernier, avec plusieurs des nôtres, et à gagner, marchant de nuit et se cachant le jour, les bois du Lozère. Ils se comptent une bonne douzaine, à s'être dérobés au service forcé du roi par delà les frontières, pour servir Dieu chez eux ; il en est d'autres qui, désignés comme recrues, ne se sont point présentés ; il en est aussi qui sont recherchés pour avoir assisté à des assemblées. Ensemble, nous roulons par les drailles et les castanets. Mais ne craignez point, mère, nous ne faisons point la maraude, nous sommes les Soldats de Dieu!

Nous obéissons à nos prophètes qui prononcent les ordres de l'Esprit. Nous avons encore bien peu de fusils, mais nous manchons des faux à rebours, fabriquons des frondes comme David, et nous saisissons des fourches à fagots.

« Vous êtes proscrits. Autant mourir les armes à la main en rétablissant vos temples! Résolus, on vous suivra! Persécutés, vous gagnerez de nouvelles recrues. Des fusils, vous en trouverez chez les prêtres, ou sur le corps des soldats du roi! »

Voilà les propres paroles de notre brave Laporte, un forgeron de Branoux, et il compte que nous serons beaucoup plus quand les vendanges seront faites.

Nous couchons dans les bergeries qui touchent le Ciel, les bergers nous gardent. Nous tenons nos assemblées deux fois par jour et souvent plus, nous chantons les psaumes bien haut et prions à cœur ouvert. Nous sommes si heureux... rien ne nous sépare plus de notre Dieu ; sur la terre et sous les étoiles, nous vivons en Sa Maison.

Ne vous tourmentez en rien pour vos fils qui se sont placés sous si haute garde, et remerciez notre Seigneur qui nous a rendu Théodore.

Nous sommes, en le Christ, vos enfants respectueux et affectionnés.

Théodore et Samuel.

Je vous prie de communiquer la présente à qui nous aime, mais de vous assurer qu'elle ne puisse tomber en des mains ennemies.

[*Au verso, de la bonne grosse écriture de Finette :*]

J'ai beau la savoir par cœur, je n'arrive pas à prendre sur moi de la détruire, comme ta mère le croit bon. Même que je sais que je ne reverrai plus ces premiers mots de toi depuis ton départ, ça me coûte moins de la glisser dans la cachette que nous ne connaissons que tous les deux...

Seigneur! veillez sur vos soldats!

Du camp de l'Éternel, ce dimanche 3e de septembre, après l'assemblée du matin.

L'Esprit me donnait commandement d'écrire les merveilles du Désert juste comme une rame de papier me fut glissée dans la main. Le Badarel qui apportait un message à notre Gédéon s'en était muni, Dieu sait où, à mon intention, comme pour me donner le moyen d'obéir.

Car voilà des jours et des nuits que nous suivons le forgeron de Branoux, que nous écoutons nos prophètes inspirés, Abraham Mazel, le peigneur de laine, et Salomon Couderc, le travailleur de terre. Nous prions et marchons, nous chantons et marchons sans cesse, tant que tous nos pas sont dans les pas du Seigneur.

Nous roulons par les *eusières*, les castanets et les pinèdes, passons les buis bruissants d'abeilles, coupons les vernèdes, sautons les *rancarèdes*, dans les caresses de l'*anguiélas*, nous gravissons le ciel par les marches de granit du Lozère, et nous arrêtons soudain au signe des prophètes.

Par leur bouche, nous écoutons l'Esprit nous annoncer l'heure où les Enfants de Dieu se lèvent contre leurs tourmenteurs.

Alors la troupe entière tombe sur les genoux :

— Seigneur! fais-nous connaître ce qu'il te plaît que nous fassions pour ta gloire...

Et voici que, par la voix d'Abraham ou de Salomon,

l'Esprit place nos sentinelles, convoque nos assemblées ou nous fait changer de quartiers.

Avertis par les bergers, nos bonnes gens des hameaux et des métairies accourent en foule à nos libres cultes et nous apportent les cornues de soupe de fèves ou de pois chiches. Nous chantons, nous prions, nous mangeons, puis nous marchons encore avec nos psaumes à gorge déployée, levant vers le soleil le front que nos pères courbaient comme bœufs au labour, hurlant ce qu'ils chuchotaient, riant quand nos gens nous rapportent que notre écho vide les cures et les couvents ; nous marchons et entonnons plus fort nos chansons chasse-capélans. Nous suivons nos sentiers semés de ronces et notre Gardon, c'est le Jourdain, et notre Cévenne, c'est la Palestine de Dieu, et l'oncle Laporte de Branoux, avec sa barbe de buissons et ses pattes de forgeron, c'est le nouveau Gédéon des batailles de l'Évangile. Nous marchons jusqu'à la nuit, et « pour échapper à Madian, nous nous retirons dans les ravins des montagnes, dans les cavernes et sur les rochers fortifiés » et nous avons de clairs sommeils, veillés par les pâtres, le dos à terre, le front aux étoiles...

Ce même dimanche, à la nuit, après l'assemblée du soir.

Après la prière, les psaumes et les prophéties de cet après-midi, je suis allé rejoindre mon frère à la viste : Théodore prend la garde pendant le culte plus souvent qu'à son tour et sans y rechigner jamais.

Nous en étions à parler du pays et de la parentèle, quand mon aîné pointa son fusil vers un homme en cadis qui montait entre les rancs, lequel cria :

— La terre est mon lit!

— Le ciel, ma couverture! repartit mon frère, se remettant fusil au col.

Gédéon Laporte, descendu bien plus bas qu'Alais pour rencontrer certain petit boulanger d'Anduze qui menait huit cents hommes *, nous mandait, par ce messager, de l'aller rejoindre le lendemain du côté du Collet. Théodore me tint alors ces surprenants propos :

— Ah, Samuel! il s'est levé de bon matin, l'Oncle de Branoux! Il va ramasser tout son monde en paquet parce que c'est le bon coup, avec cette guerre que le royaume a sur les reins, nous, on n'a pas encore trop de troupes réglées sur le dos ; et puis, dans leur palais, avant qu'ils arrivent à le croire, les maréchaux et les ducs, que les petits bergers ont pris la mouche! pour peu que Londres, La Haye, et la Genève nous donnent la main...

Je le repris vivement :

— *Raï* de ça, Théodore! c'est dans la main de Dieu que nous sommes!

Mon frère aîné me regarda soudain comme s'il ne me connaissait pas, avec un sourire mal à propos... Mais Salomon Couderc appelait pour une nouvelle assemblée.

— Va prier, Théodore, je prends ta place à la viste!

Il me protesta qu'il se suffisait avec deux offices même un dimanche ; il murmurait qu'un sage repos nous eût mieux préparés à passer les montagnes le ventre vide.

Les cierges, raflés par grosses dans les sacristies, tenaient la nuit à l'écart. Le prophète dépenaillé, oint d'huile d'olive, grandissait, le Livre en main, ouvert aux exploits de Gédéon, juge en Israël, ouvert à la victoire sur les Madianites, à la poursuite des Fuyards au-delà du Jourdain.

Nous étions sur les genoux, répétions inlassablement : Miséricorde!... Miséricorde!... Puis nous fîmes, en notre patois, la prière pour le petit troupeau désolé...

« ... Que mille tombent à ton côté
Et dix mille à ta droite,
Tu ne seras pas atteint ;
De tes yeux seulement tu regarderas,
Et tu verras la rétribution des méchants... »

Nous chantâmes aussi le psaume LXIX cher à François Vivent, le psaume LI qui conduisit Gédéon, Abraham et Salomon du sommet du Bougès à la porte du Chayla, nous reprîmes encore le LXIXe, comme Esprit Séguier sur son bûcher, puis le CXIX^e^ qui compte cent septante et six fois quatre lignes jusqu'aux dernières :

« ... Je suis errant comme une brebis perdue :
Cherche ton serviteur,
Car je n'oublie point tes commandements. »

Mais voici que le prophète cria qu'il était saisi de l'Esprit et se jeta par terre plusieurs fois. Puis il prophétisa, en langage français, que nous poursuivrions demain les fuyards au-delà du Jourdain :

— « Nous saisirons de la main gauche les flambeaux et, de la main droite, les trompettes pour sonner, et nous nous écrierons : Épée pour l'Éternel et pour Gédéon! »

Ce criant, il agitait vers le ciel ses larges mains luisantes aux cent cierges saisis.

Nous étions tous secoués de tremblements et plusieurs d'entre nous tombaient à la renverse en criant.

Le prophète parcourut nos rangs et, à mesure qu'il avançait, il en faisait sortir ceux que l'Esprit lui donnait à connaître, qui n'étaient pas préparés à brandir l'Épée Flamboyante des Chérubins. onCsidérant le grand nombre de ceux que l'Esprit fit sortir, il fut décidé un jeûne collectif et la privation de sommeil pour notre troupe jusqu'au passage du Jourdain.

J'ai commencé d'écrire cela aussitôt après cette dernière assemblée dominicale. Nous partons dans une heure. J'aperçois là-bas, au tranchant de la viste, tout petit, tout noir sur l'aube rouge qui naît derrière le Finiels, mon frère immobile, fusil au col.

Salomon sonne le départ, et je suis prêt, le corps léger, l'âme ouverte à Dieu, sans retrait ni repli, fraîche comme l'anguiélas.

A l'aube d'un nouveau neuvième de septembre, à la halte de Coudouloux.

Les victoires de l'Éternel passent l'espérance! Qui de nous eût osé croire qu'il pourrait si tôt célébrer le culte dans un temple consacré, en pleine Cévenne sous la *Croix*, dix et sept ans après l'abolition ?

Hier, nous et nos frères en le Christ de la ville et des hameaux alentour, nous nous sommes pressés dans le temple du Collet-de-Dèze, et nous l'avons fait retentir de nos ferveurs.

Ainsi s'accomplit la prophétie :

« Gédéon arriva au Jourdain, et il le passa, lui et les trois cents hommes qui étaient avec lui, fatigués mais poursuivant toujours. Il dit aux gens du Succoth : donnez, je vous prie, quelques pains au peuple qui m'accompagne, car ils sont fatigués... »

Les bonnes gens du Collet, de Saint-Michel, du Pertus, de Blannaves et de Branoux, nous apportèrent le meilleur de leurs huches et de leurs caves aux portes du temple miraculeux *. Parce que nous n'avions mangé ni dormi, nous avons encore approché Dieu.

Au jour dit, nous nous trouvions au rendez-vous marqué, où nous joignîmes notre Gédéon et le petit boulanger, un nommé Cavalier qui avait avec lui une douzaine d'hommes de la Plaine, bien armés. Ensemble, nous sommes allés brûler l'église de Saint-Paul-Lacoste, dont le prieur s'était enfui comme un lapin en ouïssant nos psaumes **, puis, après nous être cachés le jour durant dans les bois, nous avons saisi dans un mas des armes de bourgeoisie. Enfin nos prophètes furent inspirés d'investir le Collet-de-Dèze.

Théodore *renaudait* encore, disant que c'était un bourg de conséquence, en bonne situation pour se défendre, et fortement garni de fusiliers commandés par M. de Cabrières.

Je lui rétorquai que plus de fusiliers, meilleurs encore, et fussent-ils commandés par le neveu de Charlemagne, ne pourraient faire ferme devant l'Épée de Gédéon. Théodore parut méditer cela, puis il rejoignit l'oncle Laporte, Salomon Couderc, le petit boulanger et le Jouany de Génolhac.

Nous attendîmes, cachés, la nuit pour davaller avec elle sur le Collet, à la lueur des cierges saisis à Saint-Paul-Lacoste, au chant de nos psaumes. Dieu nous aimant, nous trouvâmes ville ouverte et désarmée : M. de Cabrières et sa compagnie de fusiliers s'étaient enfuis à notre approche *.

Nous avons eu loisir de nous rafraîchir, nous restaurer ; nous avons ensuite foulé les logements des officiers, aussi bien que l'eussent fait dragons en garnisaire, saisissant armes et souliers, puis nous nous sommes tournés vers l'église et le presbytère. Là, s'éleva une discussion, d'aucuns poussant à y bouter le feu, mais Salomon rappela Moïse : « vie pour vie! œil pour œil! dent pour dent! main pour main! pied pour pied! brûlure pour brûlure! »

L'église donc fut sauvée des flammes en considération de notre temple, et nous n'en avons emporté que la passementerie.

Nous avons quitté le Collet, l'âme en fête, après la mi-nuit.

Nous faisons la pause sur la crête face à L'Espinas, à la bergerie du Champ-Domergue, tandis que Salomon Couderc et quelques autres sont allés brûler l'église proche de Saint-Frézal-de-Ventalon...

On vient nous avertir que des milices et des troupes réglées montent vers nous de tous côtés. L'Oncle Laporte a reconnu à leur tête le fameux capitaine Poul *, celui qui prit Esprit Séguier à Fontmorte.

Je vais serrer mes papiers sous mon justaucorps de peau de bique, pour venger l'Esprit...

Auprès de ma mère...

Dieu sait comment j'ai davallé sur Loubreïrou, gravi la montagne par l'Herm, passé Saint-Andéol, sauté la crête à Coudouloux... De cet effroi, je m'en suis, pour ainsi dire, réveillé aux Bories, auprès de ma mère, chez les Désailhen, où l'on m'a donné le manger, le boire, le chaud, où l'on a craint pour moi la mort par *morfondure*.

A Champdomergue, j'étais parmi les jeunes, les mal armés, frondes et fourches à fagots, que l'Oncle Laporte avait postés au premier rang, à la meilleure portée. Campés sur la hauteur, au-dessus de la bergerie, nous avons défié les papistes, levé nos chapeaux, gesticulé, puis, avec le psaume à pleine gueule, nous sommes allés sus à l'ennemi.

Il y eut ces tonnerres, ces fumées... Je me suis retrouvé ici.

J'ai cru au désastre, mon Dieu! pardonnez-moi!

Le capitaine Poul faisait annoncer le massacre de deux douzaines de fanatiques, quant au reste, on n'en savait rien, rentrés chez eux, sans doute, honteusement, cachés les fusils et démanchées les faux, ils avaient repris, l'oreille basse, la bêche et la carde à main. La révolte était morte, l'Éternel n'avait plus d'armée...

Peu à peu, la chose a tourné du noir vers le blanc. Au Collet, où il avait descendu ses futailles à *pétasser*, le père Désailhen avait appris des bonnes gens qu'on y avait vu passer les cadavres d'une demi-douzaine de fusiliers, oui! et même un officier de milice percé par deux coups de mousquet, mais si! son nom? Gibertain, c'était un gentilhomme de Saint-Germain, et un officier de Branoux aussi, blessé par erreur, et Poul lui-même avait reçu un coup, sans gravité, mais son beau-frère, Vivatien, capitaine de fusiliers, était, lui, blessé à mort... voilà ce qui se disait.

L'Abel qui était allé au regain à Lézinier, sous Champdomergue, s'était laissé dire, lui, que des douzaines de fanatiques massacrés par Poul, on n'en avait pu voir un seul, car le fameux capitaine s'était empressé d'enfermer les corps dans une bergerie et d'y mettre le feu, empressement bien nouveau pour des gens qui se plaisent tant à trimbaler nos dépouilles sur des claies par bourgs et villages... *.

Enfin, hier soir, ce fut la visite de Théodore.

De fraîche source, nous savons que notre Gédéon et sa troupe ont depuis mis à mal trois compagnies du Régiment de Miral, au pont de Vébron.

Et notre forgeron de faire tenir aux Puissances des billets pleins de superbe, qu'il signe « de la part de Dieu, Gédéon, Colonel des Enfants de Dieu qui cherchent la liberté de conscience ».

Mon grand frère me tira de mes derniers doutes quant à cette victoire où les vainqueurs avaient si promptement détalé. Notre guerre, d'une mode nouvelle, voulait que, décharge faite au plus près, par surprise, nous disparaissions sur l'instant, suivant le règlement établi par Javanel, ce vaudois qui conduisit jadis les *barbets* au triomphe.

Les instructions de Javanel interdisaient les blasphèmes, la débauche et le larcin ; commandaient le culte avant le combat, la mise en commun du butin, le massacre des prisonniers et l'incendie des églises.

Mon frère tenait cela du petit boulanger à cheveux roux qui nous avait suivis de Saint-Martin à Champdomergue, lequel avait vécu dans la Genève.

Théodore me fit savoir que nous devions tous deux

rejoindre au plus vite les attroupés, et que nous avions une mission à remplir en chemin. Ma mère soupira, qui se fait bien vieille ces jours-ci, mais Finette, alors, nous voulut donner quelques nouvelles de son côté :

— Il y en a quatre qui étaient à Champdomergue, on les a menés en Alais : le Jean Couderc, du Vieljouvès, qui est mort en route — ils ont promené son corps partout pour voir si quelqu'un le reconnaîtrait ! —, et le Jean Esrals, qu'on lui dit le Grieules pour surnom, le Pierre Salles, et le Jacques Donadieu... Les gens disent qu'ils vont être rompus vifs sur un échafaud...

Mon frère s'est levé en disant que c'était pour eux, bien à propos, que nous devions quitter les Bories avec le petit jour.

— ... et tu prendras ton papier et ton encre, Samuel. Le bonsoir à tous !

Du papier, de l'encre, j'en aurai encore à suffisance quand j'aurai fait un paquet de cela, que Finette ira glisser dans notre cachette en menant ses chèvres dans la vallée. Déjà les étoiles sont parties et le ciel est moins noir. Le jour est matinier encore, en septembre, sur les hauteurs. L'Abel disait que les raisins se font, mais au Gravas, depuis cinq ans, les vendanges sont faites, et pour toujours.

Il me semble entendre prier la Finette dans le mas endormi. Le dernier bout de cierge qui me restait de Saint-Paul meurt doucement. Il est trop tard pour dormir ; je vais prier aussi, prier notre Seigneur de me donner la force, et le vouloir.

[*Sous le lien du paquet, était glissé un petit bout de papier blanc sur lequel la grosse écriture de Finette n'avait pu faire tenir que ces quelques mots :*]

Non, je ne t'aime pas plus que Dieu, car tu ne m'aimerais plus, mais j'aime Dieu encore plus pour toi et pour le cœur qu'il m'a...

[*Ce bout de papier est la marge inférieure de la première page d'un Ancien Testament. Trois lignes ont été arrachées en même temps que la marge, ce sont :*]

au recto (*page 1*)	terre selon leur espèce. Dieu vit que cela était bon. Puis Dieu dit : Faisons l'homme à notre image, selon
au verso (*page 2*)	arbres de toute espèce, agréables à voir et bons à manger, et l'arbre de la vie au milieu du Jardin, et l'arbre

« Mon âme est dégoûtée de la vie!
Je donnerai cours à ma plainte,
Je parlerai dans l'amertume de mon âme.
Je dis à Dieu : ne me condamne pas!
Fais-moi savoir pourquoi tu me prends
[à partie! »

Ma mémoire, j'en ai peur! jamais ne sera quitte de ces lieux ni de la chose ; c'était un mazet de misère sous lequel braillait la marmaille ; on aurait dit, d'en haut, que la masure était en voie, déjà, de les écraser, et qu'ils en pleuraient.

Théodore m'a dit :

— Le capitaine Poul ne serait jamais venu à Champdomergue — la preuve en est qu'il se rendait au Mazel Rozade pour y raser la maison de Couderc! — il ne nous aurait jamais trouvés, le Poul! si un mouchard n'était pas venu nous vendre. Voici la maison de ce mouchard.

Les enfants criaillaient dans la masure. J'ai soupiré :

— Comme ils sont pauvres, Théodore!

— Peste! ce sont les pauvres qui ont le plus besoin d'argent.

Mon frère souleva sa blouse, tira deux gros pistolets dont il rafraîchit les bassinets en les emplissant de poudre fine. Il m'en confia un :

— La baraque n'a qu'une pièce, avec la porte sur le devant et une fenêtre sur le côté. Tu vas garder ce côté, et tu tires sur tout ce qui sort. *Anénn' !*

En courant, dans un souffle, je lui demandai :

— Pourquoi nous, Théodore?

— C'était sur le chemin...

Devant le mazet, il me désigna la fenêtre du bout de son pistolet, en marmottant :

— Dieu nous aime, Samuel, comme tu dis toujours...

Et il bondit vers la porte qu'il ouvrit d'un coup de pied.

Peu après, il sortit, tenant la bourse aux cent pistoles — les Trente Deniers! — et poussant devant lui l'homme. Il ferma la porte sur les autres, me fit installer avec mon écritoire sur une pierre plate qui servait de table, et me dicta le placard suivant : AINSI SERA-T-IL FAIT AUX TRAITRES ET AUX PERSÉCUTEURS DES ENFANTS DE DIEU.

Pendant que je formais de grosses lettres, Théodore dit au malheureux :

— Nous devrions te rompre vif, et te rompre trois fois puisque c'est trois des nôtres que tu as vendus à la roue, mais il n'y a pas de justice parfaite... A genoux!

Il lui posa l'écriteau sur les épaules et planta sa dague au milieu.

*

Nous avions mis près d'une lieue derrière nous et pourtant on aurait dit que les hurlements de la masure étaient toujours aussi près. Théodore grogna :

— Quatre années durant, j'ai servi le roi, et j'en ai fait, sans savoir ni pour qui ni pour quoi...

Ce qui me fit venir aux lèvres les mots qui me roulaient par la tête :

— « La Colombe est un oiseau paisible... Ma Colombe, montre-moi ta face et que j'entende ta voix ; car ta voix est douce et ta face est belle. Lève-toi, mon amie, et viens ; car l'hiver est passé... N'entends-tu pas la tourterelle? Lève-toi, mon amie, ma belle, et viens vers moi... »

— Ah, tais-toi, vaï!... Toi, tu as toujours trop bien mangé, mon pauvre Samuel!

Le rire en bourrasque de l'Oncle Laporte, le rire à l'entier de ses quatre dents noires, le vacarme du gouffre ouvert dans sa brousse de sanglier, rinçait les âmes, telle la tramontane les vallats embrumés.

Il brandissait son placard comme un étendard et tantôt gémissait :

— C'est ma pauvre mère qui s'en gonflerait, elle qui criait toujours que je ne valais pas cher!

Et tantôt proclamait :

— Il y en a pour de l'argent, là-dedans! (En se donnant sur le crâne des coups de poing à faire éternuer un bourricot.)

Il voulait toujours que je lui relise la fin :

« ... Et comme nous sommes avertis que le nommé Laporte s'est rendu le chef de ces bandits, Nous déclarons que nous donnerons cent pistoles à ceux qui le pourront arrêter mort ou vif ; et pour qu'il soit connu, nous avons inséré le portrait dudit Laporte cy-après. Enjoignons aux consuls des lieux de faire lire et afficher notre présente ordonnance dans toutes les Places publiques, afin que personne n'en ignore, à peine de répondre en leur propre. Fait à Alais le dix-septième septembre 1702. Signé De Lamoignon, et plus bas : Monseigneur de Montigny... »

Il défiait le Nicolas Jouany, carré de caboche et court

de col, il défiait le Castanet, trogne d'ours courroucé, il défiait Couderc-Jacques dit La Fleur et Salomon Couderc le prophète, et le grand Abraham Mazel lui-même, il les défiait tous, tête par tête ou en chapelet comme les oignons, d'enchérir sur sa hure en vieux bouscas des Branoux. Il faisait mettre à sec un *barral* de vin pour célébrer le marché, et me suppliait de lui lire l'annonce une fois encore, la dernière! mais dans notre patois de la Cévenne alors! pour la profiter mieux... enfin, nous lançait sus à Saint-Privat-de-Vallongues où il restait encore une église à brûler.

Il avait quatre bras pour entasser bancs, chaises et ornements au centre de l'église, et, devant que d'y bouter le feu, il interpellait Mazel de chanter, en l'honneur de l'Oncle Tête-d'Or de Branoux...

Abraham entonnait de sa voix à débûcher les chats-huants en plein soleil :

« A sac! à sac! qu'elle soit embrasée!
Et jusqu'au pied des fondements rasée!... »

Et notre Gédéon pouffait tel un soufflet de forge.

Nous vivons les merveilles de l'Éternel, nous marchons, brûlons et chantons :

« ... Ta parole est une lampe à mes pieds
Et une lumière sur mon sentier... »

Nous davallons dessus avec la nuit, crions, frappant la terre de nos faux manchées à rebours et brandissant nos torches : tue! tue! brûle! brûle! et le château de Vingt-Bouches s'ouvre à nous comme une Jéricho. Nous y trouvons le blé, le sel et le vin, le beau linge blanc des armoires et les longues chemises. Nous louons l'Éternel qui nous conduit aussitôt par la voix de nos inspirés au village du Cros, où nous trouvons la farine et le fromage, du lard, des drogues, des onguents, de la charpie. Nous chargeons baudets et mules et, suivant l'Esprit, nous pouvons, la même nuit, brûler l'église de Saint-Hilaire-de-Lavit, puis repartir vers la Vallée Française. De lune, point, pas plus que d'étoiles, les ténèbres froides, mêlées de pluies et de vents, et nous aurions tourné sur nous-mêmes, si notre Seigneur n'eût placé sur l'épaule d'Abraham une lumière tel un diamant qui nous guidait...

Ainsi, de nuit en nuit, et le long des jours, marchant et chantant, conduits par Salomon, Abraham et d'autres de nous que l'Esprit animait sans cesse, mangeant en marchant et marchant en chantant, nous passâmes Sainte-Croix, brûlâmes l'église de Molézon, saisîmes les armes des châteaux du Mazel, de la Saigne et de Soubreton, brûlâmes les églises de Saint-Marcel-de-Fontfouillouse, de Saumane, de Saint-Martin-de-Corconac, brûlions de même les maisons presbytérales, et les curés si nous pouvions leur mettre la main au collet, nous prîmes force fusils au château des Plantiers et faisons la pause, présentement au château de Marouls, près Saint-Jean-de-Gardonnenque *.

De Saint-Paul-la-Coste, bourg sis à moins de trois lieues au-dessus d'Alais.

Ils sont tous gens de Dieu, à Saint-Paul, nous servent l'eau, la soupe et le vin chaud, nous lavent les pieds, aussi sommes-nous revenus une deuxième fois pour leur brûler leur église. Ces bonnes gens déploraient de n'avoir pu nous garder leur curé, lequel a détalé, suivant une habitude fâcheuse, tant que nous ne dépêchons plus beaucoup de capélans. A Corconnas où nous en tenions enfin un, Abraham Mazel reçut défense de l'Esprit de lui faire mal aucun *.

L'Éternel nous mène de si ferme et si constante main que nous ne nous rencontrons jamais avec le capitaine Poul, sauf à Marouls, mais le Gardon de Mialet nous séparait du cavalier cosaque et nous pûmes l'insulter à loisir. Nous y perdîmes seulement trois de nos frères, qui s'étaient laissé emporter par leur colère trop vers l'avant. Le Poul a pris leurs dépouilles et les a exposées à Saint-Jean, aux fourches qui sont dans le lit du Gardon. Nous les sommes allés enlever la nuit dernière et les ensevelirons tantôt sous un châtaignier, que nous choisirons le plus beau. Nous ferons à cette occasion une assemblée de plus, ce qui arrangera bien nos bonnes gens de Saint-Paul, qui furent si longtemps privés de la Parole qu'ils ne s'en peuvent rassasier. L'Oncle Laporte a arrêté quatre soldats de bourgeoisie qui levaient des contributions.

Après les prières et les psaumes, Dieu voulant, nous les tuerons tous quatre derrière le beau châtaignier.

Après les louanges de l'Éternel, nous reprendrons le chemin, car il nous est ordonné de brûler l'église de Saint-Julien-d'Arpaon, laquelle se trouve beaucoup plus éloignée que les trois églises que nous avons brûlées après celle de Saint-Paul.

A Saint-Martin, Dieu voulut que le curé fût un vieillard, nommé M. Gilles de la Pize, dont les quatre-vingts ans alentissaient la fuite ; nous lui pûmes ainsi rendre son déboursé.

Il n'est plus de jour sans orage et Théodore se plaint de ce qu'il devient malaisé de garder sec le bassinet des fusils et des pistolets... *

Et voici que je suis seulet derechef dans les ruines de notre Gravas, tel j'étais voilà deux mois, à peine plus... Je m'y voudrais ensevelir au creux de la terre noire, sous la plus basse voûte de la cave. La jeunesse du pays fait vendange ; le moût parfume les nuits sur les villages du vallat ; seul le ciel tire le deuil et pleure : l'Oncle Laporte de Branoux est mort *. Notre vieux Gédéon reçut le coup de mousquet près de moi, cependant que nos gens renversés à terre par les décharges de l'ennemi, cependant que miliciens, dragons et fusiliers accourant de tous côtés, Dieu, nous voulant punir, empêcha nos fusils de partir ; alors, sous les orages des cieux comme de la terre, l'épouvante nous prit...

Je me suis retrouvé ici, tel le marcassin séparé des siens qui revient à sa bauge. J'ai jeté dans la cachette les feuilles que je portais, sans les relire, suivant ma loi et aussi pour la peine que m'auraient portée ces écrits en la soreilhade...

> « O Dieu! tu nous as repoussés, dispersés,
> Tu t'es irrité... Relève-nous! »

Je n'ai pris ni nourriture ni repos depuis le trépas de notre Gédéon, je ne sais plus où porter mon corps ni mon âme. Je vais jeter ma page dernière dans l'oubliette et j'attendrai. J'ai fait le mal puisqu'il m'a puni, voilà, je n'agirai plus, j'attendrai sans bouger ni murmurer, j'attendrai son ordre, ou son messager, ou son appel, j'attendrai d'aller à lui ou qu'il vienne à moi...

J'ai froid. Novembre m'est un poignard...

« O, Dieu ! hâte-toi de me délivrer !
Éternel, hâte-toi de me secourir... »

« Puis vient l'ange de l'Éternel, et il s'assit sous le térébinthe d'Ophra qui appartenait à Joas, de la famille d'Abiézer... » Et je le vis, l'ange, en mon deuil, telle une douce image de mes rêves. Il m'offrit le vin nouveau, le fromage de nos chèvres, avec le pain de la farine du seigle des coteaux, et, cependant, il me déchaussait pour me laver les pieds.

Lors me reprit ma chaleur, lors mes yeux s'ouvrirent et mes lèvres aussi :

« Ah! Seigneur, si tu es avec nous, pourquoi ces choses nous sont-elles arrivées ? Et où sont tous ces prodiges que nos pères nous racontent ?... »

Mais Dieu seul pouvait savoir le marcassin revenu dans sa bauge...

Finette s'est endormie sous la voûte, serrée dans ma peau de bique. Son sommeil apporte le calme. « Elle est l'arc dans la nue, le signe d'alliance entre lui et la terre. Quand se rassembleront les nuages au-dessus de la terre, je la regarderai pour me souvenir de son alliance entre lui, et nous, tous les êtres de chair, pour ne plus désormais prendre l'orage pour le déluge... »

J'ai le besoin de Finette, toujours.

Je mangeais le pélardon sur le bon pain de chez nous, je buvais le vin doux qui sait bercer les cœurs, tandis que la raïoulette oignait mes pieds meurtris et me parlait doucement.

Ainsi l'Oncle Laporte de Branoux n'avait point cessé de vivre, puisqu'il y aurait toujours un Laporte, toujours plus jeune, plus ardent, pour conduire les Enfants de Dieu : il n'était bruit déjà dans la Cévenne que des prouesses du nouveau Gédéon *, lequel avait recueilli dans le sang des nôtres la houlette et l'épée de l'oncle de Branoux : il s'était rendu à Bagard pour y châtier Jourdan de trois balles au cœur avec ce mot : « Tu crois avoir fait mourir Vivent. Tu t'es trompé, il est ressuscité en nous, prie Dieu ! il est temps... »

Ainsi ne peuvent mourir les Enfants de Dieu, quand leurs meurtriers, dans l'instant ou dans dix ans, sont châtiés toujours.

La paix gagnait mon corps brisé, montait en moi, depuis la droulette agenouillée, lentement, mot à mot.

Le capitaine Poul avait cru nous exterminer, il nous avait provignés : sous la pluie battante du vallat de Thémelac, son grand sabre d'Arménie n'avait coupé la fleur que pour semer la graine aux tramontanes, en pleine terre attendrie par l'alliance de l'eau des nues et du sang de la chair **.

Quand je me rappelais ma fuite si précipitée que, tenant mon fusil par le travers devant moi, j'emportai les deux frères qui m'encadraient, je n'en pouvais plus endurer la vergogne. Mais ma raïoulette me rappela que, selon le dire ancien, « Dieu ne donne point le courage, il le prête seulement », à preuve l'Esprit Séguier qui tant fut couard à Fontmorte que brave à la géhenne.

Elle me remit mes souliers, se releva, puis me déclara qu'elle nous suivrait désormais, ainsi que nombre de filles le faisaient déjà, pour bouillir la soupe, laver le linge aux torrents, et le ravauder, qu'elle aimait mieux le Désert que le couvent ou la charrette pour les Isles ou le Canada ***...

« ... nos fils sont comme des plantes
Qui croissent dans leur jeunesse ;

Nos filles, comme les colonnes sculptées
Qui font l'ornement des palais... »

Elle dort, si fragile. De mon justaucorps tiré jusqu'au menton ses pieds ne dépassent point. Elle ne bouge ni ne respire, et j'ai peur. Je saisis la chandelle, pour m'approcher sans bruit...

Ma chandelle tremblait, j'étais penché sur elle et ma poitrine résonnait comme un intérieur de bronze aux cris de Gédéon : « Ah ! Seigneur, avec quoi délivrerai-je Israël ? Voici, ma famille est la plus pauvre en Manassé, et je suis le plus petit dans la maison de mon père... »

Rien ne palpitait sur l'étroit visage enfoui dans la peau de bique, et je me penchais toujours, tout plein de cris à l'Éternel : « si j'ai trouvé grâce à tes yeux, donne-moi un signe pour montrer que c'est toi qui me parles ! »

Au moment, alors que ma bouche approchait de la sienne, ses lèvres vinrent effleurer les miennes et me brûlèrent. Je me suis redressé d'un bond, suis revenu sur ma feuille, y ai courbé mon front.

La chandelle que je tiens encore verse des larmes de feu sur ma main gauche. Je défaille. Jeter ces feuilles dans le trou, courir me rouler en boule dans un autre trou, à l'autre bout de mon vieux mas...

« ... comme un enfant sevré qui est
Auprès de sa mère ;
J'ai l'âme comme un enfant sevré... »

[*Sur une autre feuille, de l'écriture de Finette :*]

Tu ronfles comme une forge, mon pauvre Samuel, un brave rhume, té! c'est le plus clair que tu auras porté de Thémelac. Demain matin, je te ferai réchauffer le reste de vin doux. J'ai remis la flamme à ton bout de suif pour venir te voir dormir, moi aussi, et du dormais, toi! Que tu écris de longue! que ta plume a gratté longtemps! Je me pesais tout ce que je pouvais sur mes paupières, surtout que tu parlais ton écrit, tout seul, comme un vieux... Dieu m'a guidé vers toi, cette malice! comme il fait la chatte retrouver son minet. Tes yeux m'ont fait gros cœur, tu ne le sauras point! Ce n'est pas qu'ils ne m'aimaient pas, mais ils aimaient plus loin, tes yeux, ils m'aimaient en passant. Quand tu t'es penché, je t'appelais, mais tu ne m'as pas entendue. Tu t'attentionnais à ne pas me réveiller, tout en me faisant couler la chandelle dans le cou, monstre! Tu ne t'en douteras jamais : moi, eh bien! je viens de te faire me rendre mon baiser! Cela t'a coupé le ronflet pour un sourire. Je ne risque pas de te le dire, vaï! comme ça j'en serai seule jugée, je ne m'en mets pas en peine! Mais attention! je ne te quitte plus, c'est dit, c'est dit! Et pourtant, j'ai peur moi aussi, et tant plus que toi quand tu t'y mets! moi, j'ai peur tout le temps. Oh! je ne m'embarrasse pas de mourir, ce n'est même pas de la guerre que j'ai peur, c'est des soldats, de tous... Je l'oserais jamais dire, et si mon fichu le savait, je le jetterais au feu, mais on dirait qu'un homme, dès qu'il prend un sabre, il n'est plus le même... Jeudi soir, en menant paître sur Coudouloux, j'en ai vu de près, maigres, noirs, poilus, velus, barlafrés, tirant la patte, puant l'alcool et la poudre, je les prenais pour des fusiliers, quand j'ai reconnu la voix du Salomon de Vieljouvès. Je les ai arrêtés pour les aviser d'un détachement de milices qui montait par Souteïrannes... Ils avaient saisi ces vestes de soldats dans les casernes du Pompidou, mais ils sentaient tant la sauvagine que les troupes réglées. J'en connaissais trois ou quatre (en plus du Salomon) et j'avais peine à les remettre. C'est qu'ils avaient pris en trois mois un coup de vieux de vingt ans, et puis ils avaient pris aussi l'œil pointu des sauvagines... J'en sais trop, vois-tu! du soldat, avec son gros rire et ses grosses pattes, qui s'amuse des filles, les met nues, les force, les fouette, les épile... pour me faire à l'idée de l'autre espèce! Alors, je tremblais en venant... Mais toi, tu as beau maigrir et te faire les pieds comme des courgettes bouillies, tu restes beau que c'est incroyable! comme Daniel « après ses dix jours de légumes et d'eau... ». C'est peut-être que toi, tu combats par amour. Je ne veux pas dire que les autres ils aiment moins que toi notre Seigneur, mais ils haïssent autant tout ce qui n'est point de Dieu. Et quand on te voit dormir, toi! avec ton rhume et ta grimace, on en a plus l'envie de te défendre de toucher aux sabres que d'autre chose... Ah! mon Samuellou! j'aurais voulu te raconter de ces sornettes qu'on ne se dit qu'entre femmes, ou alors au chevet de l'enfant, quand il dort, ou quand il est encore trop petit pour comprendre...

La première année que le raïoulet manque ses [magnans,
il se rattrape sur sa vigne.
La deuxième année que le raïoulet manque ses [magnans,
il se rattrape sur ses châtaignons.
La troisième année que le raïoulet manque ses [magnans,

il lui reste sa raïoulette...
Voilà pourquoi il se fait toujours des magnans
en pays raïou
Voilà pourquoi les gens qui ont du bien
vivent dans la soie.

[Le paquet contenant les feuillets suivants était scellé de cinq cachets de cire. Le sceau, d'un dessin maladroit, représentait un poing serrant une torche, et portait la devise : DE LA PART DE DIEU.]

La Finette Désailhen se tenant ferme sur sa résolution de prendre les déserts, c'est ensemble que nous sommes montés vers la troupe la plus proche, celle du Jouany, sur le Lozère.

Nous avons franchi la Porte des Dominicains si tard que, le temps de traverser le bourg par la longue rue Piédevale, nous avons trouvé la Porte du Chef de Ville fermée, pris par le couvre-feu, à la merci des archers et des patrouilles de bourgeoisie. Seul, j'eusse attendu l'aube en quelque encoignure, mais il m'était hors de pensée de laisser ma raïoulette à la rue pour la nuit, à la malplaisance des vendanges finissantes. Je suis donc allé gratter à l'huis de mon ancien maître.

L'hospitalité du consul et de sa Péladane fut à l'accoutumée, de bon pain, de soupe chaude et de draps frais. Ils offrirent mon ancienne chambre à la demoiselle Désailhen et firent dresser ma couche dans l'étude, présumant que je n'aurais point de déplaisir à me reposer devant le pupitre où je m'étais si longtemps appliqué. Au moment de prendre congé, sur le petit matin, je me fis un devoir de m'ouvrir à mon maître de mon dessein, mais il me fit taire aux premiers mots, me protestant qu'il n'en pouvait rien savoir, que sa maison me restait ouverte pour la raison que j'étais chez moi chez lui, simplement.

*

Passés la Porte du Chef de Ville et le pont sur la Gardonnette, par le chemin de la tuilerie-four des Plos — où des Jean-Nicolas, dits Jouany, de père en fils, cuisaient la terre —, nous avons pris la montagne.

Nous avons traversé les fiefs des vernes, des chênes verts, le vaste fief des châtaigniers centenaires, puis, après quelques pauvres hêtres, quelques gros rouvres, nous sommes montés dans les pinèdes jusqu'où les arbres perdent courage, jusqu'au pur royaume des rancs, la sauvage rancarède au seuil de laquelle un vent de neiges nous coupa la face comme une main mouillée. Quand nous pûmes enfin faire un pas en avant, nous entendîmes un cent de cascades et nous avions un aigle immobile, à mille pieds sur nos têtes.

Jamais je n'avais tant aimé ces beaux castanets, jamais les fougères n'avaient senti si fort qu'en ces *fauguières*, jamais les rocs roulés, épars sur les jaunes pâquis marqués du sang de la deuxième *brousse*, ne m'avaient montré tant d'orgueil ; c'était comme si je voyais, entendais, sentais, ressentais à la fois par la Finette et par moi.

Voilà quelle nous fut l'ascension au Désert, et voici quelle nous fut l'intronisation :

A l'orée de la Fau des Armes, le mot et le méreau furent requis de nous par un frère commis à la garde, en haut d'un rocher pointu. Nous n'avions ni l'un ni l'autre, mais, dans la troupe appelée par le guetteur pour s'assurer de nous, plusieurs nous remirent sur l'instant et c'est fort joyeusement que nous fûmes conduits à la tanière du Jouany, lequel nous pressa sur son cœur pour la bienvenue.

Les meilleurs de nos Enfants d'Israël m'ont précédé ici, le Poujoullet en tête, le gros Louis du Cabanis, le petit Élisée du Pradel, le fils Vernissac, le Louiset des Moulines, notre Moustique, mais j'eus le bonheur d'y retrouver aussi mon pauvre Badarel, le Jean et le Pierre Felgerolles de la Boulade, avec leur cousin, l'Ésaïe de l'Aubaret qui est vif comme une belette, Bartavel, le petit Moïse de Belle-Poële, d'autres, de mon hameau du Pont-de-Rastel, comme Barthélemy, le fils de Vieillun le roulier, Jacquou, le fils de Delmas le serrurier, le grand Marius Margailhan, notre castreur de porcs, l'énorme Beltresque, notre forgeron, Baptistou Pranouvel, le chevrier monté de son Alteyrac sans oublier son violon, et même mes petits-cousins roux du Collet-de-Dèze.

L'ancien maréchal des logis me présenta ses lieutenants : le Jacques Veyrac de Soleyrols, le Vignes de Génolhac, son major, le Mathieu du Collet, et son armurier, le Pellet du Val de l'Homol.

Lors en vint un, devant qui tous s'écartèrent, un grand, très grand, jambes et bras pliés, genoux et coudes en avant, courbé comme un faucheur, maigre à faire peur, qui semblait la soixantaine. Ses gros yeux noirs paraissaient vouloir rouler dehors, brillants comme les cailloux de jais du torrent de Val Obscur, et nous en avions mal, Finette et moi, parce qu'il s'était campé devant nous et n'en finissait pas de nous regarder. Enfin, il prit le Jouany par le bras, et je n'entendis rien de ce qu'ils disputaient tous les deux, à l'écart, hormis des : pa d'aco aïssi! qui revenaient dans la bouche du grand faucheur : pas de ça, ici! pas de ça, ici!...

Cependant, nous apprenions que c'était leur prophète, un certain Huc, Jean, de la Salzède, dit Le Mazellet, et tous se bouteculaient pour nous en conter le plus grand bien.

Ce Huc n'était, de sa vie, entré dans une école et ne savait que du cœur ce qu'il savait de l'Écriture, disait le Poujoullet ; néanmoins, il parlait mieux, d'après le Gros Louis, mieux qu'un vicaire général ; et l'Esprit l'emplissait sans cesse, rapportait l'Élisée ; et pourtant ce n'était qu'un pauvre travailleur de terre, ajoutait le Moustique ;

c'est aussi, selon le Badarel, le cougniat du Jouany; il n'avait, au dire du Felgerolles de l'Aubaret, en dépit de son apparence, que quarante ans, ou même moins...

La plus petite des filles — à peine plus grande que Finette — une nommée Miette, racontait qu'il devenait beau quand il prophétisait. « Je pense bien! » attestait une femme d'âge, dite la Rousse, qui est l'épouse du Jouany, tandis qu'hochaient la tête les deux autres raïoulettes, qui sont Marie, l'épouse du bouscassier Fossat, le petit-fils de l'Espérendieu, et une nommée Florette.

Ils se turent tous si net que la tramontane en flûta dans les fentes de la rancarède, quand le prophète et le chef revinrent se camper devant la Finette et moi.

Le Jouany me demanda, roide, tel quel :

— Elle est ta femme... ou quoi?

Pantois et confus, je ne l'eusse pas été plus si Job m'avait cédé sa place pour répondre à « Bildad, Éliphas et Tsophar » : la question, voici que je me la posais à moi-même pour la première fois.

La poitrine de Huc grondait en sa masse d'os tant que des paquets de mots lui échappaient, comme la mousse de *raque* aux jointures d'un alambic caduc : ... « Elle a paillardé en Égypte, ribaude... les Égyptiens ont foulé les tétins de son pucelage... elle a forcené après les ruffians... je ferai cesser de toi ton énormité et ta paillardise de la terre d'Égypte... »

Ma pécole alors se porta vers l'avant et leur annonça bravement :

— Je suis sa promise!

Après, quand elle se tourna vers moi, je fus frappé de son regard ; je n'y retrouvais point le bleu que je savais, ses yeux étaient sur moi, verts, comme les mûres d'un sauvageon privé d'ente.

Je pris fortement ma Finette aux épaules et je dis :

— « Je suis l'homme, et voici cette fois celle qui est os de mes os et chair de ma chair! je l'appellerai ma femme... »

Au-dessus de son nez, ma bouche posa le greffon,

entre les mûres vertes où la sève monta, où revint le bleu.

Eux, ils regardaient Huc, mais le prophète vint à nous, nous toucha l'épaule de ses doigts de fer, toucha le ciel de son regard en pierre noire et dit :

— « C'est pourquoi l'homme quittera son père et sa mère, et s'attachera à sa femme et ils deviendront une seule chair ! »

Tous louèrent le Seigneur, puis, après la prière et les psaumes, nous firent compagnie jusqu'au bord du plateau, pour que nos yeux se réjouissent de sa Création si généreusement offerte.

Huc, le prophète, dit :

— Nous les marierons aux fêtes prochaines.

Jouany, le chef dit :

— En attendant, la promise couchera dans l'écurie, avec la Florette et la Miette.

Ils nous laissèrent seuls, le temps du crépuscule. Au tranchant de la rancarède balayée par le soir, les géants de granit à nos pieds, seule à seul, nous mêlâmes nos souffles de vie sous le plus grand des ciels.

Aux Dragons d'Orléans, où il était devenu marechal des logis — le grade le plus élevé à la portée d'un roturier — le garçon-tuilier de Génolhac était réputé savoir la guerre aussi bien qu'un gentilhomme, au dire de Théodore. J'eusse volontiers accordé là-dessus mon frère aîné, s'il avait été avec nous, mais il restait avec Castanet, notre petit ours de l'Aigoual, ainsi que me l'a confirmé le Cagopertou, qui s'en venait avec ses mules de par là-bas.

L'armurerie sera dans la caverne où le Gros Louis creuse la cheminée de forge, sur les mesures du maître Pellet ; la cantine, les magasins, l'arsenal, chacun a son trou sous son ranc ; le Jouany fait préparer la sellerie pour les chevaux qu'on prendra, la fonderie qu'il nous faudra quand nous aurons le plomb, les mortiers et les pilons pour la poudre quand nous aurons le soufre, car le salpêtre se trouve et le charbon de bois se fait. Nous avons déjà les chèvres pour le lait, les moutons pour la laine, dans l'écurie, des filles qui traient et qui tissent, tandis que notre Moustique frappe le cuivre des méreaux, selon la vieille industrie des Moulines du Viala, que l'Élisée du Pradel ravaude les souliers, et que d'autres creusent le chemin, en vue des grands charrois.

Ainsi, le Jouany me parlait de ses canons, quand un cri nous mit en sursaut, un de ces badaras qui pouvaient appeler à nos assemblées non seulement nos frères au travail dans les alentours, mais encore nos bonnes gens des mas et métairies de la Gourdouze à la Gardonnette.

Du haut de son pic, notre Badarel nous annonçait une manière de Mathusalem, le cadis en lambeaux, la barbe en loques, qui les fit tous s'écrier :

— Encore!... Il est encore là!...

Le Jouany, fort courroucé, lui cria :

— Rentre chez toi, l'Ancien! Je te l'ai déjà dit, nous ne voulons pas de toi! Allez... descends, et n'y reviens plus!

Le vieillard tomba sur les genoux pour le supplier :

— Laisse-moi vous suivre, Nicolas, rien que pour écouter la Parole, les prêches, les psaumes! je t'en prie, sois charitable... je ne serai pas dans vos jambes, ni une charge, ni un embarras, ni même une bouche de plus... à mon âge, on n'a plus besoin de manger pour vivre, la Parole me nourrit...

Fossat, le bouscassier, gronda :

— Allons! les soleils sont courts ici, la première neige vous emportera...

Le petit Élisée dit tendrement :

— Puisqu'on vous dit que vous êtes trop vieux, vos jambes pâtissent à vous porter, Papé! Parlons pas de soulever un fusil...

Alors l'aïeul jeta sa canne, souleva le Péquélon de terre et lui cria :

— J'étais jeune avec ton grand-père, mais vos papés étaient vieux même dans leur jeunesse, alors il a bien fallu que j'attende, et j'ai attendu longtemps... pour rencontrer la vraie jeunesse...

Là seulement je reconnus Samuel Reboul, mon parrain, le grand-père de Finette, ou, pour mieux dire, le Pagaron, comme on le nomme de tous temps, de partout en notre Cévenne et jusqu'ici sur la rancarède, au plus haut du Lozère.

En le serrant, je voulus aussi le détourner de l'impitoyable Désert, mais il s'arracha de mes bras, non sans indignation :

— Depuis quand le filleul ouvre-t-il la bouche, quand le parrain a parlé ?

C'était là dispute à lasser promptement l'ancien maréchal des logis, qui finit par s'en rapporter à son prophète, lequel, après méditation, déclara :

— « Samuel invoqua l'Éternel, et l'Éternel envoya ce même jour des tonnerres et de la pluie... »

Par le fait, il pleuvait depuis une heure et la foudre cognait les flancs du Lozère.

Ainsi le Pagaron fut reçu de nous, ce jour où nous priâmes sous son orage.

Le lendemain.

Le Jouany, qui a l'œil à tout, s'est montré curieux de mes écritures, puis assez fier de mon savoir de clerc, encore qu'il m'eût préféré barbier, car aucun de nous n'a été instruit dans l'art de recoudre les coups de sabre.

Sur son ordre, j'ai commencé de lui lire mes dernières lignes, le récit de mes retrouvailles avec mon parrain, mais je me suis arrêté, de peur que le rire n'étouffât le tuilier. Dès qu'il l'a pu, il m'a découvert la cause de ce rire :

— S'il avait eu la plume tant bavarde que toi, notre Seigneur! il aurait fallu une file de mulets, poitrail à cul, d'ici jusqu'à Versailles, pour porter ses Écritures!

*

Ceci m'advint le jour suivant mon arrivée au Désert.

Je m'étais écarté derrière un ranc, accroupi déjà, quand Huc le prophète me vint dessus, avec ses yeux plus près que jamais de lui tomber de la figure; il me cria :

— « Tu auras parmi ton bagage un instrument, dont tu te serviras pour faire un creux et recouvrir tes excréments, quand tu voudras aller dehors... car l'Éternel, ton Dieu, marche au milieu de ton camp... »

Il me ramena vertement à la grotte où il me jeta une

bêche — que je ne pus saisir qu'en lâchant mon haut-de-chausses — et me renvoya sur les lieux avec un brave coup de pied dans mon endroit coupable ainsi mis à nu.

Ces délicatesses n'ont que peu cours dans nos villages.

*

Le soir, après le dernier office, nous avons un moment à nous, ma Finette et moi. Souvent le prophète Huc nous fait le bonheur de sa présence, encore que s'affroidissent les nuits comme de saison, car nous avons besoin de lui, le prions de prendre place entre nous deux. Sa voix est un onguent pour les brûlures et sa présence seule suffirait à rendre la paix à nos chairs.

Il nous dit qu'il est trois choses qu'il ne peut comprendre : la trace de l'aigle dans les cieux, la trace du serpent sur le rocher, et la trace de l'homme chez la jeune femme ; et que celui qui soigne un figuier en mangera les fruits ; et aussi que le vin qui paraît d'un beau rouge et fait des perles dans la coupe finit par mordre comme un serpent, par piquer comme un basilic ; et encore que la droiture est le baiser des lèvres, le fruit de la bouche, comme la fraîcheur de la neige au temps de la moisson, que la sagesse du cœur augmente la saveur des lèvres.

Il dit à la Finette que la femme vertueuse a plus de valeur que les perles ; qu'elle se procure de la laine et du lin, et travaille d'une main joyeuse ; qu'elle est comme un navire marchand, qu'elle amène son pain de loin, qu'elle ceint de force ses reins, affermit ses bras et sent que ce qu'elle gagne est bon ; qu'elle se rit de l'avenir, car son ventre est fertile...

Il me dit que la lumière des justes est joyeuse ; il me dit : Fais ta joie de la femme de ta jeunesse, biche des amours! Sois en tous temps enivré de ses charmes, sans cesse épris de son amour, et ta source sera bénie...

Il pose ses mains sur nos têtes ; alors une chaleur,

par lui, me vient de Finette, qui me met comme une allégresse dans les entrailles.

Tout s'éclaire par la bouche du prophète : ainsi je sais que l'Oncle Laporte de Branoux n'a reçu que sa punition divine à Thémelac, pour son péché d'avoir tué des gens un dimanche sans égard à l'interdit qui nous est fait de donner la mort le jour de la Loi de Grâce.

Huc me demande parfois de lui dire l'Écriture, car autant son regard est puissant, autant sa vue est faible.

*

Moissons, regains, vendanges, castagnades, et même le bois de l'hiver étaient rentrés. Des frères montaient au Désert chaque jour, apportant les vieux mousquets, les fusils et les pistolets soustraits aux réquisitions successives de l'Intendant, rouillés et puant le purin ou la suie des longues cachettes, tant que le maître Pellet formait ses compagnons-armuriers à la hâte.

Les nouveaux apportaient aussi leurs faux, leurs fourches, leurs broches et lames de toutes façons. Sur l'échine, ils portaient la sachée de châtaignons, de fèves, voire de blé et, dans les poches, un fromage, ou du sel ou du lard, ou des drogues et de la charpie. Ils se dépouillaient de tout leur meilleur, en somme bien piteux et bien peu.

Nos quatre plaies sont, sous les premières neiges : manque de manteaux, manque de bons souliers, manque de fusils, manque de poudre et de balles... En bref, les seuls qu'on puisse rassembler sans peine et en quantité sont les raïoulets réformés, ce qui, à bien réfléchir, après tant et tant d'années d'inquisition, paraît tenir à miracle.

Si notre écuelle quotidienne n'en pâtit pas trop, c'est que nos visiteurs — quelques justiciables sous recherches exceptés — ne restent que le temps de se dépouiller, de prendre les ordres, d'apprendre les signaux convenus, et surtout de se rassasier de prières, de psaumes et de prophéties. Aussi nos inspirés servent-ils au moins quatre assemblées par jour, de quatre à cinq heures chacune, dont la dernière sous la lune qui fait son jour de la neige des sommets.

*

L'olive tire à sa fin dans la Plaine, et les raïoulets qui étaient allés louer leurs bras remontent, la bouche pleine des merveilles de la Petite Canaan, comme ils nomment la douce vallée de Nages.

Le petit boulanger d'Anduze y mène forte troupe à grand bruit, tenant assemblées de milliers de personnes en plein mi-jour, et sur Grand'Place, comme à Aigues-Vives ; à les entendre, ce Jean Cavalier aurait défait un Régiment du roi, pris l'illustre capitaine Vidal, et l'aurait justicié en lui bourrant de poudre le nez et les oreilles, pour le faire péter de la bonne façon vaudoise *.

Cependant que nos *gavots* nous en contaient ainsi, le Jouany et Huc s'étaient entretenus à part avec le plus âgé des olivailleurs. Nous vivions par l'oreille les prouesses du petit boulanger menant sa troupe en bon ordre sur grands chemins au grand jour, tambours battant devant, requérant dans les règles vivres et subsistances, se logeant par billets ; nous en voulions apprendre encore quand le Jouany, perché sur un ranc, nous tira de rêves, et roidement :

— Et nous ? hurla-t-il, nous, on *bade* à la lune!

Sur un ranc plus élevé, Huc poussa un cri terrible, grand-ouvrit son regard porte-deuil et proclama :

— « Tu dévoreras tous les peuples que l'Éternel, ton Dieu, va te livrer,. tu ne jetteras pas sur eux un regard de pitié... L'Éternel, ton Dieu, est au milieu de toi, le Dieu grand!... et terrible! »

Notre petit peuple du Désert était tombé sur les genoux; ce n'étaient que cris, que supplications :

— Seigneur, ordonne!... nous sommes tes soldats!... fais-nous connaître ton dessein, Père, parle! parle!...

La Florette se jetait en arrière, et l'on entendait son crâne frapper le granit ; à chaque fois, elle se relevait, raide, pour retomber aussitôt de son long, sans cesser de scander :

— « D'une main, elle a saisi l'épieu, et de sa droite le marteau des travailleurs, elle a frappé Siséra, lui a fendu la tête, fracassé, transpercé la tempe. Aux pieds de Jaël, il s'est affaissé, il est tombé ; là où il s'est affaissé, là il est tombé sans vie... »

Sur la neige, la Miette ne bougeait pas plus qu'une morte, mais si l'on s'approchait d'elle on voyait sa peau frémir comme le poitrail d'une mule assaillie de taons; on l'entendait psalmodier sans fin :

— « Dieu brisera la tête de ses ennemis, le sommet de leur tête, pour que tu plonges ton pied dans le sang et que la langue de tes chiens ait sa part des ennemis... Dieu brisera la tête... »

Entre la Florette en bascule et la Miette en morfondure, ma Finette sanglotait, grelottant tel un chiot remonté d'un puits, ce tandis que l'assemblée ressassait, insensible à la lassitude : parle, Père! ordonne, parle-nous, Père!...

Soudain, balayant la blanche rancarède, repoussant les tramontanes de glace, une voix tonna :

— « Cieux, écoutez! Terre, prête l'oreille!
Car l'Éternel parle... »

C'étaient pourtant bien badaras du Badarel, mais nous y regardâmes à deux fois, n'ayant jamais ouï de sa bouche un seul mot parlé en français.

— Mon enfant, je te le dis, vous devez vous retirer d'ici pour vous rendre auprès de vos frères, je t'en assure, mon enfant! car les temps viennent où se doit assembler l'Armée du Seigneur...

Voilà le commandement en beau langage que nous fit notre pauvre pâtre bancroche, parce que l'Esprit avait élu sa gorge puissante. Puis il y eut un silence grand comme le Lozère. Le Badarel tomba, se recroquevilla, perdit les sens ; quand il les retrouva, il ne voulut jamais croire qu'il avait discouru en français, se fâcha même contre nous, et dans le plus gros des patois raïous.

Après le psaume des batailles, Huc se leva et dit :

— « Lorsque tu camperas contre tes ennemis... s'il y a chez toi un homme qui ne soit pas pur... il sortira du camp... ton camp devra donc être saint, afin que l'Éternel ne se détourne point de toi... »

Le prophète parcourut les rangs du petit peuple agenouillé; d'aucuns tremblaient à son approche tandis que d'autres tombaient, le front dans la neige ; il s'en vit dont les péchés coulèrent de la bouche : celui qui s'était débauché dans son sommeil, souillant sa couche, celui qui n'avait point partagé son fromage, ceux qui avaient blasphémé, ceux qui avaient peur... ceux-là quittèrent l'assemblée.

Les autres priaient pour eux, les consolaient en les accompagnant jusqu'au torrent, où ils devaient se laver. Dieu voulant, nous restâmes à quatre-vingts quand nous disposions justement de quatre-vingts fusils avec assez de poudre dans le tonnelet, que le Jouany distribuait en quatre-vingts parts avec une cuillère d'étain, Huc comptant les balles.

L'ancien maréchal des logis s'ouvrit à nous du message apporté par l'un des gavots : les malcontents de la montagne devaient se rassembler, sans tarder plus, au lieudit de la Cam d'Aigladine, où les attendait la troupe commandée par Jean Cavalier et par le nouveau Laporte, Pierre, le neveu de l'Oncle Gédéon de Branoux.

*

Le Fossat m'a appelé sur le ranc où il montait la dernière garde avant le départ, pour me montrer un point qui avançait petit à petit, sous la lune, au flanc des Bouzèdes :

— C'est lui, Samuel! c'est le Pagaron qui prend son avance. Une douzaine de lieues bonne mesure, rien que par les montagnes, et de nuit encore! Je n'en reviendrais pas si le vieux arrivait avant nous!

— Qui sait, bouscassier! voilà un siècle bientôt qu'il est parti, mon parrain...

[*Fin du paquet scellé* DE LA PART DE DIEU.]

Au soir de ce onzième de décembre 1702.

Chère sœur en Christ,

Le Poujoullet, notre messager, te remettra cette lettre par laquelle je voudrais t'envoyer des nouvelles des tiens, qui sont bonnes.

Les Bories, en effet, furent notre première halte, voici trois semaines; notre soupe y fumait, pour cette raison que ton grand-père, l'infatigable Pagaron, nous y avait précédés, si bien que ton père, ta mère et la mienne étaient déjà revenus de leur surprise quant aux vœux que nous avons échangés au Désert. Ton père eût été en droit de repousser une demande un peu tardive, mais la halte et la presse (car nos bonnes gens du Chamas, de Valmalle, de Clerguemort, s'étaient joints aux Bories pour traiter notre forte troupe), tout cela fit que nous n'eûmes que le temps du meilleur, et ton père me donna le Baiser de la Paix, le triple baiser de la montagne huguenote.

Ton frère Abel nous aurait voulu suivre, mais Nicolas Jouany lui fit ressortir que s'il ne restait point quelques bons bras pour la servir, notre terre ne nourrirait plus les soldats de l'Éternel.

Mais, pardonne-moi, Finette, de courir au bout du chemin, de sauter d'un coup sur cette dernière crête où l'un après l'autre nous sommes tombés sur les genoux, au fur et à mesure que nous parvenions à la découverte.

Ah! comme nous l'avons loué, dans ce petit matin, le Créateur qui nous offrait là, d'un coup, au pied de nos montagnes, sous une lumière d'or, la Terre Promise! Je l'ai parcourue deux fois depuis, ma bien-aimée! et je ne sais comment te la peindre, la douce plaine arrosée de ruisseaux comme un jardin de l'Éternel, épargnée des gels et des neiges, où l'on voit plus de vaches que de chèvres, où l'on ouït encore les abeilles, le tendre pays de l'huile, du vin clair, du pain blanc, où le soc ne sait rien du caillou...

Entre Saint-Jean-de-Gardonnenque et Anduze — qui est à n'en pas douter la plus belle ville au monde, notre Genève! — nous nous trouvâmes à plus de cinq cents, tous enfants élevés à la Bible et armés pour leur foi. J'eus du mal à remettre Cavalier (tu sais, le petit boulanger rouquin) dans un flambard sous perruque et chapeau à plumes, dans la dépouille rouge galonnée d'or du défunt capitaine Vidal; je vis enfin le fameux Laporte, un bel homme d'au moins vingt ans, qui se fait appeler « Rolland »; et je revis mon frère aîné, davallé de l'Aigoual avec la troupe de Castanet.

Pauvreteuse, la plume défaillit en main devant ces jours où tant nous nous sommes donné carrière, nous gaussant ici des capitaines de garnison, assemblant à quelques lieues de là nos bonnes gens, ne partant jamais sans demander à l'Éternel de nous mener, n'entreprenant rien à l'arrivée avant de l'avoir remercié de si bonne conduite, ne marquant la moindre pause sans prière publique, prêchés ensemble par les prophètes de chaque troupe, si nombreux que notre Pagaron en eût goûté son plus grand bonheur, si, par malefortune, il ne nous avait toujours rattrapés qu'à l'instant où nous nous redressions pour repartir, tant et si bien que notre cher aïeul n'a jamais eu, jusqu'à présent, ni prêche ni pause.

Au château de la Rouvière pourtant, nous avions pris loisir d'honorer l'accueil des gentilshommes verriers de notre foi, leur collation, leurs rafraîchissements, mais, non seulement le pauvre Pagaron ne parvint à la poterne que pour en voir sortir notre arrière-garde, mais encore il ne voulut rien croire de cette hospitalité, criant que jamais la petite gent n'entrerait en châteaux que livrée sur l'échine ou piques au poing, et fut si ferme là-dessus que nous l'entendîmes longtemps s'opiniâtrer sur nos traces, et que seule la distance croissante étouffa ses cris dans notre dos.

Je me dois de tourner court, de crainte que le Poujoullet ne vienne chercher la présente avant que je m'y sois confié d'une tentation, pour laquelle l'Ange des Ténèbres abusa de toi, ma fiancée respectée.

Le soleil, la terre et la rivière sont généreux en Gardonnenque, et riches les églises, d'autant plus riches que les paroissiens y vont à contrecœur. Ici, ce n'est sans doute pas assez que d'acheter sa tranquillité au curé, puisque les nécés vont jusqu'à couvrir aussi de cadeaux leurs *madonnas* de plâtre et leurs *marmousets* vermoulus. La moindre de leurs synagogues tant est assortie de confessionnaux, chapelles, cryptes, de coins et de recoins, qu'on craint toujours, en partant, d'y enfumer quelqu'un de nos frères attardé par un veau d'or encore à réduire en poudre. C'est que, là-dedans, l'encens monte à la tête et la hache résonne à fendre l'âme, même sur les coffrets étroits qui crachent en l'air, quand ils pètent, ces bouts d'os que les papistes ont la manie de cacher, comme ton petit chien Cadel, pour les ressortir de temps en temps, comme lui. L'espèce capélane de par ici joue à costumer ses poupées de brocarts, de taffetas, se plaît à les charger de bagues, d'anneaux, de bracelets et de diadèmes. Croix, bannières, candélabres, orgues, bénitiers, vases et goupillons ne sont qu'argent, or, pierres précieuses, et il est curieux de voir, dans les bûchers purificateurs, les diamants disparaître absolument dans une flamme de rien du tout, et si brève!

L'autre soir donc, s'élevait à l'accoutumée notre bûcher de bancs d'œuvre, stalles, prie-dieu, croix et missels quand mes yeux sont tombés sur une peinture oubliée, pas plus grande qu'un mouchoir, mais s'étalant à la place d'honneur, l'image de la femme à l'enfant que nous brûlons tous les jours. Plus petite, plus jeune que l'ordinaire, je ne pouvais plus me bouger de devant, sans savoir si c'était son biais de pencher la tête qui me touchait, ou son air de me tendre l'enfant, comme si je rentrais chez nous après vendanges, et qu'il fût mien.

Le Jouany qui s'impatientait, torche en main, s'est approché, puis s'est écrié dès le premier coup d'œil :

— Vertu-froc! c'est la Finette toute crachée!

La bourrasque arrachait le contrevent : je te voyais comme à ta fenêtre, ma fièvre m'en devenait douce. Sans aller chercher plus loin, j'ai sollicité une grâce exceptionnelle pour l'idole. Notre prophète, mandé par le Jouany, se prenait à son tour au charme d'une aussi maligne semblance, Huc lui-même n'était plus aussi sombre, quand l'église a résonné d'un hurlement :

— Pas celui-ci, barbares, pas celui-ci!...

C'était une espèce de porte-verge, gras de chairs, reluisant de poil, qui s'en donnait ainsi, traînant vers ma peinture les trois Felgerolles qui lui effeuillaient en vain la soutane.

— ... tous! mais pas lui, scélérats! c'est une œuvre du Titien!... beuglait l'enragé, mais sa course et sa voix se sont arrêtées sec sur le regard funeste de Huc.

L'animal maîtrisé, le prophète m'a repris la peinture des mains pour coller son nez dessus.

— Samuel, vois, il y a quelque chose d'écrit, on dirait.

J'ai lu : TICIANUS FECIT MDXXII.

Le porte-verge a repris du poil de la bête, en entendant le Jouany grogner contre le latin :

— Je vous le disais, il vient de Rome!

Huc s'est écrié :

— Ah! il vient de la Babylone!

Voilà qui est assez dire que le tableau de ce Ticianus s'en est allé promptement couronner le bûcher, tandis que l'Esprit parlait par la bouche de notre prophète : « Tout orfèvre est honteux de son image taillée ; car ses idoles ne sont que mensonges. Elles sont une chose de néant, une œuvre de tromperie ; elles périront... »

L'épouvante marquait dans ma mémoire les propos inspirés ; ainsi quand Huc, après plusieurs sauts sur place, a montré le gros porte-verge, sa bouche a lancé « N'épargnez pas l'homme! qu'il tombe blessé à mort dans ce pays de Chaldéens, percé de coups! L'épée contre les habitants de Babylone, ses chefs et ses sages, dit le Seigneur, l'Éternel des armées! L'épée contre ses trésors, qu'ils soient pillés! car c'est un pays d'idoles; ils sont fous de leurs idoles! »

Le Jean et le Pierre Felgerolles de la Boulade, avec leur cousin Ésaïe de l'Aubaret, ont expédié le capélan à coups de sabre.

Nous n'avons quitté la place qu'après avoir cassé jusqu'au dernier les vitraux pour en recueillir le plomb. Dans les flammes, à la pointe du bûcher, j'ai vu le corps épais du porte-verge qui remuait encore un peu, j'ai vu ce qui restait de l'idole, un cadre noir et vide. Le Jouany m'a pris alors par le bras et m'a montré un diadème de madonna en flammes :

— Hé! l'Escrivaïrou! ces diamants, j'en mettrais la main au feu! c'est un de nos nécés qui les a offerts! té, *vé!* ils ne brûlent pas, ils sont faux!

Le pauvre Pagaron qui arrivait sur le parvis comme nous repartions n'a jamais voulu croire que nous venions de te brûler en effigie (maintenant, nous cassons des branchettes sur notre chemin, car l'aïeul ne peut plus nous tenir pied, il ne nous suit même plus à vue!).

Voilà comment, mon amie, le Malin avait choisi ton image pour me séduire; j'en pourrais écrire, si j'avais la plume portée sur le libertinage, et galantiser! A l'envers, j'y vois, pour nous deux, ma chère sœur en Christ, un avertissement pour notre salut.

Néanmoins, l'envie me tient de te revoir à loisir, pour tout te dire, et de vive voix! de ces jours où nous avons barroullé par cette Canaan, passant, repassant le Jourdain, assemblant, rassemblant les peuples. Nos prophètes prêchaient, prophétisaient, du petit matin à la nuit noire, distribuaient la Cène, mariaient les vieux couples unis jadis à contre-foi, en latin. Nous avons vu souvent le baptême, la communion et le mariage même des enfants, célébrés à la suite des épousailles des parents et beaux-parents.

Quand nous avions légitimé naissances et accordailles, rétabli l'ordre du Seigneur, nous repartions ailleurs annoncer les temps de la délivrance, bibles en gibecière, épées en poigne, tambours devant, mulets derrière.

Armes, munitions, manger, boire, chemises, souliers, bêtes pour les porter, on trouve tout ce qu'on veut dans les métairies papistes ; ainsi s'emplissent les bouteilles offertes par nos gentilshommes-verriers, du vin vieux de M. le prieur de Générargues...

Nous nous tenons depuis trois jours au pays de Rolland-Laporte, où notre Pagaron nous a rejoints hier soir ; nous lui avons bien offert une mule mais le vieil entêté nous a rondement envoyés paître, *rouméjant* que n'étant d'aucun secours il n'en saurait aucun accepter, et de pester qu'il ne sentait plus sa fatigue de belle *heurette*, qu'il ne pourrait plus dormir qu'en marchant.

Je ne te dis rien de notre retour, pour la bonne raison que je n'en sais rien, le Jouany pas plus que moi, ni personne, étant donné que Huc attend encore après l'Esprit. Le soleil se lève sur le térébinthe qui se dresse devant le mas de Pierre, neveu de Gédéon, l'Oncle Laporte de Branoux, l'arbre même sous lequel « à Ophra, Gédéon, fils de Joas, battait le froment au pressoir, quand lui apparut l'ange de l'Éternel... »

Va, ma sœur, et fais savoir à tous les courses de notre

Seigneur! Prions qu'il conduise son petit peuple des Cévennes comme son troupeau, et inspire nos bergers dans leurs conférences *.

Samuel,
Soldat de l'Éternel.

[*Au verso, de la lettre ci-dessus, Finette a griffonné :*]

Ah! je peux bien les jeter dans le creux de ton mur, tes *sansougnettes*, maintenant que je t'ai de nouveau... Té! j'aimerais mieux que tu m'escrivailles moins et que tu me restes un peu plus, que j'ai toujours peur, moi! qu'elle te garde, dans son dedans, cette terre qui est tant bonne... Même qu'il s'en trouvera bête, vé! l'*escamandras* qui te passera son épée dans ton cœur, quand il te verra saigner de l'encre! Pamen, le meilleur que tu m'auras donné, c'est de m'avoir brûlé le portrait! oh! tu n'as pas galantisé, comme tu dis, risque pas! *galefretin*, vaï! Je serai ta promise, à ce qu'on dit? ta mère plutôt! je la semble mieux : à *oncher* ces pauvres pieds que tu m'as ramenés de Galilée, qu'ils m'ont retourné le cœur... C'est ta chance que j'ai eu mal pour toi, parce que tu en serais estropié pour la vie à cette heure si je ne m'en étais pas occupée, pendant que tu me chantais les prouesses du nouveau Rolland du Charlemagne de Branoux, et tu puais l'église à faire tourner le lait, *peccaïré!* A force de respirer les cierges en tirant sur ta plume, ton cerveau s'est suiffé, à mon idée, té! comme un vieil âtre qui n'appelle plus la flamme. Enfin!... moi, j'en ai mal, là, de ne plus savoir par quel biais t'approcher! vaï, mon droulet, saute lui prendre son village, au Jouany! saute! saute-ruisseau! *saltarelle!* D'être sûre que jamais tu ne me liras, j'y prends goût, c'est comme si je chantais sur ton sommeil : je me passe ma bile en berceuse, mais n'y a *prou!* et ma rognure à écrire, je ne la *récaterai* plus dans le pli de la pierre à champignons, *brigand!*

[A cet endroit, lors du premier déchiffrement, nous sommes revenus sur les lieux. Nous avons, dans les décombres de la clède, retrouvé plusieurs de ces pierres poreuses sur lesquelles croissent parfois des champignons blancs. Pour sonder la fente que présentait l'une d'elles, nous avons dû appeler une fillette du hameau dont les doigts menus ont pu ramener la « rognure à écrire » que Finette y avait (quand même!) « récatée » et qui s'y trouvait toujours.

Peccaïré! *a soupiré notre raïoulette d'aujourd'hui, en voyant le misérable bout de plombagine (matière si précieuse encore au XVIII*e *s.)]*

Le 22e de décembre 1702,
dans la cuisine des Pèguot de Loupinau,
à la fin de cette nuit de feu.

Au retour de Génolhac où nous avons porté les fureurs de l'Éternel, nous étions si las que nous avons dû faire la pause ici, dans ce mas ami le plus haut, à mi-montée de notre Désert. Ils dorment tous, mais le sommeil me fuit, moi, tracassé que je suis à l'intérieur par de petites choses pointues que je ne connais ni ne comprends. J'ai tiré mon écritoire sur mes genoux pour faire crier ma plume au milieu de leurs sommeils, pour avoir quand même une amie qui veille...

Nicolas Jouany dort sur la table dans un riche manteau rouge, les mains unies sur la poignée de l'épée, gisant le long duquel la Pèguotte dispose les écuelles, puis elle enjambe le Poujoullet pour aller remuer la soupe dans les grands chaudrons. La Rousse, la femme du Jouany, ronfle aux poutres sales, bouche ouverte, assise par terre contre la cheminée, ses bras reposant sur les seins de la Florette et de la Miette qui font oreiller de ses cuisses. Le Gros Louis ronfle, recroquevillé sur la huche, le petit Élisée contre lui. Le Mathieu du Collet, la tête et le bras entortillés dans une chasuble de drap d'or emplâtrée de sang, gémit dans son sommeil. Le bouscassier Fossat ronfle sur l'épaule de la petite Marie, son épouse du Désert. Darius Margailhan ronfle dans ses bras croisés sur le rouet et de grosses gouttes de son sang s'écrasent régulièrement sur la pédale. Beltresque, le forgeron, sa barbe rouge dans ses pistolets, ronfle debout dans l'angle de la cheminée et, furieusement, se gratte sans se réveiller. Le Barthélemy, le Delmassou, le Baptistou Pranouvel, le Huc, Jacques Veyrac, les trois Felgerolles et quelques autres ronflent en tas dans le bûcher. Quand le Baptistou rêve trop fort, les ronflements du tas se font rageurs. La sueur, la poudre et l'incendie souillent jusqu'au jour qui point. Un chat miséreux saute sur la table, visite les écuelles vides l'une après l'autre, puis lèche la barbe graisseuse du Jouany, qui le chasse d'un geste pour mouche : trois fusils s'écroulent ; leur fracas fait le silence, lequel attire jusqu'ici les pleurs du Louiset des Moulines qui, dans la chambre, appelle sans fin sa mère au secours de son sang qui s'en va. Puis les ronflements reprennent ensemble. La bûche de mûrier, se rompant, lance sur la jupe maculée de la Florette trois pointes rouges qui s'éteignent avec l'odeur de cette nuit.

Je suis là, seul, à me donner du chagrin sans en avoir sujet, à regarder le chat qui va de l'un à l'autre, qui renifle le sabre nu du Fossat et se régale de le nettoyer.

L'idée me vient que j'ai la tristesse de Théodore ; il me manque plus encore après cette nuit, mon aîné ; je l'ai à peine vu pendant cette randonnée dans le bas-pays : il restait avec ceux de Castanet, il avait toujours à faire à l'autre bout... A la séparation des troupes, je lui ai bien dit que les frères doivent vivre ensemble, mais il m'a répondu :

— Ensemble, mener les bêtes, bêcher la terre, soigner la vigne et, le soir, partager la soupe de la mère, vivre ensemble, je ne dis pas non, Samuellou...

Et il est remonté avec ceux de l'Aigoual.

Le chat suit son nez sous le rouet, lèche la pédale, puis s'y àssoit pour attendre les gouttes. La Pèguotte sort de la chambre avec des linges rougeâtres et me souffle : quanté malahur! mais, me voyant écrire, elle se reprend : quel malheur, monsieur! en se passant la main sur le visage. La tante de Loupinau va, *mascarée* de sang, elle ne m'a pas remis et je ne me suis pas fait connaître, elle va dehors, le chat sur ses talons, il est vrai que j'ai dix et huit ans, que je les ai eus quelque part, entre Mandajors et Saint-Paul, quand Laporte de Branoux vivait encore...

*

Hier, nous sommes tombés sur Génolhac comme un pan de la montagne, avec la nuit. La Porte du Chef de Ville nous a cédé, Dieu voulant, la barre en avait été mal tirée.

Notre irruption, torche d'une main, sabre dans l'autre, et le « Dieu se lève, ses ennemis se dispersent » à fendre gorge, a jeté dans la rue Piédevale la Frayeur de l'Éternel : « ses ennemis ont fui devant sa face comme la fumée se dissipe, comme la cire se fond au feu », tant et si bien que, des soldats entretenus depuis un an par le Prince de Conti à vider la bouteille et fouiller le jupon, nous n'avons pas vu la queue d'un, non plus que des bourgeois de la milice qui n'avaient fait qu'un bond sous leur lit.

Balles et coups nous sont venus des seuls que nous avions payés pour savoir qu'ils n'avaient point de merci à attendre, de quelques *taquins* aussi.

Il y avait, hier encore, deux grandes croix, une aux Aires, l'autre au cimetière, maîtresses poutres du meilleur chêne. En arrivant, le Jouany les a données à abattre aux deux plus puissants : le jeune bûcheron Fossat et Beltresque, le vieux forgeron.

Le bouscassier est allé chercher une hache, le forgeron un fouet et deux catholiques. (Nous distinguions facilement du premier coup d'œil nos amis de nos ennemis, vu que ces derniers étaient en chemise de nuit.)

Un moment après, le Fossat, dont la croix ne branlait qu'à peine, a vu redescendre le Beltresque, le poil aussi sec qu'au saut du lit.

— Pamen! ce n'est pas possible! tu n'as pas déjà tombé la tienne? s'est écrié le bouscassier, posant la cognée pour se cracher dans les mains.

Le forgeron s'est mouché dans sa moustache rouge :

— Dieu m'a aidé, bouscassier!

Sa tâche était accomplie en effet : on pouvait voir la croix couchée sur l'aire et, à côté, abattus aussi, les deux catholiques, pas morts, fatigués seulement et qui reprenaient souffle, allongés, sur le ventre...

Tandis que tombaient les croix, le fort de la troupe avait couru au principal : l'église paroissiale et le presbytère. Après avoir disposé des gardes autour de la placette, à l'entrée des ruelles pour arrêter la fuite du curé et de son vicaire, le tuilier des Plos avait enfoncé la porte de la maison presbytérale, brandissant une torche et moulinant de l'épée, suivi de Huc avec ses deux pistolets, du Mathieu avec son fusil, d'une douzaine de frères avec torches, faux à rebours, piques, fourches, broches, haches, coutelas et lames diverses. Le Jouany criait dans chaque pièce : hé! capélan! le bon Dieu veut te voir!... ou encore : ohé, monsieur Gellion! ce serait pour une extrême-onction!...

Les enfants du bourg, réveillés en sursaut, s'étaient précipités vers les lumières. Ils se glissaient dans les jambes, couraient dans les couloirs en criant en chœur :

— Mon père, on vous demande!

Le Margailhan rugissait :

— Je t'apporte la chasteté, curé! (La petite lame triangulaire de son couteau de castreur dansait devant les torches.)

Les bonnes gens qui n'avaient pas pu entrer s'étaient écartées de la façade du presbytère, pour acclamer chaque meuble qui tombait ou chaque morceau de meuble, les fenêtres étant étroites...

Les cloches s'étaient mises à sonner follement : la marmaillonnerie jouait dans le clocher...

*

Dans la cuisine des Pèguot, le Pagaron vient d'entrer, et, avec lui, un vent qui n'est pas de chaleur.

— Debout! crie parrain, debout! il est temps de prier!

Il cherche et finit par trouver le prophète qu'il secoue. Huc ouvre un œil, grogne : Oï! barro l'*estau*! Le Pagaron va fermer le vent dehors, puis j'entends craquer ses genoux, et, l'instant d'après, le début de sa prière :

— Seigneur! pardonne-leur! ils t'ont prié avec leur sang...

Le Baptistou Pranouvel gémit dans ses songes ; le Beltresque grogne dans les siens « que le cœur leur sorte par le dos » et, pour ce faire, il brandit un fouet de rêve, deux ou trois fois, toujours sans s'éveiller, puis se calme. Le rouet craque sous le poids du Margailhan ; enfin, l'un après l'autre, ils se reprennent à ronfler, à puer l'âcre.

*

Moi, je guettais au débouché du Colombier, quand j'ai entendu dans mon dos :

— Dieu te garde, Samuel! mais qui mène ce train d'enfer ?

A sa voix seulement, j'avais reconnu le consul Péladan et, du coup, je ne savais plus où me mettre :

— Qu'il vous garde pareillement, maître Faustin! C'est que... ils cherchent M. Gellion.

Je cachais mon pistolet derrière mon dos.

— Ah!... et moi ? Vous me cherchez aussi, Samuel ?

— Oh! maître Faustin...

— Alors ? je peux peut-être aller me recoucher ? Toi, tu sais où me trouver...

— Je vais vous faire la lumière, maître...

Il a refusé, mais je l'ai reconduit malgré ses protestations. Sur le seuil, il m'a dit :

— Tu n'as pas besoin que je te souhaite une bonne nuit, n'est-ce pas ?

Dans la lueur tremblante de ma torche, je croyais voir une soutanelle et une barrette jetées au fond de l'entrée, mais la porte s'est refermée sur mon nez.

Tel était mon trouble que je ne me décidais pas à retourner à mon poste. Mais voilà que maître Péladan est ressorti :

— Je viens de penser que vous aimeriez peut-être faire une fouille chez moi ?

Et il a grand ouvert la porte.

— Oh! maître Faustin, pardonnez-moi...

La porte m'est encore revenue sur le nez, mais j'avais bien vu qu'il n'y avait rien dans l'entrée.

Les cloches se taisaient, le clocher fumait sous les cieux ladres de l'hiver, des dizaines d'enfants en sabots se poursuivaient, jouaient à se renvoyer un crâne à coups de pied, se battaient pour un ciboire, pour une burette, se jetaient des ossements.

Le géant Fossat, debout sur la placette, ne pouvait plus faire un pas, ses deux jambes étant tenues à pleins bras par l'arrière-grand'mère Pinchinave, qui gémissait en lui embrassant les genoux :

— Tuez-moi, moi! si ça vous fait plaisir! mais pas ma petite-fille qui nourrit son péquélon de trois mois!

— Non et non! hurlait le Fossat, ni toi! ni ta fille! ni ta bru! ni aucune femme de ta famille...

L'*auroux* bousculait les nuages, l'aïeule à plat ventre dans la neige serrait les chevilles du bouscassier, lui embrassait les sabots et, sans s'arrêter pour autant de pleurer, hurlait maintenant :

— ... et ni mon fils, qui est presque tant vieux que moi, le pauvre! et ni mon gendre, qui nous fait vivre...

Le torse nu du bouscassier luisait de sueur. Quand il disait non, sa grosse tête frisée d'en haut et d'en bas secouait des perles. Le fichu de l'aïeule avait glissé : son crâne était comme un reflet de lune au fond d'un puits. Elle pleurait de plus en plus fort :

— ... et mon petit-fils ? tu ne me le tueras pas, brigand !

Le bouscassier s'essuyait le front en soupirant : quelle croix ! La toison qui lui sortait du nombril, lui couvrait la poitrine comme un lierre, lui passait les épaules, constellée de perles. Il m'a dit :

— On se demande bien où ils ont pu passer les deux capélans ! on a curé, récuré de partout, même les bières de la crypte qu'on a ouvertes, retournées et bien secouées... ah ! les coquins ! les *péteux !*...

— Tu m'écoutes, scélérat ? Jure-moi que tu ne me tueras pas non plus mon petit-neveu, un vigoureux celui-là ! qui en vaut cent comme toi, vaurien !

Ventre à terre, l'aïeule chauve battait des pattes comme un canard décapité, lui plantait ses gencives dans les sabots.

Dieu avait voulu l'incendie de la maison de François Roure, parce qu'elle avait été bâtie avec les pierres du temple, de la bergerie et du grenier à foin de Jean Folcher, je ne sais plus pourquoi.

Les garde-robes passées par les fenêtres faisaient foire sur la place du Colombier : au mitan, le Jouany essayait des chemises très fines avec doubles manchettes, et Huc ôtait la sienne, débris en deux pièces grouillant de poux, sans prendre la peine d'y passer la tête. L'air était rance et, parfois, des moutons enflammés passaient comme des loups.

Le Jouany s'était surtout approprié, je ne sais où, un fort beau manteau rouge, une paire de pistolets comme il s'en voit peu, et la fameuse épée aux armes du Prince de Conti.

En quittant Génolhac, nous avons revu l'aïeule Pinchinave : elle descendait la rue Piédevale, serrant un goupillon d'or contre sa poitrine, tirant par l'oreille un de ses petits arrière-petits-fils. Elle lui criait :

— ... et que je t'y reprenne à courir avec ces enfants pieds-fourchus, pour attraper l'enfer et le ramener à la maison!...

On dit qu'elle a fait son catéchisme sous le bon roi Henri.

— Quelle espèce, voleur de sort! nos enfants fumeront encore le chêne de ses sabots..., murmurait, émerveillé, le grand Fossat, et il montrait à tout venant, secouant sa tête bouclée de partout, dans ses propres sabots, les morsures de l'aïeule édentée.

*

Maintenant, le bouscassier ronfle dans les bras de son épouse ; ils ont même un biais pour dormir ensemble qui ne me paraît guère de bonnes façons : la Fossate a fourré dans la barbe et la tignasse bouclées de son bouscassier de Fossat tous ses petits doigts qui grattent, grattent, bruissants sous l'épaisse toison, sans qu'en soit troublé le sommeil de la jeune femme, dont le sourire, parfois, glousse comme de plaisir.

Le chevrier d'Alteyrac, lui, égorge en rêve des boucs noirs. Le Pagaron psalmodie :

— ... Toi qui donnes à ton peuple force et puissance, donne-moi de voir encore...

Un seul souffle semble s'exhaler des autres, mêmement harassés de tant avoir fouillé, foulé, cassé, brûlé, d'autant plus qu'après la ville, justice restait à porter aux métairies, çà et là, chez le Daudé à Malilières, le Despontchez à la Roque, le Blanc au Ranquet, le Joussand au Rédarés *, et pas un n'y eût ménagé sa peine!

Jusque dans les escarpes du Loupinau, notre Jouany trouvait encore moyen de faire son flambart, de se *panader*, cape de pourpre en entonnoir, de prendre sa *bisque* des pistolets du Prince, et même de nous bailler à l'ouïe comme entrée chez le Pèguot :

— Et fortifiée en plus, attention! même le Cavalier ne s'y est pas frotté, à une ville fortifiée!

Huc s'est laissé choir dans le bûcher, broyant trois fagots, et lui a crié :

— Tu t'en crois, Jouany! mais comme? comme le vainqueur? ou comme le bon serviteur?

Le tuilier bâillait, gueule ouverte comme une truite qui bèque :

— Comment?... comme-comme?

Le prophète avait repris le bâillement. Quand il a refermé son four, il a insisté, plus faiblement :

— Nicolas! de vainqueur, il n'en est qu'un!...

— Papediable! On te les a *tortillés* tels torchons, té!...

Le temps de dire, il dormait.

*

Plus d'une heure après :

A l'assaut de la Porte du Chef de Ville, hier soir, un milicien est sorti d'une encoignure, en pointant sa vieille *corsecque* à oreillons. La malice du sort a voulu que notre benjamin qui bondissait par là vienne se fourrer les jambes dans cette ferraille. Le Louiset des Moulines du Viala m'a soufflé, en s'y reprenant à plusieurs fois :

— Ce n'est pas tellement des belles estafilades que je me *carcine*, Samuel... c'est de cette fente de rien, en haut... on n'y tient pas un chiffon de sec... une fontaine...

On dirait que le grand lit des Pèguot va l'avaler, tellement il est petit, et enfoncé dans le creux, et blanc comme fleur d'amandier.

— Té! l'idée ne me serait même pas venue que tu tiennes tant de sang, Moustique...

— Oh, raï de le tenir! c'est que je n'arrive plus à le retenir... dis, Escrivaïré! tu devrais le savoir, toi, comment on ferme la bonde?...

J'ai fait entendre à notre petit blessé que je n'avais point été instruit dans les médecines, mais que j'avais ouï dire que le sang n'était après tout qu'une fluidité comme la sueur, les mauvaises eaux, les humeurs, même que les chirurgiens, les vrais! saignaient les gens à dessein, pour les guérir...

— Peut-être, vé... que tant plus j'en perds, tant mieux je me sens...

J'ai rappelé les souvenances, comme il sied chez un malade, l'estrapassage du Didier Pinchinave, nos fameux tours au désavantage de la milice... mais il s'assoupissait. Je quittais la chambre quand il m'a dit, sans ouvrir les yeux :

— Samuel, de toutes manières... ce ne peut être un mal... puisque Dieu le veut...

Notre Moustique qui m'avait apporté le lard dans ma prison, le lit n'en laissait presque rien.

J'ai appelé le Jouany qui ronflait toujours, j'ai hurlé dans son oreille, je l'ai secoué... en vain. Alors, j'ai imaginé de lui soutirer ses beaux pistolets...

Un miracle! Il n'avait point encore décollé ses paupières, mais il était debout déjà, et moi, à genoux, mes poignets pris dans ses grosses mains, je voyais blanchir mes doigts.

Pour réveiller d'un coup tout son monde, il a pris ses fameux pistolets, les a armés avec soin, et a fait feu des deux mains d'un tel accord qu'il ne s'est ouï qu'un coup pour la paire, et que tout s'est passé dans le même instant : le rouet sur lequel s'appuyait le Margailhan mis en miettes par la balle de droite ; par l'effet de la balle de gauche : la tablette abandonnant le dessus de la cheminée, répandant ses chandeliers, ses pots, ses plats et autres vaisselles sur des crânes, avant d'arriver elle-même sur d'autres ; bref, tous debout en un clin d'œil, toutes les lames sorties des fourreaux dans l'odeur de la poudre fraîche, bien avant que les chaudrons aient fini de rouler.

Nous disputions de tous les remèdes, depuis les emplâtres de terre ou de crottin, jusqu'au fer rouge, à la présure même (puisqu'elle fait prendre le lait), quand la Pèguotte nous est venue rassurer : le petit ne saignait plus.

L'un après l'autre, sur la pointe des pieds, nous sommes allés voir reposer notre benjamin. Le Poujoullet envie son beau sommeil tout en sourire, voudrait changer sa cheville marquée par la faucille de l'arrière-petit-fils Pinchinave contre le coup de corsecque de Moustique :

— Moi, je n'ai pas perdu trois gouttes de sang, mais, *monge*-d'enfer! ce que j'endure! gémit notre messager, qui se voit déjà traînant sa longue patte une semaine au moins.

Le Margailhan tente de refaire le rouet ; la Rousse et la Marie donnent la main à l'hôtesse pour la mesure de la soupe ; Beltresque à la barbe de feu passe à la pierre les tranchants de sa Durandal, l'épée large comme une main de forgeron et, ce faisant, me regarde à mon écritoire sans se gausser contre son habitude, sans doute parce que je suis ici le seul à n'avoir pas dormi.

La lassitude me prend, mon tour d'écuelle arrive, un bon gros sommeil m'approche au moment où plus rien ne m'est dicté, où tout souvenir m'a quitté de la tristesse qui m'avait courbé sur mon écritoire ; mais n'y ai-je tant écrit que par humeur ?

Le puissant forgeron pose la pierre et l'épée, pour me choisir l'assiettée la plus copieuse quand il me voit prêt à remiser mes plumes.

POUR LA FINETTE

Avis nous est donné que M. le Comte de Broglie et M. le Colonel de Marcilly montent d'Alais avec nombre de troupes réglées dans le dessein de nous justicier pour notre entreprise sur Génolhac. Le Poujoullet clochant, c'est moi qui suis mandé quérir nos frères de la Plaine à la rescousse.

Puisque mon chemin passe par Corniaret, je te trouverai peut-être chez l'oncle Larguier, sinon tu sauras, par la présente, que je prie Dieu de nous garder chacun, mon amie! et de nous bientôt réunir en sa Félicité!

Ton Samuel.

N'omets point de te rendre à Loupinau, pour prier le vieux figuier du Pèguot : le Louiset est dessous.

[*Suivent des notes hâtivement crayonnées sur des bouts de papier divers.*]

LE CYPRÈS

Nous étions seuls, petits, rien du tout, nous avions la grand'peur, quand Finette m'a fait voir au loin le cyprès. Nous y avons couru, perdant la peur par morceaux derrière nous.

Quatre tombes poussaient dans son bleu, soignées, qui ne portaient point la vergogne sur la descendance. Nous sommes allés, en toute confiance, gratter à l'huis qui donnait sur le petit cimetière.

Dans la vieille demeure huguenote, humble et proprette, les hôtes inconnus étaient grands, durs, maigres, noirs, faces sévères, yeux tendres...

— Cyprès!... « je cherche refuge à l'ombre de tes ailes... »

En patois, dans notre parler maigre et tendre.

Quand nous avons repris la route, reposés, restaurés, Finette m'a dit :

— Le cyprès, les cigales l'aiment bien aussi...

SOUS LES MURS D'ALAIS

Le peuple de l'Éternel trempe la soupe sur les berges du Gardon, aux portes de la Grand'Ville.

L'Esprit nous a informés, par la bouche de Jean Cavalier, que notre Jouany n'était plus en péril, que M. de Broglie tournerait bride avant notre Lozère, quand lui viendrait aux oreilles le. vent des grandes choses qui s'accomplissent dans son dos.

Elle a laissé là sa superbe, la cité formidable, s'est tue, s'est blottie sous sa forteresse en lames de couteaux *, s'est refermée comme un hérisson quand les psaumes l'ont chatouillée.

NOS DRAGONS

Nos frères en Christ venus des bas pays jusque sur la grève du Gardon n'en finissent point de nous surprendre ; ils sont en nombre, sous bonnes armes et chauds habits, et il fallait qu'ils le fussent, en vérité, pour hasarder pareille effronterie. Leurs dragons — car ils sont pourvus même en cavalerie — sont de longs garçons souples comme des rejets d'osier, lisses comme des olives noires, qui boivent, mangent, dorment peut-être! sans mettre pied à terre, chevauchant de petits grisons à pattes menues, jouant au plein galop de la corde et du coutelas. Ils se disent pâtres-à-cheval d'une plaine qu'ils nomment Camargue, dernière terre avant la mer, où le bétail est à qui le prend, où le soleil tue, où le sel n'est rien d'autre que la poussière des chemins...

LES FRUITS D'OR

Le fruit d'or qui sifflait entre ses dents pointues, blanches comme celles des enfants qui ne s'en sont encore que peu servi, ni Finette ni moi n'en avions vu de cette espèce.

Agnan Fialouse, gardeur de vaches au Cailar, et dragon de l'Éternel dans l'escadron d'Abdias Maurel dit Catinat, nous a dit que ces pommes jaunes s'appelaient citrons et nous en a offert.

Finette et moi, nous avons mordu dedans en même temps, sauté, craché de même. C'est comme une bouchée de braises ; le cavalier de Catinat se gaussait de nous, si fort que les éclats de son rire nous piquaient les yeux.

Finette m'a soufflé, se collant contre moi :

— Ce sont des *Sarrasins!*

DES FRÈRES ÉTRANGES

Nous connaissons aussi le frère Juste Lèbre, blond et doux comme Jésus, qu'on nomme Saignablanc ; le frère Dupont, hâteur-de-rôt chez Mgr Michel Poncet de la Rivière, évêque d'Uzès, dont le ventre semble un muid, le nez un concombre granuleux, qui se vêt en capitaine de bourgeoisie et va devant se faire ouvrir la porte des bourgs ; le brigadier Méric, de Boucoiran, dit Sans-Quartier ; Daniel Guy, un jardinier de Nîmes ; Pierre Claris, un maçon de Quissac ; Henri Daire de Sainte-Eulalie, qui prêche en bonnet de dentelles ; Samuel dit Samuellet, un gardien de vaches de Générac, qui prophétise à cheval sans lâcher sa pique à trois dents ; François Sauvage dit Francézet, de Beauvoisin, qui a mon âge mais prophétise aussi bien qu'il caracole ; Ravanel de Malaigue, Rastelet de Rochegude, Pierre Cavalier, le petit frère de Jean...

STRATAGÈME

Il est dans mon devoir de rapporter en nos montagnes les récits qu'ils nous font de leurs prouesses ; le Jouany se régalera d'apprendre comment, ayant revêtu les dépouilles des officiers et soldats qu'ils avaient tués à Euzet, ils se sont fait ouvrir le château de Servas ; comment le frère Cavalier s'y est annoncé comme capitaine de Saint-André, neveu de M. le Comte de Broglie, pour requérir le pain et le vin ; comment l'artifice leur a permis d'y festoyer à loisir, avant que d'y mettre les gens et les biens à l'interdit.

LE DEUXIÈME COUP

Chacun nous contait à son biais ce qu'il en avait fait, comme ce pâtrillon de Tharaux, des cheveux plein les yeux :

— Je suis habile de mes doigts pourtant, à preuve que sans avoir jamais été chasseur avant je me suis fait au fusil de munitions et je recharge tant vite qu'un autre, et même plus, à preuve qu'à Euzet j'ai été le seul à tirer un deuxième coup sur les Nîmois qui nous chargeaient, emmenés par le capitaine Bimard, mais à Servas, dans la salle des gardes, après que le Cavalier s'est fait connaître pour tel et nous pour les malcontents attroupés, je ne sais pas ce qui m'a pris, je n'en finissais plus de recharger mon fusil, avec cette Aberlenquette qui ne me quittait pas des yeux...

Du haut de son étalon, le Sarrasin aux fruits d'or l'interrompt pour nous expliquer :

— Une blondine qui nous était tombée pendant que nous donnions de la hache dans les meubles, avec des yeux qui ne laissaient rien de sa figure, une pouliche à bouche tendre, qui n'avait jamais porté l'homme ni senti l'éperon...

Sur ce, le cavalier noir des salines, donnant de l'éperon, nous a quittés comme le carreau l'arbalète, je ne sais sur quelle colère. Le petit berger des bords de Cèze nous a dit encore :

— Son père, Antoine Aberlenc, c'était le portier du château ; elle, elle venait sans se douter de rien, pour lui dire que le souper de leurs seigneuries était prêt ; son père (c'est lui qui avait ouvert la porte au soi-disant neveu de Broglie) lui a répondu : Nous aurons, ma fillette! un bien mauvais souper, car j'ai fait une grande faute! Alors, elle, de repartir : Prions Dieu qu'il nous fasse miséricorde! Alors moi, de lui crier : Eh! prie donc! Je la couche en joue, je tire ; mon fusil fait faux-feu... Je ramène le chien, je vide le bassinet, je le sèche comme il se doit, je tire la baguette, je vide le canon, je bourre de poudre neuve, d'une balle neuve... pendant tout ce temps, l'Aberlenquette m'ouvrait droit dessus ses yeux ronds, et moi, mes doigts s'embrouillaient dans la cartouchière, avec cette blondine à pleins regards sur moi, comme si elle n'arrivait point à croire vrais mon fusil ni ma poire à poudre, ni moi-même ; je n'en finissais plus...

Le pâtrillon n'en a pas dit plus mais, selon Saignablanc, le deuxième coup a changé le petit nez de l'Aberlenquette en un gros trou qui lui tirait les yeux vers le dedans *.

LES ENCHANTEMENTS

L'Esprit-Saint se répandait sur le camp de l'Éternel aux portes d'Alais, et plus libéralement encore puisqu'il descendait dans l'enceinte même de la Grand'Ville sur tel ou tel des nôtres, marchand ou milicien, qui nous venait informer que le gouverneur battait le rappel pour nous surprendre, que les cavaliers seraient soixante, les soldats de bourgeoisie cent et cinquante, les fusiliers quatre douzaines, et par quel bout de la Prairie ils tramaient de nous *bouquer*, et tous autres avis qui sont tus dans les guerres dont le Seigneur n'a cure.

Le petit boulanger était doué de grâces extraordinaires, ainsi l'Esprit disait à Cavalier :

— Mon enfant, je t'assure de la victoire! je te commande, mon fils! de faire coucher en ligne dans un fossé les Soldats de l'Éternel parmi ceux qui tirent le plus justement et, par ta bouche, mon enfant, je les commande à faire ferme aux assaillants! qu'ils rejettent toute crainte et les laissent approcher, pour ne faire feu qu'à petite portée! je t'ordonne en outre, mon enfant! quant aux autres, de les cacher sur les côtés, afin qu'ils ne tirent qu'après ce premier feu, puis se démasquent aussitôt et courent sus aux assaillants, en chantant les louanges du Seigneur... Lors vous verrez, mes enfants! les grandes merveilles de l'Éternel...

Marie Mathieu, la Grande Marie, laide et flétrie, enjambait les corps des frères couchés sur leurs fusils, au fond du fossé, criant ses propos inspirés, pour que le plomb du Seigneur ne se perde point.

Les inspirations étaient opposées aux conseils de la raison et de la politique qui auraient voulu que nous eussions refusé la charge, que nous eussions rompu devant, car la Prairie d'Alais s'offre découverte, sans obstacles ni bois, ouverte aux galops de charge au sabre ; il se doit conclure de là, et d'une infinité d'autres semblables instances, que les voies du Seigneur ne sont pas comme celles des hommes, et que leur sagesse lui est folie.

Les moins âgés de nous se sont tracé des moustaches au noir de charbon, afin que notre jeunesse entre, elle aussi, dans la Frayeur de l'Éternel, pour que « ses ennemis épars et ses haineux de toutes parts fuient devant sa face. »

APRÈS LA VICTOIRE

Voilà, et nous rendons nos grâces à l'Éternel pour la victoire qu'il nous donne, nous prions et chantons sur la Prairie d'Alais jonchée des corps ennemis, des munitions et des armes, des lourds fusils *, que soldats et bourgeois ont jetés dans leur folle fuite, puis nous célébrons le culte, enfin nous entreprenons de dépouiller tués, blessés et prisonniers, sans cesser pour autant nos psaumes à libre gorge.

LA RECRUE

La Grande Marie lui a dit :

— Dépouille-toi de tous tes vêtements, car nous ne voulons point d'habits sanglants, ensuite prie Dieu selon ta foi.

Le droulet rit, proteste que son vêtement est net, qu'il l'a reçu pour neuf la semaine passée, outre qu'il messied de montrer sa nudité aux dames. C'est un garçon joufflu, taché de rousseur, du Régiment de la Fare levé récemment à Montpellier.

Quand la prophétesse s'est éloignée, il s'est mis à nous conter gaillardement sa première mission d'homme de guerre, trois jours avant : il avait dû rester caché dans les bois d'Euzet toute la nuit, à ouïr nos psaumes effrayants, à geler debout quand il apercevait au loin nos bons feux... (Il claque des dents, se frotte les mains, soutient chaque mot d'un geste et ne peut longtemps se retenir de rire.)

Nous lui confirmons qu'il faut pourtant qu'il se déshabille, ce qu'il fait en riant plus fort quand nous lui répétons que nous l'allons mettre à mort. Encore qu'il soit tout neuf sous les armes, il ne s'en laissera point conter sur un chapitre aussi communément reçu, à savoir que dépêcher un captif n'est pas de bonne guerre.

Nous avons beau lui représenter qu'il ne s'agit pas ici d'une bonne guerre, mais d'une guerre à nulle autre seconde, sans merci d'aucune part et qu'il est dommage que MM. ses officiers ne l'en aient point instruit, il quitte sa chemise mais non sa bonne humeur.

Quand nous lui signifions enfin qu'il est temps pour lui de prier à sa façon, il nous répond qu'il croit comme on le lui a appris, qu'il aime Dieu, certes, mais n'y a jamais vu matière à s'étripailler ; ce disant, il s'agenouille, tout nu, pour nous être agréable.

Il récite avec application des pater, des avé, levant les yeux parfois pour voir si nous sommes contents. Ses propos nous ont fait paraître qu'il était sans rien savoir de la Réforme ; quand nous lui avons demandé s'il avait vu l'un des nôtres sur l'échafaud de Montpellier, il nous a répondu qu'il lui semblait bien qu'une fois, quand il était tout petit, il avait vu mener à la roue un scélérat plein de fermeté du nom de Brousse, ou Brousset *, mais qu'il était parti en courant dès le premier coup de barre, ce qui n'avait point empêché que ce bruit d'os broyés l'avait réveillé la nuit pendant longtemps...

A son dernier amen, il nous demande s'il peut se revêtir, mais la cognée du *Cachebos* lui fend la tête jusqu'au nez.

LE MAITRE-CORDONNIER

La merveille la plus surprenante est que nos ennemis se fusillèrent les uns et les autres : la noblesse, qui chevauchait devant, tourna bride si vivement, quand nous *déchirâmes la cartouche*, qu'elle donna dans sa propre piétaille qui suivait. Soit surprise, soit colère, soit pour arrêter la fuite des cavaliers, les bourgeois lâchèrent leurs balles sur les nobles.

Le sieur Claubèque, maître-cordonnier dans la rue de la Meunière en Alais, petit vieux barbichu, bossu ou peu s'en faut, tira, lui, par colère, sur les fiers cavaliers de M. d'Aiguines et, tout prisonnier qu'il est, ne se fait point faute de nous le crier :

— Que le diable emporte ces cogne-fétu, qui ne tranchent le cuir qu'autour du cruchon! Ils te viennent quérir à l'échoppe pour badiner du bâton sur un fretin de rustauds (à les entendre, ces papelards!), pour PELAUDER pas plus! — trois pelés et un tondu!... des huguenots! de ces gémissants et pleurards d'hérétiques, vous savez bien! Et notre milice de se former en carré comme un dimanche matin, pour marcher dans le crottin de nos superbes chevaliers joyeusement salués par les tavernières sur le pas de leurs portes (les ribaudes tiraient déjà la vinasse victorieuse...). Pâques-Dieu! la première décharge de nos paysans leur a fait passer le goût du vin, à nos beaux messieurs! comment qu'ils se sont *esbroussés*, escampe de l'escampette! les rodomonts! Telle hâte ils avaient d'aller voir ailleurs, qu'ils se sont virés et voltés sur nous! Soudain à notre nez, les croupes se sont changées en poitrails, en naseaux, en sabots, ventrebleu! nos piaffeurs ont piétiné leur propre piétaille! Tant et si bien que mon coup de fusil, il a été pour eux! et je n'étais pas le seul à tirer dans le bon sens, mais pic, repic et capot! même les balles ne leur pouvaient couper la *venette*, à nos fiers péteux de la *pagnoterie!*...

Le brigadier-vétéran de Villabert s'était cassé la jambe quand une balle milicienne avait abattu son cheval ; il nous intimait l'ordre de le porter sur l'instant, et précautionneusement! chez son chirurgien, maître Cambeviel demeurant place de l'Abbaye, moyen qui nous gagnerait peut-être quelque indulgence...

Le sieur Claubèque, à l'opposite, plaignait le destrier, regrettait que la balle n'eût point touché plus haut que le noble poitrail, nous suppliait de lui rendre son mousquet pour redresser le tir. Chaque doléance du vieil officier irritait l'aigre batteur de bottes qui répondait en cris affreux comme : laissez-le crever, Sang-de-Dieu!

A chaque jurement, frissonnait le camp, depuis les prophétesses qui trempaient la soupe jusqu'aux majors qui serraient le butin de poudre et de balles, jusqu'aux sombres cavaliers sur leurs frémissants petits chevaux, chacun ressentait l'offense du Saint Nom de Dieu si bassement juré.

Recoquillé sur sa jambe pliée à contresens, le vétéran de Villabert offrait sa montre en or à qui manderait un rebouteur. Le néné *Lafuste*, qui était en apprentissage de charpenterie en Alais, a pris la montre, l'a regardée avec admiration, l'a portée, comme un enfant de chœur la rotule d'une sainte, à la Grande Marie qui rinçait dans le Gardon les chemises des frères Cavalier. Le *chapuiset* est revenu vers le vieux brigadier, lui a remis sa montre et lui a cassé la tête d'un coup de pistolet.

Le sieur Claubèque a hurlé :

— Voilà qui est bien fait, droulet, *Vié*-de-Dieu!

Le néné Lafuste s'est retourné vers le maugréant cordonnier, a pris son deuxième pistolet et s'est approché, mais, là, le garçon-charpentier a été arrêté sec par le Sarrasin, survenant sur son étalon au galop de charge, qui lui a crié :

— Ote-toi vite de devant, petit frère!

A vingt toises du milicien captif, le vif dragon des salines lui darda une lueur courte comme un éclair... Déjà le Sarrasin, jeté sur l'encolure de son étalon viré net, s'éloignait dans l'écume sablonneuse des quatre fers.

Le sieur Claubèque, maître-cordonnier, regarda, étonné, la poignée qui lui sortait du sein. Il tenta d'arracher le coutelas de Camargue mais mourut.

LES JUSTES

Ils sont neuf, bourgeois d'Alais, tous anciens catholiques, lesquels ont été amenés à la Grande Marie pour lui être présentés. Les frères qui les ont arrêtés sur le chemin de Cauvi attendent, le fusil sous le bras, l'œil sur la fille du Mathieu, le ménager de Lussan. Les neuf bourgeois revenaient gaiement d'un mariage à Méjeannes, ils attendent aussi, depuis longtemps, et ils ont eu loisir et bonne place pour assister aux derniers moments de leur compère cordonnier, du messire de Villabert et d'autres.

La Grande Marie les somme de s'agenouiller et leur dit :

— Nous sommes les justes. Nous sommes en alliance

avec l'Éternel, nous sommes son royaume de sacrificateurs, sa nation sainte. Dieu nous guide et nous marchons sur sa terre et sous son ciel. Nous n'avons ni prison ni galère, car nous demeurons au Désert. Nous expédions les soldats et les officiers pris ou blessés, devant que de reprendre le chemin, mais les catholiques qui n'ont point tiré les armes contre nous et n'ont rien entrepris dans le dessein de nous nuire, ne se verront point ôter la vie ; ils assisteront à notre culte avec respect, comme nous étions contraints nous-mêmes de plier les genoux dans leurs églises, à peine d'amendes, de prisons et d'exils. Seuls, nos persécuteurs ne pourront espérer de nous grâce ni merci... *.

NOËL !

Je garderai sans fin la souvenance de la troisième nuit de Noël du siècle nouveau. En bas, sous sa cathédrale et son fort, la ville murmurait de ses mauvais sommeils ; au loin, le pointillage des cierges suivait le Jourdain d'Alais dans la direction de la Petite Canaan. Nous étions seuls, Finette et moi, et nous sentions tels, tellement!

Nous avons vu d'abord la plus courageuse, la première à paraître dans le froid du ciel, l'Étoile des bergers, comme l'âme du soleil parti se coucher. Nous sommes allés, en nous appuyant, de la gauche sur elle, puis, de la droite, sur le *Char des âmes*, dès qu'il est arrivé dans la nuit. Nous deux, seulets, nous remontions dans nos montagnes.

Finette m'a demandé où allaient nos frères et je lui ai répondu qu'ils célébreraient le culte de Noël à l'aube, dans les prairies de Vézénobres ; ensuite ils iraient devant eux, selon les ordres de l'Esprit.

Nous marchions tout droit, en remontant les eaux

dont ils suivaient le cours. Nous passions au large des hameaux, pourtant les chiens aboyaient parfois. Nous entendions alors un bref remue-ménage dans les maisons. D'un côté, nos yeux se fiaient de l'Étoile des Pâtres, de l'autre, nos oreilles, du bruit de la rivière dans le noir, en-dessous.

Finette s'est arrêtée. Nous devions être entre Branoux et Blannaves. Elle m'a dit :

— Des fois, tu n'as pas idée que ce qui s'est passé ne s'est pas passé ? Écoute...

J'ai tendu l'oreille et j'ai compris ma raïoulette : les chouettes et les ducs s'appelaient d'une crête à l'autre, et parfois criait une sauvagine de la nuit. Le castanet aussi bruissait : des branches craquaient sans raison, d'autres tombaient même...

Nous sommes descendus dans la vallée sous Blannaves, pour passer la rivière sur un gué de notre pratique. Finette a buté, elle est tombée à l'eau. Je l'ai repêchée par les cheveux, puis j'ai voulu aller plus vite pour qu'elle se réchauffe un peu, mais elle ne pouvait plus suivre. Elle s'est blottie dans un creux de rochers, bien avant le col de la Bégude. J'entendais claquer ses dents dans le noir. J'avais très froid aussi.

La nuit a commencé de gronder et quatre vents furieux semblaient s'y quereller. Finette m'a appelé sous le rocher.

Nous étions, je le jure, aussi glacés l'un que l'autre et la pluie l'était, et le vent, et le ciel ; alors d'où nous aurait pu venir le feu qui nous a réchauffés, sinon d'une grâce particulière ?

Les éclairs se suivaient de si près que le ciel frémissait d'un jour bleuté. Les quatre vents ont redoublé, puis la pluie s'est abattue d'un coup, grosse et drue, comme le grain d'un sac qui se crève. Au fond de notre trou, j'ai ouvert ma peau de bique et ma droulette trempée, tremblante, s'y est glissée comme la truite sous la *baume*.

L'orage était de ceux dont parlent les anciens, comme

on n'en voit que dans nos montagnes, une fois par génération, de ces orages que rien n'arrête, qui se font leur mars ou leur août de n'importe quelle saison : d'antiques châtaigniers s'ouvraient en hurlant et nous pouvions voir, dans les coups de lumière, d'énormes branches voler comme des hirondelles.

Sous ma bique, dans mes bras, Finette s'affairait à l'aveuglette, avec des mouvements menus et rapides. J'ai compris, quand elle a dégrafé ma chemise, qu'elle venait de se dépouiller de ses vêtements mouillés. Un grand frisson, soudain, m'a secoué, alors elle m'a dit :

— C'est la manière du berger, Samuel.

Sa peau contre la mienne, je sentais sur ma poitrine ses petits seins, deux globes tendres qui m'entraient dans le cœur, dans la pensée. Je n'avais jamais réfléchi que Finette, aussi, avait la poitrine ainsi faite. Tout à coup, là, tels des éclairs se suivant dans ma tête, sont nées en moi des choses singulières, comme le toucher de sa peau, et sa forme, ainsi qu'une certaine odeur qui me donnait le tournis. Ma main sur sa nuque et sur son flanc retrouvait naturellement les vieux gestes caressants du berger sur l'agneau sauvé des froids. Singulièrement aussi, ces choses croissaient en moi, prenaient une importance telle que j'oubliais l'orage, et la nuit, et la guerre, que les reinettes tièdes m'étaient deux univers ensoleillés.

Puis il est arrivé ceci, de plus extraordinaire encore, que mes lèvres se sont posées sur celles de Finette qui étaient montées vers moi, mais alors nos lèvres ont voulu se connaître si fort qu'elles se sont ouvertes. Nos âmes alors se sont connues, si profondément, si longtemps qu'il est hors du doute que quelqu'un, cependant, respirait pour nous.

De ce baiser, Finette m'est tombée sur l'épaule comme une figue saoule de suc, puis elle a parlé. Sous notre peau de bique, il faisait plus chaud qu'au fond de la cheminée où est le banc des aïeuls. Finette a parlé mais sa voix était autre, soyeuse et lente, j'en frissonnais ; ses paroles aussi lui étaient étranges. Elle disait :

— Que ton odeur m'est bonne, mon Samuel! le baiser de ta bouche me donne des ailes! Nous n'avions jamais été aussi près, et c'est encore mieux que dans les rêves! Voilà l'amour, Samuellou, remercions l'Éternel qui nous le donne, loué soit le Seigneur de nous avoir donné cette faim et ses nourritures! Mon Samuel! j'ai faim de toi! Ah! qu'on est bien, serre-moi!...

Je la serrais. Des rochers rebondissaient sur les pentes. La montagne se secouait en gémissant sous le fouet de la foudre, mais les éclairs s'arrêtaient sur la peau de bique où nous étions éblouis en nous-mêmes.

Finette parlait, ou plutôt d'étranges paroles montaient de sa bouche et m'enveloppaient de caresses. Elles disaient :

— Tu es mon bien-aimé, que tu m'es doux! Tu m'es plus maternel que ma mère et presque aussi familier que moi-même. Tes mains sur moi se retrouvent chez elles, elles sont enfin de retour! L'Esprit pénètre en moi et me dit : Mon enfant! je te dis que vous serez comme les eaux des torrents qui font la rivière pour les bons fruitiers de la vallée. Je t'assure, mon enfant, que ce baiser, Dieu le reçoit comme une prière... L'Esprit me dit aussi, Samuel : Mon enfant, souviens-toi, il n'y avait à l'instant que solitude, froid, ténèbres et fatigue, voilà ; et voici le soleil et l'ardeur, et vous voici l'avenir au cœur! et vous ne sauriez voir la main du Tout-Puissant dans ces changements si soudains? vous seriez gens de peu de foi!...

Je lui répondais avec mes lèvres et mes gestes de berger et les paroles continuaient de couler d'elle, de plus en plus bas, de plus en plus lentes, jusqu'à notre sommeil.

Quand nous nous sommes réveillés, il faisait grand jour. La montagne fustigée, les plaies à vif des châtaigniers brillaient sous le soleil frais et dispos.

J'ai demandé à Finette de remercier Dieu pour ses

merveilles de la nuit de Noël. Avant de reprendre la route, nous nous sommes agenouillés face à face au-dessus d'un torrent nouveau-né, et, front contre front, nous avons loué celui qui peut faire de deux froidures une pure chaleur !

Je suis monté vers le Poujoullet, à la cime, où il attend, seul sous le ciel, la mort qui lui gagne le corps, lente, assurée, la Mort Noire qui déploie tout autour les lourds tourbillons de sa puanteur.

Je lui ai rapporté les fusillades de Saint-Germain-de-Calberte, de Saint-Étienne-Vallée-Française, le brûlement des églises et presbytères à Saint Maurice-de-Ventalon, Vialas, Castagnols, Concoules, Saint-André-de-Cap-Cèze, des casernes du Pont-de-Monvert, bref les carrières en compagnie de la troupe à Castanet. Il m'a demandé des nouvelles de mon frère, car il a encore toute sa tête à lui, le Poujoullet.

— Théodore est toujours avec ceux de l'Aigoual, il est à son ordinaire, ce n'est pas un grand parleur...

La puanteur était si forte que je tournais avec la tramontane, pour me trouver toujours à contre-vent. C'est par sa volonté qu'il a été porté sur le pic de l'Aigle, allongé sur le plat d'un ranc, pour la raison que le vent le calmait, mais nous sommes plusieurs à penser qu'il était embarrassé de puer tant.

Il n'a plus le goût de manger, il ne se plaît qu'à nos récits, comment nous avons célébré le culte à Saint-André sous les yeux de la garnison barricadée dans le château *. Le pauvre Poujoullet m'a pressé de questions :

— Alors, c'est demain que vous rattaquez Génolhac ?

On dit qu'il y a une brave garnison maintenant! C'est le Beltresque qui me l'a rapporté, plus de soixante hommes du régiment de Marcilly, commandés par un apostat, le capitaine La Perrière ?...

Au début, ce n'était qu'une estafilade à la cheville qui n'avait même pas saigné, mais la pourriture, maintenant, lui arrive à la hanche, la puanteur en fait pièce à la tramontane tant que les mulets en ont, hier, cassé leurs licous. D'aucuns jugent que Dieu le punit, Huc l'a longuement questionné pour savoir de quoi. Pierrot répondait :

— Je n'en sais mie, mais ma faute doit être des pires, que l'Éternel m'en pardonne vite!

Nous l'entendons hurler, la nuit, là-haut, sur son ranc de l'Aigle ; quand le vent se tourne vers nous, ce ne sont plus les cris qui nous réveillent...

Le Margailhan, qui ne lui est que petit-parent (par les femmes), mais l'aime comme un fils, a pris son pistolet, la nuit dernière, mais Huc lui a barré le sentier de l'Aigle :

— Laisse faire l'Éternel, Darius!

Dans la nuit, quand s'arrêtent les hurlements, le ranc de l'Aigle crie, d'une voix qui n'est plus d'ici-bas : « Éternel! Tu me sondes et tu me connais... »

Huc vient de nous dire :

— C'est du peu, le noir lui prend le ventre...

Mais il ramasse nos armes, parce que cette nuit encore le vent nous viendra de la crête.

Le premier de février 1703, au Désert.

La dispute est nouvelle qui dresse nos frères les uns contre les autres, les uns tenant pour le Jouany, les autres pour Huc ; je la veux bien marquer, tant en est singulière la cause.

Nous voilà remontés à peine, essoufflés encore, de notre deuxième entreprise sur Génolhac ; tandis que trois maisons, deux métairies et le couvent des dominicains y brûlent encore, voici que le Jouany déjà prémédite un troisième assaut du bourg.

Hier — car ce n'était qu'hier! — le tuilier des Plos avait sommé la garnison de rendre les armes, ce que M. de la Perrière avait refusé comme un outrage. Ledit capitaine avait contre-attaqué sur l'instant, l'épée au poing, mais le Delmassou, notre fin fusil, l'avait couché de sa première balle.

La garnison s'est alors barricadée tant bien que mal, mais assez pourtant puisque le Jouany ne put que tourner autour de la caserne, tant qu'il en tourne en rond encore ici, ne voyant pas l'heure et le moment de redescendre à fin de forcer les couards.

Depuis hier, la garnison de Génolhac s'est reprise, elle a reçu un nouveau capitaine, M. de Montlibert, elle s'est fortifiée dans ses casernes, elle y attend Julien « l'Apostat », maréchal de camp, qui nous est signalé de Portes, accourant sur ordre du Comte de Broglie avec forte troupe et dix compagnies de Hainaut pour installer dans le bourg, mais aucun des avis qui nous sont donnés ne change un fétu dans la détermination du Jouany, le contraire, on dirait.

Nous avons célébré le culte, prié, psalmodié, crié miséricorde, écouté Huc et aussi le grand Salomon Couderc, qui s'est mis avec nous depuis quelques jours.

C'est alors que Huc a été si bizarrement inspiré que notre camp de l'Éternel en conteste encore, des propos lancés par la bouche de notre prophète :

— Mon enfant! je te le dis! vous aurez demain la victoire à Génolhac, mais il faut, auparavant, que vous donniez avis au commandant de la garnison de l'heure à laquelle vous lui porterez l'assaut. Ainsi vous témoignerez votre confiance en l'Éternel, qui, je t'en assure, mon enfant! vous accordera la victoire!

Le Jouany, le premier, s'est récrié, protestant que la surprise était la meilleure de nos armes, surtout en l'occurrence que jamais les papistes ne pourraient se faire l'idée de notre si prompt retour. Le vieux Beltresque prenait son parti, à s'en étouffer dans la moustache, et nombre des nôtres avec, mais, à tous, Huc rétorque :

— Pamen! vous en êtes à faire la leçon à l'Esprit-Saint! Té! je prendrais le pari contre vous, moi! si les Soldats de l'Éternel ne tenaient tant en mépris le jeu!

Huc s'opiniâtre si bien que le Jouany mande l'Élisée du Pradel à M. de Montlibert, le nouveau capitaine de la garnison, pour lui donner avis que nous aurons l'honneur de l'assaillir demain, deuxième jour de février, à l'aurore.

Je serre mon écritoire, car voici mon parrain davallant du ranc de l'Aigle, qui nous annonce la mort du Poujoullet.

*

Un coup d'œil sur mes dernières lignes d'hier me donne à juger (une fois encore!) des pauvres raisons humaines au regard de la suprême sagesse.

Car, à l'heure dite, nous avons trouvé Génolhac vide, ou presque, déserté de sa garnison terrifiée par l'Éternel.

Lors, le Beltresque et le Jouany les premiers, nous avons tous loué sans réserves le Seigneur qui récompense d'autant la foi qu'elle est sourde et aveugle à tout ce qui n'est pas les desseins impénétrablement manifestés.

En Génolhac, vers la mi-février...

Je ne peux me rappeler combien de fois nous sommes entrés dans Génolhac pour n'y demeurer guère, avant d'y prendre enfin nos quartiers pour de bon, semble-t-il.

Nous y avons, sous une lourde pluie, pierre à pierre mis bas le couvent dominicain, mais ce n'est qu'à notre retour, un jour de sec, que nous avons pu flamber la maison du tabellion et les autres *.

Ma souvenance n'est faite que de farouches images : les soldats enfumés dans leurs casernes comme des rats, sortant un par un pour se faire expédier par nos fusils ; les enfants et leur jouet, badinant des heures dans le ruisseau, pour achever le valet de M. de Montlibert qui, blessé, s'était traîné jusque-là ; la nuit de Julien l'Apostat, que nous entendions, blottis dans les castanets au-dessus du bourg, les cris et les chants du campement papiste sur la place du Colombier ; le matin heureux où l'on nous est venu dire que le maréchal de camp et ses compagnies du Hainaut s'en étaient allés nous quérir au loin, du côté du Collet-de-Dèze ; notre beau retour, notre logement par billets, nos assemblées, nos frères accourant depuis Vialas, depuis Coudouloux pour entendre la libre Parole, quel bel an que le nouvel an!...

*

J'en suis encore à l'étrange propos de Finette, sans me le pouvoir ôter de la tête :

— A force, on y perdra le meilleur, Samuel ; c'est pareil, quand on tue cochon, que la bassine est pleine, qu'on en cherche une autre partout, sans trouver ; qu'on appelle, pendant que le beau sang se perd dans la terre...

Il me semble que le propos, depuis, me pèse sur la tête, me tient le nez sur ce sang qui coule tantôt d'une pente et tantôt de l'autre, le nôtre et le leur, tout ce sang dans les vallats du petit pays raïou.

Les huguenots de Génolhac nous ont donné l'aide et le secours si fièrement, dès le début du mois, qu'ils se sont dû retirer avec nous à l'annonce des troupes réglées, contraints à ne rentrer chez eux que lorsque nous pouvions redescendre nous-mêmes, tant et si bien qu'ils se sont formés en détachements et d'aucuns dépêchent d'eux-mêmes quelques familles papistes qu'ils n'ont eu que trop à connaître. Tout bien considéré, ce n'est qu'user chichement du droit de représailles accoutumé dans les guerres, attendu que leurs familles souffrent depuis nombre d'années plus de coups qu'ils n'en pourront jamais rendre. Rien n'est plus propre à nourrir la Frayeur de l'Éternel, estime le Jouany, et il en faut demeurer d'accord, puisque les paroisses romaines nous mandent leurs députés pour déclarer leur soumission.

Les gens de Chamborigaud, on ne le sait que trop, sont les plus méchants, les plus scélérats papistes de l'univers, c'est assez dire que nous avons été furieusement agités quand leurs envoyés nous sont venus offrir de satisfaire à toutes requêtes de notre part et de nous remettre leurs armes, si nous leur voulions bien promettre la paix. La seule réponse convenable, l'Esprit l'a donnée à Salomon Couderc, à savoir l'ordre de mettre à l'interdit le village félon.

Nous étions plusieurs cents d'hommes et de femmes, pour descendre la vallée du Luech ; marchaient d'abord les tambours et caracolait le Jean-Nicolas, dit Jouany des

Plos, coiffé du feutre galonné et de la perruque blanche de M. de la Perrière, cape pourpre au vent, au clair : l'épée du Prince ; suivaient, rangés par quatre, les porteurs de fusils, habillés avec les dépouilles des deux garnisons, puis les porteurs de faux, de fourches et de piques, les puissants bouscassiers la cognée sur l'épaule, les mulets enfin, chargés des fagots poissés, hommes et femmes chantant : « à sac ! à sac ! qu'elle soit embrasée !... »

A bon entendeur, salut !... la gent couarde s'était, sans demander son reste, débandée vers les remparts de Portes. Attardés, deux douzaines de femmes et d'enfants, ainsi que sept muletiers, furent poussés dans l'enclos du foiral sur l'ordre du Jouany qui les requit de nous livrer l'hôtelier Chabert. La presse misérable des traînards répondit que ledit Chabert était parti pour Saint-Florent, et l'une des malheureuses, l'enfant à la mamelle, nous confirma les mauvais desseins de l'aubergiste.

Le Jouany leur permit de prier Dieu à leur vouloir, puis, après le temps convenable, il fit retirer, de la foule agenouillée, les mules qui avaient suivi leurs maîtres, et il donna l'ordre de la charge, laquelle se fit, en vue d'épargner la poudre, au sabre, à la faux, à la pique, à la hache, avec des pierres aussi (du fait des enfants).

Tandis que le fort de la troupe allait flamber ensuite une vingtaine de maisons, l'hôtellerie d'abord, inclus les communs, dépendances et biens divers de l'héritage Chabert, la Rousse avec sa pioche et la Florette avec sa broche à rôtir achevaient les mourantes. Elles découvrirent ainsi, sous les ramas, la bonne Judith du Mazet de Valmalle, la mère du Daniel Vergèze qui apprend à tailler les sabots à Nîmes, trépassée déjà, encore qu'elle eût toujours été des plus fermes sur notre chère religion. Qu'elle se fût perdue parmi la gent foulée ne se pouvait comprendre qu'en raison de sa surdité qui était entière, bien que la maman Vergèze ne fût point tant avancée dans l'âge.

L'interdit accompli, notre troupe est repartie dans le désordre, comme si tout le rouge eût été de vin, tout le feu d'*aïguardén*...

Il s'en dispute encore, du brûlement de Chamborigaud, peut-être à cause de la bonne Judith Vergèze ; toujours est-il que quelques-uns ne cachent point leur désaveu ; un certain Courtez *, un tisserand de Castagnols, nous a même été mandé pour réprouver notre Jouany, nos prophètes, mais si roides étaient ses réprimandes que les lames poussaient d'elles-mêmes au poing de nos inspirés, tant qu'il a dû se taire, tandis que la Florette et la Miette hurlaient : « J'en veux à toi, montagne de destruction! j'étendrai ma main sur toi! je ferai de toi une montagne embrasée! la terre s'ébranle, elle tremble! on met le feu aux habitations! on brise les barres! que la violence envers moi et ma chair déchirée retombe sur Babylone! Les habitants, je les ferai descendre comme des agneaux à la tuerie, comme des béliers et des boucs... »

Voilà deux nuits que je revois la douce Judith, la mère de l'Escloupet, que le propos de Finette et les mots de ce Courtez me tournent dans la tête ; mon Dieu, pourquoi m'envoies-tu ces épreuves? qu'il est malaisé de te suivre en chacun de tes desseins! Seigneur, écoute ma prière : pour que ne s'affaiblisse point le bras qui sert ta vengeance, délivre-moi de la crainte du sommeil!

Nous voilà rejetés au Désert, nous voilà remontés sur notre rancarède, à psalmodier la vengeance du plus fort de nos poitrines, tandis que le Jouany regarde flamber, tout en bas, son mas des Plos, son héritage ; il en devient à faire peur, à croire que c'est sa face que foulent les troupes de M. de Marcilly.

Ils s'y sont mis le nombre, pour nous prendre Génolhac, le Hainaut, le régiment de Marcilly, les renforts de Concoules et de Villefort, les escadrons des Vans sous M. de Montjeu, et toute la bourgeoisie, et toute la racaille ramassée en chemin, ils ont enlevé le bourg au sabre et à la baïonnette, passé sur l'instant les blessés par les armes, et même, sur l'escousse, l'arrière-petit-fils et les petits-neveux de l'aïeule Pinchinave, trop prompts à sortir du fumier sous lequel ils attendaient ce beau jour depuis deux semaines.

Et derrière arrivaient Julien l'Apostat et ses *miquelets*, lesquels seraient, dit-on, d'une espèce étrange mi-aigles, mi-serpents, mi-soldats, mi-brigands...

*

Le maréchal de camp Julien fait publier à grands roulements de caisse que ses miquelets ont tué cent et dix rebelles en deux jours et ramené neuf prisonniers, qu'il a fait fusiller aussitôt, place du Colombier *.

Finette, qui a entendu les crieurs, est montée vers nous, fort inquiète, nous a comptés et recomptés, et nous avons dû lui faire entendre que les rebelles de l'Apostat n'étaient que de vieux paysans, des femmes et des enfants de Nojaret, du Fesc, et autres hameaux perdus par les combes.

*

J'en suis encore à me demander comment je m'y suis pris pour tant en dire à une jeune fille, fût-elle ma promise! Nous étions à l'écart, Finette et moi, sans trop rien dire si ce n'est pour la santé, pour la parentèle, comme d'habitude quand nous nous trouvons seuls. Au vrai, c'est elle qui est allée au-devant, en me demandant de lui montrer mes pistolets qu'elle n'avait jamais bien regardés, disait-elle.

Ce sont de beaux pistolets italiens, datés de 1670, et signés Lazaro Lazarino, dont le chien figure un petit enfant qui gonfle ses joues pour cracher une flamme dans laquelle est serrée la pierre.

— C'est joli, a dit la raïoulette, et même, m'est avis que c'est une idée particulière, pamen! de se donner tant de peine pour faire jolie une *bésugno* à donner la mort!

Je lui ai déclaré que, néanmoins, je ne pouvais m'y faire, que, depuis des semaines que je les *trinqueballais* dans ma ceinture, je n'avais pu me les rendre familiers, que j'étais toujours surpris quand ma main touchait ces pistolets, que je ne les reconnaissais pas...

— Té! c'est qu'ils ne sont point de nos choses à nous, mon Samuel!

Ces quelques mots répondaient si parfaitement à mon cœur qu'ils l'ont ouvert à ma pécole quant à l'espèce de malédiction de mes armes : j'ai beau faire, apprendre à tasser la poudre, la bourre et la balle, et sa bourre, à mesurer des doigts la poudre fine du bassinet, ni l'un ni l'autre de mes pistolets ne darde sa balle dehors à mon besoin. A chaque fois que j'ai pointé l'un ou l'autre de mes Lazarino sur l'ennemi, mon doigt appuyé de toute ma volonté n'a jamais impétré que le bruit sec du chien ou, pour le meilleur des cas, le long feu sans effet.

Au dernier combat de Génolhac, j'avais braqué mon pistolet sur un sergent du Hainaut qui accourait sur moi sabre levé, mais, n'en ayant tiré que le claquement dérisoire, j'en étais à attendre la mort, quand le Margailhan m'avait arraché l'arme, en avait vivement ramené le chien. Alors, comme dans un *cauchemar*, j'entendis tonner le marmaillon joufflu du Lazarino, je vis se relever sa gueule fumante, et le sergent s'abattre à mes pieds, avec, dans le front, le trou le plus régulier qui soit.

J'ai rappelé que les armes qui faisaient faux feu dans les mains du curé de Saint-André-de-Lancize * avaient obéi au doigt et à l'œil, quand nos frères les avaient retournées contre ce persécuteur...

Finette m'écoutait avec attention et faisait même paraître, me semblait-il, du contentement, au point que je le lui ai reproché, lui déclarant qu'à le méditer bien, mon malheureux succès dans les armes ne pouvait avoir d'autre cause que mon indignité pour le service de l'Éternel.

Ma raïoulette m'a répondu qu'elle m'avait bien entendu, mais ne pouvait se retenir pourtant, en apprenant mon infortune dans les arts de la guerre, d'une satisfaction qui lui restait, d'ailleurs, un mystère, autant que le faux feu de mes pistolets. Mais quand elle s'est rendu compte que je ne la suivais point dans cette voie heureuse, elle m'a poussé, pour m'ôter de l'humeur chagrine, à m'en référer aux prophètes, sourde à mes protestations comme à mes craintes.

Huc, pour m'épargner désormais toute malencontre avec mes pistolets, me les voulut troquer, tout bonnement, contre un sabre courbe comme le croissant de la lune et lourd comme une pierre de moulin.

Notre grand Abraham Mazel qui, pour mon bonheur,

se trouvait encore parmi nous, s'enquit de mon inquiétude et sut y mettre fin par un sage propos :

— C'est souvent qu'il est défendu à quelques-uns des nôtres de porter des armes! Il leur est même dit que leurs prières pendant le combat font plus de mal à l'ennemi que ne pourrait le faire l'arme la plus forte. J'en ai même vu qui oubliaient cet ordre, tant l'ardeur de combattre les prenait en voyant si bien faire les autres ; ils se saisissaient alors d'une arme, mais n'en pouvaient user, et devaient la rendre. Ainsi, les plus braves sont quelquefois obligés de demeurer en pleine bataille les bras croisés, ou plutôt à la prière! Notre Rolland qui commande en Gardonnenque avait lui-même reçu cet ordre, le mois passé, mais tant le sang lui bouillonne à la vue de l'ennemi, qu'il l'avait oublié pour sauter sur ses pistolets et son mousquet, mais il s'y opiniâtra vainement et finit par les jeter à terre *...

J'ai donc remis mes pistolets sans regrets ; d'ailleurs, en eussé-je gardé qu'ils se fussent dissipés au feu de ma raïoulette, quand elle s'est serrée de moi, sur ces mots :

— Je loue le Seigneur pour tes mains à bâillonner les bouches à feu, je l'en chéris! mon Samuel...

Grâces qui lui avaient semblé particulières, sans doute, comme à moi-même, car elle les avait dites tout bas, en un souffle brûlant, à l'encontre de nos louanges ordinaires.

Le Pagaron nous a serrés tous deux d'un coup dans ses bras qui craquent, en soupirant :

— Un Mathusalem qui courrait après, mais n'en a plus la force! un jeune David qui l'a, mais ne s'y entend point... Ah! filleul, que le Tout-Puissant nous embrouille!...

Ainsi quitté soudain du devoir de le répandre, voici que le sang, tout ce sang, m'est plus épais, plus sourd ; je l'entends, je le vois mieux, plus rouge, je le sens même devant qu'il soit versé...

Depuis le loup blanc aux yeux rouges, rapporté jadis du Bougès par le père de notre Delmassou, Delmas, le serrurier — un chasseur comme il ne s'en verra point de sitôt le semblable! — jamais je n'avais vu la curiosité raïolle si fort éveillée.

Le petit peuple du Désert entourait le miquelet et l'Ésaïe Felgerolles suppliait qu'il fût gardé en vie jusqu'au retour de ses cousins de la Boulade.

C'est un petit être tout en nerfs, sombre de peau, noir de poil, aux joues d'os pointu, au nez d'os crochu, qui n'a point de lèvres. Il est court-vêtu, son haut-de-chausses colle comme une peau à ses fesses d'enfant. Il est chaussé d'une sorte de pantoufles pour damoiselles retenues par des ficelles qui lui entortillent le mollet jusqu'au genou. Il était armé de deux pistolets, d'un étrange fusil très court et d'une dague à large lame, dont les deux tranchants sont si fins que plusieurs l'ont déjà retenue pour se faire la barbe.

L'oncle de Finette qui nous l'a rapporté de son mas de Corniaret, nous dit :

— Comme une mouche dans du lait, Oïe! voilà comment il s'est pris...

Les Larguier l'ont découvert qui cuvait sous un tonneau, dans l'obscur de leur cave, oublié après la visite d'un groupe de ces Espagnols. L'oncle de Corniaret nous l'a porté comme une futaille pleine, sur le bât de sa bourrique, la corde en sous-ventrière nouant le cou par ici et les chevilles par là.

Beltresque, le forgeron, l'a déchargé à bout de bras, bien content :

— Putain de moine! on en tient un, une bonne fois!

Dans les poches du prisonnier il y avait des écus, des alliances, des colliers, des bracelets, et une grosse pièce à l'effigie du bon roi Henri portant : HENRICVS-IIII-D. G. FRANCORVM-ET-NAVARAE-REX, rien que de l'or. Entre son pourpoint et sa peau, une douzaine de médailles de saints, de saintes et marmousets divers, en vil métal, pendaient à une cordelette.

Notre vieux Pagaron a déclaré :

— Suffit de lui retourner les poches, à ce voleur, pour lui mettre l'âme à nu!

Pour le dessaouler, Beltresque, le forgeron, l'avait saisi par les chevilles, les deux d'une seule poigne, puis, le soulevant à bout de bras, lui avait trempé la tête dans le torrent de neiges autant que de besoin. Maintenant, remis à vif, ses cheveux d'un noir d'enfer lui coulant avec l'eau sur la face, le prisonnier regardait chacun avec effroi et répétait quelque chose comme : qué tal? qué tal?...

L'oncle Larguier n'avait accepté deux doigts du vin de Marcilly qu'après les longs refus, selon la coutume des temps de paix. A son idée, l'oiseau rare usait d'un parler mauresque à la mode pirate.

Son cou tendu, le miquelet avançait une oreille, puis l'autre, les yeux ou le nez, pour nous comprendre. Notre manière de le débattre a dû l'éclairer, car, d'un coup, pour nous prouver peut-être qu'il n'était pas tout à fait un animal, il nous a débité des Pater, des Avé, dans le latin de partout.

Son méchant succès l'a fait changer de ramage — et il en était à hurler trois ou quatre commandements militaires, tout ce qu'il savait de la langue du roi, quand la Finette nous est arrivée des Bories, le deuil sur le visage.

En effet, la nouvelle qu'elle nous apportait nous faisait plus de peine que la mort, devenue la familière au Désert, tellement plus que nous nous sommes récriés, quand la raïoulette nous a rapporté que l'Urbain Panard avait renié sa foi, devant que d'être fusillé sur la place du Colombier.

Les miquelets étaient venus sur la jasse du Mas Neuf, s'y étaient d'abord amusés aux dépens du troupeau, à tirer sur les chèvres et les brebis, avant d'emporter le vieux pâtre à Génolhac.

Le Beltresque s'encolérait :

— Ah, té! tu ferais mieux de te taire, droulette! parce que je le connaissais, moi, l'Urbain du Mas Neuf ; il n'était pas de ceux qui changent leur foi, monge d'enfer! on l'aurait plutôt mâché menu!

Finette se contente d'ajouter que les Panards ont reçu l'avis de venir chercher le cadavre, qu'il ne s'agit point de rumeurs, pour cette raison qu'elle a vu, de ses yeux, le corps de l'aïeul du Mas Neuf.

Aucun de nous ne conteste plus, aucun n'ignorant que seules sont rendues aux familles les dépouilles mortelles des suppliciés qui se sont laissé convertir à la catholique et romaine, avant de rendre l'âme.

Le Pagaron saisit sa petite-fille aux épaules et lui demande rageusement :

— Moi aussi, je le connaissais, l'Urbain! Alors, si tu l'as vu mort, dis-nous ce qu'ils lui ont fait pour qu'il tombe si bas... et si tard!

Finette baisse la tête en frissonnant.

Le petit Élisée demande encore :

— Finette, ils lui ont arraché les membres ? ou ils l'ont brûlé avec des mèches soufrées ?...

Ma raïoulette fait signe que non, mais ne souffle mot de leur biais pour convertir le vieil entêté du Mas Neuf ; seul, un sanglot soudain en dit long pour elle.

Silencieux et pesants, nous revenons d'un même mouvement vers le prisonnier qui offre son sourire, à chacun de nous, l'un après l'autre, puis, le tour bouclé sans l'avoir pu accrocher sur aucune face, d'un coup, le perd.

L'oncle de Corniaret nous conte que ces pirates de Roussillon ont pris trois droulets de Tréméjols, et comment ils les ont traités. L'ancien s'applique avec lenteur à nous faire comprendre que les miquelets ont assouvi leurs désirs sur les trois jeunes garçons, qu'ils les ont forcés devant que de les égorger, « comme firent les gens de Sodome aux deux anges dépêchés vers eux par l'Éternel ». L'oncle de Corniaret a su par ceux du Fesc que les miquelets, n'ayant pas trouvé d'enfants dans ce hameau, avaient couvert des mules et des chèvres.

Alors, le Darius Margailhan empoigne le miquelet, l'étale sur la pierre qui nous fait table, s'assoit sur son ventre, lui arrache le haut de ses chausses et tire son couteau de castreur à lame triangulaire.

Huc lève au ciel ses bras longs comme les branches l'hiver, avec ce cri suppliant :

— Qu'ainsi s'éteigne sa race!

J'ai détourné ma Finette du labeur de notre Margailhan, mais tous nos psaumes ne couvraient point les beuglements du castrat.

Les troupes de l'Apostat n'ont quitté Génolhac que la semaine d'après *. Elles ont dévasté mas après mas les communautés de Vialas, Saint-Andéol-de-Clerguemort, Saint-Frézal-de-Ventalon, le Collet-de-Dèze, et autres qui étaient sur leur chemin.

Le jour que nous sommes redescendus prendre nos quartiers à Génolhac, le miquelet est mort, sans avoir cessé un moment de se rouler en boule. Le Margailhan a montré quelque contrariété, jaloux qu'il est de ses trente années de pratique sans perte.

Lettre pour M. Jouany, commandant les Enfants de Dieu, où il se trouvera.

A la diligence du frère Ramot Pierre, dit Cagopertou, muletier.

En Alais, le 16e de mars 1703.

Après avoir cheminé de nuit, nous sommes arrivés à bon port, la Finette et moi, chez le bourgeois que vous nous avez déterminé et qui, au vu de notre méreau, nous a donné la meilleure hospitalité.

La rumeur n'était en rien fallacieuse, le roi nous a bien mandé un maréchal de France — Nicolas-Auguste de la Baume-Montrevel —, et en bel équipage! J'ai pu le voir de mes yeux lors de la grande revue sur la place de la Cathédrale. C'est un homme grand et fort, plein de majesté, assorti d'une magnificence que mon imagination n'eût point prêtée au roi lui-même. Il était suivi des fameux dragons de Firmacon, de troupes de marine, de fusiliers, de miquelets, d'Irlandais, ainsi que d'un parc d'artillerie. Notre hôte l'a montré, chevauchant à la suite du maréchal de France, de nombreux officiers généraux, le maréchal de camp Julien, les *brigadiers* de Planque et de Préfosse, l'aide-major d'infanterie Capon, le colonel de Marcilly, le capitaine Wincierl, commissaire-ordonnateur, et d'autres, d'aussi haut rang. Dans les jours prochains, le maréchal de camp de Gévaudan, le brigadier de Canillac, le colonel de dragons de Grandval et le lieutenant-colonel du Villard viendront se ranger sous les ordres du maréchal. Nous avons vu arriver force nouvelles troupes, deux bataillons de Royal-Comtois, deux bataillons de Rouergue, un bataillon de Blaisois et un de Dauphiné, cinq bataillons d'anciennes troupes, cinq compagnies de dragons de Saint-Sernin, un régiment d'Irlandais avec 80 officiers irlandais, 12 petits canons, deux commissaires d'artillerie, un capitaine des guides, un ingénieur, etc. *.

Notre hôte, qui est conseiller des corporations, et, partant, au fait des subsistances à fournir, estime à plus de vingt mille hommes les troupes du maréchal. A les voir bomber la poitrine, si riches et si bien nourris, menant leurs troupeaux de canons, il faut se rappeler notre alliance avec l'Éternel pour rester sur sa fermeté!

Nos paysans ont dû vous rapporter les ordonnances du maréchal, et la première faisant les Nouveaux-Convertis responsables de tout ce qui adviendra aux Anciens-Catholiques, mais nos montagnes sont encore sans savoir qu'en application de ladite, les troupes réglées ont rasé le bourg de Maruéjols-lez-Gardon, pour une faute que les mieux informés n'ont jamais pu connaître.

Les papistes et les prêtres reprennent du poil de la bête devant le bel étalage de l'armée du maréchal de France. Ils prient en tous lieux et à tout propos Son Excellence à des festins de chair abondante et délicate, où les vins les plus fins ne sont point mesurés. Ils veillent aussi, dit-on, à placer sur son passage les plus belles dames de la province, car ce grand chef de guerre est plus illustre encore pour le libertinage. Je doute pourtant qu'il se soit beaucoup plu à passer la revue du corps des amazones : j'ai vu ces dévotes formées en escadron par l'évêque de Mende et si leur courage ne passe point leur grâce, nous n'avons rien à redouter d'elles.

Le bruit s'est répandu, ces jours derniers, dans la ville que la troupe du frère Rolland aurait été gravement défaite du côté de Pompignan ** par les dragons de Firmacon, les troupes de marine et les miquelets. Pourtant je ne m'y fie guère, les papistes en effet ont la langue longue pour leurs avantages, mais bien courte pour les nôtres. Toujours est-il que les bourgeois papistes sont contents de leur beau maréchal, qu'ils parlent de bâtir en Alais une terrasse à l'imitation de Versailles, qu'ils appelleront la *Maréchale.*

Selon nos arrangements, notre bourgeois a remis entre mes mains les écus collectés auprès de nos frères de la ville, dont je lui ai sitôt donné reçu. Nous avons partagé cette contribution et en avons usé selon vos ordres. Le muletier vous portera, avec la présente, les dix paires de souliers et le sel acquis par la Finette, ainsi que les deux sacs de farine contenant la bonne poudre (depuis la venue de toutes ces troupes nouvelles, plus encore qu'avant, il est possible, avec du vin ou des écus, de se pourvoir pour nos besoins : nombreux sont en effet les officiers moins assoiffés de gloire que de profit) *.

Avant de remonter vers notre Désert, nous passerons, la Finette et moi, par les villages papistes de Saint-Florent et d'Aujac, aux fins de nous y informer sur les bandes commandées par le Chabert pour nous nuire.

Nous sommes, Monsieur et
très cher frère en Christ,
vos très humbles et très
obéissants serviteurs,

SAMUEL ET FINETTE.

[Sur le chemin de retour, Samuel et Finette ont dû se séparer. Voici une série de lettres adressées par la jeune fille à son fiancé.]

Mon bien-aimé, je n'arrête pas de sentir mon bonheur que tu aies eu l'empêchement de venir avec moi sur la Cèze! Surtout, ne va pas tout de suite t'imaginer que je suis bien vaillante quand tu n'es pas là! mais à savoir que ces bandits arrêtent tous les garçons qu'ils voient pour leur faire réciter par cœur, et en latin, l'oraison dominicale, la salutation angélique, le symbole de la foi et la confession générale, et cassent la tête sans balancer mie à tous ceux qui se trompent ; tu as saisi, mon Samuel, que c'est tant plus je t'aime, tant plus je me régale que tu ne sois pas dans leurs jambes et que tu te tiennes au large de leur inquisition à couteaux tirés.

Pour ce que j'ai pu savoir de droite et de gauche, tu peux dire au Jouany que ces coupeurs de gorge, c'est le sac et la corde des villages de Chamborigaud, Sénéchas, Vielvic, Ponteils, Concoules, Aujac, Malons et autres du bord de Cèze, où commence le pays papiste. A mon idée, Marie-Joseph et la sainte mômerie romaine ou autre ne les embarrasse pas de reste et ils idolâtreraient plutôt les écus d'or, le vin vieux et les filles neuves. Plus grands feignasses les uns que les autres, au dire de qui les pratique de loin, qui ne se sont jamais échinés pour leur quignon, ils ont trouvé moyen de moyenner ce tour à la mode pour mener grand train à rien ne coûte, et se débaucher à outrance avec la bénédiction des évêques et du maréchal. Leur chef est l'hôtelier Chabert de Chamborigaud, le Jouany le sait, mais dis-lui quand même que ce Chabert est encore pire que le pire qu'on s'en faisait! et qu'il a trouvé sa place, à mener cette racaille, dont le meilleur du plaisir n'est pas tellement de donner la mort, mais bien de la donner avaricieusement, à petit feu, les finassiers! pour faire durer leur plaisir.

Pour ce qui est de ce que j'ai pu voir de mes yeux, sinon sur le fait, à si peu près que le sang n'était pas sec, voici :

La vieille peut vous le dire aussi, ils ont pris le nommé Jean Barnouin, qui est d'ici, et devant que de lui trancher la gorge, ils lui ont coupé les oreilles et les parties qu'on ne nomme point. Au même lieu, le deuxième, un nommé Jacques Clat, avait les entrailles qui lui sortaient et traînaient par terre ; le malheureux les a ramassées et il est rentré chez lui dans cet équipage. Mais ses tourmenteurs le suivaient à la sourdine pour le finir en famille. La femme du pauvre Clat était au bord d'accoucher devant ses deux petits enfants. Ils l'ont immolée après son époux. Comme elle expirait, ils se sont aperçus que son petit tressaillait dans son ventre : aussitôt, ils l'ont ouverte au couteau. Une voisine, une nommée Marie Silhol, s'est portée pour secourir les deux enfants; ils l'ont tuée aussi. En quittant, ils ont rencontré Pierre Bernard qui promenait son neveu, Jean Bernard, âgé de dix ans. Avec le petit, ils se sont mis à faire les doucereux : et de lui montrer un pistolet, et de bien lui expliquer la manière d'en user, bref, d'une chose à l'autre, en fin finale, ils ont fait tuer l'oncle par le neveu, puis, le temps de recharger le pistolet, ils ont dépêché le neveu. Pas guère plus loin, ils ont entrepris trois jeunes filles, les ont violées, puis, après force cuisine à leur acabit, pour les finir, les ont dispersées avec une poire de poudre poussée entre les cuisses.

Je n'en peux pas dire plus, tant me fait défaut la

patience encore plus que le loisir. Seulement, en plus, tu diras au Jouany les noms des loups les plus féroces; à savoir : Pierre Vigneau, Antoine Rey, Jean d'Huguon, Guillaume et Fontanille (à n'oublier point!). Rassure-le aussi qu'on les connaîtra tous dans pas longtemps, vu qu'ils s'y prennent de bonne façon pour faire savoir comment ils s'appellent. Ces cinq-là, je les tiens de la bouche d'un nommé Antoine Pradié, un Florentin lui aussi (les gens disent les Florentins parce qu'il y en a pas mal de Saint-Florent, le village d'en dessus du Pradel qui leur sert de saint-siège) : mais ce Pradié ne s'en est pas senti de faire tout comme eux jusqu'au bout, alors il en a peur, lui aussi, maintenant. Demande au Jouany si on pourrait lui faire grâce pour ce retour de cœur et sa bonne manière. Voilà, je n'en connais guère plus pour ici, attendu que le seul drapeau que je leur ai vu, c'est le nouveau-né de la pauvre femme du Clat qu'ils ont promené au bout d'une pique *. Je compte quand même me rendre jusqu'en leur Saint-Florent cette nuit, en priant bien fort le Seigneur de conserver mon cœur, comme l'entier de ma personne, pour tenir ce que promis à toi, mon cher souci,

Ta promise,
F.

Pensez que cette pauvre mamé qui vous porte la lettre a fait un brave chemin de ses vieilles pattes et après des tourments qu'elle vous dira; alors, s'il vous reste quelque piécette de la contribution de nos bourgeois d'Alais, ou autres, Dieu n'en sera pas jaloux, à mon idée.

[*Les textes suivants sont écrits sur des pages arrachées à un même livre, feuillets fatigués, longtemps portés contre des peaux nues.*]

[*Sur la première page, au recto, le titre :*]

SOCRATE
CHRESTIEN
PAR
LE Sr. DE BALZAC
et autres œuvres du mefme Autheur

A PARIS,
CHEZ AVGVSTIN COVRBE,
au Palais, à la Palme.
avec Pri. du Roy, 1652.

[*Au verso, Finette a écrit :*]

Samuel, mon bien-aimé! prends par les yeux ces mots que je voudrais tant te poser sur le bord de l'oreille en accotant mon cœur au tien, et qui sont mes derniers peut-être. L'idée ne leur vient point que moi, pauvre raïoulette de la terre, je peux savoir mes lettres, alors ils ne m'ont pas ôté mon crayon. Las! petite et pauvre que j'étais, oïe! j'étais beaucoup! qu'est-ce que je suis maintenant? plus rien que les mots que je te mets sur un papier, mon Samuellet! derrière les pages que je déchire à un livre qui est là, des feuilles avec du robuste imprimé de face et mon griffonnage gris qui tourne le dos. Je fais aller mon crayon sans grand espoir mais pas sans peine, en tirant la langue, car je ne peux pas m'en défendre, même devant la mort et en suant de fatigue, attention que si tu vois des gouttes là-dessus, ce n'est pas des larmes! Et j'ai beau chercher, je ne vois point le début du commencement d'un biais pour te les faire tenir, mes écritures;

[Suite sur la page de garde du même livre. Celle-ci ne porte, au recto, que l'Ex-libris de M. de Saint-Victor de Candiac (il s'agit donc d'un livre chapardé, puisque ce gentilhomme Nouveau-Converti était alors relégué à Montpellier.)

[L'écriture de la jeune fille contourne respectueusement le sceau :]

De dessiner mes lettres au bout de ma langue, mon promis dans l'Éternité! d'écrire à force, c'est vivre encore un peu de toi, rien que de toi. Mon alphabet, je ne le tiens ni d'héritage ni de nature, ni de nourriture, c'est ta première semence, mon Samuellou, ce lierre qui s'attache au papier, mes pensées qui s'accrochent à mon *escrivaïrel*, par-dessus la mort même, vertes hiver comme été, mon cure-nid du Gravas! pour toujours, vertes comme les guirlandes agrippées aux murailles de ton beau mas assassiné. Tristes fruits d'arbuste sauvageon que je t'offre! mais qu'au moins je te les donne! Dans mon cœur, c'était hier que nous gardions nos chèvres mêlées dans les vallats du Péri, que tu me traçais dans la bordure des pages du psautier, l'a, le b, le c, bien gros comme si mes yeux ne pouvaient voir le petit, quand c'est moi la première qui ai vu la lumière sur ton front! Déjà! mon petit pâtre, qu'il faisait bon s'ouvrir à toi!

[*Suite au verso* (*vierge*) *de la page de garde.*]

Tel que je te connais, j'ai comme une idée que la démangeaison te gratte de savoir où j'en suis et le comment et le pourquoi, plutôt que de lire mes sansougnettes! seulement, où j'en suis, cher nez-pointu, furet, furette et *fousignet!* gaspiller mon crayon (et mes dents à le rapointer!) pour te bavarder le menu d'un hasard médiocre, cela me semble aussi vain que de chicaner sur le bois d'un bûcher, tu me comprends? au moment même où vous monte en dedans la belle joie des flammes! Car c'est ici l'heure dernière où ne revient que le bon, le meilleur. Loué soit l'Éternel! j'ai eu ma bonne part, ô mon amour en Christ! les derniers jours, souviens-toi, en chemin, à l'aller, au retour, nous avons dormi nos nuits d'un seul corps, et même le jour, un moment dans le matin ou dans l'après-manger, quand nous faisions la pause... et nous l'avons faite quand ce n'était pas tout à fait de besoin, sous la Bégude, dans le trou de rocher de la première fois. Voilà, c'était notre accoutumée de faire l'agneau et le berger, même quand le froid ne nous aidait point en nous y poussant. O, Samuel, mon amour par la volonté de Dieu dans son éternité! Vois comme je t'aime, je te le montre enfin tout nu, vu que si tu le vois un jour alors le rouge ne me montera plus... Mon Samuel, il n'y a pas de pudeur pour soi-même, et nous sommes un seul, le sens-tu? et chastes sans plus avoir à se garder pour! La preuve en est qu'il me suffit d'ouvrir sur le méreau que tu me donnas mon corsage, de me pencher pour te respirer au nid de nos fièvres : de mon nez, tu me montes à la tête, par le dedans, tu me descends au cœur, tu me pénètres de partout, tu m'as prise et me tiens, de l'intérieur, tout le corps...

[Suite sur le feuillet 351-352 qui termine la première partie du même ouvrage. Finette a commencé à écrire au verso (352) qui était vierge, puis, n'ayant pas assez de place, a continué au recto (351) qui portait, imprimés :]

CHRESTIEN.

Chaffer la Pauureté, donner à des Indignes,
Et fi ton chafte Amour, dans des ardens tranfpors,
N'auoit pour nos befoins prodigué fes trefors.

Comme il y a peut-être bien moyen de te faire tenir une lettre, tu m'en voudrais si je ne m'en servais point pour te dire où j'en suis et pourquoi.

Depuis hier, je suis enfermée dans le cabinet de lecture d'un château que je ne connais point, vu que j'y ai été portée de nuit par une forte troupe de deux à trois cents hommes conduits par deux seigneurs, dont l'un me semble bien être celui de Portes qui nous a pris Génolhac, le coup d'après Chamborigaud : ils seraient sur le départ pour aller justicier Saint-Julien et Cassagnas.

C'est au Pradel que j'ai été prise. J'étais si fatiguée ce jour-là que mes jambes ne me portaient plus, tant que, sur le grand-chemin, des bouscassiers m'ont fait monter sur leur charrette. Au pas de la Porte de Ville, les archers ont mis la main sur la charretée parce que l'heure du couvre-feu était passée (elle avait été avancée par un arrêté placardé dans la journée même, alors que mes compagnons bouscassaient en forêt). Le temps de mander les torches pour y voir à tirer et tous mes bouscassiers ont été fusillés. J'aurais partagé leur sort, si des sœurs régentes ne se fussent entremises, protestant que j'étais trop petitette pour mourir. Tandis que l'une allait quérir le commandant de place, les autres me poussaient à me dire enceinte, afin d'avoir la vie sauve, voyez-vous ça ? le seul salut possible à leurs dires ! quelle démarche pour une jeune fille qui a de l'honneur ! Elles n'ont pu m'arracher que le silence, qu'elles ont profité pour faire la déclaration en mon lieu. Le commandant a ordonné que je sois visitée sur-le-champ. Et je l'ai été, au mitan de ce concours ! Mais la sage-femme est entrée dans les vues des sœurs régentes. Alors le commandant a décrété :

— Qu'on les arrête toutes deux, qu'on les garde en prison ; si dans trois mois il ne paraît point de signe de grossesse, au lieu d'une victime, on en tuera deux *!

Encore que terrifiée par ces mots, la brave sage-femme n'a point repris sa parole et nous voilà toutes deux emprisonnées sous caution de maternité. La malheureuse n'a cessé de pleurer depuis, et il faut la comprendre : c'est une Ancienne-Catholique, Madeleine Bruguière, de Laffenadou, dite la *Pescolausellet*, elle n'a point notre foi pour la soutenir. Des fois, je la sens qui me regarde comme sa planche de salut, à se demander si elle me prend pour une pute ou pour sa sainte-vierge Marie ! Elle m'a dit qu'un militaire pouvait se tromper de plus de six semaines sur l'apparence d'un ventre de trois mois ! Ses pleurs n'arrêtent que lorsque l'un des grands *estafiers* puants et velus qui nous gardent viennent me voir pour se porter volontaires (et ce n'est pas leur soupe qui me fera ventre !)... Non et non ! mon doux Samuellou ! *Espéré ma noun désespéré !*

A Monsieur de Jouany, Commandant les troupes de Dieu sur le Lozère,
du Désert, ce 10ᵉ avril 1703.

Monsieur et Très Cher Frère en Christ, je vous suis obligé du message que vous avez bien voulu me faire tenir touchant aux crimes des papistes de Saint-Florent et autres lieux. Vous savez la Saint-Barthélemy des Rameaux *, le bel œuvre de M. le Maréchal, et vous pensez quelle colère blanche ne nous en quitte point depuis de notre côté. L'Éternel m'ayant rendu la santé pour son commandement, j'ai sitôt entrepris sa Vengeance et j'ai la meilleure considération pour votre appel à joindre nos troupes en vue de tels ravages que les papistes en perdissent à jamais le goût de nous persécuter!

Pour lesquels desseins, je donne ordres de marche en direction du haut pays et, suivant votre missive, j'ordonne toutes dispositions pour faire la jonction et me rendre au lieu dit dans le quatrième dimanche du présent, si notre Seigneur le veut bien, et je suis, Monsieur et Très Cher Frère, votre très humble et très obéissant serviteur.

signé : Jean Cavalier,
Général, commandant les troupes
envoyées de Dieu.

[*Les deux billets suivants étaient rédigés en patois :*]

L'homme qui vous porte les fromages qu'on vous a ramassés vous dira tant bien que nous qu'on ne sait rien de cette affaire par ici. J'ai bien envoyé la femme à Laffenadou mais la nièce et autres de la parenté de cette Pescolausellet n'en savent pas guère de ce qu'elle fait, à les entendre. Aussi, il faut comprendre ces gens pour cause de la méfiance. On regrette bien de vous dire qu'on ne vous mandera pas plus de fromages de sitôt, pour la raison que notre communauté vient d'attraper douze mille livres d'amende après le brûlement de la chapelle. Dieu-nous-juge ! car c'est un trésor comme on n'en a jamais vu par ici, que même en vendant jusqu'à notre dernière chemise on n'en ferait pas les premiers sous ! D'un autre côté, on ne voudrait pas vous laisser périr par la faim... tant et si bien qu'avec les uns qui nous arrachent la peau et les os et que nous, on se saigne aux quatre sangs de bon cœur pour les nôtres, on en est tous ici à se demander ce qu'il en sera de nous demain !

*

Par la présente, nous, de la vraie foi, du village et des métairies, nous saluons les Enfants de Dieu, nos vengeurs en l'Éternel !

Toute la gent présente céans a tourné, retourné la

requête à nous portée par le muletier, a fouiné par mas et chemins. Il y a bien un voiturier d'Anduze qui nous a parlé d'un troupeau de femmes que les soldats menaient dans les couvents de Nîmes ou de Montpellier, mais nous, on n'a rien vu passer de cette espèce par ici. Seulement, à force de demander par-ci, par-là, on finit par se faire mal voir et puis, va savoir ce qui se manigance au château, pas un de nous n'a qualité pour. Dieu sait qu'il s'y mène un trafic de tous les diables avec le curé de Saint-Florent et le Chabert de Chamborigaud. Pas question, comme de juste, de quoi ou qu'est-ce à l'un de leurs escamandras, vu qu'on n'ose même plus les regarder, que pour un oui pour un non, ils vous sortent les tripes. Il ne s'y faut tromper, notre pauvre Pradel est mal parti avec cette vermine sur le dos!

En foi de quoi, nous tous céans, nous prions le Seigneur pour que vos coups portent et que ceux des papistes *foirent*, et sommes, très chers frères, vos très humbles et très obéissants serviteurs.

ATTESTATION SOLENNELLE :

DE LA PART DE DIEU, devant nous sous-signés Enfants de Dieu portant son glaive, et sur notre requête, s'est présenté le Vergèze, Daniel, dit l'Escloupet, dans sa vingtième année, du Mazet du Chamas, lequel fit un temps en Nîmes pour y prendre métier de faire les sabots.

NOUS, sous-signés, l'avons requis de se rendre à Saint-Florent pour s'y engager dans les bandes du Chabert et ce, dans le dessein que Vergèze, Daniel, se mette en place d'être au fait des manigances qui s'y trament à notre encontre, desquelles il nous donnera avis dans le plus bref, et par les biais appropriés, agencés par nous au préalable.

NOUS, sous-signés, attestons devant Dieu que Vergèze Daniel, ci-présent et ce acceptant, est en tout un bon frère et des meilleurs sur la foi, mais que nous l'avons choisi pour la raison qu'il n'eut point le bonheur de se faire connaître de nos ennemis, étant en apprentissage loin de notre petit pays ; pour la raison seconde que sa mère, excellente femme pour qui nous prions, ayant été tuée par nous à la suite d'une méprise lors de l'affaire de Chamborigaud, le fils Vergèze, ci-présent, aura le bon motif pour se faire enrôler du Chabert.

NOUS, sous-signés, donnons à savoir au fils Vergèze, ci-présent, les ordres de l'Esprit parvenus à Huc Jean, sous-signé, à savoir qu'une fois à Saint-Florent, Vergèze sera délié de la soumission aux règles et devoirs des Enfants de Dieu dans tout ce qu'il fera et dira, notamment quant à la pureté de la langue et que l'Éternel ne prendra point en mauvaise part ses jurements, lesquels étant stratagèmes de guerre.

DÉCLARONS ce que, écrit en vérité, à la requête dudit Vergèze et pour lui servir plus tard à faire valoir ce que de droit pour lui comme pour sa mémoire, et signons sous le regard de Dieu :

Jean-Nicolas Jouany
Jean Huc
Jacques Veyrac Mathieu.

Les sus-signés, ainsi que le sus-dit, et le Samuel Chabrou, dit l'Escrivaïré, secrétaire, ont prêté serment devant Dieu de garder sur ladite affaire l'entier secret qu'il faut pour sa bonne fin.

Sur la fin du mois d'avril, au Gravas.

Voici que je suis une fois encore entre les murs noirs de mon mas foulé, et c'est ici pourtant que tout me semble vrai, ici seulement. Je ne garde rien, ou si peu, des jours qui viennent de s'écouler, un goût de dégoût en bouche, comme si ma langue saignait, que n'a point chassé les quelques châtaignons que j'ai reçus hier pour ma part de notre dernier sac. L'hiver tire à sa fin, caves et greniers sont vides et nous devons de nouveau davaller sur le bas-pays qui ne nous a jamais rien valu de bon.

Une grosse balle de M. de Marcilly a fait sortir par le dos le cœur du pauvre Louis du Cabanis, qui repose à présent sous un figuier du Bougès ; la Miette a disparu depuis l'embûche du Pradal, et j'ai perdu ma raïoulette, à jamais, j'en ai peur, sans nouvelles que je suis toujours de ma promise depuis ses billets du Pradel, que je viens de relire une fois encore avant de les confier au maître-mur de la clède avec les autres papiers. Nous l'avons cherchée partout, la Finette, nous avons prié, nous avons marché, et tant plus nous avions le ventre vide, et tant plus nous gonflait le cœur, et tant plus l'Esprit nous enflammait.

La farce du Jouany, quand nous sommes entrés au Pradel, je l'eusse trouvée plaisante il n'y a guère, mais quand nous nous sommes présentés comme un détachement du régiment de Tarnaud, assez bien vêtus que nous étions pour le paraître, et que les Florentins accourus nous ont fait fête, se pressant pour nous raconter leurs prouesses contre les barbets, je n'ai pas ri, et non plus quand le Jouany s'est amusé d'eux plus encore, leur criant :

— *Messorguiers!* vous n'êtes que des camisards! Holà, sergent! qu'on les arrête!

Les misérables ont eu beau crier à la méprise, ajouter preuves sur preuves de leur ardeur à nous pourchasser, le Jouany les a mis à mort quand il en eut assez ri.

La plupart des trousse-magots s'étaient, hélas! barricadés dans le château, que, bien sûr! je brûlais de fouiller, mais le Jouany, après avoir fait par deux fois le tour des murailles hors de portée des fusils qu'on n'y ménageait guère, a estimé que l'attaquer sans canons serait, pour un peu de bruit, perdre sa poudre, son temps et sa belle jeunesse.

Quand nous avons quitté le Pradel, mon parrain Pagaron n'était plus le seul attardé, je l'étais aussi, avec lui, à ne pouvoir nous tirer les yeux de cette forteresse, au fond de laquelle languissait sans doute sa petite-fille.

A Saint-Andéol-de-Trouillas où l'Esprit nous a menés ensuite, un chagrin encore m'attendait, car, il faut le dire, mon pauvre Badarel s'y est bien mal conduit : il avait trouvé, dans le lit du fossoyeur que nous avions fusillé avec sa femme parmi les tombes catholiques, un sac d'or qu'il s'est hâté d'apporter au Jouany. Pour notre salut à tous, Abraham Mazel et Huc l'ont vu :

— Jette promptement cela, malheureux! c'est de l'*interdit*, et l'Esprit nous défend d'y toucher!

Le berger, pourtant penaud, a osé répondre qu'il croyait faire plaisir, la troupe étant toujours en nécessite de diverses choses.

Alors le grand Abraham Mazel a pris la peine de l'instruire que tout ce qui était trouvé dans ces sortes d'expéditions, fût-ce ciboire et calice, tout ce qui servait à l'idole, à la superstition, à la corruption, la vaisselle d'argent et l'or monnayé, tout cela devait être jeté au feu quelque besoin qu'on en eût, qu'y toucher était expressément défendu par les inspirations, qu'il ne se devait prendre à l'ordinaire que la vaisselle d'étain et tout le plomb que nous pouvions trouver pour faire des balles ; qu'au rebours, briser les vitraux pour en avoir le plomb était œuvre de Dieu.

Le pâtre crochu se crochait plus à chaque mot ; il a répandu l'or au plus ardent du feu de la maison, puis pour vite s'amender, il s'est empressé de donner la main à la brigade qui exécutait à coups de haches et de pierres une vingtaine de miliciens et de Florentins attachés deux par deux, nus, à genoux au bord du ruisseau. Néanmoins, l'ombre funeste ne quitte plus son front, et nous lui passons au large depuis qu'il a touché de l'interdit, dans la crainte du coup dont le ciel le peut à tout moment frapper.

*

Si les commandements de l'Esprit échappent de plus en plus à notre entendement, la faute en est sans doute au trouble grandissant qui nous agite, et s'il nous est ordonné de nous assembler, et monter sur les montagnes, de nous séparer encore, de redescendre à la Plaine, c'est, aucun n'en peut douter, pour le meilleur service de l'Éternel.

La souvenance me restera des assemblées sans cesse de jour et de nuit, que nous avons tenues à Saint-Privat, quand nous étions ensemble par milliers, avec ceux de Castanet, de La Fleur et de Cavalier, quand les prairies du Gardon de Vallongue retentissaient de nos prières, de nos louanges, des prophéties de la Grande Marie, de Huc, de Salomon Couderc, de Mazauric le berger, de la Magdeleine Ribaute, de Lucrèce la Vivaraise. Je revois, parmi tant de merveilles, une fille bien jeunette, du nom de Nègre, courir sur le Badarel qu'elle ne connaissait pourtant ni d'Ève ni d'Adam, pour l'*adjurer* de se repentir quant à l'interdit; je revois le pauvre berger, frappé d'étonnement par ce coup, s'enfuir en jetant ses armes, si vergogneux que ses genoux touchaient son nez, hurlant miséricorde et miséricorde! La Gillette du Collet appelait l'Éternel telle une enfant perdue sa mère; l'humble pâtre Gallisson pérorait merveilleusement, en son oraison disait : « ne craignons rien, mes frères! non, ne craignons rien; l'ennemi fuit devant nous : il est loin! nous sommes en sûreté! confiance, ô mon peuple! les royalistes te redoutent... » ne reprenant souffle que pendant nos infatigables : vive l'épée de l'Éternel! vive l'épée de Gédéon!... Les heures sont enfin venues où l'Esprit est descendu sur son peuple, s'y est multiplié, où la Grande Marie, les deux blondettes du Liron, la Vivaraise, notre Florette et l'Anne Valette, dite la Comtesse, et la bouillante Isabeau Boucoirane n'en pouvaient plus tenir, éclataient d'inspirations, suffoquaient, bondissaient, boulaient, se roulaient au sol... et les milliers de soldats de l'Éternel les accompagnaient d'applaudissements, de cris réguliers, et les femmes qui nous avaient apporté les provisions, et tous nos frères des alentours claquaient les mains plus fort encore, d'un seul bruit à la fois, des milliers de mains! d'un seul cri, des milliers de gorges! d'un seul balancement des épaules, ainsi qu'un seigle infini qui suit deux vents contraires tour à tour, d'un seul balancement, d'un seul hochement des milliers de têtes animées du seul Esprit...

Et, de ce peuple en tempête, jaillissait, ici et là, la flamme d'amour de tel ou de telle qui, d'un bond, baisait le Ciel pour reporter le baiser sur la terre, et des lèvres et du ventre et du front, les meilleurs d'entre nous...

La douleur de chacun n'a plus guère de poids, quand mille cœurs unis la lèvent vers les joies très hautes.

Nos sentinelles, il m'en souvient, nous ont amené un

marchand de drap qui s'en allait au marché de Saint-André-de-Lancize.

L'esprit a comme illuminé la Lucrèce Guigon, la douant pour un instant d'une valeur, d'une voix, de vertus tellement au-dessus de son jeune âge que ses douces lèvres n'étaient à l'évidence rien moins que les instruments de l'Éternel.

Pour arracher la vie du marchand de drap agenouillé tout nu, Henri Daire, coiffé de ses dentelles blanches, a dû donner dans ce corps si gras que le ventre cachait les genoux, quarante et deux coups de sabre, quarante et deux fois assistés de nos cris de sacrifice à Dieu, avec nos mains frappées et le balancement de nos corps.

Puis, après le chant des psaumes, et la collecte, nos prophétesses sont allées laver leur linge au torrent, d'autres faisaient les feux, d'autres triaient les fèves, d'autres enfin curaient les chaudrons. Dans les dures ténèbres, le froid blanc des sommets et le froid en eaux du vallat croisaient le fer ; au dépit desquels nous entendions avec les battoirs, les cris, les rires, les chants pieux des lavandières.

Dans les poches du marchand de drap, des papiers prouvaient qu'il venait de Perpignan, un pays d'Espagnols, une fourmilière à miquelets : nous avons remercié l'Éternel...

Et la nuit de la nouvelle lune, au vent des glaces, que nous avons passée sur le Lozère, avec nos ventres sonnant le creux, je ne suis pas près de l'oublier, nos frères de la Plaine non plus, transis sous leurs camisettes pour avrils de soleil. Cavalier, Jouany, brigadiers, prophètes, ont longtemps disputé quant aux secours à espérer de l'étranger, et sur les sentiments que nous portaient nos frères du Refuge.

Jean Cavalier, qui avait jadis vécu dans la Genève, montrait les Bourgeois-des-Cieux, comme il les appelait, ronronnant au chaud, la tripe bien pleine, et prompts à condamner nos armes. Notre Jouany, qui était allé en Suisse lui aussi, disait d'eux :

— Ils voudraient que nous tendions l'autre joue, comme nos vieux!

Je m'attendais à voir la vieille querelle reprendre feux et flammes, mais elle ne soulevait plus, chez ces hommes appuyés sur leurs fusils, qu'une poussière grise, sans leur arracher un juron ni d'autre éclat que nos J'aime-Dieu, suaves à l'ouïe de l'Éternel.

D'ailleurs nous devions déjà reprendre la marche ; nous devons toujours repartir ; les prophétesses murmurent bien que les chemises n'ont pas le temps de sécher, il faut se mettre en chemin, le ventre vide, les chemises séchant sur l'échine, marcher, marcher encore...

De retour au mas en ces premiers jours de mai.

Au dire de certains, nous avons été punis pour avoir dépêché trois paysans de Saint-Paul le dernier dimanche du mois passé, toujours est-il que le châtiment fut effroyable, qu'il nous est une preuve de plus que les carrières en Plaine ne nous valent rien, que notre salut, que notre Désert sont la montagne de Cévenne, où nous remontons, pelés et échaudés, durement réduits hélas!

Jamais je n'avais vu tant de baïonnettes sous la lune, ouï tant de coups de fusil, je n'en eusse même autant imaginés! qu'il n'y en eut dans cette nuit où grenadiers et fusiliers nous tombèrent dessus par le chemin d'Anduze, par celui de Sommières, dragons et soldats par centaines, dans cette aube où, fuyant à la débandade, nous tombâmes sur les troupes réglées qui s'étaient mises en poste au bord du Gardon après avoir, à la sourdine, égorgé nos sentinelles.

De les coucher ici sur le papier n'effacera point de ma mémoire les images violentes, d'ombres, de lueurs, de sang : notre Jouany que grandissait une colère estampissante, barrant de son corps le portail effondré, sabrant à tour de bras pour couvrir notre folle sortie de cette bergerie ; et moi, sans pistolets, sans la moindre lame, pour me frayer un chemin, j'ai dû faire tourner devant moi, au bout de sa courroie, la gibecière pesante, j'ai dû me battre avec la Bible.

Mon oreille n'oubliera pas avant longtemps la canonnade que nous avons entendue le matin, depuis les bois lointains où nous nous étions cachés : l'artillerie mandée d'Alais qui écrasait à boulets rouges nos frères barricadés dans la bergerie, nos frères qui refusaient toujours de se rendre!

Nous nous sommes cherchés tout le jour, toute la nuit, tels les perdreaux dispersés par les chiens, et ne nous sommes retrouvés qu'à moins de trois douzaines.

Le Pagaron, attardé, avait échappé à la tuerie, mais il avait appris que mon aîné Théodore était resté dans la bergerie, au mitan de la foudre, avec quelques autres compagnons de Castenet. Mon vieux parrain m'a serré dans ses bras :

— Samuel! voici : tu es le dernier de ta race!

Depuis, il marche en priant pour la postérité de notre petit peuple.

Nous avons été, dit-on, vendus pour trente deniers par un meunier, lequel, selon les mêmes, aurait été, quelques jours après, surpris par nos frères de la Plaine et dépêché par ses propres fils, soldats tous deux chez Cavalier *.

Nous rentrons dans nos montagnes, sans David Fossat, le puissant bouscassier de Gourdouze, sans le Pierre et le Jean Felgerolles de la Boulade, sans leur cousin germain, l'Ésaïe de l'Aubaret, sans Barthélemy, le fils de Vieillun le roulier, demeurés dans la bergerie de Billot avec Théodore, à faire ferme jusqu'au trépas aux grenadiers de Tarnaud, aux dragons de Firmacon, aux fusiliers du Royal-Comtois, parmi les cent qui n'étaient plus que vingt encore debout quand arrivèrent d'Alais les canons de M. Planque.

Chaque nuit passée depuis, mon sommeil m'a ramené vers le champ des baïonnettes sous la lune, dans l'horrible mêlée où des foules embrouillées, mêmement vêtues par l'intendance royale ou par les dépouilles des batailles passées, s'embrassaient et se sabraient dans une blême confusion.

Qui parle encore d'aller leur reprendre Finette ?

La petite Marie pleure, en serrant son ventre à pleines mains, tout ce qui lui reste de son grand bouscassier.

Une balle a percé la gibecière dont je me couvrais, qui s'est enfoncée profond dans notre Bible.

[*De la grosse écriture de Finette.*]

De partout, je t'irai chercher mon bien-aimé, de partout! et d'abord ici, dans ton Gravas, ton mas où tout a commencé par ta vie, où je veux que tu vives encore en moi! D'écrire comme toi, entre ces pierres noires, me fait te sentir encore, comme si tu venais de quitter la clède, comme si tu allais y revenir...

Ah! je me suis retenue d'y croire, à ta mort! Ils pouvaient bien tous s'y mettre pour dire qu'il y avait eu un combat terrible dans une tour du côté d'Anduze, que la Bête vous y avait tous massacrés, qu'on avait vu vos cadavres promenés en Alais pour venir les reconnaître qui voulait, j'y refusais ma foi, on nous en a tant conté! Seulement, il a bien fallu que je me rende quand ton grand oncle de Barjac nous a mandé, par un d'ici qui montait de la Plaine, qu'il t'avait vu mort, en propres mots : dis à ceux des Bories que je suis allé voir les dépouilles, que j'ai reconnu mon neveu Chabrou du Gravas au mitan des autres, traîné comme eux sur une claie; dis-leur que son corps bourré de foin était proprement recousu, que le feu l'avait à peine touché.

Tout est donc fini, mon grand!

Pourquoi Dieu nous en veut-il tant? nous l'aimons, lui obéissons, nous nous donnons à lui, et voilà qu'il en use de nous comme s'il n'en savait rien! Qu'il pardonne à ma douleur...

Que ce petit peu de vie qu'on a eue m'a paru passer vite! Du bon au mauvais et contraire, c'est le tourbillon au gouffre du Moulin, qui retire, dit-on, vers le fond avant qu'il puisse reprendre une goulée d'air le malheureux qui tombe dedans.

Notre Seigneur le comprend, va! que je crie tant après toi, lui qui sait que j'ai tout fait pour te revoir! Comme le commandant ne se voulait en rien départir de sa détermination, ni moi de la mienne à ne point céder à ses soudards, la Pescolausellet m'a instruite d'un biais qu'elle savait pour tromper l'officier, pour lui montrer que j'étais bien enceinte, mais que la prison, le souci, la fatigue et l'ennui m'avaient fait tomber le ventre et partir la fleur avant qu'elle forme fruit. Alors j'ai pensé que mes entrailles ne déterminaient pas seulement mon sort, mais aussi celui de cette pauvre femme qui avait été si bonne et qui avait si peur ; surtout j'ai pensé à toi, Samuellou, à revenir vers toi, voilà ce qui m'a poussée à lui dire oui, à livrer mon corps à son entreprise. J'ai enduré des souffrances dont je remerciais Jésus, j'ai été bien malade et suis si faible encore! Et pourtant, j'étais heureuse, car je n'ai compris que j'avais mal fait qu'en apprenant que tu n'étais plus, mon aimé! que Dieu me punissait sur toi de mon péché.

J'ai souffert de toutes mes forces pour remonter à mes Bories où, bien sûr, ta mère, la mienne et ma sœur Catherine m'ont tant donné de soins que je m'en suis un peu raccommodée, mais rien ni personne ne me peut guérir de ta mort!

J'ai idée par moments qu'il vaut mieux que tu ne vives point ce que nous vivons, ce qui nous reste encore à vivre, que tu ne saches jamais que le Daniel Vergèze, l'Escloupet! mon voisin du Chamas, avec lequel nous gardions les chèvres et jouions à l'assemblée, s'est parjuré, qu'il est devenu traître et apostat au point de s'enrôler dans la bande vaurienne du Chabert! Je l'ai vu, de mes yeux vu! et je l'ai entendu jurer le Saint Nom de Dieu comme les autres estaffiers! Il a même essayé de me parler à part des autres, tu penses comment je l'ai reçu! Certes, nous avons fait mourir sa mère, cette pauvre Vergèze, je ne dis pas! Mais de là à faire son Judas! Et il n'en avait même pas la vergogne, le scélérat! la preuve c'est qu'il a eu l'audace, deux jours après mon retour, de remettre les pieds dans son mas! La nuit même, mon père et mon frère sont allés au Chamas ; ils en sont revenus au matin, leurs haches pleines de sang ; qu'ainsi périssent les renégats!

Hélas, la vengeance même ne rend point la vie, le bonheur encore moins, et si mes pieds m'ont portée ici, chez toi, dès que j'ai pu me tenir dessus, ce n'est point que la mort de cet apostat m'ait en rien ragaillardie de la tienne, c'est pour te marquer mon adieu, pour t'écrire ces choses, de ma liberté payée de mon sang, du fils Vergèze, de sa trahison, de sa punition, de mon amour, de mon désespoir, tout ce que je ne serais point assez brave pour te dire face à face et te déclarer de vive voix, même si notre Dieu de miséricorde te renvoyait merveilleusement à moi soudain! Ces griffonnages que tu ne liras point, je vais les glisser, comme j'ai fait des autres que tu n'as pas lus, dans notre cachette, au creux de ce gros mur que je trépigne d'envie de démolir pour lui arracher tes feuilles à toi, tes chers écrits et les garder, mon Escrivaïrel!

Il nous est revenu qu'une poignée d'échappés au massacre de cette tour seraient rentrés sur le Lozère, ce qui me reste de forces je le veux consumer à recueillir de leur bouche ce que furent tes derniers moments, tes derniers mots, encore que même j'en saurais tout, rien ne me pourrait remonter de ce fond du gouffre où le tourbillon me tient...

J'ai mal dans mon corps, et plus encore dans mon cœur, car je ne vois plus rien devant moi, que le noir de la fin. Comme je t'aimais, Samuel! il a mieux valu que tu ne le saches pas trop, ta mort t'en aurait porté tant de peine qu'à moi!

Que Dieu me pardonne, qui me sait comme je suis, comme il m'a voulue, moi qui pâtis rien que de voir le mauvais vent arracher de l'arbre les fruits encore verts...

III

Laissez vos noms de papistes et de huguenots, pour ne garder que le beau nom de chrétiens...

Michel de L'Hospital
(1507-1573).

Nous observons le mois des épis, nous mettons la faucille dans les seigles pour bientôt recueillir les produits de l'aire, puis les produits du pressoir. Nous nous sommes réjouis, le fils et la fille, le serviteur et la servante, avec l'étranger, l'orphelin et la veuve qui étaient en nos portes, pour que l'Éternel nous bénisse dans toutes nos récoltes et dans le travail de nos mains. Nous avons suivi ses lois, gardé ses commandements, les avons mis en pratique, il nous a envoyé des pluies en leur saison, la terre donne ses produits, les arbres des champs donnent leurs fruits. A peine aurons-nous battu le blé que nous toucherons à la vendange, et la vendange atteindra peut-être les semailles, nous mangerons alors notre pain à satiété, habiterons en sécurité dans notre petit pays, car il est dit : « je mettrai la paix dans le pays, et personne ne troublera votre sommeil ; je ferai disparaître les bêtes féroces, et l'épée ne passera point par votre pays. Vous poursuivrez vos ennemis, et ils tomberont devant vous par l'épée ».

Nous sommes dans les temps où le soleil s'attarde sur les crêtes, où les foins secs soufflent chaud dans la vallée, où l'air est peuplé d'abeilles, de guêpes, de frelons et de grosses mouches, où les reins craquent de bonne lassitude quand vient le soir. Le père et le frère de mon épouse m'ont aidé pour rentrer les foins autour de mon mas ruiné ; moi, je remonterai sur la montagne avec eux pour les aider de mes bras. La guerre et la méchanceté se sont arrêtées enfin, immobiles, silencieuses, comme les gens et les bêtes et les arbres, au fort de la journée quand le soleil est debout.

Sur la berge de la rivière, j'étendrai mon échine durcie au feu. Ma Finette viendra rouler sa tête sur mon bras étendu. Alors, des eaux maigres du Luech, de l'herbe courte, et de ma petite femme frissonnante, me viendra comme une fraîcheur merveilleuse. Alors, je goûterai ses caresses qui me sont un vin de folie, et le miel vierge qu'il y a sous sa langue.

*

Puisque j'en suis inspiré, puisque je suis comme gonflé de l'Esprit pour le faire, je vais donc dire ici tout de nos épousailles.

Au flanc de son Aigoual, le frère Castanet nous avait conviés à la pompe de ses noces. Les Enfants de Dieu étaient venus du Sinaï de notre Nicolas Jouany, de la Galilée du Chevalier Rolland, de la petite Canaan de Cavalier, ajoutant leurs présents aux dragées et tourtillades qui avaient été mandées d'Alais. Castanet le courtaud prenait pour femme la Blondine, prophétesse jeune et bien faite, connaissant les usages de la société quoique fille de la terre, sans plus, pauvre bergère de brebis du pays de Saint-Laurent, Marie Planque de son nom. Sous les immenses châtaigniers de l'Aigoual, les Enfants de Dieu fêtaient, avec celles de Castanet, toutes les noces du Désert.

Nos fêtes ont été marquées de clémence.

Deux douzaines d'hommes et de femmes sur le retour de la foire de Barre avaient été arrêtés. Henri Castanet les a mandés et leur a dit :

— « Si moi j'étais tombé entre vos mains comme vous êtes tombés dans les miennes, vous ne m'auriez point fait de quartier. Je veux néanmoins vous servir d'exemple en vous accordant la vie, en vous faisant restituer tout ce qu'on vous a pris, avec la seule condition que vous ne ferez à l'avenir aucun mal aux habitants de Massevaques, lieu de ma naissance. »

Lesdits et dites s'empressèrent de promettre et Castanet les renvoya.

Des journées nuptiales de l'Aigoual, où nous nous sommes réjouis ensemble, ainsi que le veut l'Éternel, je voudrais narrer les merveilles et ne les pourrais mieux rendre qu'avec l'histoire de Jean Sauvé, l'époux de notre Miette retrouvée.

*

Dans le mois d'avril, notre Miette avait été prise par les catholiques de M. de Miral, colonel des milices de Florac, alors qu'elle cherchait après La Fleur entre le Lot et l'Altier. Elle n'avait sur elle, Dieu voulant, ni armes ni vivres, ni papiers, rien qui pût soutenir l'accusation, et semblait en outre si jeunette qu'elle ne fut condamnée qu'à la flagellation. Le jour même que la Miette reçut le fouet publiquement, à Mende, deux officiers de M. de Salgas, Antoine Agulhon, fils du maire des Rousses, et Pierre Pontier le receveur, furent pendus sur la même grand-place.

On dit que le bourreau de Mende n'avait point de longtemps usé de ses potences, qu'il n'avait point en Gévaudan autant d'occasions que ses collègues cévenols, pour acquérir la maîtrise de *Monsieur* d'Alais ou de monsieur de Nîmes. Il appuya pourtant, le fils Agulhon l'atteste, par deux fois sur les épaules de chacun, de tout son poids pesa sur ses deux pendus par deux fois, ainsi qu'il sied. Envers et contre tout, Antoine Agulhon respirait encore au bout de sa corde, quand les pénitents blancs le vinrent décrocher pour l'ensevelir. Les cagouleux étaient devenus plus blancs que leurs soutanes devant leur pendu qui faisait le Lazare en se levant sur son suaire. Puis ils crièrent au miracle et s'employèrent à le soustraire aux requêtes des prévôts, qui prétendaient le rendre au bourreau pour qu'il en vienne enfin à bout. L'endurance du fils Agulhon avait si fort étonné les pénitents blancs qu'ils lui donnèrent cinquante écus et l'aidèrent à se sauver *.

Voilà comment Antoine, fils de Claude Agulhon, premier officier des Rousses, changea son nom pour celui de Jean Sauvé. Ce jour d'avril, sur la grand-place de Mende, il avait pu admirer de haut, devant qu'on lui ôtât l'échelle de sous les pieds, le courage d'une raïoulette sous le fouet. Il n'avait pu l'oublier depuis sa résurrection, l'avait retrouvée, l'avait demandée.

Et voici pourquoi notre Miette prit pour époux, le jour que je pris Finette pour épouse, sous les grands châtaigniers de Castanet, Jean Sauvé, un bel homme, en dépit de l'air penché qui lui venait de son cou fortement étiré en longueur et tordu, un petit...

*

L'étalon blanc de Jean Cavalier pleurait après la jument aubère du chevalier Rolland dans l'enclos où nos écuyers donnaient l'avoine largement, tandis que les grillons assourdissaient le soir. Le chef de la Plaine était avec sa jolie bergère Isabeau ; le nouveau Gédéon avec Catherine Bringuier de Cornély ; son second, Mailhet, avec Marthe, la seconde des damoiselles de Cornély, et notre Jouany avec sa Rousse. Il y avait notre Baptistou, le chevrier d'Altéïrac qui savait le violon, trois du pays de Nages qui connaissaient la musette, et le brigadier Méric de Boucoiran, dit Sans-Quartier, qui tirait d'angéliques mélodies de son hautbois.

Le vin lourd, noir ou presque, coulait des barrals saisis à Fonsfouillouse et au Pompidou, les moutons du Causse, embrochés entiers, rendaient leur bonne graisse sur les feux de sarments crépitants et luisants dans le crépuscule. Douze mules bâtées de farine de froment pour la table du maréchal et de sa cour avaient été arrêtées au passage et menées à douze boulangers du Vébron qui avaient cuit leur premier pain blanc depuis douze ans. Les eaux bondissantes du Clarou, du Trépalous, du Tarnon, ratissées par les plus fins pêcheurs des trois Gardons, avaient donné leurs truites ; les guérets et les combes, à l'inquisition des vieux renards de la braconne, avaient livré lièvres et perdrix. Les bonnes chairs tournées aux flammes embaumaient la nuit dans la clairière éclairée de cierges par centaines et les estomacs criaient joyeusement, et les yeux brillaient.

Voilà, c'était le soir, après l'immense assemblée, après le culte, et les psaumes, et les prophéties, après la bénédiction des époux. Quand notre tour était venu, Jean Huc de la Salzède avait tendu ses longs bras, ses mains desséchées sur la Finette et sur moi, et il nous avait dit :

— Que l'Éternel bénisse votre union! qu'il fasse luire sa face sur vous deux et vous accorde des enfants, pour que vienne le temps où seul le moût ruissellera des montagnes, où le laboureur suivra de près le moissonneur, où les captifs reviendront pour rebâtir les villes désertées et les habiter! Ayez des enfants qui planteront des vignes nouvelles et en boiront le vin, qui cultiveront des jardins et en mangeront les fruits, des enfants qui ne seront plus arrachés du petit pays qui leur fut donné!

Je vis alors, pour la première fois, des larmes sur les roides visages Désailhen, le père de Finette, venu avec Abel, le frère, et Catherine, la sœur aînée qui va sur ses vingt ans. Ma mère, dont les forces ne cessent de décliner, était représentée par l'aïeul Samuel Reboul, mon parrain.

Pas une larme n'avait adouci les yeux rouges du Pagaron et sa face osseuse, plissée à l'infini, gardait son expression farouche dans l'orage blanc des cheveux et des poils désordonnés. L'aïeul nous avait alors exhortés en ces termes :

— Soyez la bonne terre où la semence donne du fruit! Que votre mémoire vous rappelle le passé, depuis le commencement des temps où un homme et une femme se sont unis comme vous l'êtes à présent, puis encore un homme et une femme, puis encore un couple, et encore un, de siècle en siècle, plusieurs fois par siècle, un homme et une femme se sont épousés pour que vous soyez là. N'oubliez jamais que si une seule de ces milliers d'unions avait été la rocaille brûlée de soleil, ou étouffée d'épines, vous ne seriez pas là! Il tient à vous, désormais, que la chaîne des siècles ne soit point brisée! Tu es bien jeune encore, filleul! et toi plus encore, Finette! mais le siècle le veut et notre petit peuple n'a pas le temps, et nos pauvres Cévennes ne peuvent attendre! Et moi, l'aïeul, moi qui te tiens place de père, moi le dernier de l'antique chaîne, je me rassemblerai encore un peu pour rebuter les ans, je ne me laisserai point mourir, tant que mes vieilles oreilles n'auront pas entendu le premier cri de la vie qui continue. Par pitié! dépêchez-vous, mes chers petits, que je n'ai plus guère de forces!

Et le Pagaron nous poussa hors du camp, criant encore que notre temps courait déjà.

*

Après, il m'en souvient, nous étions seuls sous la crête, après avoir dévoré à deux le lapereau braisé, après nous être essuyé les mains dans les cheveux, encore après avoir vidé à deux la calebasse du vin lourd de Fons-fouillousse, l'étalon blanc hennissait toujours au-dessous, et la voix ronde et pleine du Cagopertou élevait jusqu'à nous deux le chant du Bouié :

«Quand lou bouié vèn dé laura
Planto soun dardailhoun
Ah!
Planto soun dardailhoun,
Atrabo Jano al pè del fioc...»

C'est alors... — je me souviens de l'odeur des fougères, de la chanson du muletier, d'une nuit de coton — alors que j'ai goûté la brutale joie de prolonger le temps, que j'ai goûté la vie, à la source.

Notre lit, c'était la verdure, notre ciel de lit, le ciel de la nuit, et je déployais la bannière de mon corps malade d'amour, et nous sautions sur la montagne, bondissions sur les collines ; l'hiver s'en allait, j'avais trouvé celle que je cherchais, celle qui monte du désert comme la fumée, les senteurs d'encens, de poudre et d'incendie, j'étais en elle, au-dessus des plus vaillants d'Israël qui se sont exercés au combat et portent l'épée à la hanche en vue des alarmes nocturnes, les plus vaillants qui veillaient à notre seuil. Le corps de la femme m'était un pain de froment au sortir du four, et son sein une coupe arrondie, de vin inépuisable, et sa personne entière un palais, un parterre d'aromates, des jardins où l'on pouvait cueillir les lis. Et toute ma chair s'animait sans cesse et se ranimait, comme habitée par les « mandragores de Ruben ». Nous n'étions plus, ma Finette, moi, un garçon, une fille, plus même deux êtres, mais une sorte de danse, une danse de joie, d'une sorte qui doit se faire sans s'apprendre, car je n'en avais jamais ouï dire avant. Elle égare plus vite et mieux que le vin chaud sucré, mais son vertige, plus fol encore, ne gâte point la bouche et le ventre, au contraire.

Ainsi j'appris la réalité, mot pour mot, de l'Écriture : « voici celle qui est os de mes os et chair de ma chair » et aussi « l'homme s'attachera à sa femme et ils deviendront une seule chair », mais, en outre, je louai le Créateur pour sa générosité à nous faire du bien.

L'émotion qui nous mettait les entrailles en délices, il m'en souvient d'autant que je l'ai souvent éprouvée depuis, et nous étions si bien, dans une fatigue meilleure encore qu'après le travail, si merveilleusement bien, que je me suis demandé pourquoi le chant qui montait à nous était si triste :

« ...Quand saraï morto, enterro-me
Din lou foun dé la croto,
Ah!
Din lou foun dé la croto... »

*

Après, peu après, c'est comme le froid sur la pluie qui nous a réveillés. Il n'y avait plus d'étoiles et la nuit se fanait. Nous étions trempés de rosée. Nous nous sommes serrés et frottés pour nous réchauffer tant et si bien que, sans savoir ni pourquoi ni comment, nous sommes rentrés dans la danse.

Voilà. Et quand un psaume saluant l'aurore arriva jusqu'à notre sommet, nos deux corps épuisés fumaient au premier soleil.

Le Pagaron attendait notre retour, à la même place, comme s'il n'avait point dormi. L'aïeul nous mesura sévèrement de ses yeux rouges, puis sa bouche s'ouvrit pour sourire. Nous le vîmes alors se voûter, trembler son menton, ses mains aussi. De cette voix chevrotante qu'il a depuis, il nous dit :

— Seigneur! que je me languis de pouvoir mourir tranquille!

Il nous fit lamper une aïguardén qui nous lava l'intérieur à grand feu, puis se traîna vers les dormeurs pour les appeler au culte.

Depuis lors, sur le Lozère, aux Bories, dans la vallée du Luech sous mon mas, partout, chaque nuit, quand s'achève notre danse d'amour, nous croyons entendre craquer ses genoux, il nous semble toujours sentir l'aïeul dans notre dos, le Pagaron, veillant sur nos épousailles, tel l'éternel génie de la Cévenne.

*

Au retour des fêtes de l'Aigoual, Jouany, à l'instar des autres bergers du Seigneur, disposa son troupeau pour le temps des fruits et des moissons. Les Enfants de Dieu graissèrent leur sabre et leur fusil pour les enterrer, puis s'armèrent de faux et de faucilles, pour ne plus s'attaquer qu'au sarrasin, au seigle et au foin. Seuls, une douzaine d'hommes, à tour de rôle, reprennent un temps les armes et roulent par le pays pour assurer l'ordre et veiller sur la paix des travailleurs de la terre.

C'est ainsi que nous avons aidé le Jouany à faire la moisson de son héritage, son beau-frère Huc, le Margailhan, le Delmassou et moi, ce qui fut vite fait, vu que les terres de la tuilerie des Plos ne sont pas larges et que l'herbe n'y vient pas grosse *. Tandis que le vieux Beltresque revenait pour quelques semaines à sa forge et à ses marteaux, le Baptistou Pranouvel à ses chèvres d'Altéïrac, le Badarel à ses troupeaux de Champlong, Bellecoste et Salarials, le petit Élisée, à ses souliers et à ses clous, le Cagopertou à ses convois muletiers, en chantant tout seul sur le chemin des foires, je suis venu faire les foins avec les miens sur mon héritage du Gravas, que les voisins Lartigues, le Douaras et les siens, m'ont, en se cachant, conservé des ronces et des éboulements.

Nous en avons terminé aujourd'hui. Mon beau-père et mon cougniat Abel et sa sœur Catherine sont déjà remontés vers leurs Bories. Avant de les rejoindre avec mon épouse pour les aider dans leur fauchaison, et suivant le commandement dont j'étais inspiré, j'ai marqué notre trace, que je glisserai dans la cachette. J'écris sur l'haleine dorée de mes foins que nous avons dû engranger sous les voûtes étant donné que les paillers n'ont plus de toits. Ma tête et ma poitrine sont gonflées des senteurs tranquilles de la terre ; mes bras arrachés par la faux et la fourche, mes reins cassés, mes épaules recuites, me font mal agréablement. Par le mystère de la vie, ces maux se changeront en plaisirs dans un moment, quand j'irai sous le mas, au bord de l'eau, m'allonger auprès de ma Finette, simplement, tel un faucheur de toujours.

[*De Finette.*]

Pauvre époux de moi! tu n'es pas de l'espèce que le mariage change beaucoup! Tu ne peux même pas encore faire rentrer dans tes souliers les dix figues noires du bout de tes pieds que te revoici prêt à repartir tambour battant...

Je serais dans mon tort de me plaindre par les temps que nous passons, au dire de ma mère et de la tienne, les bonnes femmes! qui n'attendent qu'un soupir de moi pour remettre leurs vieilles doléances sur la table, mais après dîner, bien sûr! quand les hommes n'y sont plus! qu'un beau jour, je te la verserai dans l'assiette, et sous ton nez, mon homme! ma bile à moi, au lieu de l'escrivasser dans l'ombre pour la jeter dans l'oubli, ou de me la garder, comme elles, à aigrir, de me la conserver pour les noces de mes filles... pamen!

Les filles non plus — pas que les hommes! — ne sont pas pareilles qu'au siècle dernier, j'en parlais à Catherine qui le dit aussi ; les femmes du Désert, elles se plairaient plutôt à crier qu'à pleurer, elles s'en sentiraient mieux pour donner les coups que pour les prendre. *Bataillhén sas!* la Florette, la Miette, la Rousse, et cette malheureuse Fossatte, et puis, même quand nous nous taisons pour vous écouter, parce qu'on vous écoute, nous — le contraire de vous : grandes gueules et petites ouïes! — on se dit de l'œil que la bonne fin sera menée par les femmes!

Et pourtant il y a des jours qu'on dirait presque un bon vieux mariage des temps si doux où les raïous pouvaient prier le Seigneur sans garder le sabre à la main, des jours qu'on se dit que l'Éternel ne nous en demande pas davantage à nous, petits humains : travailler la montagne pour en tirer de quoi tremper la soupe, avec un peu d'amour par-dessus, on vivrait de bon appétit, je t'en réponds! et à suffisance... Tu me diras qu'il faut le prier, mais, surtout, lui rendre ses temples ; alors, là, il faut ressauter sur les sabres, je ne vois pas d'autre biais. Je voudrais bien t'en toucher un petit mot, des fois, quant à ça, mais je ne sais par où ni quand ni trop par quel côté je pourrais bien t'entreprendre. Au vrai, j'ai crainte que tu ne te mettes tout de suite dans l'idée que j'ai la foi en perdition et que tu m'en aimes moins, plus du tout peut-être... Ma foi? Seigneur, tu la pèses à chaque instant, et tu le peux, la honte ne m'en brûle pas les joues et la peur ne m'en froidit pas l'échine!

Pas plus tard qu'il y a quatre jours, le Douaras — oïe! ton voisin, ce sacré papiste incorrigible de Lartigues qui se lève la nuit pour tenir tes murs et s'en cache si bien, tant de nous que de ses compagnons de bénitier, si bien que si tu ne l'avais point pris sur le fait par un clair de lune, jamais je n'aurais pu te le faire croire que c'est lui qui empêche la mauvaise herbe de manger le peu qui te reste de ton héritage! — alors voilà qu'on se trouve nez à nez avec ce monstre de Douaras, pas plus tard que lundi : on dit de choses et d'autres, ceci, cela, patins-couffins, bref, pour en venir à me parler d'une petite métairie qu'il vient d'hériter, sur le causse de Sauveterre, une manière de paradis où les seuls qui ne meurent point dans leurs lits tombent des cerisiers, et qu'il a ce bien sur les bras, et qu'il cherche un jeune couple travailleur et honnête, à qui se fier, qu'à Sauveterre ni vu ni connu, on a tout son temps d'élever les brebis pour tisser les beaux draps blancs du lit, où l'on est sûr de ne mourir qu'au dernier bout du rouleau, sous condition de ne point aimer de trop les cerises qui y sont les meilleures du royaume.

— Aïe! mon bon monsieur Lartigues, vous connaissez mon Samuel!

Le Douaras est parti de son rire qui te recule d'un coup de toise et te ramène à ta place quand il renvale son souffle au deuxième temps. Il a fait :

— Vaï! Ton homme, il est plus fort sur la plume que sur l'épée, tu n'as pas si mal *capité* justement, tu ne pourrais m'en montrer, en cherchant bien! un sur vingt qui connaît ses lettres dans ce causse de sauvages ; il n'y serait pas de reste ton escrivaïrel! ton homme, Finette!

Ton homme, c'est son mot, té! je l'aurais embrassé, moi, cette bonne bourrique de papiste qui savait bien pourtant qu'on s'était mariés sans confesse! ton homme! il l'a répété...

Tu vois, maintenant, quelle est ma foi en Dieu, et ma foi en toi, vaurien! je ne t'en ai même pas parlé, ni de la métairie bien tranquille, ni de ces gens du causse qui sont en besoin d'alphabet! je ne t'ai pas rapporté non plus, c'est vrai, ce que je lui ai répondu pour finir : mon bon monsieur Lartigues, je lui ai fait, votre bon Dieu et le mien, ils seraient plutôt à couteaux tirés, comme on dit, et vous êtes tant sûr du vôtre que moi du mien, et pourtant il n'y en a qu'un de bon, c'est le sûr, pour tous les deux. Eh bien! monsieur Lartigues, celui-là, quoi qu'il s'en conte et s'en crie de partout, on s'y retrouvera un beau jour tous les deux, vous et moi, sur sa droite, du vrai, du bon!

Et il est parti content, ton papiste de voisin! ce n'était pourtant guère plus flatteur pour son Dieu que pour le nôtre...

Misère de moi! si tu venais à me lire, qu'est-ce qu'il m'en resterait, de ton amour? Et pourtant, notre Seigneur le lit, il le sait même avant que je l'écrive, et pourtant mon crayon ne tremble pas et je respire bien... Ou je te crois plus sévère que l'Éternel ? Ou alors je te vois te tromper plus facilement que lui ? ou peut-être c'est que, malgré moi, je crois que mon Dieu sait m'aimer mieux que toi, mon pauvre petit homme !

S'il ne tenait qu'à moi, je te baillerais bien le tout sans mâcher mes mots, et, des jours, j'en aurais l'assurance — des nuits surtout — où je te sens tendre, ouvert, offert comme un sillon de frais dans un labour de plaine, où tout paraît simple et franc comme plancher de bon bois de châtaignier, où l'on fait ses premiers pas à quatre pattes, où l'on marche en confiance jusqu'aux vieux ans de la canne, et de père en fils, sans même y penser... Seulement, quand on le quitte, ou qu'il vous quitte, il y a le craquement d'une planche près de la fenêtre, qui vous manque à jamais, c'est toi qui me l'as dit, pour ton plancher qu'ils t'ont brûlé...

Pas la peine de se tourner les sangs pour s'ouvrir à toi de ce pays de Sauveterre où l'on ne flambe point les planchers, puisqu'il t'y manquerait je ne sais quel petit craquement qui nouerait les nerfs de tous les gens de bon sens, mais toi, pauvre *tarnagaz* sans lui, pas de bonheur !

Et grand-père, ton parrain plutôt maintenant ! qui me couve comme un greffon de printemps, à me mettre de côté les meilleurs morceaux, à mesurer chaque matin mon ventre avec ses yeux... Té ! voilà bien trois mois, pamen ! que vous êtes mariés ! qu'il me tourne joliment, hier, après avoir rôdaillé son saoul par le devant et le derrière et le côté de ma personne. Je m'en voudrais de le désespérer, papé Pagaron ! surtout qu'il n'y a pas de quoi, ma mère et ma sœur m'en ont instruite, et je suis bien guérie, à leur idée, des généreuses malfaisances de la pauvre Pescolausellet... Et, puisqu'en le taisant, je le peux écrire : au vrai, l'attente m'est douce, car je sais bien que tu ne me manqueras pas, tant que tu n'auras point accompli ton devoir.

Ah, mon bien-aimé ! je le crierais : que vive à jamais

le petit peuple des Cévennes! et plus fort même que toi, pour que tu n'entendes pas mon cœur murmurer, quoi que j'y fasse: oh! que durent encore un tout petit peu ces moments, sans plus rien que nous deux; l'Éternel ne m'en voudra sans doute pas, vu qu'après tout c'est lui qui en a eu l'idée de cette machine! et qu'il l'a réglée ainsi... Enfin, quoi! crier merveilles devant l'accord de l'homme et de la femme, ce n'est que louanger le Créateur. Seigneur, c'est une simple raïoulette qui vous en prie! Tendez voir un peu l'oreille, cette nuit ou celle d'après, vers le tristet des Bories, vous entendrez à votre aise votre serviteur Samuel, — toujours à vos petits soins, vétilleur comme pas un quant au respect qui vous est dû! — chanter vos louanges sans rien prendre aux Écritures, vous crier la joie de son entier sans faire la fine bouche, crier le plaisir incroyable, qu'il peut prendre enfin sans remords, puisque son Dieu l'a dit..

Au frère Nicolas Jouany, Commandant les Enfants de Dieu au Désert du Lozère.

De Pallières, le 1er d'août 1703.

Le messager de la Reine Anne, nous l'avons bien vu cette fois, je veux dès l'abord vous en assurer, très cher frère en Christ! avant de vite vous dresser un précis de trois jours d'entretiens que je suivis en votre lieu, accrédité par vous, et dont je vous rendrai le compte exact de vive voix.

Par-devant le chevalier Rolland, le général Cavalier, et les députés des autres commandants, l'émissaire de la Reine nous donna l'assurance de tous les secours possibles et, d'abord, de prompts vaisseaux anglais et hollandais chargés d'armes et d'argent.

Il fut longuement débattu (presque une journée entière) du général en chef et l'accord se fit enfin sur M. le Marquis de Mirement, major-général de Sa Majesté Britannique.

Pour finir, Rolland Laporte et Jean Cavalier accordèrent au sieur David Flottard — c'est le nom de l'émissaire — un pouvoir disant que, eux, chefs et commandants des protestants en armes des Cévennes, le mandaient à requérir tous rois, princes et États protestants de ne pas nous abandonner à la fureur de nos ennemis, et pour informer lesdits princes de notre ferme résolution de combattre jusques à la dernière goutte de sang pour le recouvrement de notre liberté *.

Le sieur Flottard vient de repartir pour Londres avec ladite commission solennelle écrite et signée avec du lait de femme.

Mon devoir est de vous instruire, sans tarder plus, que la Reine et les autres Princes soumettent leurs secours à une réserve impérative : ils ne nous consentiront leur aide que si, désormais, nous évitons toute rencontre avec l'ennemi, si nous écartons toute violence, si nous nous gardons de toute entreprise qui puisse exciter à des représailles, enfin de considérer d'abord en tout la prudence et la charité chrétiennes *.

Je présume trop de la façon dont vous prendrez la chose — à l'instar de nos frères du bas-pays fermes à ne mettre bas les armes que de leur consentement et point devant que ne soit rétablie la liberté de conscience — je veux néanmoins vous rapporter quelques circonstances qui vous inclineront à croire que le sieur Flottard ait pu se charger d'un tel message : lorsqu'il vint à Saint-Félix-de-Pallières, le sieur Flottard se dit chargé d'un message de la Reine Anne et de Messieurs les États de Hollande à remettre en mains propres au Comte Rolland, Général Commandant les Troupes Protestantes et Seigneur des Cévennes, ce fut son exact propos. L'étonnement du messager royal ne se peut peindre, quand les gardes le poussèrent dans le fond d'une caverne où notre Gédéon, assis par terre, poitrine nue, grattait avec sa dague le bourbillon d'un vieux coup de sabre. L'ambassadeur de la Reine de Grande-Bretagne tombait de si haut que le premier jour des entretiens ne fut pas assez pour le convaincre qu'un humble paysan pouvait assez bien commander d'autres paysans pour défaire un maréchal comte de la Baume-Montrevel suivi de ses gentilshommes. La revue des deux troupes d'Enfants de Dieu lui donna confiance enfin, mais il ne paraissait point encore assuré lui-même de pouvoir convaincre ses mandants des cours d'Europe de la roture de nos chefs victorieux.

Permettez-moi, très cher frère, de vous rappeler en terminant l'engagement pris ici de garder les lames au fourreau désormais, condition pour les prompts secours d'armes, de troupes et d'argent, et de vous assurer du dévouement de votre très humble et très obéissant serviteur,

Samuel.

Sa face de carême, sa façon de me rendre ma lettre à mon arrivée m'ont suffi : la réserve de la Reine d'Angleterre n'était pas au goût de notre tuilier, lequel m'a remercié, roide comme balle, quand je me suis offert à le mieux instruire des considérants charitables. A quel point la clause tombait comme gel aux bourgeons, je ne l'ai su qu'après avoir été moi-même instruit de certains autres considérants.

Sur un avis que les miquelets de l'Hôpital avaient été mandés pour l'escorte de mesdames de Soustelle et de la Fare qui s'en revenaient des eaux de Bagnols — lesdites ne voyagent que de nuit pour ne se point gâter au soleil une couenne que M. le Maréchal estime davantage blanche et douce — les nôtres s'en étaient allés vivement tarabuster village, métairies et domaines, tous biens de l'Ordre de Malte. Cependant, après leur départ, le commandant de Villefort s'était senti de s'aventurer sur Génolhac avec ses vaillantes milices, et même jusqu'à la tuilerie des Plos, poussant la bravoure jusqu'à s'emparer de la vieille du Jouany, la charger de chaînes avant de promptement se *rescamper* chez lui avec sa prisonnière.

L'Hôpital à convenance émié, quand le tuilier des Plos en revint, on lui annonça l'enlèvement de sa mère, puis on lui remit ma lettre.

*

La nuit tombait, nous marchions depuis l'aube du jour d'avant sans manger, sans dormir, sans pause ou presque et contre un vent qui nous tirait dessus, de face, la poussière d'un mois de sécheresse, quand nous avons arrêté une gentille voiturette aux rideaux tirés. Le Jouany a donné du sabre dans les dorures de la porte en criant :

— Dehors, ou j'y trousse le feu dessous!

Nous avons vu d'abord tant de jupons, de dentelles, de rubans, que nous attendions toute une compagnie galante et que nous avons farfouillé dans l'opulente chiffonnaille avant d'être sûrs qu'il n'y en avait qu'une, une bachelette qui a tourné de l'œil, dès qu'elle nous a vus tels que nous étions autour d'elle. A défaut de sels, deux soufflets ont fait merveille pour lui rendre ses esprits, elle en paraissait même piquée et ce n'est point sans superbe qu'elle s'est présentée damoiselle de Meyrières, fille aînée de M. de La Fabrègue, maire et juge de Saint-Germain.

Le Jouany, levant son poing de casseur d'échines, s'est écrié :

— On a capité, putain de moine!

Mais il s'est arrêté, lame au ciel, ainsi, un long temps; enfin, il a condamné Mlle de Meyrières à suivre notre culte avec une déférence extrême, et le lui a dit d'un ton à être cru.

Après le dernier psaume, nous avons pris les chevaux, le Margailhan a brisé la voiturette, puis le Jouany s'est avancé sur la fille, la lame nue, et lui a dit

— Puisque Dieu le veut, va, et sois sage!

Et il lui a confirmé sa liberté d'un bon coup de plat du sabre sur l'arrière de son vertugadin. Mlle de Meyrières a ramassé ses jupes, jupons et dentelles sous ses bras, et, sans se le faire dire deux fois, elle a détalé, tandis que le Jouany suait comme je n'ai jamais vu que les chevaux rendus au relais de poste.

*

Le même Jouany se mit en frais, derechef, pour Mlle de Plagnol qui rentrait chez les siens à Villefort. Il y en avait plus d'un, pourtant, qui la voulait dépêcher sans balancer, mais notre commandant baissait le bras de Largentière, dont le pistolet remontait toujours sur le sein de la dame.

Le Jouany, tête basse et frémissant tel le taureau qui va charger, déclara sombrement que la damoiselle avait été punie assez dans ses maisons que nous avions brûlées.

Dès qu'elle fut partie, le tuilier des Plos tira son sabre, courut sur un gros châtaignier, dont il sabra le tronc tant et tant qu'il n'en put de trois jours plier le coude *.

*

Le nouveau train de la guerre redonnant à l'écritoire l'avantage sur les mousquets, si je n'ai plus le souci de mes pieds, mon bras m'est chaque soir comme une fourmilière. J'en ai fait, des copies de l'ordonnance aux fermiers, leur portant obligation signée Jouany de livrer sur-le-champ les sommes dues, non plus aux collecteurs mais aux Enfants de Dieu. Avant, j'étais dans le détachement qui parcourait le pays pour lever les tailles et la dîme; moi, j'écrivais les quittances. Il m'est à présent demandé d'étudier la distribution de l'eau : la sécheresse menace et les paysans députés par les villages d'alentour nous sont venus entretenir des maux dont n'avaient cure seigneurs et consuls du roi. Ils vont creuser, sous notre aide et protection, un *béal* qui portera dans les sillons de la vallée les eaux de l'Homol, le plus constant de nos torrents.

De la Galilée nous est venu, sur son petit cheval grison, un homme qui était de Rolland et savait les nouvelles.

Les Puissances reprennent les enlèvements, 210 hommes, 280 femmes et enfants à Mialet, 66 hommes, 109 femmes et 90 enfants à Saumane, plusieurs centaines encore dans vingt et quatre paroisses de la Vaunage, de la Basse Gardonnenque. Les garçons de la montagne, qui louent, selon la coutume, leurs bras dans les vignes basses, sont arrêtés et passés en revue par des mouchards masqués.

L'homme apportait la nouvelle ordonnance déjà partout placardée dans les bas pays et par laquelle, supposant que les pères, frères et femmes des camisards les assistent, le maréchal leur adjoint, sous peine d'être traités eux-mêmes comme rebelles, d'obliger leurs enfants ou leurs maris à implorer la miséricorde du roi avec promesse qu'on pardonnerait à tous ceux qui se rendraient avec leurs armes.

L'homme était allé jusqu'à Nîmes où il avait vu, place du Marché, le nouvel échafaud vaste et commode, entouré de potences, que les bourgeois avaient demandé, se plaignant d'être fort tard aux exécutions. Il avait vu nos curés de montagne réfugiés à Nîmes, se promener sur l'esplanade, apprendre les jeux nouveaux, converser avec des gens de qualité, faisant leur graisse aux bonnes tables que leur ouvraient leurs tourments, prenant leur plaisir à la fin de quelques-uns de leurs paroissiens, sur la nouvelle estrade où Barandon se trancha la langue d'un coup de dent plutôt que de renier sa foi, où Vedel, de Crespian, les membres déjà brisés sur la roue, cracha sur le prêtre qui le forçait aux huiles romaines, où Caussi, de Boissières, cassa, sur le nez du curé d'échafaud, le cierge que le capélan lui offrait...

Ayant tout dit, l'homme est reparti vers l'Aigoual pour y tout redire, et surtout ce qu'il disait pour finir : qu'il reste encore en la province cinquante mille Nouveaux-Convertis en état de porter les armes...

J'allais sur la crête avec Salomon et le Beltresque. Le soleil descendait derrière Coudouloux et nous le suivions, le prophète sur sa mule, avec le forgeron qui marchait à sa droite et moi sur sa gauche. Nous sentions sous nos pas frissonner la montagne trop chaude. Les vallats que le soleil avait lâchés les premiers soupiraient de plaisir. La buée du soir était déjà dans les creux de Clerguemort. On entendait les gens de Saint-Andéol, de Saint-Buget, du Cros, du Viala, du Cabanis, s'annoncer d'une pente à l'autre la fin de la journée, crier après les bêtes pour rentrer plus vite à la soupe.

Le forgeron dit :

— Quand le grain est dedans, le ciel peut tomber!

Le prophète arrêta sa mule au grand tournant de l'Espinas, d'où l'on voit les villages et les hameaux des cimes, des pentes et des combes, tant vers Saint-Frézal et Saint-Privat que vers Saint-Julien, Saint-Michel et Saint-Hilaire. Il sauta de sa mule dont il me tendit la bride, ôta la bretelle du sac où il rangeait sa Bible et ses cahiers pour l'accrocher à sa selle.

Nous le vîmes s'agenouiller à la pointe du ranc, au-dessus des vallats. Il se recueillit un bon temps, puis leva la face au ciel, puis les bras. Alors, d'une voix déchirante, le prophète Salomon dit :

— Qu'il est doux, Seigneur! le ciel qui amasse la

foudre, comme le paysan son blé! Pourquoi, Seigneur! me fais-tu voir dans le crépuscule si tendre la nuée des foudres qui nous écrasera tel un flamboyant déluge? Pourquoi faut-il, Seigneur! que les derniers d'entre nous soient maudits, entre tout le bétail et entre tous les animaux des champs, qu'ils mangent de la poussière, qu'ils marchent sur leur ventre, que les derniers d'entre nous soient seuls et nus comme aux premiers jours de la création sur leur terre froide et noire comme au second jour?...

Quand il revint à nous, son visage brillait de larmes.

Un quart de lieue plus loin, je passais la crête pour descendre sur les Bories, mais avant de me quitter, le prophète et le forgeron m'embrassèrent.

Dans le soir de la moisson me fut donné le temps de retourner mes regards. Je sus alors, par le dedans de moi-même, que mon œil n'était point rassasié de voir, non plus que mon oreille lasse d'entendre. Je vis alors la sagesse à ne point priver les yeux de rien de ce qu'ils voulaient voir, ni le cœur d'aucun de ses désirs et de ses plaisirs. Et voici qu'il me vint à l'entendement ceci, qu'il y a un temps pour embrasser, et un temps pour s'éloigner des embrassements, un temps pour déchirer et un temps pour coudre, un temps pour aimer et un temps pour haïr, un temps pour la guerre et un temps pour la paix.

Mon père me le dit, lorsqu'il me visita dans mon sommeil :

« Même un chien vivant vaut mieux qu'un lion mort. Les vivants en effet savent qu'ils mourront ; mais les morts ne savent rien, et il n'y a pour eux plus de salaire, puisque leur mémoire est oubliée. Et leur amour, et leur haine, et leur envie ont déjà péri ; et ils n'auront plus jamais aucune part à tout ce qui se fait sous le soleil. »

Voilà les propos de mon père roué, quand il visita mes songes.

A sa droite, se tenait mon frère Élie, puis venaient le Poujoullet sur ses jambes noires, le Gros Louis du Cabanis et les trois Felgerolles, le bouscassier Fossat,

Barthélemy le fils du muletier Vieillun, mon frère Théodore bourré de paille et recousu, et le vénérable Alcide Favède, l'Escrivaïré. Ils étaient tous des lions et disaient : nous sommes morts!

L'Escrivaïré de Champ-Péri, mon premier maître, s'en fut le dernier. Voici ce qu'il me dit :

Va, mange avec joie ton pain, et bois gaiement ton vin ; car dès longtemps, Dieu prend plaisir à ce que tu fais. Jouis de la vie avec la femme que tu aimes pendant les jours de ta vie que Dieu t'a donnés sous le soleil, car c'est ta part dans la vie, au milieu de ton travail que tu fais sous le soleil. Tout ce que ta main trouve à faire avec ta force, fais-le ; car il n'y a ni œuvre, ni pensée, ni science, ni sagesse dans le séjour des morts où je suis, où tu vas.

Voilà ce qui me fit voir que je ne sais pas quel est le chemin du vent, ni comment se forment les os dans le ventre de la femme enceinte ; que je ne connaissais pas non plus l'œuvre de Dieu qui fait tout.

La lumière était douce, et il était agréable aux yeux de voir le soleil. Alors je vis mûrir le raisin, et je vis aussi venir à moi, dans la douce lumière, la dix-huitième année de ma jeunesse. Je me réjouis donc, livrai mon cœur à la joie, suivis ses voies et le regard de mes yeux. Je m'ouvris à la jeunesse, à l'aurore, avant que s'obscurcissent le soleil et la lumière, la lune et les étoiles, avant que les deux battants de la porte se ferment sur la rue, que s'affaiblissent toutes les filles du chant, avant que viennent les temps où j'aurai des terreurs sur le chemin, où la roue se cassera sur la citerne, où j'irai vers ma demeure éternelle, où ma poussière retournera à la terre, comme elle y était, où mon esprit retournera à Dieu qui me l'a donné.

Voilà comment je connus qu'il me fallait cueillir les raisins de la jeunesse et que cette vendange était bonne.

Cela, je le dis à mon épouse, puis je partageai sa couche comme l'homme et la femme.

Et voici quelle est ma prière :

Merci, Seigneur! pour les moments où tu veux bien que ta terre se replie, s'enroule sur elle-même, comme le drap pris au tourbillon des eaux, comme le drap roulé, boulé, qui passe en force le goulot serré des rocs! Merci, Seigneur! d'abandonner ainsi ta création à notre torrent d'amour ; merci de la laisser s'engloutir au cœur de notre couple; merci, Seigneur! de nous prêter un moment ton pouvoir d'être soi-même tout l'univers!

Voici le Noël des Vendanges, car un petit enfant nous est né dans notre Désert, à la pointe du vieux Lozère, près du ciel, car voici que nous revient, avec toute une vie devant lui, David Fossat, le géant bouscassier de Gourdouze, réduit en terre à bout portant des canons de Billot, le voici de retour chez nous par la grâce de son amour mûri dans le sein de la petite Marie son épouse. Son parrain étant Jouany, Nicolas-David-Jésus lui ont été imposés comme noms par Huc, tandis que son aïeul Espérendieu monté de son Chamas et mon parrain Pagaron faisaient les mages, l'un invoquant la Colombe, et l'autre le Glaive des Chérubins ; s'il n'y avait point de vaches ni de veaux, brebis, chèvres et pâtres ne manquaient sur notre rancarède, qui se dira dorénavant la Nouvelle Bethléhem.

Le cri du nouveau-né, c'est l'extraordinaire, soudain, parmi nos gros bruits d'hommes qu'il fait taire ; si faible soit-il, c'est la trompette de Jéricho au plus doré de l'automne qui commence, l'automne de mes dix et huit ans, et nous louons l'Éternel, levons nos verres du vin de Malte et nos cœurs débordant de joie : face à un maréchal de France, à cinq officiers généraux, à treize brigadiers, à leurs trois régiments de dragons, à leurs dix et huit bataillons de fusiliers, à leurs milliers de miliciens, de Florentins, de Cadets de la Croix, nous,

Enfants de Dieu, contrôlons le commerce et les routes, arrêtons les voyageurs, levons les impôts, la taille et la dîme, rendons la justice, usons des droits et devoirs en seigneurs du pays ; le chevalier Rolland fait respecter le droit de chasse, le général Cavalier décide des semailles dans sa Petite Canaan, Alais et Nîmes commencent à manquer de sel et de farine *...

Gloire à l'Éternel des armées !

IV

Le vieux Plan-plan est mort, abattu sur le coteau de Serres, à la soreilhade où mûrissent les premiers raisins de la Cévenne, dont le père Plan du mas Donnarel fut toujours le premier vendangeur ; il y mettait son honneur, il n'eût pas choisi d'autre mort.

Quand nous l'avons trouvé, il était à genoux, la tête dans un beau cep de chasselas doré, sa poitrine se vidait dessus par trois bondes. Nous l'avons mis en terre là, sous le beau figuier qui sort d'entre les pierres du mur traversier, puis nous avons mangé du chasselas de sa soreilhade pour lui faire honneur. Depuis, je copie l'ordonnance de Jouany, faisant à savoir aux gens que nous ouvrirons le feu à vue sur tous ceux qui seront dans les vignes.

D'été trop chaud vient un automne
Qui gèle et brûle et toujours tonne!

*

Le messager de la Plaine est arrivé, cette fois, à pied, car il avait tué sous lui son petit cheval du côté de Belle-Poële ; après, il avait tué son souffle en lui-même ; alors, en attendant que lui revienne le parler, il nous a montré la nouvelle ordonnance, si fraîche que l'encre en restait sur les doigts.

Le maréchal de Montrevel portait à la connaissance de tous qu'ayant plu au roi de lui commander de mettre les paroisses et les lieux ci-après nommés hors d'état de fournir ni vivres ni secours aux rebelles attroupés, et de n'y laisser aucun habitant, et sa Majesté, voulant néanmoins pourvoir à leur subsistance en leur donnant les ordres de ce qu'ils auraient à faire... le maréchal ordonnait :

« ... aux habitants desdites paroisses de se rendre incessamment dans les lieux ci-après marqués, avec leurs meubles, bestiaux, et généralement tout ce qu'ils pourraient emporter de leurs effets, déclarant qu'à faute de cela, leurs effets seraient confisqués et pris par les troupes qui seraient employées pour détruire les maisons ; de plus, le maréchal faisait défense à toutes les autres communautés de les recevoir, à peine de désobéissance, du rasement de leurs maisons et de la perte de leurs biens ; et au surplus d'être traitées comme rebelles aux ordres de sa Majesté... pour les bestiaux, à l'exception des mulets et des ânes qu'on rassemblerait pour s'en servir au transport des grains là où il serait ordonné : on permettrait néanmoins de donner des ânes, s'il y en avait, aux vieillards et aux femmes grosses hors d'état de marcher... »

Le messager de la Plaine a dû parler beaucoup cette fois, et rechercher souvent son souffle pour nous ôter de l'idée que sa folle carrière lui avait aussi troublé les esprits. Il a dû répéter son propos, le soutenir de preuves et d'avis raisonnables, pour que nous entendions enfin que les Puissances déterminaient de raser mas à mas, pailler à bergerie, pierre à pierre, nos trente et une paroisses, soit quatre cent et soixante et six villages, et d'en déporter ou dépêcher tous les habitants. Il a fallu qu'il reprenne encore l'affaire au premier mot, qu'il nous donne en lecture d'autres ordonnances, des lettres saisies au passage par Rolland ou Cavalier, pour que nous comprenions enfin que c'était cela, la ruine achevée de nos villages par centaines, que prélats et généraux nommaient « le Grand Ouvrage », et la Cour de Versailles : « le Razement des Cévennes ». Le cavalier venu de Galilée en savait tant, son vouloir était si ferme qu'avant la fin de la nuit il nous avait même persuadés que notre souverain, Louis le Quatorzième, avait apposé son auguste seing sur l'ordre fatal à son petit peuple raïou, royal!...

Il y eut alors sur la rancarède un silence tel, une telle immobilité, gorges et poitrines s'étaient à ce point pétrifiées, qu'il ne se peut douter que les torrents, la tramontane et l'anguiélas avaient compris, les castanets, les cascatelles, les corneilles, les échos de granit aussi, nous sentions dans cette nuit qui se défaisait lentement, la Cévenne, à l'unisson, qui essayait de se faire à cette idée, comme nous.

Nous en étions comme gonfles, et de questions aussi, mais, notre créance bien acquise, le Galiléen s'était abandonné au sommeil.

Puis vint un moment que l'aube se risqua ; le petit Nicolas-David-Jésus du Désert poussa un cri d'aiguille qui fit courir la petite Marie Fossatte vers son trou de rocher, en ouvrant son corsage.

Soudain, le jour nouveau trancha dans le ciel comme une blessure fraîche.

*

Son premier œil à peine ouvert, le Galiléen nous a priés pour un cheval, et nous lui avons donné notre meilleur, l'un des deux alezans de Mlle de Meyrières, mais le messager n'a voulu s'attarder que le temps d'une écuelle de fèves.

— Dis! Mais la Reine de l'Angleterre, les Princes de la Hollande, ils vont laisser faire? et leurs secours tant promis? lui a demandé le Jouany, on l'a été, bien charitables, pamen!

Le cavalier nous a informés que six officiers avaient

été envoyés depuis La Haye (qui est dans la Hollande), desquels trois, pris de peur, s'étaient arrêtés en Suisse, un quatrième avait été tué par des paysans à Largentière ; les deux derniers étaient bien parvenus jusqu'en Alais où l'un, nommé Jonquet, avait vendu l'autre, un nommé Peytaud, originaire de Saint-Hippolyte-de-Caton, qui venait d'être rompu vif sur la Maréchale, la nouvelle terrasse d'Alais.

Le Jouany lui a montré l'opposite des montagnes, où le ciel saignait le moins :

— Et la mer, alors, elle n'est pas si loin! avec tous leurs bateaux... ?

Deux frégates étaient venues au large d'Aigues-Mortes mais le vent avait changé, les vaisseaux alors avaient repris la haute mer pour rallier à Livourne les flottes anglaise et hollandaise.

— Ici aussi, le vent tourne, et quand il se met de cette couleur ce n'est pas bon signe! a grogné le tuilier. Qu'est-ce qu'il en dit, le Rolland ? A son idée, il en reviendra des bateaux ?

Le cavalier a secoué la tête, en tirant les étrivières à sa longueur de bras, puis il a sauté en selle, mais le Jouany a retenu l'alezan frémissant aux naseaux :

— Du Lozère, tu ne leur rapporteras que ceci : là-haut, on leur a tué un vieux qui ramassait son raisin, depuis il n'y a plus eu de vendanges sur les montagnes cévenoles... et tu n'as pas besoin de te presser tant, petit frère! parce que cela, c'est le vrai pour un bon bout de temps...

*

Le Bastissier rentrait, journée finie, sur son bourricot, avec ses pieds qui *raballaient*, sa bouche qui chantait, sa poitrine qui fumait la chaux et le ciment, vu qu'il tapait dessus pour aider la chanson.

Le Jouany lui coupa le chemin :

— C'est plus que ta journée que tu as finie, *goujat!* car tu vas rentrer chez toi, mais sans ta vie!

Il fallut que le petit Vernissac le jetât bas du bourricot, sur les genoux, pour qu'il comprît enfin que nous l'allions expédier, et pourquoi.

— Oh! Nicolas! tu ne me connais pas d'hier, pamen! toi! et j'ai toujours fait mon possible pour les nôtres, et souvent plus que mon possible... Mais, qu'est-ce que tu veux, ce capitaine du Villard nous a rassemblés, avec ses soldats, devant ses fusils, et il nous a dit comme ça qu'on allait brûler tout partout, mais non Génolhac, car il en serait usé pour le rassemblement et l'hébergement des habitants chassés des paroisses d'alentour, raisons pour lesquelles il fallait monter les murs de la ville, et que tous ceux qui feraient défaut à l'ouvrage, leurs parents seraient tués... Alors, tu penses, tuilier! moi qui suis connu de Villefort à Chamborigaud comme maçon, qu'est-ce que je pouvais bien faire ? Té! demande au Chabroulet! c'est un petit-cousin, mais dis-lui, toi, Samuel! au Nicolas, dis-lui que je ne suis pas un mauvais, dis-lui, Samuellou!...

— Quand le soleil sera passé derrière la crête, Bastissier, coupa le Jouany, tu recevras ta mort!

IL SERA FAIT PAREIL A TOUS CEUX QUI TRAVAILLERONT CONTRE LES ENFANTS DE DIEU, le placard était tout écrit d'avance, on en avait même apporté plusieurs.

A genoux, le maçon priait à notre façon, l'œil sur la lisière rouge qui se faisait petite sur la crête. Quand, d'un coup, le vallat devint sombre, le Beltresque prit sur le bât la massette à tailler les pierres et, avec, cassa le crâne du Bastissier. Un coup de pied renvoya chez lui le bourricot portant la massette, le placard et le corps du maçon.

C'est en chemin de retour que Finette se prit à demander pourquoi la justice de Dieu était plus roide aux petites gens qu'aux gentilshommes.

Le Beltresque (qui avait aussi expédié le valet de M. de Plagnol) mâchonna ses moustaches en braises de forge :

— Ma pauvre pécole, moi... je ne peux pas te dire... mais, ce que je sais, c'est que c'est bien.

Huc vint auprès de mon épouse pour lui répondre :

— Écoute ceci, petite sœur en Christ : ton ennemi te frappe parce que c'est un soldat ; ton frère, parce que c'est un traître. Tu combats l'ennemi, tu châties le traître, voilà ce qui est bon!

*

Leur première nuit, tout était si sombre, si nu, sans lune et sans étoiles (sans une seule!) que nous avons en vain cherché ce qu'étaient les trois points roses au fond de tout ce noir. Nous n'écoutions même pas le Pagaron, lequel offrait sa tête à couper que c'étaient le Cros, Castagnols et Saint-Andéol qui brûlaient, mais nous en avons accordé mon parrain, sur le lendemain, lorsque la gent des trois villages incendiés nous est arrivée au Désert, hommes, femmes, enfants, vieux et malades, qui avaient dû coucher dans le lit du Luech, tant était noire la première nuit du Razement des Cévennes.

Je voudrais la retenir à deux mains cette veillée des Bories ; elle était le dernier moment de la famille, et cela me fut clair avant même qu'elle s'achevât. L'écrire m'en vient à la façon des anciens racontant les choses de jadis qui ne se font, ne se feront jamais plus ; ce n'était qu'hier pourtant, mais la souvenance m'en vient dans le présent, comme si c'était un très vieil autrefois déjà.

Le plus bel estoc de l'an, la souche la meilleure, celle qui se garde au sec, selon la coutume, pour la nuit de la Nativité, flambe Noël avant terme en l'âtre des Bories — grand feu ne fait point fête, hélas! — et quand la vieille table de famille assemble ses gens pour la dernière fois!

L'aïeul se tient à un bout, à l'autre : le père Désailhen avec, sur sa droite : son aîné, son fils, l'Abel, d'abord, puis sa grande Catherine, puis sa femme qui, ce soir, sur son ordre, mangera assise ; sur l'autre longueur, son gendre, sa fille, et ma mère ; entre chacun, beaucoup d'espacement, la table ayant été taillée pour d'autres temps.

Catherine a apporté la miche ronde, et sa mère la vieille Bible désailhène, tirée de sa cache une fois encore. Le Pagaron ouvre le Livre sans chercher et lit lentement, les yeux fermés :

« Des cris partent de Choronaïm ; c'est un ravage, c'est une grande détresse... Les petits font entendre leurs cris, car on répand des pleurs à la montagne de Luchith... Fuyez, sauvez votre vie, et soyez comme un misérable dans le Désert!... Le dévastateur entrera dans chaque ville, et aucune ville n'échappera. La vallée périra et la plaine sera détruite, comme l'Éternel l'a dit... Maudit soit celui qui fait avec négligence l'œuvre de l'Éternel, maudit soit celui qui éloigne son épée du carnage! »

Là-dessus, l'aïeul nous laisse un temps bien plus grand que l'accoutumé pour l'entretien singulier de chacun avec son Seigneur, ferme le Livre, fait avec le couteau la croix sur le pain et s'assoit.

Le maître-jambon, celui qu'on cache avec la Bible, par précaution des saisons de la faim, le vin bouché le jour des naissances d'Abel, de Catherine, de Finette, ces bouteilles qu'il sied de réserver pour les deuils, et même le sucre précieux en cas de maladies graves, le Désailhen a tout mandé sur sa dernière table, dix ans de privations pour la bombance d'un soir, sans autre effet que le regret des fêtes d'autrefois. Car, voyez, ce soir, après le repas, les femmes ne font point table nette pour le tête-à-tête des hommes.

Un bon moment se passe là, sans bruits ailleurs que, dans la cheminée, le souffle de la souche plus belle de plus de flammes, que chacun écoute jusqu'au premier dire de l'aïeul :

— Louis! Il te faut y venir, Dieu le veut!

— Dieu ne peut pas vouloir cette chose, rétorque le père de Finette, en posant ses mains sur la table, fort, comme s'il la voulait enfoncer dans le plancher.

Sa femme et ma mère éclatent ensemble en sanglots, tandis que face à face, séparés par la longue table, sans se quitter des yeux, l'aïeul hoche la tête, le Désailhen secoue la tête.

Soudain, le père claque le dessus de vieux chêne avec tant de force que les femmes se taisent :

— Non! Il ne peut pas me dire : ton corps va être dévasté, alors quitte-le! Notre Seigneur ne demande point à sa pauvre créature ce qui ne se peut pas!

Écoutez, ce soir, aux Bories, les hommes n'usent point de leur patois ; et pourtant le père Désailhen va vers la porte, pour quelques pas dehors, ainsi qu'il fait toujours avant d'aller au lit, il range une hache ou une bêche, crie au chien pour l'entendre répondre, avale trois grandes poitrinées de nuit des Bories, comme chaque soir, mais là, voici qu'il revient vers la tablée qui l'attend.

— Tu te fies qu'ils vont te tuer là, chez toi, que non, Louis! ils ne sont pas si honnêtes! Ils t'emporteront dans les prisons des pays espagnols, ou bien ils te donneront pour des sous comme esclave aux sauvages des Isles!

Le père se tourne vers son fils Abel avec un regard, une voix sévères :

— Tu es le garçon et l'aîné, tu es en âge d'avoir ton idée. Parle, pour une fois!

L'Abel garde le menton dans la poitrine et l'œil sur ses doigts tremblants et recourbés en arrière, tant il les pousse droits contre gauches. Le regard du Désailhen passe à la Catherine qui devient raide comme un porte-bannière, puis, après le temps qu'il faut, sur sa Désailhène qui sanglote au coup, suivie de ma mère. Le père grogne : « lou vieillün abourit las fendas [1]! » et leur coupe les pleurs d'une claque sur la table.

Mon vieux parrain m'offre le Livre, en me priant de rappeler la fuite de Lot et la sortie d'Égypte.

« Qui as-tu encore ici? Gendres, fils ou filles, et tout ce qui t'appartient dans la ville, fais-les sortir de ce lieu... Car nous allons détruire ce lieu... Lève-toi, prends ta femme et tes deux filles qui se trouvent ici, de peur que

1. Ici, vraiment, la traduction, même avec le recours au lexique, même par l'à-peu-près le plus favorable (« le vieillissement avachit les femmes ») eût déparé le contexte, car elle ne garde rien de cette sorte de fatalisme tendre qui fait toute la boutade patoise.

tu ne périsses dans la ruine... Sauve-toi pour ta vie ; ne regarde pas derrière toi, et ne t'arrête pas dans toute la plaine ; sauve-toi vers la montagne, de peur que tu ne périsses ! »

Le Désailhen est monté chercher le haut berceau dans le grenier des Bories ; il le place avec respect entre le four et la cheminée.

— C'est de là à là que j'ai fait mes premiers pas, et mon père aussi, et mon grand-père, et mes anciens, aussi loin que porte la souvenance...

Son regard vient sur Finette et retourne sur le berceau, entre le four et la cheminée :

— C'est par ici qu'on entre dans la vie, chez nous !

Ma raïoulette ne bouge point, mais deux larmes lui coulent jusqu'à mi-joue.

Le Désailhen quitte la table mais, cette fois, dans sa manière de commander le coucher, nous nous levons donc aussi, pas tous néanmoins, l'Abel et la grande Catherine semblent ne pouvoir se mettre debout, tant leur pèse dessus le regard du père.

Enfin le Désailhen hausse les épaules, soupire, ferme les yeux :

— Sous un règne où le roi donne aux enfants de sept ans le droit de changer de religion, le père ne peut pas les empêcher de choisir leur chemin.

Alors seulement l'Abel et la Catherine quittent la table et viennent lentement, têtes basses, vers leur père qui leur accorde enfin sa bénédiction, tandis que les mères sanglotent leur saoul.

— ... Allez, mes enfants. Et prenez, de votre héritage, la part qui peut s'emporter — ce n'est pas la meilleure ! — comme si j'étais mort ! (Il ajoute, en parler patois) : Moi, je vais donner le foin, parce que ce n'est pas une raison pour faire souffrir les bêtes, tant qu'on peut...

Nous marchions à la pointe de l'aurore sous le col de Chalsio, quand la rosée nous surprit par son âcre senteur. Le Pagaron nous rattrapa que nous étions encore, immobiles, nez tendus, à disputer le quoi ou qu'est-ce. L'aïeul savait, lui, qu'il y avait plusieurs jours que la fraîcheur de l'aube avait changé d'odeur. Une heure plus tard, nous sûmes que ce n'était pas non plus l'odeur naturelle des incendies de pinèdes, l'été. Nous étions alors au-dessus de Soleyrols, où l'Apostat était passé la veille *.

Nous suivons la marche des flammes, pas à pas, voyons partir en fumée les toits de chaume des bergeries, des granges, des paillers, feu à feu, s'effondrer les poutres ; troupes réglées et milices de bourgeoisie s'opiniâtrer sur les murs, les voûtes et les caves. Nous suivons la Bête, qui dévore à grands coups de sa gueule flamboyante notre petit pays, la suivons depuis les crêtes, la suivons de si près parfois, tapis dans les fourrés, que nous entendons se gausser les incendiaires. Ils sont nombreux comme les vers blancs sur la charogne, comme eux, couvrent leur proie sans s'écarter jamais beaucoup de la presse ! Si nombreux que nous ne pouvons risquer l'attaque, même en appelant Castanet, La Rose et Rolland. Quant à Cavalier, nous ne l'appellerons point, vu qu'il nous venge à merveille en sa Canaan et que, s'il y manquait, de nouveaux régiments quitteraient bientôt le plat pays pour venir aider l'Apostat.

Jour après jour, nous regardons brûler nos bourgs, nos hameaux, nos métairies, les uns après les autres, nous en sommes ivres de flammes, le fond de la bouche roide, la poitrine sèche et comme du feu dans le bras.

L'autre soir, nous étions cachés dans les rocs au-dessus de Tréméjols en flammes, quand nous avons entendu craquer comme un os de géant ; c'était le Beltresque qui tenait à deux mains la lame de son grand sabre à plat sur sa cuisse et venait, sans le vouloir, de la casser là. Le forgeron a jeté les tronçons ; il s'est muni, depuis, d'une masse que personne encore n'avait pu soulever.

*

Nos frères, plus nombreux chaque jour à venir avec nous, montant de leurs villages rasés droit sur le Désert, plutôt que de se laisser enfermer dans les citadelles, le Jouany les forme en détachements qui prêtent main-forte à nos gens, pour démonter leurs portes, leurs planchers, leurs ferrures, rassembler leur grain, leurs bestiaux et leurs meubles, et charrier le tout dans nos cavernes du mont Lozère.

En ces jours de flammes, le camp de l'Éternel semble un champ de foire, où toujours arrivent de nouveaux convois, mulets chargés de meubles, de sacs et de barriques, suivis d'hommes, de femmes et d'enfants chargés comme des mules, bêtes et gens mêlés.

Le premier mot des hommes est pour réclamer un fusil ; il est aussi, souvent, celui des femmes, des enfants même.

*

Nous avons eu la chance de voir une douzaine de miliciens qui faisaient bande à part et s'écartaient de plus en plus de l'armée qui rasait Nojaret. En nous glissant sous les rochers, nous avons pu les surprendre, leur couper la route et faire six prisonniers. Les autres se sont enfuis en abandonnant leurs armes.

Un moment après, nous entendîmes un galop solitaire. C'était un officier qui s'était lancé à la recherche des déserteurs. Nous avons pris l'affût et, au passage, le Beltresque a ouvert la tête du cheval en deux, c'est assez dire que l'officier a joliment cabriolé. Il n'était point encore à terre que nous avions à dix bondi sur lui, et si volontiers que le Jouany nous a crié :

— Ho! Ne me le détruisez pas encore!

C'était un jeune lieutenant fort bien fait de sa personne. Sans sa moustachette entortillée comme une crosse d'évêque, on aurait pu le prendre pour une femme, poudré qu'il était, parfumé comme une dame des villes et chamarré de presque autant de dentelles que Mlle de Meyrières. Il s'est relevé, défripé, s'est arrangé les dentelles et nous a considérés, sans hâte, l'un après l'autre, même que, lorsque le Jouany lui est venu sous le nez, il en a relevé sa barbichette, les yeux fermés (comme si cela suffisait), avec un air de deux airs à nous changer en chiens couchants, du moins le croyait-il. Tant que le Jouany s'est mis en frais de langage français :

— Oh, mon mignon! et de quelle race tu es, comme oiseau ?

Le petit lieutenant a remonté d'un cran sa barbiche, a fait bouffer ses plumes, et nous a servi sans souffler ses noms, renoms et titres, bref, il ne nous était plus permis d'ignorer qu'il était gentilhomme, officier de grande espérance, remarqué par sa Majesté, protégé du maréchal et que la moindre irrévérence à son égard nous coûterait cher, qu'on se le tienne pour dit!...

Sa superbe, il a suffi, pour la couper, d'un crachat, du Jouany il est vrai, qui venait *d'esgroumiller* le gentilhomme à bout portant, et le tuilier devait se le garder sur le cœur depuis pas mal de temps, à en juger sur barbiche et frisettes après l'offense.

Le dernier retour d'orgueil du courtisan joli s'est achevé dans un petit cri de douleur, quand le dameret a été piqué, à travers les dorures de sa veste, par la lame triangulaire de notre Darius, lequel, gagné par tant de civilité, annonçait :

— Margailhan, castreur de porcs!

De là, le bel officier n'eut plus d'yeux que pour pleurer, de bouche que pour se plaindre ; les autres officiers le lui avaient bien dit, lorsqu'il était arrivé : à combattre les fanatiques, il n'y avait point d'honneur à acquérir, aucun quartier à espérer et nul profit à faire! et il était tombé dans ce pauvre régiment du Hainaut, le souffre-douleur des Cévennes, avec ces fainéants de miliciens, ces pillards de miquelets...

Enfin, il offrit ses bagues pour sa vie. Le Jouany lui répondit gravement :

— Nous ne sommes point des pillards, nous! Tu seras enterré avec tes bijoux, rassure-toi!

*

Une étrange pluie battait de neige et d'eau mêlées l'immense rancarède, par son travers en pente. La fin du jour se dorait ou se grisaillait, au gré des nuages noirs. Les coups secs de la tramontane courbaient la pluie pour nous éclabousser de feuilles mortes sur la senteur d'encens des champignons.

Sur le grand roc surplombant toute la rancarède, trônait Nicolas Jouany, berger des Enfants de Dieu sur le mont Lozère, assisté de ses grands prophètes, Salomon sur sa droite et Huc sur sa gauche. Entre cette chaire de granit et les premiers rangs — femmes un enfant à la mamelle, femmes grosses et malades — de notre petit peuple en attente, au milieu d'une placette, les prisonniers grelottaient, tout nus, dont le noble officier de cour qui semblait un oisillon déplumé.

La multitude était parsemée d'armoires et de portes, qu'on n'avait eu loisir de remiser. Les enfants s'étaient juchés par grappes sur des amas de meubles. On entendait par-ci par-là bêler les chèvres et braire les ânes mêlés au petit peuple, comme au camp de Juda vers l'Orient.

Entre deux nuages, quand le lointain se dorait, nos sentinelles dentaient l'horizon comme une scie.

Notre belle assemblée avait reçu les grâces prophétiques : l'Esprit avait chargé trois hommes, cinq femmes et deux enfants qu'il visitait pour la première fois, de nous répéter le même commandement : rendre coup pour coup, brûler maison pour maison, raser village pour village.

Le commandant du Lozère, alors, présenta les prisonniers pour les offrir au petit peuple : les miliciens étaient du Gévaudan. Le premier, le boucher du Bleymard, avait vendu de la viande pourrie ; le second, fils cadet du consul de Cubières, avait engrossé sa nièce ; le troisième était venu chercher, dans les murs cévenols, les cassettes d'or ; le quatrième était venu parce qu'il était trop laid pour avoir de l'amour sans armes ; le cinquième et le sixième, deux bergers du causse Méjean, n'auraient jamais vu du pays autrement. Ils avaient déserté, parce que les murailles étaient solides, la soupe froide, la paille mouillée, parce qu'il n'y avait ni or ni fille parce qu'il pleuvait trop *.

Le septième, l'officier, les méprisait et les commandait. Jouany n'en dit pas plus sur ce dernier, et les offrit ensemble au jugement de tous.

Le Badarel répétait ses propos mot à mot, pour les sourds ; ainsi les sentinelles, invisibles à présent que la pluie redoublait, pouvaient entendre aussi. Le ciel manifestait que le soleil ne reviendrait plus ; alors la tramontane, elle aussi, redoubla.

Salomon exhorta l'assemblée à écarter la méchanceté pour suivre l'Éternel et n'obéir qu'à la justice.

Un coup de tonnerre tomba si droit, au dernier mot de son discours, qu'on eût dit l'approbation du ciel, lequel, du coup, nous creva dessus en grêle.

Un vieillard tendit ses poings vers les prisonniers :

— Vauriens! et nos raisins qui ne sont pas rentrés!

Une petite voix cria Moïse! dans la tramontane et la grêle. Comme beaucoup ne l'avaient pas entendue, le Badarel répéta : Moïse!, alors le petit peuple en entier répéta : Moïse! Moïse! Moïse!..., en claquant des mains.

La foule descendit vers le torrent derrière les condamnés. Au bord de l'eau, le Margailhan vérifia si le petit lieutenant, tout nu qu'il était, avait bien toujours ses bagues, son collier, tous ses bijoux.

Le gentilhomme en profita pour expliquer vite, vite, au castreur de porcs, qu'il ne s'était jamais appliqué qu'à servir de son mieux son roi, son Dieu, qu'il était donc inique de l'exécuter. Le Margailhan n'en fut que brièvement troublé :

— Toi, alors! tu m'embrouilles tout... ça ne peut pas être aussi compliqué que ça... allons!

Et il le poussa derrière les autres dans le torrent que les pluies avaient grossi, à tel point que les prisonniers durent se donner le bras pour le traverser. La falaise de roc de l'autre rive formait un creux dans lequel les sept hommes nus se mussèrent.

Quand le petit peuple se fut aligné sur sa berge en face des prisonniers, la grêle cessa, les nues se déchirèrent, ce fut une clarté miraculeuse qui donna le signal de ramasser les cailloux ronds, comme d'or.

Non seulement le ciel voulut illuminer ainsi la lapidation entière, mais il dorait encore les enfants qui s'étaient attardés à jouer au bord du torrent, longtemps après que bras ni jambes ne bougeaient plus sous le monceau de cailloux.

Le Pagaron vit au fil de la rancarède, perché comme un vieil hibou, et son œil aussi perce mieux la nuit que le jour.

— Alcide! ils gagnent vers les Bories, ah, pagaron! pamen...

— Aïe! la pluie ne les aura pas avancés, té! Samuellas, on peut le dire, pamen! le Ciel n'est pas pour eux, grâces à Dieu!

Depuis que l'aïeul du Chamas vit à demeure ici, ils ne se quittent guère, avec devant eux loisir de temps et loisir de crier sans réveiller les dragons, à croire qu'ils finiront par s'accorder devant que de mourir.

Car c'est bien toujours la même, et qu'y changerait le Razement, à leur querelle de jeunesse sous la bannière de Rohan, une vraie guerre, celle-là! et nos deux compères de guetter le prochain feu pour y puiser, chacun, de l'eau pour son moulin.

L'Espérendieu dit :

— « Nul ne défend ta cause, tu n'as ni remède ni moyen de guérison, tous ceux qui t'aimaient t'oublient, aucun ne prend souci de toi, car je t'ai frappé comme frappe un ennemi, à cause du grand nombre de tes péchés. Pourquoi te plaindre... ? Ainsi parle l'Éternel. »

Le Pagaron rétorque :

— « Tous ceux qui te dévorent seront dévorés! ceux

qui te dépouillent, dépouillés : tes pillards, pillés! et je panserai tes blessures, dit l'Éternel! »

Quand notre rude aïeul des Bories crie :

— « Abandonnez les villes et demeurez dans les rochers, habitants de Moab! »

Le doux aïeul de la Marie Fossat du Chamas se récrie :

— « Mais soyez comme les colombes qui font leur nid sur le flanc des cavernes! »

Le Pagaron crie-t-il « qu'on tende l'arc contre celui qui tend son arc... » que l'Espérendieu ajoute ... « contre celui qui est fier de sa cuirasse... » ; car les deux compères ont profité les Écritures sans bernique perdre en gargamelle de jeunesse, au contraire : ils s'y rongeaient le mors depuis un demi-siècle à la sourdine.

Nos deux papés s'abordent en murmurant contre l'automne hâtif qui piétine les talons de l'été, qui lésine sur le soleil du raisin, la fois d'après sur ce pauvre raisin qui tant peinait à mûrir et que voici pourrissant sur pied, mais ils retombent dans leur querelle *dret* comme le raïoulet dans ses sabots, au chant du coq.

Toutefois, il arrive que leur saluade les accorde, si profond leur chagrin de la Cévenne qu'ils doivent se chercher pour retrouver leurs pouilles.

Un jour, le Pagaron me dit, en particulier :

— Pauvre Espérendieu, avec ce qui se passe, pamen! je ne peux pas comprendre qu'il ne comprenne pas mieux, ne serait-ce que d'un peu, aïe! il se fait vieux, l'ancien du Chamas!

— Ton malheureux parrain, Samuellou, aïe! me souffle en l'oreille l'Espérendieu, le lendemain, j'ai dans l'idée que le vieillün lui est tombé d'un coup! mais il n'écoute même plus ce qu'on lui dit, même quand on lui récite Jérémie, pamen! Hé, attention, l'Escrivaïrel! c'est qu'il va sur ses nonante, le Pagaron! il y court même! té, il est de treize, on portait mousquet en Alais en vingt et huit, j'avais quatorze ans, lui quinze vé! il a presque un an de plus que moi, ce vieux brigand, tu m'en diras tant!

Les deux compères en sont même venus aux poings pour la première fois depuis la « Paix de Grâce », quand l'Espérendieu s'est mêlé d'en appeler au nouveau-né de sa petite-fille pour s'avantager d'une génération sur le Pagaron. Arracher vivant le vieil apôtre de la Colombe des bras du vieux champion de l'Épée Flamboyante ne fut pas une mince affaire ; nos Nestors enragés furent gourmandés, hors de tout parti pris, mais d'importance! encore que la menace qui leur fut faite de les éloigner l'un de l'autre à jamais, dès leur seconde casaquinade, eût bien suffi pour les tenir dans l'ordinaire de leurs chamailles caquet bon bec et pique-poux ; la preuve en est qu'après trois jours sans se voir, chacun de son côté crie tout seul questions et réponses ; le Pagaron comme l'Espérendieu en effet peuvent plaider pour les deux parties tour à tour avec un art égal, depuis le temps...

Mais la douceur évangélique de l'aïeul du Chamas est à toute épreuve, qui toujours invite son compère à la tétée du petit Jésus, pour toujours l'entendre s'écrier devant le nouveau-né :

— Profite! profite, néné! fais-toi bien grand, bien vite! avant qu'il ne reste plus de bois pour les bûchers dans la Cévenne!

*

Basses, noires, les nuées enferment sur nos têtes un relent, pèsent dessus, nous l'enfoncent dans la bouche, le nez, la gorge, la poitrine ; c'est l'haleine lourde d'un charnier, une glu qui va s'épaississant, qui se colle dans l'intérieur des ventres, que nous avons de plus en plus de peine à endurer, les vieux surtout. Le Pagaron déclare que la gangrène s'est mise dans la Cévenne, mais, pour l'Espérendieu, c'est le raisin pourrissant sur pied, toutes les grappes, de toutes les soreilhades, qui nous blâment ainsi ; l'aïeul du Chamas hurle à la *pudécino* de nos péchés, par les nuits d'anguiélas...

Ce n'est rien de plus que la *roustissure* des villages qui brûlent, l'un prenant flamme avant que l'autre soit en cendres, selon le Jouany qui ne veut plus entendre parler de ces vieux, ni de leurs radotailleries sur la Colombe ou l'aigle :

— Vieille querelle, querelle de vieux! tranche-t-il une fois pour toutes ; lui, il n'a plus qu'une affaire en tête, rafler les cuillères, les fourchettes, tous les couverts des familles qui nous viennent des mas en feu, pour les jeter dans ses chaudrons, à défaut de vitraux à casser. Il grogne qu'il n'a pas le temps d'écouter son nez, lui! (c'est son mot) et que, toutes choses étant, « balle de plomb, balle d'étain », le chaland ne viendra pas réclamer, outre que la pratique ne nous manquera point de si tôt!

*

La nuit qui vient, nous irons, je ne sais encore où, porter le feu pour le feu ; aussi nous avons, une large partie de la journée, prié notre Seigneur de nous trousser temps sec et bon vent, ce qu'il nous concède, à entendre les badaras du Badarel, lequel, selon le mode pastoral, sait les demains du ciel mieux que les siens propres.

Voilà quelque temps, me semblait-il, que mon parrain a changé d'œil pour moi, je n'en doute plus après le discours singulier qu'il m'a tenu après l'assemblée ; encore que je ne pénètre guère dans une tristesse qu'il fait sienne, sans plus se soucier de moi qu'elle touche en premier, tout de même!

— Filleul! je veux te parler avant cette nuit de départ, pour te dire que tire à sa fin le deux cent et vingt et neuvième jour passé depuis que je t'ai marié, pamen! En somme, j'en suis plus vieux d'autant et d'autant plus seul que jamais, Gros-Jean devant la mort... J'ai voulu entreprendre ta femme là-dessus, ma petite-fille après tout! Pas un mot à en tirer, quelle espèce! mais j'en ai assez entendu, rien qu'à la regarder, la Finette! pour savoir que tu ne faillis point à ton devoir, bien! Mais alors? Écoute-moi bien, Samuellou! ce ne sont point là choses à laisser traîner en longueur, ou à s'en reposer sur le Père Éternel tout seul! — A ma connaissance, il n'a fait ce coup qu'une fois... — Voilà ce que je voulais te dire, alors, presse-toi un peu de trouver le défaut de la cuirasse, comme on dit, et ne t'enlève jamais de la tête que, des nôtres, il en tombe tous les jours, que la Cévenne nous brûle sous les pieds, et que tu en es le dernier Chabroulet!... Voilà les mots que j'avais de côté pour toi, parce que je suis bien triste...

Sur ce, sans attendre que j'en sois revenu, Samuel Reboul l'Ancien est parti, droit comme un I.

V

J'ai longé l'unique rue de mon village, cinq ans après, pour la première fois, j'y suis revenu en vainqueur, et voici que j'en souffre de malheur, voici que j'ai besoin de toute ma souvenance d'un dimanche du mai de mes douze ans, où mon père a pris le bras de ma mère au sortir de la grand-messe, après le monitoire. Père, aidez votre dernier fils à supporter son retour victorieux dans le Pont-de-Rastel, mon père qui avez refusé le secours de notre fusil! A votre heure, comme vous avez dû vous élever en légèreté jusque là-haut...

Voici, la deuxième fois, après cinq années, ce n'était plus le calme chemin de la Passion, à la face de notre bonne gent, l'œil clair et droit comme le soleil du plein midi, c'était à la nuit, nous davallions du col de la Rise, torches levées, sur le Pont-de-Rastel endormi, hurlant, gueules *dardailhant* des « éclairs aiguisés de l'épée, de l'épée qui doit dévorer leur chair, gueules dardailhant des flèches ivres de sang, du sang des blessés et des captifs! » car ce n'est plus Jésus que nous suivons.

Les mas et biens embrasés des Guiraud, des Polgi, des Pontet, des Dumazert soulevaient la nuit déjà, quand la folle course nous a jetés sur la maison Lartigues.

Le père, le Douaras, carré sur ses sabots, ses bras croisés, nous barrait sa porte, et n'a pas même frémi quand l'avalasse de feu et flammes s'est arrêtée sec à deux toises de lui, et ne s'est pas enfui, pour cette raison, à mon sens, qu'il nous y attendait. Il a fait ferme à la façon Lartigues, avec leur rire de famille *rudânière*, il l'a poussé, son rugissement, et tel! qu'il a soufflé comme une chandelle notre psaume à l'embrasement.

C'est quand il m'a remis, parmi les ombres qui semblaient, elles aussi, se tordre à la lueur des torches, quand il a remis la Finette et le Pagaron à mes côtés, que son kakalaka de fendeur de naseaux redoublant m'a coupé par le travers la face.

Sur ma douleur, je lui ai crié :

— Nous ne voulons pas de mal à vous ni aux vôtres, monsieur Lartigues, nous bouterons le feu, seulement!

Tel un Samson, le Douaras poussa sur les montants de la porte, hurlant :

— Mon grain, c'est moi! mon foin, c'est moi! mon bien, c'est moi et les miens!

Le petit Vernissac accourait de la grange Lartigues, la plus belle du Pont, criant qu'elle était bourrée de paille et de foin jusqu'au chaume du toit. Il repartit avec un bourricot chargé de fagots poissés. Le Douaras hurlait :

— Ma grange, c'est moi!

Quand je vis s'ébranler vers lui le Beltresque, je m'entremis en criant :

— Ne touche pas un cheveu Lartigues, forgeron!

Le Beltresque en fut si court arrêté que le poids de sa masse l'entraîna vers l'arrière.

La grange Lartigues attenait au pailler, aux écuries et à la réserve de bois. Quand le feu en jaillit, le Douaras bondit, courut, nous traversa tel un sanglier un roncier, couchant d'un coup d'épaule, au passage, une mule surchargée qui ne put se remettre sur pattes.

Quand nous l'avons rattrapé, il serrait déjà dans ses poignes velues le cou du petit Vernissac, dont bras et jambes moulinaient follement, serrait en hurlant :

— C'est moi que tu brûles, vaurien! c'est moi...

Je m'accrochai aux bras du Margailhan :

— Ne le tue pas, Darius! pour moi... ne le tue pas!

Le castreur ne voulait point sa mort, mais seulement qu'il lâche le cou du petit Vernissac. Beltresque et le Martel s'y sont aussi attelés, aux tenailles du Douaras toujours serrant, toujours criant :

— C'est moi qui brûle, démons!...

Le cou du petit Vernissac craquait quand le Margailhan a ouvert son couteau et commencé de larder l'échine du Douaras de petits coups, seulement pour le faire lâcher.

L'immense grange soufflait comme un mulet malade, bougeait, tremblait, haletait, donnant des coups de lumière sur la chemise qui s'épaississait du sang Lartigues, sur le petit Vernissac exténué, cassé. La pointe du castreur allait et venait si vite dans les reins de l'étrangleur qu'elle semblait une lame courbe, un croissant de lune. Le grand feu nous pantelait si près, si chaud, que nos cheveux se *régoubillaient* et puaient.

Le père Lartigues ne lâcha qu'à sa dernière goutte de sang le cou du petit Vernissac quasi décapité.

Jamais il n'y eut si grand feu sur terre : tout séchait alentour à l'instant ; les faces, les bras, les poils brillaient comme de l'huile. Les feuilles des vernes voisins s'entortillaient et s'envolaient comme des papillons. La terre fendillait et buvait avidement le beau sang Lartigues. J'avais pris sur mes genoux la grosse tête douarasse, dont les boucles blanches se changeaient en poudre noire à mon toucher. Je le berçais et lui expliquais sans me décourager que nous ne lui voulions aucun mal à lui ni aux siens mais qu'il nous était commandé de rendre coup pour coup et qu'il avait un Jésus pendu à la tête de son lit... ce tandis, à mes yeux, son regard s'empoussiérait aussi, ses lèvres craquelaient comme plâtre.

Quelqu'un cria joyeusement :

— C'est le jour! écoutez les oiseaux! c'est le jour qui se lève en colère!

La grange s'écrasait, entraînant les écuries et les paillers. Abusés, des coqs chantaient, des pigeons roucoulaient, les chouettes s'étaient tues. Des moineaux, des pinsons, des geais, des ramiers, des mésanges, un faucon, deux pies venaient à tire-d'aile vers le soleil et la nuit la plus courte des temps, des oiseaux par dizaines, par cent, qui sait ? voletant, criaillant, piaillant, tourbillonnaient et, soudain, saisis par un halètement, par un rayon, tombaient comme des pierres, de leur haut, dans le brasier.

L'Abel et la Finette m'arrachèrent des corps du père Lartigues et du fils Vernissac décollé, lesquels se boursouflaient aux flammes.

Sur la rivière, qui était rouge, les martins-pêcheurs lançaient leurs flèches bleues ; des taureaux en rut poursuivaient autour du soleil de paille les vaches échappées des écuries embrasées.

Le Pagaron m'enfonça dans la bouche un goulot qui me cracha dans la gorge un breuvage épais comme du sang, un breuvage ardent. Alors je pus encore courir, crier, danser comme les autres, prolonger de torches le jour nouveau, le feu était en moi...

Nous retournâmes dans la nuit promptement retombée, laissant derrière nous un tapis vaste comme un ciel d'étoiles rouges. Les oiseaux étaient morts ; des brebis perdues pleuraient quelque part ; un taureau se noyait dans le noir de la rivière.

Quand le jour, le vrai jour, se leva sur le Lozère, nous étions écrasés en paquets ; nous sentions, mâchions, nous étions la cendre. La pause était finie, il fallait repartir. Une voix demanda, dans un bâillement, pourquoi il y avait tant de foin chez un seul ; il me sembla qu'un autre ensommeillé répondit que nos frères du Pont-de-Rastel avaient rentré la meilleure part de leur récolte chez leur voisin catholique, pour que les dragons n'y touchent point.

Huc, inlassablement, essayait de me faire entrer dans la tête une sorte de raison nouvelle :

— Ne pleure pas, Samuel! C'est dans le feu que se forge l'épée de l'Éternel pour la vengeance...

Il me semble même qu'il m'avait pris dans ses bras en marchant, me soutenait, me poussait, et chantonnait plutôt dans mon oreille.

Je connus ainsi que je pleurais.

Nous avons dû finir l'Alcide Espérendieu du Chamas qui n'avait plus toute sa tête. Tant qu'il ne battait la berloque, bredi-breda tariba, que parmi nous, parlant seul et criant vendanges dans l'anguiélas des nuits, personne n'y voyait le mal, mais le vieux fut par deux fois surpris alors qu'il s'adressait à des fusiliers du Hainaut comme à des Soldats de l'Éternel ; que la casaque suffise à surprendre sa religion (combien que nous soyons vêtus d'habits ôtés aux soldats du roi) montre assez les troubles de son esprit. Nous avons essayé de le garder au Désert, mais il avait, pour nous glisser entre les doigts, des malices de galopin.

Dire que nous l'avons tué serait médire : nous l'avons aidé à mourir, avec affection, avec tristesse, nous avons fermé les contrevents de sa longue vie.

Quand le Jouany, Salomon Couderc et Huc s'y déterminèrent, mon parrain leur demanda :

— Laissez-moi le faire... Entre vieux, c'est des services à se rendre!

L'aïeul des Bories interpella son compère et lui proposa de faire quelques pas pour reparler un peu de la vieille question, le défiant de soutenir encore la Colombe quand il aurait vu les nouveaux incendies.

Les deux compères s'éloignèrent vers la pointe Costelades, en disputant très fort. La tramontane nous apporta longtemps les cris de l'un invoquant Vivent, les cris de l'autre citant Brousson.

A l'assemblée du soir, le pauvre Pagaron fit savoir à notre petit peuple que le Seigneur avait rappelé à lui notre cher frère Espérendieu, au moment même où l'ancien de Chamas louait son nom sur le pic. Nous louâmes à notre tour le Créateur d'avoir, d'un coup de vent, conduit l'aïeul de la Costelades droit au Ciel.

« Tu es trop juste, Éternel, pour que je conteste avec toi ;
Je veux néanmoins t'adresser la parole sur tes jugements :
Pourquoi la voie des méchants est-elle prospère ?
Jusques à quand le pays sera-t-il dans le deuil,
Et l'herbe de tous les champs desséchée ?
Les bêtes et les oiseaux périssent... »

Nos assemblées sont plus longues, plus nombreuses, nous en sommes à ne plus endurer longtemps sans prier le Seigneur, sans lui parler, le questionner, quand et quand on nous conte encore des ravages, encore des bandes, encore pires, après l'hôtelier Chabert de Chamborigaud, Florimond, le meunier de Générac, les frères Michel de Saint-André, Lefèvre de Gajan, Alary de Bouillargues, après les Florentins, après les Cadets de la Croix, les Camisards Blancs de frère Gabriel, l'ermite sanguinaire *...

Telle est leur cupidité que l'un d'eux aima mieux mourir que de lâcher son butin (qui se laissa rattraper et massacrer par le frère Bousquet, serrant toujours son pesant butin contre son cœur), telle cupidité que leurs amis eux-mêmes en prennent peur, ainsi, dit-on, M. de Marcellin aurait fait tirer ses soldats sur eux! La rumeur de leurs pillages est telle que les Provençaux passant le Rhône accourent à la curée, que toute la canaille des provinces environnantes n'est pas loin de nous venir manger la laine sur le dos...

L'Église catholique et romaine use de tous les expédients à notre encontre, inclus la magie noire, et sans déguisements! la preuve en est qu'elle donne à choisir ses victimes à la baguette d'un sorcier *, commettant à pourvoir nos bûchers un qu'elle eût brûlé en des temps de moindre presse.

L'Éternel ne laisse point de répondre à ses enfants :

« Je les briserai les uns contre les autres,
Les pères et les fils ensemble, dit l'Éternel,
Je n'épargnerai pas, je n'aurai point de pitié, point de misé-
[ricorde,
Rien ne m'empêchera de les détruire.
Écoutez et prêtez l'oreille !
Ne soyez point orgueilleux !
Car l'Éternel parle... »

Finette part pour les Bories avec un ordre de Jouany : Dieu veuille qu'elle parvienne à convaincre son père, car l'incendie lèche déjà le bien Désailhen! Elle glissera, au passage, les feuillets ci-dessus dans notre cachette. C'est pourquoi j'y joins ces quelques mots que, cette fois (sans lui en avoir fait l'aveu), je voudrais bien qu'elle lise.

Mon épouse, tu me fuis à présent. A la dérobée, tu me jettes des regards qui me font mal et que je ne peux rencontrer. La soupe est maigre pour tous, mais tu en laisses chaque jour dans ton assiette. Ma bien-aimée, petite que tu es déjà, bientôt la tramontane t'emportera. Tu as mal et j'ai mal, mais tu n'en dis mot et ne me pousses guère à parler. Souvent je te demande à quoi tu penses et toujours tu réponds : à rien. La nuit, parfois, tu gémis, tu te plains, il échappe à ton sommeil des choses comme : « je suis petite, trop, plus petite encore que le grain de sénevé... »

Ma Finette, je voudrais que tu lises ici mon amour. Il n'est pas dans la coutume de parler trop de ces choses en pays raïou et l'ardeur des temps que nous vivons n'y porte guère, mais j'aimerais que tu sentes mon cœur. Je ne me fie qu'en toi, mon épouse, car rien ne saurait séparer ce que Dieu a uni. Ma toute petite, tu seras l'arbre, et les oiseaux du ciel habiteront tes branches.

[*A son habitude, la raïoulette a fait le dépôt sans en rien lire — sans essayer de l'ouvrir, alors que celui-là n'était ni cacheté ni même ficelé —, comme le prouve le texte suivant, de sa bonne grosse écriture, griffonné au verso du feuillet ci-dessus qui enveloppait l'ensemble :*]

Et dire qu'il faut que je pâtisse juste quand je sens ton amour, enfin! mon pauvre Samuel! que je sois la mieux assurée de mon bonheur au moment même qu'il tourne poids pour poids en malheur! J'ai peur comme jamais... En venant, tout à l'heure, il faisait une nuit sans pitié, sans étoiles, pleine de pluie, de bruits. Il me semblait sentir dans le cou le souffle d'un dragon, le vin aigri dans son estomac, ses mains déjà, sur mes épaules. Je me vois mal dans les trous de la rancarède. J'ai besoin d'une cheminée, d'une table, d'une maison connue, pour faire un enfant. Qu'est-ce que tu veux! on vit trop dans les vents, je me dessèche, c'est obligé... J'en suis mal, tes caresses font sur ma peau le bruit des feuilles mortes. Juste au moment où, sans seulement t'en douter, tu me donnes le goût de ton amour! Je me sentais t'appartenir depuis toujours, depuis trois jours, je sens combien tu m'appartiens! Et c'est maintenant que je me sens seule, et vieille, et perdue! Oh, ce n'est même pas parce que papé Pagaron fait semblant de ne pas me voir, qu'il me renvoie déjà, lui! mais c'est — je n'y comprends rien! — que je me vois toute seule, pour la première fois, alors que je me voyais en toi depuis qu'on était tout petits, depuis toujours! Dire qu'il y a si peu, j'en riais, moi, du grand souci de l'aïeul! Et maintenant voici que quelque chose en moi me dépasse... Je suis comme bête, inutile. Je me remâche sans arrêt la parole « c'est à cause de la dureté de votre cœur que Moïse vous a permis de répudier vos femmes » — et voilà pourquoi j'aime Jésus qui l'a prononcée. Mais on n'est plus aux temps évangéliques, on en est à l'exode et les cœurs se font durs... Pour emmancher les couteaux, il faut tuer l'arbre, et que son cœur sèche et que son bois soit dur, qui s'occupe des fruits ? Samuel, je suis là, accagassounée au pied du mur de la cachette, Samuellou, Dieu nous aide ! L'autre nuit, souviens-toi, tu étais en feu, tu étais saoul, tes mains portaient sur moi leur bruit de feuilles mortes, mais jusque dans tes bras me suivait ma peur ! Au jour, j'ai vu tes mains, noires de sang séché, c'était la nuit du feu de paille au Pont-de-Rastel. J'ai bien compris que ce n'était pas cette nuit-là que tu étais resté en moi. J'ai peur qu'un beau jour la loi de Moïse me contraigne, moi... Mon Dieu ! je ne pourrai jamais, pardonnez-moi mes offenses, pardonnez-moi ! j'ai si peur, demandez-moi tout, et ma vie ! mais pas Samuel ! qu'on m'arrache le cœur mais, Seigneur ! gardez-moi dans le cœur de Samuel !

« Ne laissent-ils rien à grappiller ?
Si des voleurs viennent de nuit,
Ils ne dévastent que ce qu'ils peuvent... »

J'écris à l'aurore sanglante de l'affaire de Runes, tandis que nos frères rentrent au camp de l'Éternel, par deux ou par trois, telles les brebis dispersées par la foudre.

Quand on nous apporta la nouvelle ordonnance commandant d'abattre tous les fours des métairies et des petits lieux ou de les murer à chaux et à sable, notre Jouany me dicta la réponse et nous fîmes savoir à qui nous voulait par ces moyens ôter le pain de la bouche, que nous brûlerions les lieux et les métairies, même des nécés, quand nous n'y trouverions pas des vivres. Par là même, nous défendions à toutes sortes de personnes, de quelque ordre et de quelque religion qu'elles fussent, sous peine d'être égorgées et brûlées, de porter des vivres et des provisions dans les lieux fermés.

Alors le vieux Larguier, l'oncle de Corniaret, me conta l'antique fable de l'homme grison qui, ayant deux femmes, dont la jeune lui arrachait les cheveux blancs et la vieille les noirs, se trouva sans chevelure.

Déjà, dans le domaine de Jouany comme dans celui de Castanet, il ne reste plus de catholique isolé. Seul, l'ancien Péladan, mon bon maître, vaque à son besoin, sort des remparts de Génolhac, va le chemin, seul sur sa vieille mule, et nous salue, honnêtement, sans plus, quand il nous trouve sur son passage. Nous disons qu'il est brave et sommes presque fiers de lui.

Cette nuit, nous sommes allés, pour le respect de nos ordonnances, au pied de la montagne, vers le causse, à Runes, village sur la limite de notre petit pays et du Gévaudan papiste, ce pourquoi peut-être l'Apostat n'y avait point rasé les maisons des nécés, mais y avait logé des catholiques. Nos frères dépossédés rôdaient comme des âmes en peine alentour, sans pouvoir rentrer chez eux, car M. de Palmerolles les tirait à vue comme des loups, les hommes du moins, les femmes, il les donnait à ses miquelets pour l'amusement. Le Jouany avait fait tenir à ce manchot du Pont-de-Monvert une lettre de ma plume, exigeant qu'il rendît leurs logis et leurs biens aux nôtres, à peine de voir à Runes des choses étonnantes.

Cette nuit donc, le tonnerre frappa le village pour l'honneur de notre parole. Terrifiés, le vicaire du Fraissinet et ses paroissiens se barricadèrent dans le corps de garde, mais nous eûmes le bonheur de prendre quelques coucous au gîte : ils grillèrent au feu des chambres usurpées.

Le sieur Pierre Folcher, tabellion du Pont-de-Monvert, papiste qui usait de la maison et des biens de Pierre Chapelle, par ordre et protection de l'Apostat et du manchot, hurla le plus fort, le plus longtemps dans les flammes, plus que le jeune Cabanes ou la fille d'Henri Firmin. L'Abel et moi, qui avions entendu l'Esprit Séguier chanter de joie sur son bûcher, et d'autres parmi nous, témoins de la fin d'autres de nos frères livrés aux flammes après les tourments de l'ordinaire et l'extraordinaire, le poignet tranché, nous ne perdions pas un hurlement des catholiques logés par billets, et pensions avec confiance, et disions que tels effrois devant la mort condamnaient et leur foi et leur Dieu.

M. de Palmerolles avait pu voir les belles flammes depuis sa garnison du Pont-de-Monvert, mais il avait appris à nous connaître : plutôt que d'aller nous chercher où nous ne l'attendions plus, le manchot vint nous attendre sur notre retour, où nous ne nous y attendions point.

Après avoir ainsi, encore une nuit, réveillé les oiseaux, nous traversions droit devant nous le haut plateau, traînant nos souliers fatigués dans la neige, avec le vent noir qui nous giflait de glace, nous avions repassé Finialettes, Champlong et Salarials, et marchions toujours, écrasés de lassitude, brisés d'avoir tant dévasté, hébétés par la faim, les veilles, et comme saoulés de flammes, et de cris, quand les miquelets nous attaquèrent de toutes parts.

Et nous fîmes ferme pourtant! le temps d'une décharge. Quand les miquelets resserrèrent leur filet, ils n'y durent trouver que trois chevaux, sept mulets chargés, deux fusils, deux manteaux rouges et trois corps *. Le Baptistou Pranouvel avec la balle qui lui avait cassé le violon sur les reins : le Jacquou Delmas, fils du grand Delmas, la figure sabrée, moins d'une lieue de la place où son père avait été roué vif devant l'abbé du Chayla, l'an second du nouveau siècle ; et Désailhen, Abel, frère de Finette, les yeux morts ouverts sur l'Étoile du Berger.

C'était entre chien et loup, dans les clameurs soudaines, les coups de fusil, la confusion, je sentis un coup de vent à ma face (lequel était, je ne le sus qu'après, le souffle du coup de sabre). L'Abel me prit la main, la porta sur sa poitrine ouverte où je touchai, qui sursauta deux, trois fois encore, la petite bête chaude et humide qui tient la vie, qui fait la foi. Et je fus pris dans la débandade.

Mon Dieu, ils chassèrent tes enfants comme on chasse les sangliers, l'hiver : ils suivaient les pistes, sur nos talons, le nez sur les taches de sang.

Quand nous nous fûmes regroupés à trois ou quatre, ils nous perdirent, car le dernier fuyait à reculons pour effacer les empreintes, d'autres séchaient le sang des blessés, certains buvant aux lèvres même des sabrures, et puis nous étions dans les jupes de notre Lozère, et puis le Ciel enfin nous vint en aide : la plus fourrée, la plus lourde des neiges qui fût jamais tombée perdit les miquelets dans la seule hermine du blason raïou, l'immense pelage qui n'est chaud qu'à ses petits.

Les Désailhen arrivèrent pour apprendre la mort du fils ; le père en tête, entre le mulet et la vache ; derrière, les deux vieilles ; devant, Finette qui montrait le chemin. Le père s'était résolu si tard qu'il avait dû tout abandonner. Le mulet ne portait que deux sacs de blé ; le père, que le berceau sur l'épaule.

Je m'étais aperçu, en arrivant à notre camp, que j'avais en main le fusil de l'Abel. Je l'avais ramassé de nature, tant le Jouany avait su nous mettre dans le sang que rien n'importe comme l'arme dans la bataille. Je dis au père :

— C'est, hélas ! tout ce que je peux vous donner de lui...

Le Désailhen répondit :

— C'est le meilleur.

J'attendais qu'il embrassât l'arme, ainsi qu'il sied, mais il ne fit rien de pareil : il regarda de très près le fusil, dessus, dessous, dedans, comme s'il le devait acheter, puis le nettoya, enfin le rechargea avec un soin extrême et, depuis, il ne le quitte plus.

Je craignais aussi que la perte du fils unique, la plus grande, lui portât le premier coup de vieux, le plus fort, mais il parut au contraire se redresser, s'élargir, il retrouva, de la jeunesse, le geste sec et l'œil farouche.

Je pus les loger pour le mieux : je connaissais une galerie longue sinon large, entre deux rocs. En un jour, nous eûmes taillé des traverses assez rapprochées pour un toit de lauzes. Un Rieutord, des Rieutord de Donnarel, nous prêta une armoire, des planches et des portes, afin de clore tant bien que mal l'entrée par où s'*engoulissaient* les quatre vents du plateau. L'orientation, en effet, laisse à désirer; la situation, par contre, est secrète et sûre; j'ai éprouvé tout le bonheur de mon choix peu après, quand le commandant de Génolhac a découvert une tanière moins recherchée : M. du Villard a offert à ses guerriers le fier massacre des vieilles, des enfants et des malades qui survivaient dans le trou. Le vin, dont les ventres vainqueurs ne pouvaient plus, fut répandu, et brûlées les châtaignes.

Le père Désailhen ne prenait pas, de beaucoup, autant de soins à l'aménagement qu'à son fusil de munitions... Je le vis pourtant, un matin, assis par terre avec le Pagaron, qui s'affairait sur le berceau : deux générations unies par la pensée d'une quatrième gravaient au couteau sur le chêne usé le nom des deux familles.

Le Désailhen ricana :

— C'est pour mon Abel. Puisqu'on ne peut même pas graver sa tombe...

Mon parrain me déclara :

— Samuel, voici maintenant que tu vis pour deux chaînes; que tu es, pour deux chaînes longues, très longues, l'unique chaînon...

Nos vieilles, à genoux devant les pierres du foyer, pleuraient déjà, à cause du feu.

*

Au rebours de mes craintes, ses Bories semblent bien avoir quitté sans retour le cœur du père Désailhen, ce qui n'est pas commun. Tous nos soins ne suffisent point à détourner nos bonnes gens de retourner sur leurs biens, même razés. Ce retour est presque toujours le dernier, car ils sont abattus par les miquelets ou les soldats de bourgeoisie, suivant l'ordonnance du maréchal, au seuil de leur mas brûlé. Quand nous découvrons qu'il nous en manque un, nous courons, à quelques-uns bien armés, vers le village natal du manquant. Nous arrivons toujours trop tard, pour trouver, criblés de balles, celui-ci dans son jardin, la bêche au pied; celle-là sur la tombe qu'elle appropriait sous le cyprès familial; cet autre dans un poirier, le greffoir dans la main encore... Les vieux surtout, on ne leur pourra garder la vie sans les garder prisonniers.

*

Peu de jours au camp de l'Éternel ont changé le père Désailhen. Il est vrai qu'il ne manque pas une assemblée, qu'il est plus assidu que les enfants aux leçons de l'armurier, aux exercices aussi, et pour toutes les armes.

Quand deux douzaines de paysans furent pris aux métairies du château du Soulier, le Jouany consulta ses prophètes et, l'Esprit l'en ayant accordé, il convint avec Castanet de joindre les troupes pour venger une bonne fois nos pauvres vieux jardiniers.

La veille de l'expédition des châteaux, mon beau-père remit à neuf le fusil de son fils. La Désailhène pleurait, ma mère aussi. Le père dit sévèrement à sa femme :

— Du moment qu'on n'est plus bons à rien, pauvrette! qu'il y en ait un, qu'il y en ait deux, ce n'est pas une affaire! C'est lui qu'il faut garder, maintenant, les vieilles.

A l'assemblée d'avant le départ pour les châteaux, quand les prophètes firent la revue des combattants, le Salomon me fit quitter les rangs, me protestant que je n'étais point banni pour cause d'impureté, tant s'en fallait! l'Éternel me voulant réserver pour un autre dessein.

Je les vis donc partir, le Désailhen avec le fusil de son Abel, le Pagaron des seuls psaumes armé, mais qui avait déjà participé par ce biais à la Frayeur de l'Éternel. Effaré, je vis partir avec eux ma Finette, mais je ne peux croire encore cela, que mes yeux virent pourtant, dans la main si petite de ma raïoulette, le sabre d'un dragon!

*

Je passai le temps avec les vieilles, assis par terre, mon écritoire sur les genoux, dans un peu d'écritures et beaucoup de pensées. La tramontane lançait des flèches de glace à travers l'amas des planches de l'entrée, tant que notre feu se cachait dans son trou, laissant sur le terrain ses grands paquets de fumée. La vache et le mulet donnaient plus de chaleur. Au fond de la salle de roc, il y avait les deux sacs de blé, les couches de bruyères et de fougères ; près du foyer, les chaudrons. Le meuble unique était le berceau des deux races.

L'idée me vint à moment donné de demander aux vieilles :

— Qu'on me tienne à l'abri, Dieu voulant... mais alors, il fallait y garder Finette d'autant plus!

La réponse me vint dans l'instant :

— Samuel, pour ce pacte, ce n'est pas la femme qui compte!

Et c'est sa mère qui me la fit!

*

Ils brûlèrent les biens des Anciens-Catholiques que les troupes du roi avaient respectés, brûlèrent le château du Solier, le château du Richard, le château de Vingt-Bouches, dont ils revinrent chargés d'ors et d'argents, l'interdit ayant été levé par l'Esprit-Saint ; et ma Finette, bien changée, que je ne retrouvais qu'à peine, avec ces feux qui ne s'éteignaient plus dans ses grands yeux au bleu trempé, de la trempe à durcir le fer, qui n'en dormait plus guère, comme si ses paupières s'y fussent écorchées, autant *tréfoulissante* comme son père, lequel, dessus telles marches, telles besognes, ne parvenait à se coucher, allait au tranchant de la rancarède s'offrir aux vents de la nuit, fusil au col.

Nettoyant ce fusil de son fils qui sentait encore la poudre, le lendemain matin, le père dit à sa Désailhène :

— C'est que toi, pauvrette, qui n'es plus bonne à rien, *ores!*

*

A gué, de mas en bourgs, le feu passe, la Bête s'acharne, jusqu'aux vignes qu'ils voulaient arracher cep par cep, jusqu'à nos castanets, souche à souche, mais le vieil arbre raïou est par trop dur, ils s'y sont cassé les dents.

Un matin, j'ai surpris le Jouany, mi-nu, qui embrassait un énorme châtaigner en psalmodiant : ils ont tenu! mais en son patois sonnant : an téngü! an téngü! an téngü!...

Un pâtre des Bouzèdes a trouvé des buses mortes de faim.

Nous assistons notre malheureux peuple du petit peu qui vient au Désert, du meilleur que nous détournons des bedaines papistes sur les charrois mandés du bas-Languedoc pour les troupes de Razement. Prévenus, nous avons démonté les moulins ; ainsi, quand nous parvient le grain moissonné au sabre, nous n'avons qu'à déterrer les pierres de meule que nous enterrons derechef, moûture faite ; pour les fours crevés, nous avons les maçons, lesquels, fournée faite, démolissent derechef ; voilà le prix, mon Dieu! de notre pain quotidien ou presque, et tant de fois partagé qu'il nous est venu à la bouche un art singulier pour s'en nourrir au mieux.

D'autant moins se relâchent ravages et crimes, d'autant plus s'attise notre impatience à fondre sur incendiaires et criminels, nous en avons plein les sabots de charbons ardents!

Tandis que partaient les foins en fumée, les faucheurs passaient la pierre sur la lame de leurs sabres, sans fin, de la nuit à la nuit.

Raï de la colère! c'est la poudre et les balles qui manquent!

*

La poudre nous vint, contre deux diamants du Richard et trois goupillons d'or de Vingt-Bouches, de soldats-*maraudeurs*, laquelle fut départie aux plus fins fusils, le Désailhen le premier ; les autres se firent contents avec ce poussier pas franc où notre maître Pellet galimafrait chichement, avec du salpêtre, le soufre de Saint-Germain-de-Calberte. Mais ce n'est pas le tout que des choux, il faut encore la graisse ; et des balles, dont nous étions plus jaloux qu'un gueux de sa besace, nous en restions au *berniquet*, n'ayant, de plomb, fétu! d'étain, la queue d'une cueillérette — (depuis longtemps, nous faisons chère menue sur le pouce) !

Il sied de le bien marquer : nous ne sommes rien moins que malheureux, le plus malgracieux de nos pleure-pains ne changerait point sa baume pour un palais épiscopal, attendu que la grande faim, la soif première, se satisfont à l'envi, qu'on s'y nourrit sans lésine, s'y saoule de Dieu, à rouler par terre! Nos cultes, nos prières, autant dire nos jours et parties de nos nuits, appuyés de jeûnes, ne sont que pour requérir du Ciel de nous envoyer des balles, voire du plomb brut.

Dans le temps que nous endurons la faim de plomb, nous revient, comme une belle réponse, le grand Abraham Mazel qui s'était retiré du combat par inspiration et que l'Esprit renvoie aux armes ; l'accompagnent les frères La Valette et Marion, les soldats de La Rose, le pâtre du Pompidou abattu par M. du Fesquet * dans une embûche ; c'est Noël!

*

La Valette est le même talent de prêcher, d'instruire, dont la gent du Désert reçut les Écritures à vivre dans leur vrai, goutte à goutte, pour l'aurore de Noël...

Tant plus durait le jeûne, tant plus nos entrailles souffraient le vide et tant mieux nos âmes s'emplissaient de l'Esprit. D'autant la Bête nous dépouillait, nous ravageait, nous ruinait, d'autant nous étions remboursés en foi, car le Seigneur nous rendait au centuple nos foyers brûlés, en saintes ardeurs, et nos maisons, en prophéties.

Sur la rancarède immaculée de gel, flagellée d'anguiélas du causse, du vieux mont Lozère coiffé d'une cagnotte blanche à la cévenole, en ce haut temple, le petit peuple, affamé du Dieu de pâte et de pain, en eut bombances et *carrousses*, pour festoyer la Nativité.

L'Esprit investit, sur la fin de la première assemblée, le prophète La Valette qui n'était rien d'autre qu'os et nerfs en tas, que l'aube des froids secouait comme noix en sac, dans sa peau de bique où se fussent nichés sans s'esquicher quatre à sa toise, vaste voilure qui soumettait ses pas aux caprices des vents. Voilà, c'est bien celui-là, maigriot ballotté comme feuille morte, que l'Esprit fit grand, fit puissant, fit tonner :

— Je t'assure, mon enfant! qu'il y a dans cette assemblée un qui porte le malheur, car il porte l'interdit sur lui. Son cœur est un cœur de métal! mais je te dis que je permettrai qu'il soit découvert et que tu mettes toi-même la main sur lui...

Une bourrasque à propos le poussa sur le seuil du petit peuple, tandis que le Jouany commandait à ceux qui étaient en armes d'environner l'assemblée, de telle manière que personne n'en pût échapper.

Le Badarel fendit la presse à l'instant et vint se jeter aux pieds de La Valette, en confessant sa faute et en priant merci Dieu et l'assemblée.

Le prophète ouvrit simplement sa main vers lui, dans laquelle le pâtre posa une grosse montre en or.

Le malheureux Badarel pleurait, criant qu'il avait succombé à la tentation, qu'il ambitionnait depuis toujours d'en avoir une, que le repentir le possédait et qu'il promettait d'être, avec l'assistance de Dieu, tout de pureté pour l'avenir, si on lui voulait bien donner la vie.

Le Jouany commanda qu'il fût lié et gardé.

L'Esprit continuait d'habiter La Valette qui s'agitait à toute outrance, hurlant :

— Je t'avertis, mon enfant! plusieurs murmurent ici sur ce qui vient d'arriver! D'aucuns disent en eux-mêmes que tu as simplement ouï les battements de métal sous la chemise de ce frère, et doutent du miracle! O, gens de petite foi! qui me refusez créance, après tant de miracles que je vous ai fait voir! Je veux qu'on se rende présentement à la Dent de la Costelades, et je te dis, mon enfant! que je permettrai que tu te précipites dans le vide infini, sans en être le moindrement tarabusté...

Lors le petit peuple se récria (et nos marmonnassiers les plus chauds à rendre gorge!) :

— Seigneur! retire de nous le témoignage du vide! nous avons éprouvé que tu connais les cœurs!

Le Badarel criait plus fort que tous : miséricorde! miséricorde!...

Mais au moment du mouvoir des vents, l'anguiélas ayant cédé le ciel à la tramontane, ce fut le souffle sourd des *Sept-Bœufs* qui, soudain, tourna la voilure au sens de Costelades, la gonflant, poussant le prophète, et son peuple à sa suite, vers le roc à l'aplomb de trois-vingts toises *, le chef en granit du Lozère.

La Valette s'avança jusques à la pointe, et attendit là, sur le précipice, que le Désert se fût, de part et d'autre, juché en crête, debout, de front aux han! du maréchal *Septentrion* ferrant ses gels et forgeant ses neiges, et cela sonnait dans les cadis, effilochait les fichus, comme craquetait le vieux mont sous les sabots.

Le prophète attendait, roulé dans l'ample peau de bique, plus menu qu'une balle, qu'une goutte de plomb... Son coup fut si subit qu'en un seul instant on le vit droit tel un coq sur un cri, sec et vif, bondir...

Après, voici ce qu'à travers tramontanes nous rapportèrent nos deux yeux :

De roide chute à pic, aucune! à la place, comme le vol d'un oiseau du ciel qui choisit la branche où se percher dans le beau sénevé, et pour cette raison qu'il lui était, une fois dans les airs, poussé des ailes, à notre larme de plomb ainsi changée en rosée.

Le petit peuple se pencha si fort au tranchant, que les mères durent saisir leurs petits aux cheveux pour les retenir au bord, de tenter aussi le miracle du gouffre.

Huc déclara :

— « C'est l'ange arrêtant le couteau d'Abraham sur la gorge d'Isaac! »

Le grand Abraham Mazel prescrivit :

— « Ici est Jéhova-Jiré. C'est pourquoi dorénavant de Costelades l'on dira : à la montagne de l'Éternel il sera pourvu. »

Quelque chose commençait de bouger sur le tapis de bruyères, qui s'amassa, s'agenouilla, se dressa, s'étirait enfin comme au soleil matinal de la grève le linge frais sorti du Luech, lorsqu'un formidable badaras rappela les esprits du petit peuple sur l'épieu de granit : le Badarel en sautait, long échalas croché comme une barbe de hameçon, mains jointes pour la prière ou pour le plongeon... Son corps amaigri s'étant débandé comme un arc au meilleur point de la courbe du bond, bras au corps, jambes raidies, « droit comme feu fait de bois tortu », le pauvre pâtre des sources du Tarn *cabussa*, tête la première.

Estampissant les quatre horizons, tant qu'il s'ouït sans doute du Bougès au Goulet, du Maître-Vidal en Vivarais, son plus sonnant, son dernier, son effroyable badaras se cassa, sec comme un crâne.

J'en vis, un bon moment après, qui en demeuraient encore en suspens, là, sur un sabot...

Finette soupira :

— O, Samuellou! c'est vrai, que ce sont les temps d'Abraham qui retournent? peccaïré! avec ce qu'on a déjà pâti — oïe! *pâtidouïré!* — je ne pourrai l'endurer! je t'aime trop, tant vaudrait rattraper le pauvre Badarel, sans vous faire des embarras davantage!

Ce furent ses premiers mots, dans l'instant qu'elle reprit un peu de ses esprits au chaud de mes bras, quand je la portais, retour de la pointe Jéhova-Jiré, davallant de notre Mont de l'Éternel, qui sera pourvu!

La rumeur en avait couru par Génolhac, en la ville et hors les remparts, que l'An Nouveau punirait le chef rebelle dans son héritage, que démons, loups-garous, feux follets et lutins feraient leur nuit de cocagne pour la Saint-Sylvestre dans la tuilerie des Plos, ses aîtres et ses alentours.

Nous y davallions sur la brune ; quand nous avons rencontré, comme il arrivait parfois, mon maître Péladan, lequel, sur sa mule, rentrait de la pêche au torrent. Le Jouany lui cria, par manière de plaisante civilité, d'avoir à presser sa bourrique, s'il ne voulait point que le diable le patafiole.

— Que Dieu me garde des hommes, Nicolas! Je me garderai des démons! répondit mon bon maître.

Le bien du Jouany avait été brûlé, en février, mais une tuilerie, comme une clède, c'est fait au feu. Notre commandant mit nos sentinelles aux postes, tandis que tombait la nuit du haut du Lozère, prompte, lourde qu'elle est à la fin de l'an.

Ce fut beau, de voir le Nicolas se bouter à la besogne!

Rendu pour une nuit à son art originel, l'éminent rejeton de la souche tuilière des Plos troussa ses fours de flambées d'enfer, grand train, et, triomphant, gonfla son poitrail de cuivre rouge pour s'écouvillonner la bassinoire d'un beau rire qu'on ne lui connaissait pas.

Le Pellet de l'Homol, notre commissaire d'armurerie, parait ses chers moules, les femmes pastissaient leur farine de gringuenaude, d'autres déchargeaient les mules du Cagopertou des sacs à trésors qui furent déversés dans des chaudrons.

Depuis que l'Esprit avait levé l'interdit quant au métal précieux, nous avions foulé des châteaux, le Soulier, le Richard, le Vingt-Bouches, ainsi que maintes demeures presbytérales, seigneuriales, bourgeoises et marchandes assez bonnes pour la farfouille, si bien que la chauderonnaille dégorgeait de vaisselle, crucifix, vases, goupillons, chandeliers, alliances, colliers, épingles, rien que d'or et d'argent, sous formes tant variées que nous n'en connaissions pas la moitié, tels les « maintenons », dont on doit l'usage à ladite marquise, laquelle serait notre reine ou quasi telle, au dire du Largentière, qui fut un temps sertisseur en Uzès et nous pouvait nommer les bijoux, vu que nous tous, tant que nous étions, nous ne savions point qu'il en fût tant d'espèces, ni qu'ils pussent former tant de ramas, même en râtelant à rebrousse-poil tout le royaume.

Il y avait aussi des quantités d'or et d'argent monnayés, louis, ducats, pistoles, certaines à l'effigie de rois, dont la mémoire même s'est perdue sinon les piécettes.

Une poignée chacun nous eût payé les passeports, les passe-droits, les passeurs, les bons accueils du Refuge, bonnes chère et chaleur, benoîte vie jusqu'après la vieillesse en bons bourgeois des Cieux.

Le Jouany attisa ses feux et grogna, mais content :

— Tout ça ne fait pas la balle!

Ma Finette jeta la montre du Sire de Vingt-Bouches dans un des creusets et dit tout bas :

— Le Badarel vaï! on le connaissait bien, ce n'était pas pour l'or, même pas pour l'heure, vu qu'il avait le soleil, c'était pour le tic-tic...

Un commun marmonnement l'approuva, car nous nous sentions pleins de bonté, tellement heureux de nous sentir si pauvres en possédant les trésors que douze fiefs et paroisses avaient regrattés en vingt siècles, vétilles grêlettes pour les fiers claquedents de l'Éternel!

Le Jouany poussa son cri joyeux : al fioc! al fioc! que nous reprîmes : au feu! au feu!, en battant des mains.

L'idée venait du maître braise-briques, notre Jouany qui, n'en pouvant plus de quêter en vain du plomb à prix d'or, s'était écrié la veille :

— Faute du noble plomb, le vil or fera la balle!

Changées sur la mi-nuit, les sentinelles nous contèrent que la folle bourrée des flammes et des ombres, la fumée roussotte des cheminées, la rumeur de nos rires, les avaient à peu ne manque gagnées à notre propre fable des chamailles diaboliques. Ce disant, nos frères se dégelaient de leur garde au plein froid de la nuit, se doraient sur les bouillies bourdonnant aux fours.

Fonte faite et coulage en moules, les femmes profitèrent les feux pour mitonner les fougasses de Noël, mais l'*estrasse* de maigres châtaignons fut plus dure à cuire que l'or des cures.

Le feu languit encore assez en chaleur et lueurs pour nous laisser trinquer avec les dames-jeannes du prieur de l'Herm et faire petite chère de nos ratissures : ainsi mènent grand train les Soldats de l'Éternel!

Le dernier tuilier des Plos tendait son poitrail fumé, comme pour soupirer le soupir dernier de son dernier four.

Il y avait là, dans cette dernière nuit de l'an, après la fonte des balles d'or, après le petit manger au seuil du nouvel an, une manière de court bonheur, doux et triste comme une dernière joie, qui nous retenait hors du temps, dans l'entre-deux des années et nous avait rapprochés, ma raïoulette et moi, mussés au secret d'une encoignure, tant que mes lèvres se posèrent sur son oreille :

— Je t'aime, Françoise! je t'aime, ma Françoise! je t'aime autant que j'aime Dieu, autant, tu l'as bien entendu, ma bien-aimée! autant! et lui aussi l'a entendu, mais il le savait depuis si longtemps, le Seigneur, bien avant moi, et il l'a permis! il a même sans cesse conforté mon amour qui grandit, grandit, Françoise, si tu savais! Je m'en suis si longtemps, sans mon escient, gonflé, gonflé! mon cœur s'en est arrondi dans ses piquants, comme la châtaigne, tant que le *pélous* a pété! et *vïou!* le petit fruit tout neuf, tout luisant s'est escoussé de sa geôle revêche; attrape-le vite, ma bien-aimée! il n'a souffert l'écrou, il n'a crû que pour toi...

Et j'en dis, j'en dis tout bas, pour l'oreillette; j'en disais encore, quand le dernier four rendit l'âme dans une belle flamme qui me fit voir les eaux bleues du regard de ma pécole, du beau bleu de ciel ouvert.

Le Jouany restait, raidi, vis-à-vis du cadavre de son grand feu, sans quitter l'espoir d'une ardente et rugissante résurrection. Dans les silences, on semblait ouïr la poussière, émue l'espace d'une nuit, retomber sur la tuilerie, lourdement, à jamais.

Ma raïoulette me dit :

— Quand on y pense, Samuel! qu'une poignée de ces balles suffirait à la vie! que nos Anciens se sont usés à l'épargne jusqu'à l'os, sans en pouvoir mettre de côté le fétu... et nous voilà, té! qu'on en possède à foison; seulement, du moment qu'on y touche, tout l'or du monde ne vaut plus son pesant de plomb! Et si c'était de tout — je ne parle pas, bien sûr, du Ciel, Samuel! — mais si c'était, ici-bas, de tout, du pareil au même, que tout ce qui brille se change en plomb, au toucher?

A l'exemple de Jouany, nos frères se préparaient au départ. Je retins encore ma raïoulette dans l'encoignure pour me fâcher un petit de son amertume. Elle répondit alors, comme de loin :

— Pamen! si c'était la Loi, mon pauvre Samuel...

Mais voici qu'elle fut, d'un coup, possédée d'une courte fureur qui la tendit tout entière :

— Mais alors, qu'elle soit la même pour tout, et pour

tous! Non pas oui ici, et puis non là! Non partout, qu'on soit tranquille une bonne fois!

Aussitôt, elle se blottit si bien contre moi que je ne la vis plus; je la sentis se relâcher de tout son corps frémissant...

Notre maître armurier ensachait ses balles jaunes et blanches, mécontent d'aucunes qui semblaient comme charançonnées; Largentière lui montra la cause de ces trous dans le brûlement des diamants sertis ici et là dans les joailleries.

Je demandai tout bas à ma raïoulette si mon propos l'avait, à mon insu, blessée. Elle ne répondit qu'à l'aube, alors que nous étions presque rendus au camp de l'Éternel; elle soupira :

— Mais aussi, pourquoi tu as tant attendu!

Nous étions les derniers; le Pagaron même nous avait dépassés et il ne nous attendait plus depuis quelque temps. Au-dessus de nous, sur la rancarède, se levait une aurore blanche et dorée comme nos balles. Je m'agenouillai devant mon épouse du Désert.

— Mon pauvre Samuel, me dit-elle au mitan du baiser, mais rien que le moment que tu viens de me donner vaudrait d'en passer par tout le reste!

Elle partit d'un bond, me tirant par la main et, de bonds en bonds, nous fûmes en rien à portée d'ouïe du Beltresque, notre joyeux forgeron, qui criait au petit peuple :

— J'ai comme qui dirait dans l'idée que s'il vient à l'oreille des tarabastiers de notre maréchal qu'on *escoupète* d'or désormais, m'est avis, té! qu'ils s'ouvriront la chemise et se battront pour les recevoir, nos belles balles!

Ma raïoulette me dit encore, et d'une voix bien pauvrette :

— Ah! tu me rends bien lourd le dernier plomb, mon pauvre Samuel, enfin...

Au partage, chacun voulait avoir des balles d'or, pour la seule raison qu'elles pesaient plus que les balles d'argent, et donc porteraient le coup plus juste et plus loin hors du fusil *.

VI

Les *gueux!* ils nous nomment ainsi, gueux! qui est peut-être un des termes les plus méprisants de la langue française!

A l'aube de l'an cinquième du siècle, sur la rancarède ventée, glacée, ne nous montent plus, des vals en feux, qu'êtres fous, nus, sanglants, cy trois survivants d'un bourg, là deux fuyards pourchassés par miquelets, Cadets de la Croix et autres racailles réglées qui tombent sur le Désert à bout de souffle, le cœur au bord des lèvres.

Nous n'y pouvons tenir davantage, nous avons la poudre, les balles, le feu dans le sang! Nous allons quitter les sommets éternels, leurs neiges, pour ḍavaller les pentes tel un flux de flammes...

Allons, petit peuple nu! qui n'as plus rien à sauver ni maison, ni champ, ni famille! allons! davalle au massacre, toute douceur t'est crime! Ah! plus rien à perdre! Davallons, avec nos vies en avant, désespérés, redoutables...

Le détail de nos feux, ma tête l'a perdu dans nos carrières sur les pentes de la Cévenne ; présentement ils se ressemblent tous dans ma mémoire, ces hameaux sur lesquels nous davallions avec la nuit, pour jeter les villageois en bas de leurs lits, les requérant de nous servir le boire et le manger, puis de louer le Seigneur avec nous.

Nous mangions, buvions, chantions, prêchions, prophétisions et, devant que de partir, boutions le feu, la mort à qui de droit...

Ainsi, roulant de val en val, nous nous sommes trouvés avec ceux de Castanet davallant de leur Aigoual, avec ceux de Rolland ensuite, dans le Val Borgne.

Nos frères malheureux accouraient de toutes parts vers nos assemblées et nos armes et, pour que nul n'en ignore, entre psaumes et prophéties, nous leur demandions de rapporter pour tous les ravages et les massacres de la Bête.

En ces temps-là, le brigadier Planque battait les campagnes de Saint-André, mettant à mort tout ce qu'il trouvait de gens sur son chemin sans que les prières, les larmes ou les cris des petits enfants quand on massacrait leurs pères et leurs mères à leurs yeux fussent capables de le toucher.

A Saint-André, Planque avait ordonné que les habitants fussent tirés de leurs lits et traînés dans l'église pour y être enfermés. Il les avait ensuite mandés un par un, pour les égorger, ouvrant sa boucherie par cinq femmes, dont l'une, nommée Pralong, avait deux filles de six à sept ans. Les droulettes poussèrent des cris, se jetèrent en lionnes sur l'officier et les soldats pour leur arracher leur mère, laquelle fut nonobstant massacrée sous leurs yeux, et les autres femmes ensuite, les unes passées par les armes, d'autres tuées à coups de sabre, quelques-unes à coups de hache...

Il y avait trois meuniers à Saint-André, qui implorèrent le secours du sieur Fesquet, le seigneur du lieu et leur maître. Fesquet parut, mais au lieu de solliciter leur grâce comme ils s'y attendaient, il ordonna qu'ils fussent mis à mort.

Un marmaillon de dix ans, le fils du nommé Plan, du lieu d'Aussillargues, levait encore la tête après avoir reçu trois coups de fusil et, tandis que les baïonnettes lui fouaillaient son restant de vie, d'une voix expirante, il s'écriait : « Hé! où est mon Père pour me tirer d'ici ? »

Des corps, les uns furent jetés du haut du pont, dans le Gardon, en pleine ville (et l'on vit s'agiter, lever la tête et crier ceux qui avaient encore souffle de vie); les autres furent dévorés par les chiens et bêtes diverses; mais, nous fut-il rapporté, longtemps encore, le bras droit d'un des nôtres demeura tendu si roidement qu'on ne le put jamais plier, ce qui était un signe que Dieu vengerait leur sang.

Il y avait une jeune fille paysanne qui allait sur ses dix et huit ans et se nommait Marie Combasson. Elle était si douce et si belle qu'un soldat en fut ému. Il se jeta aux pieds de son brigadier pour implorer la grâce de la raïoulette, ajoutant qu'il la voulait épouser. M. Planque la lui accorda. Le soldat avait parlé de son mouvement, sans douter aucunement de l'accord de la droulette, mais, quand il vint à elle, la belle Cévenole lui dit :

— « Tu es un bon homme et voici ma bague et cet écu pour le merci du mouvement de ton cœur, mais, fais excuses, je ne puis quitter la compagnie de mes frères et de mes sœurs qui vont souffrir le martyre. Mon grand désir est de mourir avec eux, au plus tôt, afin d'aller jouir de l'immortalité bienheureuse. Toi, tu ne vois que mon âge et mon sexe, mais non! je n'ai rien de cette faiblesse qu'ils te font croire... »

Sur ce fier propos, elle revint à sa potence, s'y passa de ses mains la corde à son cou.

Un vieux l'avait ouïe, l'avait vue, depuis sa cache sous un tas de fumier, une femme aussi, qu'ils avaient laissée pour morte après un coup de sabre, dont elle saignait toujours en nous racontant comment elle avait vu se pendre Marie Combasson, la raïoulette.

D'autres, qui remontaient d'Alais, d'Anduze, de Nîmes, voire de Montpellier, nous rapportaient la rumeur des Puissances.

M. de Basville, selon les uns, tenu par les faits pour intendant aux armées, profitait double pension, soit douze mille livres, fortune qui ne finirait qu'avec la guerre, laquelle faisait bonnes affaires pour nombre d'autres, et jusques aux plus bas des fusiliers, tous plus affamés de pillage les uns que les autres, et plus soucieux de faire durer l'aubaine que de risquer une vie désormais prospère dans une rencontre avec nous.

Sur le Val Obscur.

Nous attendons la Bête.

Des nécés de Saint-André nous sont accourus par les raccourcis du Liron, à s'en péter le cœur, pour nous faire savoir que les bataillons du Royal-Dauphiné, sous commandement du lieutenant-colonel Menou, prenaient la route pour conduire nos frères prisonniers jusqu'à La Salle.

Alors, le colonel Rolland nous a tous assemblés, ceux de l'Aigoual avec Castanet, ceux du Lozère avec Jouany, avec les siens; il a appelé Abraham Mazel, Salomon Couderc, et d'autres, prophètes ou non, car tous ceux qui furent inspirés parlèrent.

Nous avons prié, chanté les psaumes, crié miséricorde, mais quand le chef de la Petite Galilée, selon la coutume de l'avant-combattre, nous a demandé :

— « Que celui qui est craintif et qui a peur s'en retourne et s'éloigne de la montagne de Galaad! »

Pour la première fois, pas un, pas une, pas un droulet ne s'écarta du troupeau sous les armes, où il ne fut disputé que pour les meilleurs fusils, les lames les plus tranchantes, pour plus de poudre et plus de balles.

Les chefs nous ont disposés en ligne, sur les deux crêtes, au-dessus des gorges du Val Obscur, au fond duquel passe la route de l'Estréchure. Des gros rocs bien propres à rouler sont préparés pour être précipités devant le porte-bannière et dans les talons de l'arrière-garde, afin de clore aux deux bouts le Val Obscur, dont pas un soldat ne pourra réchapper. Alors, des deux pentes, nous davallerons dessus, mort en main.

Nous attendons, comme l'araignée au bout de sa toile.

Nos gorges se gonflent déjà du LXVIIIe, le Dieu-se-montre-seulement! pousse déjà sur nos dents, sur nos lèvres, du fond du cœur; ils vont l'entendre, quand nous allons leur davaller dessus!

Nous attendons, comme des loups en fin d'hiver...

Voici les temps de la colère dernière : jamais ne se verra mêlée plus furieuse, car nous étions enragés, car nous avions toujours faim, toujours froid, car nous n'avions sur l'estomac en trompe-faim que beaucoup de vin qui ne passait point, qui me faisait floc! floc! dans le ventre à chaque bond, quand nous davallions sur la Bête.

La file des bataillons du Royal-Dauphiné s'allongeait au fond de la gorge dans les premiers gris de l'aube, quand les rochers ronds ont roulé, verrouillant l'entrée comme la sortie du Val Obscur; alors seulement s'abattirent les deux crêtes, comme des tenailles aux mâchoires dentées, car, psaumes et sabres étincelants, réveillant le jour, nous davallions sur la Bête.

Le lieutenant-colonel Menou n'eut que le temps de crier gaiement : « Enfin! les voici! », avant de tomber le premier, trois balles dans le cœur, dont une d'or, la Galilée, l'Aigoual et le Lozère lui ayant fait l'honneur de leur plus fin fusil (par contre, nombre de nos armes chargées au salpêtre de nos baumes firent long feu, mais sans arrêter l'essor de nos frères qui, simplement, les empoignaient par l'autre bout, pour fondre plus roides encore, massues levées...).

Les soldats, pris au piège, adossés aux pentes, acculés au roc, n'eurent plus d'autre vue que de combattre ou mourir, lors ils tirèrent leurs sabres et firent face. Obligés au courage, ils nous montrèrent qu'ils étaient du métier, et nous auraient sans doute écrasés, si l'Éternel ne nous avait secourus d'un prodige...

Ce fut la deuxième avalasse.

On vit sortir des trous, jaillir d'entre les rocs, bondir des ronces et des fourrés, pousser de terre en un instant des spectres, des effrois, échalas loqueteux, escogriffes émaciés, fantômes, femmes décharnées, aïeuls fantastiques, squelettes d'enfants, fuyards, misérables, dépouillés, harcelés, qui, soudain, à griffes et à dents, davallèrent sur la Bête, noires tribus, épouvantable armée du désespoir qui n'était que becs et ongles et ne cherchait que les yeux pour les arracher...

Je ne sais comment se décida la bataille, ni comment se murent les partis, ni les ordres des chefs dans la mêlée de la fureur, mais je vois encore tels que je les vis des *instances* de feu blanc...

Je vois le petit Bertrand de Valmalle jeter un bel officier en bas de son cheval d'un caillou bien ajusté; je vois le droulet ramasser un autre caillou, mais combien plus gros, pour le finir. Le bel officier se tortille à terre comme un ver pour écarter sa tête de dessous le roc et quémande la pitié. Il crie : « je suis de la foi » (donnant à entendre par là qu'il est protestant).

— De la foi ou non, tu n'en périras pas moins! réplique l'enfant, et il lui écrabouille le crâne avec ce deuxième caillou, qui est si gros qu'il n'a pu le soulever qu'avec le secours de Dieu.

— Je suis un frère! proteste mêmement un fusilier aux jambes brisées à la Finette qui lui lève la tête par les cheveux. La pécole lui répond :

— Alors, Dieu va t'ouvrir les bras...

Et elle lui tranche la gorge.

Entrées dans la mêlée avec des cailloux et des bâtons, les jeunes filles prennent les sabres des soldats morts et courent aux blessés, lames claires, hurlant à fendre gorge : « tue! tue! Vive l'Épée de l'Éternel! »

Je vois encore la vieille Désailhène, le corsage en lambeaux, courir sur le fusilier qui vise son époux, courir, poitrine au vent, pour planter ses ongles dans les yeux de l'ennemi.

Je vois mon vieux parrain, le Pagaron, qui avance sur un sergent, occupé à recharger ses pistolets, lui arrive dessus en levant un gros bouscas ferré. Le sergent pointe un pistolet sur le visage de l'aïeul, et tire. Le Pagaron abat son bâton, écrase la tête du sergent, et se tourne vers un autre. Alors je vois ses sourcils, sa barbe, ses cheveux, toute sa face en flammes.

Je vois des marmaillons lever à deux mains le sabre de cavalerie, et le suivre, soulevés de terre par le coup ; un autre, plus petit encore, donner cent coups de dague dans le ventre d'un blessé sans en venir à bout, et crier : « mon Père, aide-moi donc pour l'achever! » ; des femmes, des enfants qui accourent encore en hurlant : sacrifice à Dieu! tue! tue! tue!

Je vois des fusiliers atterrés laissant les enfants leur prendre leurs armes pour les tuer ; je vois ma mère, son fichu arraché, ses cheveux dans les yeux, assise sur un caporal, serrant entre ses genoux sa tête à grandes moustaches, qui s'efforce de le tuer en lui coupant la langue avec un couteau, comme on fait aux poulets.

Je vois l'énorme forgeron couvert de sang, debout, appuyé des deux mains sur sa masse, l'œil fixe, notre rouge Beltresque rire toujours sans s'apercevoir qu'il est mort.

Le fait est que ce ne fut qu'après la mêlée, tandis que la cavalerie de Rolland, montée sur les chevaux qui venaient d'être pris, poursuivait les quelques fuyards jusqu'aux barrières de La Salle, ce ne fut qu'à la mi-jour qu'une douleur me fit savoir qu'une balle m'avait frappé l'épaule à gauche et me l'avait traversée d'outre en outre. Je revis le noir monter aux jambes du pauvre Poujoullet. Alors, je profitai le feu qui mourait en moi, pour passer une lame dans la plaie, pour la gratter, la gratter, en hurlant, le poing crispé sur le manche du poignard, les doigts poissés de mon sang.

Je ne repris mes sens qu'au beau milieu des grâces que Rolland rendait à Dieu de notre avantage, sur la place même du combat.

Nous marchions dans une douceur de songes, nos pieds enfonçaient dans un fleuve de feuilles mortes, qui pourrissaient d'un automne sur l'autre. Mon épaule ne m'était à douleur que depuis le deuxième ou le troisième jour après le combat, mais plus encore en ma tête il n'était que douleurs.

Nous passions sans danger par le travers des villages pour la bonne raison qu'ils n'étaient plus villages mais ruines et cimetières, qui n'avaient même plus la vie des cendres et de la fumée *.

Les yeux du Pagaron luisaient comme deux gouttes de sang au soleil au mitan de sa face noire et nue, barbe et chevelure parties en fumée. L'aïeul trouvait encore avant nous, d'une montagne à l'autre, les villages et les hameaux, là où ils n'étaient plus, et seul son vieux crâne conservait encore l'écho des brunettes de chacun :

Le vin de Saint-Fézal, c'est du bien pour du mal! Le vin de Saint-Audiol, c'est de l'eau... pour les fols! Le vin de Saint-Buget saoule à chaque gorgée! Brebis du Gros jamais grasses, mais n'est pire os que pain bis de l'Espinasse! pire âne qu'ânes de Souteïrannes! tel miel si bel qu'au Pont-de-Rastel! Beau temps aux Bories fait bondir cabris! Soleil fait l'or à Soleyrols! Vialas plus aigles que seigles hélas! Pénens, pignes à peine et vignes moins! Génolhac, trop gels y a! Chamborigaud, pays de nigauds!...

Foins se fêtent au Masmin! magnans chaque an au Mas Soubeyran! au vin nouvel on danse à Caïtibelle ; au Poussiels, pour le miel! aux Estrières, droulettes sont fières! à Polimier, droulets niais! au bal de Légal, les mollets font mal! fille revêche au Puech! rêve à Tourèves! une aubade à la Boulade! au Rieutord, l'accord! bisette à la Rise! c'est aux Bories qu'on se marie! à Ventalon, les petitons! à Montjoie, déjà trois! et douze à Gourdouze...

Mon parrain m'entêtait avec ses sansougnettes, des temps où la Cévenne chantait. Les corbeaux volaient bas sur la rancarède, des milliers de corbeaux qui cachaient le soleil, couvraient les cascades et dansaient sur nos têtes aux souffles des vents d'hiver. Mon parrain avait sa tête de mort déjà, sans un poil, sans un cheveu, et la peau tannée sur l'os par le feu de la poudre. D'aucuns criaient au miracle, mais le Jouany expliquait que le sergent n'avait pas eu le temps de finir sa recharge, n'avait glissé que la poudre dans l'âme, et la balle, pas encore. Le vieux Pagaron ne s'en souciait pas plus que de sa barbe grillée ; il avait tenu tête à la mort encore un coup, et grattait furieusement clous et cloques sur sa face en feu. Il se cachait pour prendre un paquet de neige et y frotter sa hure ardente, en criant l'aigre comme un portail dans la nuit...

Un soir, au cagnard d'un ranc, mon aïeul m'a dit ma race.

Je viens des nuits où les hommes de la terre n'avaient rien, pas même de nom, n'étaient rien et naissaient et mouraient sans laisser plus de traces qu'un lièvre sur un pré. Aux temps de la Narbonnaise, de l'Aquitaine ou du Comté de Toulouse, sous les Francs ou sous les Goths, l'un des nôtres put acquérir un chevreau femelle en propriété, d'où son fils eut un couple, son petit-fils un troupeau, son arrière-petit-fils le nom de chevrier qui est le nom de la race depuis lors. Volant au sommeil le temps de travailler pour eux, tandis que les bonnes heures ensoleillées étaient pour le fief de Coudouloux, les chèvres s'accommodant de la traite aux deux bouts de la nuit, les serfs purent amasser de quoi acheter au seigneur une partie d'eux-mêmes, ainsi les fils de la lignée chevrière naquirent vilains. Le lait caillé dans les nuits de plusieurs générations, les piécettes des fromages passées sournoisement à travers guerres et logements mercenaires, descentes des Saxons et montées des Sarrasins, permirent aux Chabrous d'acquérir un pan de caillasse au pire de la montagne. Le granit fut brisé, les cailloux cassés en gravier, le gravier écrasé, émié, de père en fils, en petit-fils. Tout en nourrissant leur seigneur, subsistant eux-mêmes de leurs *chabros*, traites après le crépuscule et avant l'aube, il leur suffit pourtant de quelques générations pour faire la terre de leurs mains. Puis il y eut le siècle des Chabrous, qui haussèrent la terre en traversiers, le siècle qui y sema les châtaigniers, le siècle de la vigne, le bon siècle du mûrier, du magnan, de la soie, de la poule au pot, où ma race gardait les chèvres du nom et de la lignée en lisant Dieu à livre ouvert. Enfin le siècle où mon grand-père dut défendre son bien, et son Gravas, et ses chèvres, où mon père souffrit pour son Dieu, pour les siens, pour son mas.

Voilà, et voici que le gravier grignote la bonne terre du Gravas, voici que des chabros de la lignée, il n'en survit pas une seule, et de leurs chevriers, le dernier, nu dans la tempête, et blessé déjà...

Lettre pour Maître Faustin Péladan.

Mon maître vénéré,

Ne voyez point dérobade en la presente, au contraire, dès que j'ai appris que vous aviez été enlevé par les nôtres, je n'ai plus pensé qu'à vous tirer d'une fatale méprise, je me suis démené de mon mieux pour que cette vie, que j'estime à si haut prix, vous fût gardée. Je n'avais même pas à persuader mes frères, pas un n'ayant un seul mot contre vous, je vous en donne ma foi, maître Péladan! Au rebours, c'était à qui ajouterait à votre figure une vertu que j'oubliais, à votre mémoire, un bienfait que j'ignorais.

Mais alors, criai-je, pourquoi voulez-vous mettre à mort cet homme au grand cœur dont il n'est pas un de nous qui ne soit l'obligé?

On m'a répondu que votre exécution devait venger celle du sieur Veyras.

Je récriai que l'on prenait par trop de soins du sus-dit, vraiment! un bourgeois Nouveau-Converti qui ne s'était jamais remué du petit doigt (ni même départi d'un liard) pour notre cause, qui n'avait jamais eu que ses deniers en tête et, au cœur, l'unique et diligent souci de se tenir à l'abri tant des coups de la Bête que de nos contre-coups, bref! que c'était bien trop cher payer le nécé Veyras que lui sacrifier une vie comme la vôtre, ce qui, en outre, nous porterait plus de peine à nous qu'aux Puissances!

On m'a répondu que vous étiez, en catholique, le parfait pendant de ce pendu, que la cour du maréchal ne porterait certes point votre deuil, mais que son courrier porterait à Versailles le contrepoids riposté.

Je suggérai qu'il en fût trouvé un autre...

On m'a répondu que même les papistes qui n'en pesaient pas l'once avaient depuis longtemps décampé hors de notre portée, et que, d'ailleurs, il en avait été du pareil au même quant au sieur Veyras : les dragons, loin de le tenir en suspicion, ne l'avaient branché qu'en dernier recours, faute de mieux, pour garnir une potence.

Bref, force me fut bien de m'y rendre : jamais talion ne fut plus équitable... Ah, mon maître affectionné! maudissons ensemble, tant en français qu'en latin, les malheureux qui ont fait pencher le premier plateau! Is fecit cui prodest, je le tiens de vous, mais alors dites-moi qui les fait, ces forfaits qui ne profitent à personne!

Finette, tant dolente que moi! m'avait un jour représenté que le Ciel ne serait pas le Ciel de notre espoir si vous n'y fussiez point ; je l'avais alors, je l'avoue, vertement reprise ; mais c'étaient propos d'antan, car aujourd'hui je n'ai plus le cœur à chicaner sur la foi et, tout papiste que vous fûtes, je vous donne rendez-vous Là-Haut, mon maître bien-aimé! et que Dieu, qui m'entend, ne me soit pas plus sévère qu'il ne va l'être pour vous! mon ambition et mon espoir tiennent tout en cette prière!

Votre fils par le Christ,
Samuel Chabrou.

Postcrit :

Tous ici, qui sont gens de Génolhac ou paroisses attenantes, me pressent de vous protester qu'ils partagent mon affliction, car ils vous aiment bien, tous. En outre, ils veulent que vous sachiez qu'une telle idée ne leur serait jamais venue toute seule, en sorte qu'il ne s'y peut voir qu'un de ces Desseins Impénétrables à nos pauvres raisons humaines. Ils vous donnent enfin l'assurance qu'ils en useront comme vos très humbles et très obéissants serviteurs pour la chose bien fâcheuse que vous savez.

[*Au verso, au crayon.*]

Samuel,

Sois remercié pour ta bonne lettre qui te montre tout entier, plus vrai qu'en chair et en os.

Allons, mon cher petit! je ne me suis guère embarrassé de venir au monde, pourquoi m'embarrasserais-je de le quitter ? je n'y ai point trouvé de raison entre temps. Que notre esprit humain ne soit, souventes fois, pas tout à fait à la hauteur... j'en conviens, mais, outre cette faiblesse commune à l'espèce, j'ai toujours eu l'oreille un peu dure, sans doute ; la preuve en est que, non seulement j'étais incapable de pénétrer les Desseins Impénétrables, mais encore je les ouïssais mal ; je dirais même que le Bon Dieu me parlait de si haut que je n'ai jamais osé contraindre en rien aucun de mes pareils sur le malentendu de commandements si lointains. Tous comptes faits, je ne déplore point de n'avoir pas eu l'ouïe fine.

J'aurais aimé connaître ce M. Veyras, nous étions faits pour nous entendre, semble-t-il, à voir comme nous nous retrouvons bien entre l'arbre et l'écorce...

Dis à tous combien je leur sais gré, par avance, du bon cœur qu'ils mettront à l'ouvrage... douce mort que l'effet de trop d'embrassements!

L'opprobre sur le premier à commencer plutôt que sur le dernier à s'arrêter... ? Quoi qu'il en soit, qu'y puis-je, moi qui n'ai plus que le désir de m'en aller sur la pointe des pieds ? Il y a plus d'un siècle, un homme, un consul de mon espèce, écrivait que « c'est mettre nos conjectures à bien haut prix que d'en rôtir un homme tout vif... ».

Je ne laisse derrière moi ni rancunes ni dettes ; j'aimerais n'y point laisser non plus d'injustes remords. Qu'on le sache, je meurs en pur catholique et romain, dans la fierté d'honorer les dettes de mes frères (même de ceux que j'ai souvent maudits...). Ainsi, selon la jeune loi de cette guerre nouvelle, jamais pendu ne pendra plus droit.

Samuel, chante une fois, pour moi, le psaume de David qui parle de l'abîme appelant l'abîme..

Nous vivons une étrange saison où les cieux, les neiges, les vents, les cris, les flammes se mêlent, où les songes ont les yeux ouverts, où les sommeils marchent de paroisses en paroisses. Nous avons les fusils tout neufs, la bonne poudre des moulins d'Orange, la panse en carême et la chemise en loques. Nous vivons la nuit, tapis le jour dans les trous ; nous vivons à rebours, tels les rapaces nocturnes ; notre ouvrage est la Mort ; d'aucuns hurlent à la lune ; d'autres n'entendent plus ni patois ni français ; mais nous connaissons fusiliers, dragons, miquelets à l'odeur et suivons les pistes de M. du Villard en reniflant les tramontanes.

Il arriva que le petit Élisée du Pradel, après trois jours de jeûne, perdit, pour un instant seulement, la mémoire des vingt mois écoulés. Dans ce court moment, il nous regarda, ses yeux s'escoussèrent et, de sa bouche, sortit un hurlement d'effroi.

Car le troupeau du Seigneur s'est changé en meute famélique et farouche.

Nous n'avons plus à présent que parentèle sanglière, fierté de loups et rage d'enragés.

Nous sommes à Dieu, comme jamais créatures ne le furent ; il est notre tête et notre cœur, nous ne sommes plus que son bras vengeur, mais non! c'est là trop d'orgueil encore, son sabre seulement nous sommes ; trempés, émoulus, nous sommes, lames étincelantes et froides!

*

Vint le soir que Huc de la Salzède me conduisit au liteau des miens et me commanda, avant de me quitter devant le trou, de me soumettre aux volontés du Père. Dieu voulant, la balle a frappé ma gauche et ne suis point gaucher, c'est donc qu'il faut écrire encore ceci, ne sais ni pourquoi, ni pour qui, mais mon bras et ma bonne main vont déjà et je revois la tanière familiale et rentre en ma gorge l'air de ce soir-là, et c'est de nouveau, là, dans moi comme sur le papier, ni plus ni moins vrai que ce ne le fut alors...

*

La longue tanière étranglée par le granit pue la fumée de vieux chien mouillé, la soupe maigre, la viande pourrie, le bourbillon de blessure et l'onguent, mais non plus la bouse ni le crottin, car la vache et le mulet sont si décharnés qu'ils ne sentent plus, non plus ne chauffent hélas!

La lettre au sieur Péladan, qui m'est revenue endossée de sa réponse, me brûle la poitrine. J'entends la tramontane claquer les planches fatiguées au trou de la tanière.

La marmite n'est pas sur le feu, mais il brûle deux souches d'importance : nous veillerons et jeûnerons cette nuit. Ma place m'est ouverte, devant les pierres du foyer, face au berceau, et ils m'attendent, debout, mes loups et mes louves. A ma droite, mon aïeul, à ma gauche, le Désailhen ; en face, les mères ; entre elles, près du berceau, Catherine, la Désailhène aînée. Finette est dans le fond, entre le mulet et la vache, comme dans la crèche, mais nous sommes encore si loin des évangiles, les animaux sont étiques et la jeune femme se voit à peine si loin du feu.

Pour la première fois depuis le retour du Val Obscur,

ma mère s'est levée de sa litière, pour la dernière fois, je le sais.

Les sacs de grains, vides à jamais, font couvertures sur une haute et large couche de paille fraîche. Ma bouche mâche des cendres et mes nerfs sont comme les quatre cordes sur le violon de notre pauvre Baptistou Pranouvel. J'ai vu bien souvent la Catherine Désailhen, pourtant mes regards sont neufs sur elle et ses yeux le sentent si bien qu'elle ne les peut lever vers moi. Nous sommes tous debout, et le resterons, hormis pour les prières. Jamais quartier ne me dura tant que le premier de cette nuit-là...

Le vieux Pagaron me tend le Livre. Il a marqué les passages, et je les lis. J'ouïs, de ma bouche, la malefortune du petit peuple de Judith et l'abomination de la désolation...

La Désailhène arrange les bûches, les pousse du pied, sans trop se bouger ni trop regarder, et la caverne s'enfume, épais à couper au couteau. Nous toussons et pleurons.

Nous prions ensemble. Nous prions pour David, mon père, brûlé vif en place du Pont-de-Monvert en l'an 1697. Nous prions pour Élie, mon frère cadet, mis à mort l'an sus-dit au cours d'une battue mandée pour le traquer dans les bois. Nous prions pour Théodore, mon aîné, tué le printemps dernier, pour le service de l'Éternel.

Nous prions, puis nous recueillons un long temps pour chacun ; alors la tramontane hurle au trou mal clos et le feu gémit pour mieux enfumer la tanière.

Nous prions pour l'Abel Désailhen, tué le mois dernier pour le service de l'Éternel, et nous recueillons plus longuement encore.

Enfin, le père Désailhen nous déclare que nous avons le devoir d'appeler sur une tête encore l'infinie bonté de notre Seigneur.

Nous prions pour Françoise-Isabeau Désailhen — oui, c'est bien de Finette qu'il s'agit — nous prions pour Finette...

Ma mère malade, usée à l'extrême, et depuis des heures debout, ne chancelle point, par quelque miracle sans doute. Nous sommes imprégnés de fumée, minés de faim, de froid, nous pleurons, déglutissons et respirons seulement de la cendre. C'est tout comme si ma peau était en tristesse.

Mon vieux parrain me regarde avec ses yeux étroits enflammés de sang ; il entreprend alors la louange du Tout-Puissant Créateur du Ciel et de la terre et l'exalte à ma face, m'en sermonne, m'en remontre, et gronde en sa face razée par le même feu que notre Cévenne.

Le rire alors m'illumine, la joie me fleurit la peau, la Colombe me glousse au jabot.

La clarté me pénètre : gloire à Dieu!

Sa création est bonne, celle des six premiers jours, mais toutes ses créations aussi, de chaque jour depuis, et ce qui semble mauvais n'est que pour le meilleur, pauvres yeux faillibles de l'homme! C'est l'épreuve, c'est le prix du passage et rien ne compte au regard de son Éternité. Nos épreuves sont autres, mais combien plus légères que celles qu'affrontèrent nos pères roués et brûlés vifs, nos pères qui chantaient de joie sur les fagots et la roue! et nous irions renâcler quand il nous manifeste une indulgence telle! et nous nous attristerions quand il nous comble d'inspirations, nous guide pas à pas, du geste et de la parole de prophètes que n'eurent point nos pères! et nous ne chanterions pas plus fort que les Anciens, nous qu'il investit de sa vengeance! et nous refuserions la griserie de faire étinceler l'Épée de Gédéon! Nous suivrons pas à pas en riant ta voie de gloire, si nette! et n'en finissant jamais de te crier, cheminant et chantant, merci! merci, mon Père!...

La nuit penche déjà sur sa fin, quand je m'écrie :

— Il n'y a rien d'autre que cette petite vie si brève, où il suffit de suivre sa volonté, pour entrer tout droit dans son éternelle félicité! Gloire à toi, Père Éternel!

Le granit de nature fait temple à notre psaume.

Le père Désailhen dit :

— Alors, il suffit d'obéir, Samuel!

La Parole vient de mon aïeul : le Pagaron, cette fois, ne me donne point à lire ; ces écritures sont en son cœur, mot à mot, depuis des mois.

Mon vieux parrain récite avec une profonde lenteur :

— « Saraï, femme d'Abram, ne lui avait point donné d'enfants. Elle avait une servante égyptienne nommée Agar. Et Saraï dit à Abram : " Voici, l'Éternel m'a rendue stérile ; viens, je te prie, vers ma servante ; peut-être aurai-je par elle des enfants. " Abram écouta la voix de Saraï. Alors Saraï, femme d'Abram, prit Agar l'Égyptienne, sa servante, et la donna pour femme à Abram... Il alla vers Agar, et elle devint enceinte...

« L'Éternel vit que Léa n'était pas aimée ; et il la rendit féconde, tandis que Rachel était stérile. Léa devint enceinte, et enfanta un fils, à qui elle donna le nom de Ruben...

« Lorsque Rachel vit qu'elle ne donnait point d'enfants à Jacob, elle porta envie à sa sœur, et elle dit à Jacob : Donne-moi des enfants ou je meurs! La colère de Jacob s'enflamma contre Rachel, et il dit : Suis-je à la place de Dieu, qui t'empêche d'être féconde... ? »

L'aïeul à face razée dit encore, mais de son chef :

— Lorsque Jésus quitta la Galilée pour aller dans le territoire de la Judée, au-delà du Jourdain, les pharisiens l'abordèrent. Ils lui dirent pour l'émouvoir : « Pourquoi Moïse a-t-il permis de répudier sa femme ? » Jésus leur répondit : « C'est à cause de la dureté des temps que Moïse l'a permis! » Jésus dit aussi : « Je suis le vrai cep et mon Père est le vigneron. Tout sarment qui est en moi et qui ne porte pas de fruit, il le retranche! » Des Sadducéens firent à Jésus cette question : « Moïse nous a prescrit : Si le frère de quelqu'un meurt, ayant une femme sans avoir d'enfants, son frère épousera la femme et suscitera une postérité à son frère... A la résurrection, duquel d'entre eux sera-t-elle donc la femme ?... Jésus leur répondit : Dieu n'est pas Dieu des morts, mais des vivants... »

Le vieux Samuel Reboul lève les bras et s'exclame enfin :

— La terre était corrompue devant Dieu, la terre était pleine de violence! nous sommes revenus dans les temps de Moïse, pamen!...

Nous prions...

Après, je ferme les yeux, pour me recueillir dans l'amour du Père Éternel. Quand je les rouvre, mon aïeul, le Désailhen, sa Désailhène et ma mère se sont écartés. Je suis devant le feu qui baisse et la Catherine est auprès de moi.

Françoise-Isabeau Désailhen, — ma Finette! ma Raïoulette, la pécole... — vient à nous, prend la main de sa sœur, prend ma main, et les unit. Dans un souffle, elle dit :

— Baisse-toi, Samuel, vite...

Je tombe sur les genoux, et Catherine s'agenouille aussi, pour recevoir sur nos fronts un baiser léger comme un coup d'aile de papillon.

Ma mère vient à nous et me dit en m'embrassant :

— Adieu, mon petiton, mon dernier. Je t'attendrai, mais, même au Ciel, le temps me languira...

Le Louis Désailhen me déclare :

— Tu es deux fois mon fils, Samuel.

Mon aïeul tend devant lui, très droits, son bras, sa main, et, gravement :

— Si on s'est embrouillé dans les desseins de Dieu, si on va de travers, c'est moi qui dois payer, et pour tout! et pour tous, oïe!

Voilà. Je restais seul avec la grande Catherine, dans la tanière de granit où se mourait le feu. Les femmes, le père et l'aïeul, s'étaient plongés dans la nuit de colère, sur les rauques jappements de la tramontane.

La grande Catherine se baissait pour souffler sur les braises et rajouter une bûche. Les flammes montaient bientôt si haut que le berceau dansait, décuplé, sur les deux parois de granit.

Enfin, la sœur de Finette leva ses yeux vers moi. A travers flammes et larmes, je vis qu'ils avaient, eux aussi, le grand bleu, la pureté du Ciel.

Puis il me fut manifesté que nous entrions dans la voie de notre Père, et j'y entrai poings serrés, et j'y demeurai de même, poings serrés ; la preuve, je l'eus longtemps après, après ce qui fut, quand, me retrouvant seul, j'ouvris ma main droite : il y avait dedans une piécette de cuivre à l'image du Berger dans le Désert, avec la parole : NE CRAINS POINT PETIT TROUPEAU, et la Fleur de Lis. J'avais la paume en sang, mais de douleur aucune. Puis il me revint que je gardais la même piécette sous ma chemise, dans ma poitrine : le deuxième méreau...

[*Entre les feuillets ci-dessus et les feuillets ci-dessous, qui constituent les deux derniers dépôts, se trouvait un bout de méchant papier, griffonné de la grosse écriture : le dernier écrit de Finette :*]

Samuel, mon bien-aimé, je te suis venue dire adieu ici, dans ton mas. Je vais mettre dans la cache les derniers des mots que je n'ai pas su te dire. Quand ? Comment ? Qui les lira me jugera. Je viens encore une fois te parler dans ton sommeil.

C'en est de trop, qu'est-ce que tu veux! j'en ai le tournis comme une brebis qui se serait crue d'arrêter un ranc roulant de la crête, avec sa caboche.

J'ai fait oui ; enfin... je n'ai pas dit non en tout cas! hier, devant la parentèle, et pourtant tout mon cœur hurlait non, et mon corps aussi, tout moi, et toi, tu n'as rien entendu! Mon Dieu! pourquoi tu me punis tant ? Pourquoi tu me frappes au plus douloureux ? Le baiser que je leur ai donné, à tous les deux, il n'a pas fini de me brûler les lèvres...

Mon Samuel, je me suis vengée d'avance, j'ai fait couler le gros sang pour le mien qui n'arrête pas, parce que je savais qu'ils en viendraient là, que je n'y pourrais rien, que je te perdrai par la force des choses...

J'ai dû payer de mon cœur la sécheresse de mon ventre. Je me sentais devant mon père et ma mère, devant les miens et les tiens, devant ma sœur, devant toi, comme devant le capitaine du Pradel, tout pareil! et je n'avais plus la pauvre Pescolausellet, pour mentir sur mon sein, ou pour me l'arranger d'une autre blessure qui sauve!

La Bête nous a refaits bêtes et nous devons nous croiser en bêtes pour porter comme elles! Qu'il me pardonne, mais j'en suis à me faire violence pour en louer l'Éternel!...

Mais je dois blasphémer! mon Dieu, je suis ta servante indigne, sois un maître indulgent! ne me tiens pas rigueur d'avoir la comprenelle un peu lourde et lente! On me l'a pourtant bien dit qu'il fallait tout quitter pour grimper jusqu'à ton ciel, et lâcher d'abord le plus cher, qui est toujours le plus lourd!

J'ai quitté un autre morceau de moi, ô mon Samuel! avec ce bon Péladan! Je sais ce que tu as dit, comment tu t'es démené, mon bien-aimé! qu'importe, maître Faustin, pour toi plus encore, et pour nous deux, c'était du bon qui nous tenait bien fort ; j'en ai enduré bravement mal, à l'arrachée du morceau!

J'aurais tant voulu que cela te soit épargné, mon pauvre Samuel! mais l'Éternel te baille ton lot, et ce n'est pas fini! qu'il est haut son ciel, qu'il coûte cher!

Je ne te l'ai pas dit non plus, mon bien-aimé! quand je t'ai soigné dans le Val Obscur, quand tu as tourné de l'œil, qu'on a versé l'eau de feu sur ta blessure, je n'ai pas voulu que tu le saches que c'est une balle d'argent qui était sortie dans ton dos. Tout se retourne toujours contre nous, tu vois!

Je t'ai regardé une dernière fois, là-haut. Tu étais assis au bord de la rancarède, l'épaule dans mon écharpe, tu ne me voyais pas. J'ai dû prendre sur moi pour partir sans te crier d'amour, sans te le hurler comme une bête, sans te sauter dessus. Merci, mon Dieu, pour ce dernier courage!

A mi-chemin d'ici, je me suis jetée à plat ventre par terre, pour beugler mes sanglots tout mon saoul. Je me suis vidée de mes larmes un bon coup et voici que j'ai vu sous mes yeux un brin d'herbe. Il était vert, il sentait bon, et je me suis souvenue qu'il y avait des brins d'herbe. Il nous l'avait faite belle, notre Cévenne, le Créateur, mais alors, son Ciel, Samuel! qu'il doit être beau! comme nous nous y aimerons, mieux encore que dans un trou de rocher par une nuit de Noël! et ce sera pour l'Éternité!

Sa Loi, je la vois, claire comme la Noël! à présent ; sa Loi c'est que, pour le pays, il faut brûler le pays ; pour la famille, il faut détruire la famille ; la Loi, c'est que pour le bien, il faut le mal ; alors, mon Samuel! quel bonheur nous aurons! et moi qui venais te dire adieu, mon bien-aimé! au revoir! à toujours! mourons vite!

« Tout le jour, je marche dans la tristesse.
Car un mal brûlant dévore mes entrailles.
Et il n'y a rien de sain dans ma chair.
Je suis sans force, entièrement brisé...
... Seigneur! tous mes désirs sont devant toi,
Et tous mes soupirs ne te sont point cachés.
Mon cœur est agité, ma force m'abandonne...
... Éternel, c'est en toi que j'espère ;
Tu répondras, Seigneur, mon Dieu!... »

Voilà.

Je n'entends plus l'ordre intérieur qui m'a commandé les écrits ci-dessus et, sans son impérieux soutien, la plume pèse à mon bras cent fois plus que le sabre.

Je suis revenu dans la clède où, voici vingt et deux mois, j'ai fait les premiers pas sur la trace commandée.

Je ne fus plus inspiré, depuis de longues semaines, que de revenir ici marquer bien que la tâche s'achevait, car tu sauras — m'est-il soufflé — le reste, lecteur qui vivras dans les temps de la fureur encore, ou alors en des temps si doux que je ne te semblerai qu'un furieux incroyable.

Mais je ne vois plus que te dire — qu'un maréchal de France remplace un maréchal de France, que le frère Cavalier parlementerait, dit-on, avec ce dernier... — non, rien à te dire que tu ne saches, et depuis deux âges chrétiens peut-être ; rien non plus qui te puisse éveiller l'intérêt — que le Jouany ne se rendra jamais, que Rolland en a fait serment pareil ; qu'on dit chez nous que les vrais Soldats sur lesquels se peut appuyer en confiance l'Éternel sont les squelettes loqueteux des montagnes de la Cévenne, et non point les damerets et petits-maîtres qui traînent l'épée dans le bas-pays, pour ne louer plus que les dames, et que c'est ma vérité, la seule... — mais ne le sais-tû point dès longtemps, mon Ami ?

Et ceci, tu le sais (s'il le faut sinon n'en auras cure), que de ceux que ma plume inspirée t'a donnés à connaître, sont morts les vieux, et des jeunes aussi, ce, en quelques semaines à peine, car le printemps ne monte encore que bien grelet de ma rivière du Luech.

Le mois dernier, nous avons décroché dans une chapelle de crête, que nous avions oublié de brûler, un rustre crucifix en bois de châtaignier. Il était, à l'évidence, le fruit industrieux des veillées d'hiver, à grands coups de hache et, petits, de couteau, l'œuvrette à loisir d'un de nos raïoulets, qui s'était, sans penser à mal, pris son grand pendard d'aîné pour modèle.

Nous l'avons ébrenné de sa croix, de ses écrits et saint-frusquin, et le gardons. Nous disons que ce n'est plus le Christ, que c'est nous, le Poujoullet, le Badarel, ou n'importe...

Mon vieux parrain l'a longtemps regardé, ce Jésus de la Cévenne, et des paroles anciennes lui sont revenues sur les lèvres : « Vous avez appris qu'il a été dit œil pour œil et dent pour dent, mais moi je vous dis de ne pas résister au méchant... »

Tel propos nous a tant surpris que, doucement, et comme par fidélité à sa longue vie de Pagaron, il a soupiré :

— Seulement, té ! Jésus, il n'était pas borgne, à ce qu'on dit...

Mais on ne savait plus s'il nous parlait à nous, ou s'il reprenait déjà la querelle avec son vieux compère, feu l'aïeul Espérendieu...

Samuel Reboul, mon parrain, m'a pris à part, hier,

et m'a longuement entretenu, par manière de merci, de testament aussi, car il se dit content de pouvoir, tranquille, s'abandonner enfin à la mort.

Ma plume s'essouffle et je veux que ses dernières goulées soient pour tracer les derniers mots de bon sens de l'aïeul qui va monter là-haut.

— Oïe! pour nous, les raïoulets! le bonheur, c'était la famille, le père et la mère, les enfants, et les vieux pardessus, la parentèle, et la santé pour tous, bien sûr, vé! mais, pamen! le bonheur de la famille raïoulette, c'était plus, c'était le toit, le foyer, la table, une chaleur qui sentait l'honnête, et des heures fermes, pour le travail, pour le manger, pour le dormir, pour les veillades, voilà, pamen! la parole sûre et la conscience nette, c'était ça, le raïoulet heureux! Il n'en demandait pas plus que de garder ça pour le mieux, sans être ménager de sa peine! Voilà ; et voici que la Bête s'est abattue sur le petit pays raïou, à griffes, à crocs, et au feu d'enfer qui lui sort du groin. Les ennemis nous ont tout pris, tout rasé, du bonheur : la table, le foyer, sa chaleur, son odeur, le mas et le bien, puis le blanc de conscience, puis le net de parole, puis la famille, puis l'esprit même de la famille, tout! et ce qui reste! et ce que j'oublie dans ma pauvre caboche! tout, je te dis! qu'ils ont pris, sauf notre foi! et tant plus qu'ils tapaient dessus et tant plus qu'elle grandissait, se confortait! La Bête nous a pris tout ce dont elle n'avait cure, mais n'a pu prendre le seul qu'elle visait, visait de mieux en mieux, vu qu'elle avait, elle aussi, ce pendant, perdu un œil, aïe! misère de sort!

Ma pauvre plume expirante, dis-lui encore, au lecteur qui point ne connut le Pagaron, à lui qui est à naître au bout d'une chaîne de beaucoup d'autres à naître sans doute, dis-lui :

« Une génération s'en va, une autre vient, et la terre subsiste toujours : le soleil se couche ; il soupire après le lieu d'où il se lève de nouveau... »

Écris encore ceci : Qu'il sache que j'ai médit de ce printemps, qu'il sent meilleur que les autres et qu'il est bien plus hardi sur mon vallat.

Dis-lui aussi que les châtaigniers ont tenu...

FIN DU MANUSCRIT

ÉPILOGUE

Enfin, Louis XIV expédie le pauvre Maréchal de Montrevel à Bordeaux « jouer au lansquenet », mande le glorieux Maréchal de Villars, le héros du Rhin, le vainqueur des Turcs et des Impériaux, et lui fait entendre qu'en finir avec cette malheureuse révolte serait « plus glorieux que gagner quatre batailles ».

— « Si votre Majesté me le permet, je tâcherai de terminer par la douceur des malheurs où la sévérité en tout me paraît non seulement inutile, mais totalement contraire... »

A pied d'œuvre dès le 21 avril 1704, le nouveau commandant du Languedoc s'informe par lui-même, puis il fait des ouvertures au plus brillant des chefs rebelles, à Jean Cavalier. Villars avait négocié avec des Levantins, avec des Autrichiens, il savait viser juste : l'ancien mitron, ébloui de traiter d'égal à égal avec un maréchal de France, signe la paix, le 28 mai, ayant obtenu verbalement l'amnistie pour tous et promesse, pour lui, du brevet de colonel d'un régiment camisard pour le service du roi. Mais quand il commande à ses hommes de le suivre sous cette nouvelle bannière, il s'entend répondre : tu n'as plus d'ordre à nous donner! Nous t'avions fait notre général ; te voilà tombé colonel.

Écoutez le camisard Bombonnoux :

« Oubliant qu'il nous avait commandés et que nous

lui avions obéi à peu près comme à Dieu lui-même, nous lui tournâmes le dos et, marchant sous la conduite de Ravanel, nous gagnâmes le chemin des Cévennes pour rejoindre Rolland, aux cris de : « Vive l'épée de l'Éternel! L'Édit de Nantes ou la mort! »

*

Rolland poursuit farouchement le combat pour la liberté de conscience. Il est tué d'une balle, une nuit de la mi-août qu'il allait rejoindre sa femme entre Alais et Saint-Chapte. Les Puissances font traîner sa dépouille, préalablement embaumée, avec cet écriteau : C'EST ICI LE CORPS DU FAMEUX ROLLAND!

Pendant ce temps, Jean Cavalier se fait éconduire à Versailles. Le brevet de colonel ne vient toujours pas. L'ancien général des Enfants de Dieu comprend enfin qu'il a été joué : il passe en Suisse *.

Jouany, lui, se bat toujours. Il manque de fusiller un certain Pons qui se risquait à venir lui offrir une paix pourtant assortie d'un brevet de colonel (encore!) et même d'un pasteur qui lui ferait ses prêches...

Quand le tuilier de Génolhac finit par se rendre, le 1er octobre, il reçoit un bel équipement, une pension de 300 livres, un brevet de lieutenant, et sa feuille de route pour l'Espagne. En arrivant au pied des Pyrénées, il fait sournoisement demi-tour vers son Lozère ; il est arrêté, enfermé dans la citadelle de Montpellier. Il y reste enchaîné pendant cinq années... jusqu'à la nuit du 10 au 11 octobre 1710, où, avec Marchand, le chef de la cavalerie de Rolland, et deux détenus de droit commun, il brise ses fers, perce la muraille, tombe dans la cave du gouverneur, force la porte, descend dans les fossés avec une corde tressée de ses draps, et fuit...

M. de Basville lui offre un nouveau pardon. Jouany daigne accepter sa nomination dans l'administration des Gabelles à Agde. Il accepte même la condition expresse :

ne plus remonter vers son Lozère. Un beau matin du printemps 1711, n'y tenant plus, le tuilier des Plos regagne sa montagne et se tapit dans les bois au-dessus de Génolhac. Il est repris mais, quand les soldats de M. de la Vachère le conduisent à Montpellier, à la sortie de son village, sur le pont, il leur échappe, saute dans la rivière : deux coups de fusil l'abattent là, dans l'eau des neiges.

Huc-Mazel, de la Salzède, le prophète de Jouany, part en 1704 étudier à Genève, mais il en revient bientôt, nullement assagi, et continue de hanter les Cévennes de ses brûlantes prédications. Le Synode du 30 septembre 1719 le condamne solennellement. Huc n'en tient aucun compte, prophétise de plus belle, et ses partisans reçoivent à coups de bâtons le doux Pierre Corteiz venu le convaincre de suivre la Colombe. Ce n'est qu'en 1723 que Huc, surpris à Saint-Paul-La Coste par les soldats du roi, est conduit à Montpellier où il est pendu le 5 mai.

Veyrac et Vignes, les deux lieutenants de Jouany, ont été arrêtés en février 1706, alors qu'ils passaient le Rhône, et suppliciés à Montpellier le 3 mars.

Le terrible gardian Abdias Maurel — dit Catinat — et Ravanel ont été brûlés vifs, attachés au même poteau, en avril 1705, Salomon Couderc, brûlé vif le 3 mars 1706, Jacques Couderc rompu vif le 28 janvier 1707, Pierre Clary roué vif en octobre 1710, etc., etc. La Grande Marie a été pendue après tortures le 6 mars 1704 ; Marie Planque (l'épouse de Castanet), Lucrèce la Vivaraise — dite La Bombette —, et d'autres, prophétesses ou lavandières, sont emmurées dans cette Tour de Constance à Aigues-Mortes, où Marie Durand refusera de renier sa foi pendant trente-huit années...

*

Prélats, officiers et gentilshommes sont curieux de ces rebelles traqués un par un, maintenant qu'ils sont divisés.

« Je les ai vus, écrit le marquis d'Arzeliers, ce sont des gens sans lettres, sans expérience, de peu de mine pour la plupart : en sorte que j'ai de la peine à concevoir comment ils ont pu résister et se maintenir si longtemps... »

« Gens grossiers, mal faits et féroces... », note l'évêque de Nîmes, Mgr Fléchier, de l'Académie française (orateur habile, au style recherché, dit le Petit Larousse).

« Ce sont cependant ces fous, ces gueux, ces Évangélistes, ces Prédicateurs, ces Prophètes, qui ont fait tête pendant plus de deux ans à 20 000 hommes de Troupes Réglées, et à plus de 40 000 bourgeois armés et qui ont traité avec un Maréchal de France », écrit, sur place, peu après, le jeune Antoine Court ; et il rapporte que « sur l'échafaud, Castanet repoussa avec fureur l'abbé Trémondy, curé de Notre-Dame, et l'abbé Plomet, chanoine de l'Église Cathédrale de Montpellier :

« " Retirez-vous, sauterelles du Puits de l'abîme!... que venez-vous faire ici, maudits tentateurs! " »

*

Abraham Mazel, le premier rebelle, devait rester le dernier.

Le justicier du Chayla est enfermé dans la Tour de Constance en janvier 1705. Son évasion, dans la nuit du 24 juillet, avec dix-sept de ses frères prisonniers, est plus étonnante que tout ce qu'on a vu, ou imaginé, depuis. Trois sont repris, huit se rendent, pas Mazel! Il va retrouver Marion à Pont-Saint-Esprit d'où ils réussissent à gagner « la » Genève.

L'accueil du Refuge n'est pas longtemps chaleureux. Ces pasteurs, « ... qui ont abandonné les pauvres brebis battues et froissées à la merci des loups, écrit Marion, ont cherché le pays gras, où règnent la paix et l'abondance... leur cœur est engraissé, leurs oreilles pesantes et leurs yeux bouchés... »

Nos deux paysans ne sont pas empruntés pour le leur dire :

« Vous donnez la haute paye à des gens sous le nom de Camisards, qui sont des déserteurs, des papistes, qui ont lutté contre nous dans les Cévennes — et nous, qui avons risqué les roues et les bûchers... on refuse même de nous donner aucune subsistance... »

Résultat : on les congédie. « Nous nous trouvâmes sur le carreau sans savoir où donner de la tête, ayant presque tout le monde pour ennemi... »

Ils partent alors pour Londres. Là, les pasteurs français de rite anglican ameutent les populations contre eux. Il s'en faut de peu que nos deux raïoulets n'y soient lynchés... *.

Alors Abraham Mazel repart pour sa Cévenne.

Parvenu le 12 mai 1709 en Vivarais, il prêche la révolte, entraîne une centaine d'hommes et dépêche un colonel. Le 7 juillet, il reçoit deux balles de fusil. Le 8, vers la Bâtie-de-Crussol, il est cerné, avec sa troupe qui fait ferme sous sa vieille poigne, à 160 contre tous les grenadiers de Quercy commandés par l'intendant Basville en personne. Abraham regroupe les survivants, et repart. Dix jours après, il est cerné de nouveau et tient tête à 150 dragons à pied, 3 compagnies de dragons à cheval, 100 grenadiers, toutes les compagnies irlandaises, et tue trois officiers, de nombreux soldats, mais perd encore 50 hommes...

En septembre, avec les 15 hommes qui lui restent, Abraham repart au combat et Pierre Corteiz a bien de la peine à modérer son enthousiasme, à le convaincre de patienter jusqu'à l'été.

A l'automne 1710, Abraham Mazel se fait fort de soulever 2 000 hommes. Il le confie à un bourgeois d'Uzès, Armand Saussines, qui le trahit. Le 14 octobre 1710, cerné dans une métairie isolée, le Mas de Couteau, avant de tomber sous les balles, Abraham Mazel, le vieux rebelle du Pont-de-Monvert, décharge son pistolet sur le lieutenant...

A la mort de Louis XIV, à la retraite du vieil intendant de Basville, en 1718, il ne restait plus de camisards, mais Pierre Corteiz, Bombonnoux et Antoine Court roulaient par les vallats, trouvaient à la brune leur manger sur les mêmes pierres plates que Brousson et Vivent, et, sur leurs pas, la Cévenne reprenait feu pour la RELIGION — PRÉTENDUE — RÉFORMÉE.

Et longtemps encore ont duré les persécutions. Louis XV continuait de faire pendre ou décapiter les hérétiques de la R. P. R. ; les derniers galériens de la Foi n'ont été libérés qu'en 1775 ; la possibilité de mariage n'a été accordée aux protestants qu'en 1787 *.

Les camisards n'ont été victorieux qu'en 1789 : NUL NE PEUT ÊTRE INQUIÉTÉ POUR SES OPINIONS, MÊME RELIGIEUSES, NI TROUBLÉ DANS L'EXERCICE DE SON CULTE... LA LIBRE COMMUNICATION DES PENSÉES ET DES OPINIONS EST UN DES DROITS LES PLUS PRÉCIEUX DE L'HOMME... (Cf. : Déclaration des Droits... votée le 26 août 1789), une bonne manière de la Révolution Française de rendre aux rebelles raïoulets ce qu'elle leur devait, ce qu'elle leur avait emprunté.

Voilà pour l'Histoire [1]. Les autres personnages n'étaient — peut-être — que les ancêtres rêvés par un Cévenol d'aujourd'hui, qui cherche son arbre généalogique, tourne et vire, et ne trouve jamais que quelques vieux châtaigniers, pauvre bois de cercueil...

1. L'histoire des camisards ne s'arrête pas au printemps 1704, comme ce roman. Il y eut ensuite le complot des « Enfants de Dieu », le débarquement de Cette (25 juillet 1710)... Pour pénétrer plus profondément dans la révolte des Cévennes, depuis ses causes jusqu'à ses conséquences les plus lointaines, il faut se reporter au livre remarquable de M. ANDRÉ DUCASSE, « *La guerre des camisards*, la Résistance Huguenote sous Louis XIV » (Hachette, 1946) ; on y verra notamment (chapitre VI) *Les Camisards devant l'Histoire*, les camisards qui devaient inspirer à Michelet ce cri : « RIEN DE SEMBLABLE DANS TOUTE L'HISTOIRE DU MONDE. RIEN DE PAREIL DANS L'ANCIEN TESTAMENT. LES PURITAINS NON PLUS NE SE PEUVENT COMPARER... ILS RESTÈRENT D'ENNUYEUX CITATEURS DE LA BIBLE, MAIS LES NOTRES LA REFAISAIENT. » (Cité par Ducasse, *ibid.*, p. 235.)

NOTES ET RÉFÉRENCES

• Se rapporte au premier passage entre guillemets dans la page, •• au second dans la même page, ••• au troisième, etc.
** Se rapporte au premier appel de note, ** au deuxième, etc.*

PAGE 15

* ANTOINE COURT. L'HISTOIRE DES TROUBLES EN CÉVENNES *par l'Auteur du Patriote Français et Impartial* (Antoine Court) a été éditée en 1760 (3 vol. in-12) par les soins de son fils, Court de Gibelin. Pour composer cette *Histoire*, le Restaurateur du Protestantisme en Cévennes avait étudié les témoignages déjà publiés (ceux du curé *L'Ouvreleuil*, du conseiller *La Baume*, de l'avocat *Brueys*, les mémoires de *Jean Cavalier*, *le Théâtre Sacré des Cévennes*, etc.), mais il avait aussi recueilli les témoignages des camisards réfugiés en Suisse (*Bombonnoux*, *Combes*, *Corteiz*, *Gaubert*, *Massip*, *Rampon*, *Saltet*, etc.) ; et surtout Court était rentré en Cévennes, quelques années après la fin des troubles, où, poursuivi, traqué par les soldats du roi, risquant à chaque instant la potence, il avait vérifié ces relations auprès des survivants, sur place. Son livre est réputé comme le plus probe et le plus complet.

LES PAPIERS D'ANTOINE COURT, conservés à la Bibliothèque de Genève (copie à la Bibliothèque Protestante de Paris) constituent une impressionnante somme de documents, dont une partie seulement a été utilisée dans son *Histoire*. Le pasteur *Charles Bost* (pour ses travaux précieux sur les *Prédicants Cévenols*) et *Marcel Pin* (pour *Nicolas Jouany*, *Jean Cavalier*, etc.), notamment, s'y sont judicieusement référés.

PAGE 19

* *L'édit de révocation :* « L'affluence des listes de conversions (à la suite des dragonnades) fit croire à Louis XIV qu'il ne restait plus en France que quelques centaines d' « obstinés ». Dès lors, il parut au roi que l'Édit de Nantes n'avait plus de raison d'être. Le 18 octobre 1685, il signa la *révocation de l'Édit de Nantes* [1]. »

---

1. *Cet édit du 13 avril 1598, dont l'historien Gaxotte a dit qu'il marquait « une des dates les plus importantes de l'histoire universelle », car « la première du monde, la Franse instaurait la tolérance ».*

Histoire MALET ET ISAAC, classe de seconde, nouvelle édition 1923, p. 206. « Puisque la meilleure et la plus grande partie de nos sujets de la R. P. R. (*sigle officiel pour Religion Prétendue Réformée*) ont embrassé la Catholique... nous avons jugé que nous ne pouvions rien faire de mieux, pour effacer entièrement la mémoire des troubles, de la confusion et des maux que le progrès de cette fausse religion a causés dans notre royaume... que de révoquer entièrement ledit Édit de Nantes... »

(Préambule.)

L'art. 1 ordonnait la démolition des temples ; l'art. 2 interdisait le culte protestant même dans les maisons particulières ; l'art. 4 ordonnait aux pasteurs de quitter le royaume avant quinze jours ; l'art. 8 stipulait que « les enfants qui naîtront de ceux de la R. P. R. seront baptisés par les curés... et élevés en la religion catholique »... ; l'art. 10 interdisait aux protestants de sortir du royaume « sous peine de galères »...

PAGE 20

* Il s'agit ici de l'adaptation de *Théodore de Bèze* (1519-1605), disciple de Calvin et écrivain de valeur, de Bèze avait traduit en vers français un grand nombre de psaumes imprimés (avec certains traduits et rimés par Clément Marot) dans les psautiers et l'édition de la bible dont disposaient alors les Cévenols.

PAGE 24

* et ** Cf. Apocalypse de Jean, XIII.

*** Cf. *Ibid.*, XIII, 9 et 10.

PAGE 29

* « Lous pitchétés pourrien dansa souto lou lièt! » = les petits pourraient danser sous le lit.

* Octobre 1686, par jugement de l'intendant de Basville.

PAGE 33

* Psaume LXXXIII, 17.

PAGE 40

* *L'âge de raison* : « Vers 1680... la persécution s'aggrava. Dans le même temps que Mme de Maintenon ramenait le roi à la dévotion, celui-ci entreprit de livrer au protestantisme un assaut définitif. Tous les moyens furent employés. C'est ainsi que, par un arrêt de 1681, les enfants protestants furent autorisés à abjurer, malgré leurs parents, dès l'âge de *sept ans*, âge « auquel ils sont capables de raison et de choix dans une matière aussi importante que celle de leur salut ». Successivement les protestants furent *exclus de tous les offices, des charges de la Maison du roi, puis des professions libérales ; ils ne purent plus être ni avocats ni médecins...* »

MALET, *op. cit.*, p. 205.

** *Les deux guerres de M. le Cardinal :* « Une première guerre eut lieu en 1625, mais Richelieu, ne se sentant pas encore assez fort pour s'engager à fond, signa une trêve. La lutte recommença en 1627 ; le principal épisode fut le siège de La Rochelle (... qui) dura près d'un an... La faim contraignit les défenseurs à capituler (28 octobre 1628) : 15 000 avaient péri, il en restait 154 valides... La guerre continua encore quelque temps dans les Cévennes, où un rude homme de guerre, le *duc de Rohan*, gendre de Sully, dirigeait la résistance protestante. Puis Rohan lui-même, découragé, fit sa soumission. Alors Richelieu accorda aux protestants la paix d'Alais ou *paix de grâce* (1629). Le titre est significatif : Richelieu n'admet pas qu'un roi puisse traiter avec des sujets rebelles = il leur impose ses conditions et leur accorde des grâces... »

MALET, *op. cit.*, pp. 66 et 68.

PAGE 41

* *Le petit huguenot apprenait à mentir en même temps qu'à parler :* « ... Quant aux grâces qui dépendaient de moi seul, je résolus et j'ai assez ponctuellement observé depuis, de ne leur en faire aucune, et cela par bonté, non par aigreur, pour les obliger par là à considérer... si ce n'était par quelque bonne raison qu'ils se privaient volontairement des avantages qui pourraient leur être communs avec tous mes autres sujets... »

LOUIS XIV,
Mémoires, éd. Dreyss, t. II.

« ... Appliquer l'Édit de Nantes de la façon la plus étroite ne tarda pas à tourner à la persécution. On interdit aux protestants tout ce que l'Édit ne leur garantissait pas en termes exprès... En même temps, on essaya de la corruption. On créa une *caisse de conversions* que dirigeaient un protestant converti, historiographe du roi, *Pellisson*, et *M*[me] *de Maintenon*. Quelques centaines de misérables adjurèrent pour six livres par tête... »

MALET, *ibid.*

Jean Cavalier écrit à ce propos : « J'avais appris tout ce que les Prêtres avaient voulu ce qui les avait obligés de dire mille biens de moi à l'évêque d'Alais, et de me destiner au petit collet et au froc... » Mais il précise aussitôt : « ... Mes parents prirent grand soin de m'instruire dans notre religion, connaissant mon vif désir à cet égard... »

(JEAN CAVALIER, chef devenu légendaire des camisards de la plaine, a publié ses Mémoires à Londres, chez John Clarke, en 1726, alors qu'il finissait tristement sa vie comme Lieutenant-Gouverneur de Jersey.)

PAGE 42

* *Livré aux garnisaires :* Dragonnade (on disait aussi : mettre une maison « en exécution militaire », la donner à « fouler », à « la discrétion de la troupe », etc.)

« Des divers procédés auxquels on eut recours pour hâter les conversions, le plus odieux fut celui des dragonnades : il consistait à loger des dragons chez les protestants ; les soldats se conduisaient comme en pays conquis, saccageant les maisons, torturant les habitants qui, pour échapper à leurs bourreaux, se hâtaient d'abjurer. Un intendant du Poitou, *Marillac*, obtint par l'envoi des « missionnaires bottés », 38 000 conversions en quelques mois... »

MALET, *ibid.*

« En Languedoc, le duc de Noailles écrit : *je ne sais plus que faire des troupes parce que les lieux où je les destinais se convertissent généralement, et cela va si vite que tout ce que peuvent faire les troupes est de coucher une nuit dans les lieux où je les envoie...* »

ROUSSET,
Histoire de Louvois, t. III.

Pour ces « logements en pure perte » (comme on disait aussi), Louvois recommandait «... qu'on fasse sentir les dernières rigueurs aux obstinés... qu'on laisse vivre les soldats fort licencieusement... » *Ibid.*

Un exemple : M. de GRIGNAN (le gendre de Mme de Sévigné, laquelle avait écrit, à propos de la révocation de l'Édit de Nantes : « c'est la plus grande et la plus belle chose qui ait jamais été imaginée et exécutée! ») était lieutenant-général en Provence. Apprenant qu'une assemblée s'était tenue à la Charce, il y envoie des « soldats à loger en pure perte ». Peu après, M. de Grignan écrit à Louvois : « La compagnie du sieur Just du régiment de cavalerie de Locmaria a consommé tout ce qu'il y avait dans ce lieu qu'elle a entièrement ruiné et n'en est revenue que lorsqu'elle n'y a plus rien trouvé pour subsister... » (Lettre d'Aix, du 21 mars 1689, aux Archives de la Guerre.)

• « La Colombe volant... » Sermon de Claude Brousson. Ce texte célèbre en Cévennes se trouve à Montpellier, aux Archives du Languedoc (Carton C, 181).

PAGE 44

* *Les sarcasmes de Jurieu... :* « Les Feuilles de Figuier ou Vanité des excuses de ceux qui ont succombé sous la persécution » (1687) par Pierre Jurieu, théologien protestant français (1637-1713), petit-fils de l'illustre Pierre du Moulin, l'auteur de « L'Accomplissement des Prophéties ».

• Réponse de Jurieu, dans « Les Soupirs de la France Esclave », à la « question de savoir s'il est permis de défendre sa religion par les armes » (Lettre Pastorale de 1689.)

•• Après avoir quelque temps prêché ensemble, Vivent et Brousson se séparent. Au rude maître d'école qui parcourt les Cévennes, « fusil au col », Brousson reproche d'être « un homme de sang » et lui déclare qu'il ne devrait « porter d'autres armes que la parole de Dieu ».

** *Le conciliabule de Génolhac :* En 1690, après l'écrasement de la révolte vivaraise, tandis que les terribles représailles s'étendaient jusqu'aux Cévennes, obligeant des prédicants comme Abraham Mazel et Salomon Couderc à se réfugier dans les montagnes, et bloquant Vivent et Roman dans les gorges insondables de Vialas, alors que les pentes du Lozère et du Bougès étaient surveillées de si près que seules les femmes et les jeunes filles pouvaient encore quêter pour les prédicants traqués, les huguenots de la région qui nous intéresse ici se réunissaient quand même dans ce bourg important. On est maintenant assez bien renseigné sur cette période, grâce aux travaux remarquables de CHARLES BOST (« Les Prédicants Protestants dans les Cévennes et le Bas-Languedoc », Champion, 2 vol., 1912).

PAGE 45

* *Un homme de justice nommé Brousson :* Claude Brousson avait été avocat à Castres, puis à Castelnaudary. Il s'était exilé en Suisse en 1683, mais était rentré clandestinement en Cévennes avec Vivent, qui était venu chercher des pasteurs à Genève mais n'avait pu convaincre que des laïques (avec Brousson : Dubruc, Serein, La-

pierre, Dombres, Papus et Bauzon) de rentrer au « petit pays sous la croix ».

PAGE 46

• « Mon Dieu, soyez ma garde sûre... » Vivent, fils d'un greffier de Valleraugue, avait d'abord été régent d'école à Peyrolles. Indigné par les persécutions, le 21 juillet 1684, il quitte tout, et avant de partir prêcher par monts et par vaux, il lègue, par-devant notaire, 15 livres (tout ce qu'il possède sans doute) aux pauvres de la religion, terminant son testament sur cette phrase.

PAGE 47

* Avec l'abbé du Chayla, ABRAHAM MAZEL ne compte que deux autres victimes dans l'affaire du 24 juillet, au Pont-de-Monvert : « Le secondaire feüt tué en descendant par la fenestre, un laquais de l'abbé aussi, — et (*qui était aussi*) son valet de chambre — mourut de ses blessures quinze jours après. Un autre homme feüt tué aussi dans le bourg, n'aïant pas vouleü répondre à la sentinelle... »

MÉMOIRES INÉDITS D'ABRAHAM MAZEL ET D'ÉLIE MARION SUR LA GUERRE DES CÉVENNES, 1701-1708. Édités par Charles Bost, Paris, Fischbacher, 1931, p. 10.

(ABRAHAM MAZEL, peigneur de laine de Saint-Jean-de-Gardonnenque — aujourd'hui : Saint-Jean-du-Gard — prédicant — cf. ** de la p. 44 —, l'un des premiers à prendre les armes, l'un des derniers survivants, a dicté son inestimable témoignage à Charles Pourtalès, et l'a signé de sa propre main le 25 août 1708, pendant un séjour qu'il a fait à Londres, avant de revenir se battre en Cévennes.)

Aucun auteur ne précise la nature des blessures de l'ecclésiastique Roux (le secondaire), ni du laquais de l'abbé, nommé Michel Ravajat, qui n'en mourut que douze jours après. Par contre, on trouve des témoignages de la mutilation sexuelle du maître d'école Parran, ecclésiastique (le régent de Saint-André-de-Lancize, qui mourut onze jours après son curé), dans MINGAUD (p. 10). D'autre part, RAMPON en révèle sans doute le motif, quand il dit : « on ne trouva pas leur concubine, qu'on aurait aussi tuée... »

(MINGAUD, curé de Saint-Étienne-Valfrancesque, Journal Manuscrit du Temps, publié sous le titre : « Troubles des Cévennes à l'occasion des Guerres des Camisards », Le Vigan, 1889.)

(RAMPON JEAN, du Pont-de-Monvert, cardeur de laine, rescapé des galères, donna en 1732, à Berne, son témoignage à Antoine Court. — Relation et lettre à A. Court, papiers Court, 17 K, F[os] 75 et 95.)

PAGE 48

* *Sur les fusils de Beaucaire :* Ils ont été enlevés... « en deux heures » précise LA BAUME.

(Charles-Joseph de..., Conseiller au Présidial de Nîmes, dans sa « Relation Historique de la Révolte des Fanatiques », écrite vers 1707, 2e éd., Nîmes, Bedot, 1874.)

Plusieurs historiens catholiques se sont basés sur ce fait pour démontrer la préméditation des rebelles. Il semble bien pourtant que MARCEL PIN ait ruiné définitivement cette « preuve » : « Il faut remarquer que M. de Saint-Cosme venait de faire désarmer les nouveaux-convertis de la Camargue dont la chasse aux oiseaux de marais était le gagne-pain ; ce sont eux qui achetèrent tous les fusils à Beaucaire, pour remplacer ceux qu'on leur avait confisqués et tuer des macreuses... »

MARCEL PIN :
« Jean Cavalier »,
Chastanier Frères et Alméras,
Nîmes, 1936, p. 91.

N. B. : Le gibier d'eau était recherché parce que, assimilées au poisson, sarcelles et poules d'eau étaient viandes autorisées le vendredi. Nombre de fins fusils tiraient leur gagne-pain de cette tolérance au « maigre » ordonné par l'Église catholique.

* L'évêque Fléchier exposait ainsi sa doctrine, mot pour mot, dans ses réponses au questionnaire adressé par la Cour, en 1698.

** Instructions de l'évêque de Mende à son clergé, 6 avril 1699 (Archives de la Lozère, G. 986.)

PAGE 50

* « Requis à creuser par corvées... » formule consacrée.

** « Monsieur, suis ici ! » ainsi répondait-on quand le curé faisait l'appel, avant la messe.

* *Empêcheurs de dormir :* « Les dragons arrivaient précédés d'une réputation funeste. Plus habiles que Marillac, d'autres administrateurs avaient appris à dragonner sans bruit. Peu importent les moyens employés, tout est permis... en Poitou, dans le Béarn, à Montauban, les soldats s'étaient livrés à des excès pénibles. Non seulement ils ruinaient leurs hôtes, mais ils avaient su trouver, pour persécuter les plus opiniâtres, des supplices sans franchise. La privation de sommeil fut le plus souvent utilisé ; il ne laisse point de traces visibles, et les Chinois, tortionnaires experts, ont reconnu qu'il est parmi les plus douloureux... »
M. PIN, *Cavalier, op. cit.*, p. 50.

Ajoutons que des estampes montrent les dragons roulant du tambour dans la chambre d'une femme malade (ou en parturition ?).

PAGE 51

* *Une brave hure de Gévaudan :* L'abbé du Chayla, né au Chayla-d'Ance, était fils cadet d'une ancienne famille du Gévaudan. Né en 1647, il avait fait partie d'une mission au Siam. Dès son retour, il avait sollicité un emploi dans son « diocèse natal ». Il avait alors été nommé (en 1686) archiprêtre des Cévennes, inspecteur des missions, curé de Saint-Germain-de-Calberte, où il avait établi un séminaire pour la formation des jeunes prêtres. Le séminaire est fermé en 1698 pour des raisons obscures, affaires de mœurs, disent les gens du pays qui s'appuient sur quelques faits troublants. Le Chayla cesse donc d'être curé de Saint-Germain (on a découvert récemment, aux archives de Nîmes, une condamnation par l'Église de l'abbé du Chayla, en tant que curé de Saint-Germain, pour concussion — copie à la Bibliothèque du Protestantisme). Pourtant, il demeure inspecteur des nouveaux-convertis et se voit même promu, par la grâce de l'intendant Basville : inspecteur des chemins stratégiques nouvellement tracés. Il avait donc la haute direction des missions, bureaux de charité, écoles, de l'espionnage, des

enquêtes, des arrestations, des interrogatoires qu'il menait en personne ; il disposait des milices (commandées par son frère, le vicomte du Chayla), et des fusiliers du capitaine Poul...

PAGE 53

• Cf. Évangiles : Jugement des Nations par le Fils de l'homme, Matthieu, XXV, etc.

•• « Vous savez, messieurs, que Dieu défend le meurtre ! O, messieurs, continua l'abbé, je vous suivrai partout ; ou, si vous me laissez aller, je vous jure que je ne persécuterai plus, et que je me retirerai dans mon château, pour ne me plus mêler d'affaires de religion. » Quelque autre lui réplique en ces termes : « Vous perdez votre temps, M. l'abbé, vous feriez mieux de l'emploïer en prières... »

ABRAHAM MAZEL, *op. cit.*, p. 9.

* ... « Pierre Séguier tira son sabre, duquel il le frappa sur la tête de toute sa force. Cette partie du sabre qui avoit pénétré dans la tête de l'abbé jusques à la pointe, sauta en l'air. Nicolas Joini l'aïant frappé d'un coup semblable, son sabre eut aussi le même sort... » (*Ibid.*) LE CURÉ L'OUVRELEUIL, qui recueillit la dépouille de l'archiprêtre et prononça son oraison funèbre, écrit que le corps de l'abbé avait été percé de cinquante-deux coups (chiffre constaté par le chirurgien qui l'a consigné dans son rapport).

L'OUVRELEUIL, « Le Fanatisme Renouvelé », écrit en 1704, 3e éd., 1868, chez Seguin Aîné, Avignon, I, 29.

PAGE 58

• Cf. Matthieu, XXVI, 52, 53, 54.

PAGE 59

• Cf. Luc, XXII, 52, 53.

PAGE 60

• Psaume LXXXIII.

PAGE 61

• Psaume CXLVI.

PAGE 62

• Cf. Psaume XLV.

PAGE 64

• Cf. Psaume CXXXVII.

PAGE 65

• « Imprécation », tiré du « Jugement » (« Les Tragiques ») d'Agrippa d'Aubigné. C'est Dieu qui parle.

PAGE 66

• ... « Sa mémoire devait demeurer éteinte... » La justice répressive poursuivait alors les protestants jusqu'après leur mort. Les condamnations de mémoires n'étaient pas rares, ainsi, par exemple : « ... Veu la requeste pour informer contre la mémoire des phanatiques rebelles qui ont été tués dans ledit moulin, de l'ordre dudit seigneur mareschal de Montrevel... la Cour présidiale jugeant en dernier ressort, en conséquence de l'arrest du conseil... »

Jugement rendu le 16 juin 1703 devant M. de Montclus, président, contre les victimes du massacre du Moulin de l'Agau, BULLETIN DE LA SOCIÉTÉ DE L'HISTOIRE DU PROTESTANTISME FRANÇAIS, 1878, p. 555.

PAGE 67

* *Le mur aveugle :* Les mas cévenols n'ont pas de fenêtres

sur le côté qui reçoit les vents froids.

** *M. de Salgas* : « François Pelet, baron de Salgas, était l'un des plus riches et des plus honorables gentilshommes cévenols » (M. Pin, *op. cit.*, p. 215), mais, sur l'état des gentilshommes N. C. envoyé par Basville à Louvois, il est noté : « Garde les apparences, homme d'esprit accrédité, pourrait être dangereux s'il se tournait à mal... » (Fév. 1689, Archives de la Guerre.) En 1701, sa femme prend son meilleur cheval, le ferre à rebours pour dépister les poursuivants, et passe en Suisse. Le 12 mai 1703, soupçonné (à tort semble-t-il) de complicité avec le chef camisard Castanet, il est condamné aux galères à vie. Il avait cinquante-sept ans. Il a raconté lui-même à Antoine Court comment « on le fit voguer avec les rôles de la chiourme Tierserot pour servir de spectacle à Messieurs les Évêques de Montpellier et de Lodève qui le voulurent voir couché sur une planche petite et courte, ayant les genoux au menton, sans estre dépouillé pendant les treize mois... »

PAGE 69

* ... « L'épée qui venait d'emporter l'oreille » du serviteur du souverain sacrificateur qui venait arrêter Jésus. Cf. Matthieu, XXVI, 51, 52 ; Marc, XIV, 47 ; Luc, XXII, 50, 51 et Jean (XVIII, 10 et 11) qui donne les noms : Simon Pierre et Malchus pour le serviteur à l'oreille emportée.

PAGE 70

* Tout le passage qui suit (Fleuve de Vie...) jusqu'à la fin du paragraphe est inspiré de l'Apocalypse de Jean, la Nouvelle Jérusalem, XXII, 1 à 5.

* Voici une lettre de Claude Brousson à l'intendant de Basville, pour mieux comprendre cette « fierté d'aimer ».

10 juillet 1693.

Monseigneur,

J'ai lu une de vos ordonnances, du 26 juin 1693, que vous avez fait placarder, et dans laquelle vous dites qu'étant informé que je continue d'inspirer un esprit de révolte aux peuples et que je les porte... à contrevenir aux ordres du roi, ce qui mérite que je sois puni comme perturbateur du repos public, vous promettez de donner la somme de 5 000 livres à quiconque me découvrira à Votre Grandeur et vous donnera le moyen de me faire arrêter...

Mais permettez-moi, Monseigneur, de représenter à Votre Grandeur, avec une humilité profonde... que je ne puis vous reconnaître comme mon juge. Soit parce que depuis l'abolition des édits et traités de pacification, qui étaient perpétuels et irrévocables, qui d'ailleurs étaient très justes en eux-mêmes, qui étaient même très nécessaires pour la prospérité et la puissance de l'État, nous sommes privés de la protection de nos juges légitimes, et traités, non pas en personnes libres mais en esclaves ; et en effet on dispose de nos biens, de nos enfants et de nos vies, comme si nous étions tels, quoiqu'on ne paye pas des tailles et des impôts pour être traités de la sorte... Soit parce que les calamités qu'un grand nombre de nos frères ont souffertes sous votre intendance, dans le Poitou, dans le Vivarais, dans les Cévennes, dans le Bas et Haut-Languedoc, pour s'être assemblés au nom du Seigneur Jésus... font voir à toute la terre que vous êtes extrêmement prévenu contre un pauvre peuple qui ne fait de mal à personne et qui ne demande que la liberté de servir Dieu selon ses commandements...

Cependant, si j'avais à me défendre devant des juges compétents et non suspects, je ne serais pas en peine de faire voir mon innocence. On me traite de frénétique et de perturbateur du repos public, mais c'est ainsi que les serviteurs de Dieu ont toujours été traités... Je suis un fidèle serviteur de Dieu, qui travaille à l'instruction, au salut et à la consolation de son peuple désolé...

Ce n'est ni par ordre ni par le conseil d'aucune puissance étrangère, ni d'aucun homme du monde, que je m'applique à instruire et à consoler mes frères... Ç'a été uniquement par le mouvement de ma conscience et de l'Esprit de Dieu que je suis revenu dans ce royaume...

Plût à Dieu qu'il eût plu au roi de faire quelque considération des avis sincères que j'ai pris la liberté d'envoyer à la Cour depuis dix ans et davantage! Il ne se trouverait pas dans l'état où il est maintenant...

Mais cela n'est rien en comparaison des suites qu'on doit craindre raisonnablement. L'État se soutient encore avec éclat parce qu'il emploie toutes ses forces; mais en les employant, il les consume. Le royaume est dans un état violent, mais les choses violentes ne sont pas de durée.

On ne peut pas dire, Monseigneur, que nous ne soyons de vrais fidèles. Nous ne servons pas les créatures mais l'Éternel, le Dieu vivant... C'est ce grand Dieu, dont j'ai toujours la crainte devant les yeux, dont je médite sans cesse la parole depuis mon enfance...

C'est pourquoi je supplie votre Grandeur de cesser de persécuter enfin un innocent et un fidèle serviteur de Dieu, qui ne peut se dispenser de s'acquitter des devoirs de son ministère. Autrement, je déclare que j'appelle de votre ordonnance devant le Tribunal de Dieu qui est le Roi des rois, le souverain juge du monde. Le maître que je sers et pour lequel je souffre depuis si longtemps tant de martyres... ne m'abandonnera pas, s'il lui plaît, à l'avenir, et me fera justice.

Claude Brousson,
Serviteur de Jésus-Christ.

PAGE 73

* Il s'agit de la paix de Ryswick qui marquait la fin d'une guerre de neuf ans (1688-1697), dite « Guerre de la Ligue d'Augsbourg » ; à Ryswick, Louis XIV reconnaissait Guillaume d'Orange comme roi d'Angleterre et restituait la plupart des territoires annexés depuis la paix de Nimègue, fin de la guerre de Hollande (1672-1678) qui avait suivi la Guerre de Dévolution (1667-1668).

• Le « Refuge », c'était Genève, Amsterdam, Londres...

« La révocation de l'Édit de Nantes eut en effet les plus graves conséquences. La principale fut l'*émigration protestante*, qui appauvrit la France au profit de l'étranger. La plupart des protestants n'avaient abjuré que pour échapper aux dragons, avec le secret espoir que l'orage passerait et que le temps reviendrait de la liberté religieuse. Quand la révocation eut ruiné cette espérance, beaucoup retrouvèrent leur courage et renièrent leur conversion. Alors, la persécution devenant sauvage, il ne leur resta d'autre ressource que la fuite à l'étranger. Tenter de passer à l'étranger était un crime puni d'abord des galères, puis, à partir de 1687, puni de mort. Pourtant, des milliers de protestants — *deux ou trois cent mille*, peut-être davantage — renoncèrent à tout, fortune, foyer, patrie, risquèrent leur liberté, leur vie, pour sauver leur foi. Des hommes capables de tels sacrifices étaient une élite dont la disparition affaiblit singulièrement la France... Certaines provinces, la Saintonge, le Poitou, la Touraine, le Lyonnais, furent momentanément ruinées ; beaucoup d'industries gravement atteintes. Par contre, les réfugiés furent un élément de force et de prospérité pour les pays qui leur donnèrent asile, *l'Angleterre, la Hollande, le Brandebourg... Berlin*, sa capitale, fut comme recréée par les réfugiés français... La révocation eut aussi un contrecoup désastreux sur les relations extérieures. Elle excita contre la France la *haine de tous les États protestants* dont plusieurs étaient d'anciens alliés. Elle fut pour beaucoup dans la formation de la redoutable coalition que Louis XIV eut à combattre en 1688, la *ligue d'Augsbourg...* »

MALET, *op. cit.*, pp. 207, 208.

** Le petit territoire d'Orange où Louis XIV était entré, quinze ans plus tôt, venait d'être rendu à Guillaume III, lequel fit libérer les quatre pasteurs de la Principauté emprisonnés depuis à Lyon, et fit décamper les Bénédictins qui avaient occupé la place.

PAGE 77

* GÉNOLHAC (prononcez : Génoïllac) était, au début du XVIIIe siècle, un gros bourg prospère, environné de métairies, qui comptait 200 catholiques et 700 huguenots (compois de 1665). Dans les listes recueillies par Gaston Tournier (« Les Galères de France et les Galériens Protestants des XVIIe et XVIIIe siècles, Publication du Musée du Désert en Cévennes, 1944), le nombre de « forçats pour la foi » originaires de Génolhac, la date et le motif de leurs condamnations prouvent la ténacité des protestants de cette paroisse. Exemples : « Leyris, Louis, chirurgien, trente-huit ans, le 2 juin 1690 pour assemblées illicites avec ports d'armes; Jacques Roche, cinquante-cinq ans, escuyer, idem pour idem ; Antoine Veyrac, vingt-six ans, le 26 octobre 1691 ; Alexandre du Mazer, vingt-cinq ans, etc. »

PAGE 78

* *La marquise de Portes* Marie Felice de Budos. Les archives de Génolhac (d'après le docteur Pellet) ont gardé les traces de cette histoire : la marquise, retrouvant sa mule sans queue, fit une telle colère qu'elle ordonna que fût rasée la maison contre laquelle était restée sa monture. Les documents précisent que la maison fut rebâtie, en un temps record, par souscription.

PAGE 80

* Exode II, 11 et 12.

PAGE 85

* *Les cachettes de la Bible :* S'asseoir sur le livre saint pour le cacher n'avait rien de révoltant pour les Cévenols qui n'hésitaient pas à dissimuler leur bible dans les endroits les moins « respectueux », sous les pieds de la grand-mère, par exemple, dans une chaufferette truquée (comme celle qu'on peut voir à la Bibliothèque Protestante, rue des Saints-Pères, à Paris). Les dragons, qui savaient que les huguenots se faisaient tuer pour leur Bible, n'allaient pas la chercher dans de tels endroits, ne pouvant imaginer que ces fanatiques puissent autant vénérer le contenu qu'ils se souciaient peu du contenant.

* « État des méchants sujets, etc. » formule de procédure.

PAGE 86

* Exode, III et IV.
** Ézéchiel, XIII : Contre les faux prophètes.

PAGE 87

* « Nous ne sommes point assez savants pour raisonner de travers ». Sur François Vivent : Cf. * de la p. 46.

PAGES 97 et 98

* Des témoignages qui se recoupent confirment l'attitude de Séguier devant la Chambre Ardente, notamment le manuscrit anonyme dit « de la Collection GAIFFE » (*De la fureur du Calvinisme excitée dans la Province de Languedoc, où l'on voit les massacres, les incendies et les désordres qu'elle y a causés depuis l'année 1685, temps auquel les Calvinistes de France furent forcés d'abjurer leur hérésie jusques à la présente année 1705*), dont l'auteur était sans doute lui-même juge seigneurial ou greffier. Même version chez Abraham Mazel (*op. cit.*, p. 14 : « Je dirai quelques particularités remarquables sur la mort d'Esprit, etc. ») ; chez SALTET (pasteur dans les Cévennes en 1740 qui apporta des éclaircissements à Antoine Court — papiers COURT, N 30, F° 29) ; chez le curé L'Ouvreleuil (*op. cit., ibid.*) ; aux Archives de la Lozère (C. 1807) ; dans le manuscrit Ronzier de Vern, etc.

PAGE 99

* Psaume LXIX.

PAGE 100

* « Cette place dans peu sera par les eaux emportée! » « ... Ce qui effectivement arriva, car le Tar (*Tarn*) s'estant débordé extraordinairement, emporta la place et y changea son lit, de sorte que l'eau passa sur l'endroit même où il avait esté brûlé... » Abraham Mazel (*op. cit.*, p. 14). Saltet précise (*op. cit., ibid.*) que, dans l'année, le Tarn a emporté le mur de soutènement de la place du Marché.

N. B. : Les inondations sont fréquentes et violentes sur ces pentes cévenoles. Le greffier (?) du Manuscrit Gaiffe (*ibid.*), après avoir relaté comment Séguier avait fini de se trancher le poing à coups de dents, ajoute qu'une fois enchaîné sur le bûcher « il s'y donna deux si grandes secousses qu'il s'y tua avant qu'on y mît le feu... ».

* ... *font fuir la vermine noire :* Le meurtre de l'abbé du Chayla (24 juillet) a été comme un départ donné. Du Pont-de-Monvert, « les attroupés de Mazel » vont brûler presbytères et églises, châtier les prêtres quand ils les trouvent : le 25 juillet à Frutgières et à Saint-Maurice-de-Ventalon, le 26 à Soleyrols, le 27 à Saint-André-de-Lancize, le 28 à La Devèze... (Cf. Abraham Mazel, *ibid.*) Évidemment, les prêtres jugent plus sage de quitter au plus vite les paroisses montagnardes, à commencer par le curé L'Ouvreleuil : dès qu'il a prononcé l'oraison funèbre du Chayla, il descend se réfugier en Alais, puis à Mende (septembre 1702), où il écrira (de plus loin, mais plus paisiblement) son journal, d'où il tirera ses deux ouvrages : *Le Fanatisme Renouvelé,* édité dès 1704, suivi de *L'Obstination confondue* (ou Suite au Fanatisme Renouvelé), rééd., Avignon, Seguin Aîné, 1868.

PAGE 101

* « L'École des Arpenteurs où l'on enseigne Toutes les Pratiques de Géométrie qui sont nécessaires à un Arpenteur. On y a ajouté un abrégé du Nivellement avec les propriétés des eaux et les manières de les jauger ou mesurer. On y trouvera aussi une Méthode fort courte pour faire des toisés, pour toiser la solidité des terres, et jauger les tonneaux ; enfin l'on y rapporte les Ordonnances des Rois sur l'Arpentage. Seconde Édition reveuë, corrigée et augmentée. A Paris, chez Thomas Moette ruë de la Bouclerie, près le Pont Saint-Michel, à l'image de S. Alexis. M. D. C. X. C. I. I. Avec Privilège du Roy. »

* La guerre dite « de Succession d'Espagne » qui devait durer treize ans.

PAGE 106

* Psaume CXXIX.

PAGE 107

* Exode, XXI, 14

PAGE 111

* « Les petits prophètes dormans » : c'est ainsi qu'on appelait les enfants de Bourdeaux (Dauphiné) qui prêchaient en dormant au printemps de 1688 : ils imitaient leur voisine, Isabeau Vincent, une bergère de 17 ans, célèbre depuis la nuit du 3 février (à la suite d'une crise de somnambulisme, vraisemblablement) ; arrêtée, bien nourrie et soignée à l'hôpital de Grenoble, elle guérit. Mais les enfants du voisinage continuaient, imités à leur tour par des paysans... (dans *Histoire du Fanatisme de notre temps*, Utrecht, 1737, 3 vol. — I, 118 — par BRUEYS — David Augustin de... —, avocat à Montpellier, qui se convertit vers 1682 au catholicisme, puis a pris beaucoup de peine pour faire oublier ses origines huguenotes. Il a publié le premier volume de son ouvrage en 1692... reçoit enfin en 1700 une pension royale de 500 écus, puis, en 1712, 300 livres des États du Languedoc, à condition que les deux derniers volumes de son ouvrage fussent approuvés par Mgr l'Évêque de Mirepoix).

* M. de Folleville, colonel du régiment de Flandres, dissipe à coups de mousquets une

assemblée de 3 à 400 N. C. près de Privas (13 fév. 1689), puis en tue 300 au-dessus de Saint-Genest-la-Champ (19 fév.), 7 près de Saint-Cierge-la-Serre (22 fév.), etc. (d'après les lettres de l'intendant Basville et de Folleville à Louvois, Archives de la Guerre, vol. 903).

** Daniel Raoux, cultivateur illettré de la Bastide de Virac. Il fit des assemblées d'août 1700 à août 1701 ; arrêté le 28, il fut roué vif le 9 septembre (d'après les *Mémoires d'un Ancien-Catholique de Saint-Hippolyte*, dans les papiers d'Antoine Court, *op. cit.*)

PAGE 112

* Nombres, XII, 6 et 7.

** « Je te dis, mon enfant... » Tous les témoignages attestent que les prophéties commençaient presque toujours par ces mots.

PAGE 114

* MAXIMILIEN MISSON, le fils d'un pasteur émigré à Londres, a recueilli les témoignages des réfugiés sur les inspirations et les prophéties en Cévennes. Il les a publiés en 1707, sous le titre *Le Théâtre Sacré des Cévennes*, ou récit des merveilles nouvellement opérées dans cette partie de la Province du Languedoc. On y lit que le frère d'Élie Marion se donna sans dommage des coups de couteau dans le ventre (p. 74) ; que Pierre Claris se jeta dans le feu (deux témoins différents, pp. 51 et 112 ; l'ordalie de Claris est attestée par Bombonnoux dans sa relation et même par Jean Cavalier, pourtant bien calmé, après cinq ans de réflexion, qui relate le miracle du feu dans ses *Mémoires !* Antoine Court, après une enquête minutieuse, l'homologue, mais pencherait pour une hallucination collective...)

On connaît des exemples nombreux de cette insensibilité, de cette invulnérabilité relative des prophètes cévenols, et qui ne sont pas tous exagérés. Ces phénomènes paraissent moins extraordinaires aujourd'hui, avec les progrès de la biologie, l'étude des léthargies, des hallucinations et autres symptômes cataleptiques ou épileptiques. Les travaux de M. P. de Félice nous montrent des exemples de ce « fakirisme », depuis les temps les plus anciens, chez les fanatiques de toutes races et de toutes religions. On retrouverait sans doute aussi, dans toutes les transes de ce type, l'exaltation de certaines facultés intellectuelles (imagination, mémoire) dont les Cévenols d'alors nous ont donné d'étonnantes manifestations.

Notons, pour finir, qu'après de savantes comparaisons, d'aucuns ont cru pouvoir affirmer que si « en Israël, l'inspiration agissait sur le cœur, dans les Cévennes, elle agissait sur les muscles... »

PAGE 116

* D'après le psaume CXIII.

PAGE 117

* *Des enfants au maillot* : « Un enfant âgé de 13 à 14 mois, emmailloté dans son berceau, qui n'avait encore ni jamais parlé ni jamais marché. Le témoin prétend avoir été appelé là avec ses amis, car cet enfant s'était mis à parler distinctement en français et qu'il exhortait à la repentance... (avant

même 1702, les prisons étaient pleines d'enfants prophètes. Les scientifiques de la Faculté de Médecine de Montpellier les étudièrent)... Ils ne voulurent donner ni le nom de prophètes ni celui de démoniaques à ces enfants. Ils ne les trouvèrent pas malades non plus, eux dont le fait est de se connaître en maladies. Ils les auraient traités de fourbes, s'ils avaient pu; mais ils n'apercevaient rien de contrefait, du *dessein* [« Volonté, désir de faire ou de dire. Plan. Projet... » dic. Richelet = *rien de prémédité...*] dans ces pauvres êtres innocents, cela ne se pouvait pas. D'ailleurs, il était visible que ces gens-là n'étaient pas fous, ni les hommes, ni les enfants. Et on ne peut pas dire, enfin, que le zèle de la religion eût altéré le cerveau de ceux-ci particulièrement et que de longues et profondes méditations sur l'Apocalypse les eût rendus « visionnaires ». Qu'avaient-ils donc à dire? Peu de choses sans doute. Cependant les docteurs restèrent muets! cela aurait été préjudiciable à leur réputation... »

Antoine COURT (*op. cit.*, p. 60).

** *Au milieu des siens :* La rumeur populaire arrangeait un peu la réalité, sans doute, car les documents conservés aux Archives du Gard (9e div. S. B. : dossiers criminels du Présidial de Nîmes) établissent qu'Isabeau Romajeon, dite Vernalouze, a été, le 7 avril 1702, à Vendras, arrêtée en chemise, alors qu'elle était couchée avec Bombonnoux, le chef des seize garçons qui l'avaient arrachée aux six miliciens qui la convoyaient, le 9 mars précédent, entre Vergèze et Aigues-Vives.

PAGE 118

* *Et personne pour les enterrer!* Ce passage inspiré librement d'un psaume d'Asaph (LXXIX) est un exemple du sentiment direct (on pourrait presque dire des « sensations ») éprouvé par les Cévenols persécutés, à la lecture des Écritures : on mesure combien ces images devaient être durement réalistes pour eux, si l'on se rappelle qu'il leur était interdit d'enterrer les leurs, morts sans avoir abjuré.

** *... car ces bêtes étaient les prêtres :* ce songe notoire est rapporté en termes analogues par Abraham Mazel (*op. cit.*, pp. 4 et 5), qui le donne pour le signal de la révolte armée.

*** *Les poux et le retour des pasteurs :* « Enfin Jean Rampon et Pierre Esprit dont il sera parlé ci-après receûrent par inspiration divine cet ordre extraordinaire qui les surprit fort. Il leur feût deffandu de se peigner pendant l'espace de quelques semaines et il leur feût dit que ce signe leur serait expliqué. Ils observèrent religieusement cet ordre, et quand le terme feût expiré, qu'ils eurent receü commandement de se peigner, il leur feût dit par inspiration, qu'autant de poux qu'ils tomberaient de leurs têtes, autant de ministres verroient-ils revenir dans le païs pour leur prêcher l'Évangile et administrer (*les sacrements*) comme avant la persécution. Ces deux inspirés ne doutoient point de voir tomber de leurs têtes des poux en abondance car la misère où ils étaient, étant errans et fugitifs, couchant dans les cavernes tout vêtus, ne pouvant point changer de linge pour se tenir nets, cette vermine les avoint tellement gagnes que tous leurs soins ne pouvoient pas les en garantir. Considérez leurs circonstances et leurs préjugés en faveur des Ministres : dans quel étonnement ne se trouvèrent-ils pas, de voir que pas un pou ne tombe de leurs têtes, qui furent peignées jusqu'à se les écorcher. Ils furent bien fâchés de n'en pouvoir trouver, pour l'amour des Ministres, pour qui ils avoint tant de passion (add. post. : respect et estime) que de haine (add. post. : de mépris et d'horreur) pour cette vermine qui les mangeait tout vifs. »

Abraham Mazel (*op. cit.*, p. 4).

PAGE 123

* *Les armes contre les persécuteurs :* « Après l'affaire de Fontmorte, nous demurâmes cois, quant aux entreprises. Salomon Couderc, qui avait le don de prédication, et moi, fîmes des assemblées sans discontinuer, nonobstant les recherches qu'on faisoit de nous. Comme nous n'entreprenions pas d'assembler le peuple sans qu'il nous feüt ordonné par inspiration, nous feümes toujours merveilleusement protégés. Après divers avertissements qui m'avoint esté donnés de me préparer à prendre les armes, plus fortement que nous n'avions fait encore, pour livrer la guerre à nos persécuteurs, ordre me feüt donné de faire assembler le peuple, à tel endroit du désert, etc. »

Abraham Mazel (*op. cit.*, p. 16).

A la suite de ses mémoires publiés avec ceux de Mazel, dans le même volume (cf. * 47- p. 393. Élie Marion fournit des listes « de ceux qui ont été chefs ou qui ont eu quelque commandement parmi nous pendant notre guerre ». On peut y relever, à propos des trois chefs mentionnés ici : « ... Gédéon Laporte, natif du lieu de Saint-Paul-la-Coste, qui était marié à Branoux et y demurait. Il trafiquait en cochons... âgé d'environ 40 ans, non inspiré... Henry Castanet, du lieu de Massevaques, paroisse de Vébron. Peigneur de laine. Il avait été valet... Nicolas Joiny, de Génolhac, Faiseur de briques, âgé d'environ 40 ans, non inspiré... »

Élie Marion (*op. cit.*, pp. 178 et 181).

PAGE 124

* « vous laver les pieds... » : Cf. Genèse, XVIII, 4 et 5.

PAGE 128

* C'étaient, en effet, les propos du premier chef des camisards.

PAGE 131

* Cf. Juges, VI, 2.

PAGE 132

* *Certain petit boulanger d'Anduze* : « Jean Cavalier, âgé d'environ vingt ans, fils d'un païsan d'un village appelé Ribaute proche d'Anduze, qui estoit reveneü de Genève, où il travaillait de son mestier chez un boulanger, et qui depuis a esté Colonel de deux régimens au service des Hauts Alliés (*rappelons que Mazel a dicté ses mémoires à Londres en 1708*), il avait dans ce tems là des dons de Dieu très excellens, il prêchait merveillusement bien, et avoit aussi le don de révélation.

Cavaillier, aïant oui dire ce qui s'estoit passé dans nos Hautes-Cévennes, estant avertis d'ailleurs qu'il faudrait combattre contre les persécuteurs, nous envoïa le nommé Soustelles, pour nous dire que si quelques-uns de nous vouloint dessandre vers ses quartiers, il croïait que nous trouverions plus de huit cens hommes qui nous suivroint pour combattre. Le dit Soustelle me remit de sa part un espèce de méreau de bois, long de quatre pouces et deux d'épaisseur, afin que par là il peût reconnaître qui nous estions.

... Dix-huit hommes, Cavalier compris, armés de manière ou d'autre, se trouvèrent avec nous au rendez-vous marqué... »
ABRAHAM MAZEL (*op. cit*, pp. 16 et 17).

N. B. : *Mémoires* de MAZEL, Marion, Cavalier, témoignages recueillis par Antoine Court, etc., etc., et, pour la partie adverse, chroniques du curé L'Ouvreleuil, de La Baume, de l'Ancien-Catholique de Saint-Hippolyte, Manuscrits (Gaiffe et autres), lettres privées (celles du prieur de Mialet ou de Sœur Démerez des Ursulines de Nîmes, principalement...), Mémoires de Basville (intendant de Justice, Police et Finances de Languedoc depuis août 1685 jusqu'en avril 1718!) ; relations et lettres de Mgr Fléchier, évêque de Nîmes, etc., documents conservés dans les archives départementales de l'Hérault, du Gard, de la Lozère, et surtout la correspondance officielle, toutes les lettres et tous les rapports conservés et classés dans les Archives de la Guerre au Château de Vincennes... Les témoignages (depuis les différents points de vue) abondent sur les événements qui vont suivre. Les historiens ont donc pu, par recoupements dans ce riche matériel, approcher d'une certaine vérité. A partir d'ici, nous ne renverrons le lecteur aux sources que pour montrer comment, par exagération, excès de discrétion et autres égarements de l'enthousiasme, notre auteur s'écarte du dénominateur commun des témoignages, et donc de la vérité fixée par les spécialistes, comme nous l'avons fait ci-dessus au sujet des « 800 hommes » du petit boulanger d'Anduze.

Les lettres et rapports échangés entre Versailles et le Languedoc ont été reliés en volumes par les successeurs de Michel Chamillart, secrétaire d'État à la Guerre depuis 1701, par Breteuil (ministre de 1723 à 1726) et Baüyn d'Angervilliers (de 1728 à 1740). Le petit préambule que les secrétaires ont reproduit en tête de chacun des volumes, comme un « résumé des chapitres précédents » témoigne d'un certain ton. Le voici :

AVERTISSEMENT

« Les affaires du Languedoc, des Cévennes et du Vivarais devenant de jour en jour plus sérieuses, le Roy se trouva obligé pour remettre la tranquillité dans ces provinces d'y tenir des troupes aux ordres de MM. les maréchaux de Montrevel et de Villars tant pour dissiper par la force des armes les assemblées des gens de la R. P. R. que pour les réduire à se soumettre à l'obéissance de sa majesté dont ils s'étaient distraits par leur révolte et à rentrer dans le devoir qu'ils lui devaient... »

PAGE 133

• Psaume XCI.

PAGE 134

• « Nous saisirons de la main gauche... » Cf. Juges, VII, 20...

PAGE 135

• Juges, VIII, 4 et 5.

* *Le temple miraculeux :* Le temple du Collet-de-Dèze n'avait pas été démoli comme les autres en 1685, parce que Marie Félice de Budos, marquise de Portes et seigneur du lieu, avait demandé qu'il fût conservé pour être transformé en hôpital.

** *En ouïssant nos psaumes :* Il avait été prévenu par ses espions et s'était réfugié au moulin d'Olympie. Basville fait état de sa déposition dans sa lettre du 12 sept. à Chamillart. Le mas dont il est question deux lignes plus loin est le Mas de l'Abri (près de Cendras) où un milicien nommé Blanc avait conservé des armes au lieu de les rendre à son capitaine après l'exercice du dimanche matin, comme il était de règle. (Arch. dép. Hérault, C. 184.)

PAGE 136

* *Enfuis à notre approche :* En réalité, M. de Cabrières venait d'être informé d'une assemblée que les attroupés devaient tenir à quatre kilomètres du Collet. Il était parti aussitôt battre la campagne, en vain, naturellement, puisque la fausse dénonciation lui avait été envoyée par les rebelles eux-mêmes.

• Exode, XXI, 24 et 25.

PAGE 137

* *Le fameux capitaine Poul :* Il s'agissait effectivement du capitaine Poul avec 12 fusiliers, de M. de Gibertain avec 12 miliciens de Saint-Germain-de-Calberte qui, alertés par un espion, avaient rejoint la compagnie du Collet et celle des Ayres déjà lancées à la poursuite des rebelles. (Poul à Basville, lettre du 10 sept.)

Le capitaine Poul était un officier spécialiste de ce genre de guerre, s'était battu en Allemagne, en Hongrie, et surtout en Piémont contre les protestants vaudois. Son aspect et sa légende étaient bien faits pour terrifier. Voici comment le dépeint le curé L'Ouvreleuil (*op. cit.*, L. I, 36 et 37) :

« ... Sa taille haute et libre, sa mine belliqueuse, l'habitude du travail, sa voix enrouée, son naturel ardent et austère, son habit négligé, la maturité de son âge, son intrépidité éprouvée, l'avantage de son expérience, sa taciturnité ordinaire, la longueur et le poids de son sabre d'Arménie le rendaient formidable. Il montait son cheval d'Espagne, sur lequel il avait accoutumé de se tenir le jarret à demi plié, pour pouvoir s'élancer jusqu'aux oreilles et se coucher jusqu'à la queue, quand il était nécessaire de porter un coup mortel ou de l'éviter... »

PAGE 139

* Confirmé par M. de Marcilly dans sa lettre du 19 oct. à Chamillart : ... « tous les morts du côté de ces canailles-là furent si bien cachés dans le même moment que personne autre que le sieur Poul ne m'a dit en avoir vu aucun... »

• « De la part de Dieu, Gédéon, Colonel... » Sur le cadavre de Gédéon Laporte, on devait trouver une proclamation contresignée : « Abraham, Salomon, Cavailer, Rampon » datée du 26 septembre. (Arch. dép. Hérault, série C, 183).

PAGE 142

* Job, X, 1 et 2.

PAGE 143

* Toujours le Sermon de la Colombe.

PAGE 144

* L'affiche décrit ainsi Laporte: « De taille un peu au-dessus de la médiocre, âgé de trente-cinq à quarante ans, portant une petite moustache, le visage noir, assez plein, les yeux noirs et vifs, les cheveux noirs et crépés. »

PAGE 145

* Psaume CXXXVII.

PAGE 146

* Psaume CXIX, 105 et 106.

PAGE 147

* L'incendie de l'église de Saint-Privat-de-Vallongue est du 21 septembre ; l'affaire du château de Vingt-Bouches (à 1 km) du 22, à 9 h du soir ; celle du Cros (à 4 km) la même nuit ; l'incendie de l'église de Saint-Hilaire-de-Lavit (à 6 km) la même nuit ; ils étaient une soixantaine. Le lendemain, 23 septembre, ils sont deux cents à Sainte-Croix-de-Vallée-Française (à 10 km) ; le jour même, ils brûlent l'église de Molézon (à 6 km), entrent dans les châteaux voisins du Mazel, de la Saigne et de Soubreton. Dans la même nuit du 27 au 28 septembre, incendies des églises de Saint-Marcel, Saumane et Saint-Martin (à une douzaine de kilomètres de Molézon). Marouls, où ils couchent le lendemain, se trouve à 6 km (précisions de dates fournies par les *Mémoires* d'Abraham Mazel et la correspondance officielle). Ces distances, mesurées en ligne droite sur une carte d'état-major, ne fournissent qu'un ordre de grandeur. Il convient de les multiplier deux ou trois fois dans ce pays très accidenté. Ainsi, de nos jours, pour aller de Saint-Hilaire-de-Lavit à Sainte-Croix (10 km en ligne droite), il faut couvrir une trentaine de kilomètres par des voies que la carte Michelin qualifie : « chemins de chars » (St-Hil. chemin départemental n° 54), « montée plus de 12 % » (Calbertette), « parcours difficile ou dangereux » (col de Malhausette-Sainte-Croix)...

PAGE 148

* *Défense de l'Esprit de lui faire mal aucun...* « ce qui estait pour des fins que je ne connaissois pas alors » Abraham Mazel (*op. cit.*, p. 19) Élie Marion (*ibid.*, p. 110) précise :

« ... Abraham avoit eu une inspiration qui lui avoit défendu de faire aucun mal à la personne dudit curé, et même de faire sortir tous ses effets avant de brûler l'église et la maison presbitérale où il demuroit, ce qui feüt exactement obéi. Lorsqu'ils heurtèrent à sa porte, il dit aussitôt qu'il rendroit les armes qu'il avoit. « Mais, ajouta-t-il, que voulez-vous faire de moi? — Nous avons eu des inspirations, répondit Abraham, qui nous défendent de vous faire aucun mal. » Là-dessus, il ouvrit sa porte ; on trouva la Bible ouverte sur la table, laquelle il remit aux camisards avec deux fusils. « Il faut bien, leur dit-il, que Dieu m'ait aussi inspiré, car vous voïez que je ne me suis pas enfui comme les autres curés... »

N. B. Pendant ce temps, le capitaine Poul n'a cessé de les suivre : le 23 sept., il est informé qu'ils sont à Sainte-Croix ; il y parvient trop tard accompagné de M. de Miral, colonel des milices de Florac ; il revient à Barre, où il apprend l'incendie de Molézon. Il repart aussitôt, mais trop tard encore... (Poul à M. de Miral, Arch. Lozère, corresp. Arch. Guerre, etc.)

PAGE 149

* Il importe, pour apprécier justement les combats, et certains « miracles », d'avoir quelques notions de l'armement et de l'équipement de l'époque.

1) LE FUSIL DE MUNITIONS : A remplacé le mousquet en 1697. C'est un mousquet perfectionné, le premier fusil à pierre. L'inflammation de la charge est produite non plus par une platine à rouet ou à mèche mais par une étincelle jaillie du choc d'un silex (vissé entre les mâchoires du chien) et d'un briquet d'acier, et tombant sur la poudre d'un bassinet disposé au-dessous de la lumière (dès 1692, la moitié de l'effectif des fantassins étaient armés de ce fusil à pierre qui restera, à quelques modifications de détail près, en service jusque vers 1830 où il sera remplacé par le fusil à piston — inflammation par capsule). En même temps avait été adoptée la baïonnette, d'abord montée sur une tige de bois qu'on enfonçait dans le canon du fusil, ce qui empêchait de tirer, mais que Vauban imagina (dès 1687) de monter sur un cylindre creux, la rouille.

Pour que l'inflammation se produise, il fallait que le système soit bien sec et le bassinet soigneusement pourvu en poudre fine. Ce qui donnait un avantage considérable à l'assaillant, ou à celui qui était à l'affût, dans une guerre d'escarmouche surtout, car il avait eu le temps de bien préparer son arme. Au contraire, l'assailli — le cavalier qui retirait son fusil de la fonte secouée par le galop, ou le prêtre qui le décrochait du mur — risquait de faire « long feu ».

Le fusil de munition mesurait 1,58 m et pesait 11 livres. Il fallait plus de trois minutes pour le recharger, et il était impossible de le faire en marche ; ainsi, les soldats poursuivis commençaient par se débarrasser de cette arme lourde, devenue inutile.

Toutes ces particularités font mieux comprendre comment les révoltés se sont armés aussi rapidement aux dépens des troupes royales.

2) L'UNIFORME : Sous Louis XIV, l'armée était devenue permanente et Louvois créa, pour cette *armée régulière*, l'uniforme, c'est-à-dire des vêtements de même coupe et de mêmes couleurs pour tous les soldats d'un même régiment, dès 1670. Il fallait le noter, puisque cette nouveauté a permis aux camisards, qui dépouillaient leurs victimes, un certain nombre de ruses de guerre.

3) LES BOTTES DES DRAGONS : On appelait alors dra-

gons tous les soldats à cheval. Les estampes que l'on peut consulter à la Bibliothèque du Musée de l'Armée aux Invalides nous les montrent chaussés de ces énormes bottes « à chaudron », du type de celles que portaient les courriers et qui devaient peser plusieurs kilos chacune. Il faut voir là, sans doute, la raison pour laquelle les dragons, même victorieux, ne mettaient pas pied à terre pour donner la chasse à travers les rochers aux rebelles même blessés ; c'est pourquoi aussi il était si facile de se saisir d'eux, leur cheval une fois abattu.

PAGE 150

* *a*) L'ONCLE LAPORTE DE BRANOUX EST MORT : Gédéon Laporte fut tué par les dragons du capitaine Poul et les bourgeois de Barre le 23 oct. dans le ravin de Thémelac. « ... Nous étions environ 80 hommes en nombre, mais nos armes étaient en fort mauvais état à cause des grandes pluies que nous avions souffertes, en sorte que nous n'avions pas plus de trente fusils qui pussent faire feu... » écrit Abraham MAZEL dans ses mémoires (*op. cit.*, p. 21).

* Psaume LX.

PAGE 151

* Psaume LXX.

PAGE 152

* Juges, VI (Gédéon, Juge en Israël), 11.

** *Id.*, *Ibid.*

*** Cf. Genèse, IX (Noë et ses fils), 12 à 16.

PAGE 153

* *Le nouveau Gédéon :* Pierre Laporte, neveu du précédent, était castreur de porcs. « Il était âgé d'environ vingt-deux ans quand Dieu le visitta de son Esprit, qu'il receüt les dons de prédication et de prophétie... Avant que nous prissions les armes il se tenoit à Nîmes ou aux environs, annonçant au pauvre peuple la Parole de Dieu selon ce talent qu'il en avoit receü... » MAZEL (*op. cit.*, pp. 22 et 23).

Dans sa maison natale, le *Mas Soubeyran* (entre *Anduze* et *Mialet*) ont été pieusement rassemblés les souvenirs des camisards. On y vient du monde entier, car, plus que les pauvres lames ou les psautiers usés, le décor est évocateur, incomparablement ; il faut y venir respirer... c'est le MUSÉE DU DÉSERT.

* Étienne Jourdan, sergent de milice, avait, dix ans auparavant, tué le prédicant François Vivent. La plupart des documents attribuent son exécution, le jeudi 5 octobre, aux premiers éléments de la troupe personnelle de Jean Cavalier. Peut-être Pierre Laporte en fut-il, puisqu'on signale sa présence aux côtés du garçon boulanger le 9 (4 jours après) au bois de Plans (interrogatoires de Sollier, le 27 oct. Arch. Intendance de Languedoc, C. 182).

** Ces informations ne sont pas exagérées, puisqu'il ressort des documents que, le jour même de la mort de Gédéon Laporte à Thémelac, Abraham Mazel, Salomon Couderc et leurs attroupés, pourchassés par Poul et ses hommes, sont allés forcer les portes du Pompidou, ravager les casernes, y compris le logis du commandant ; le lendemain, ils brûlèrent églises et presbytères de Saint-Andéol-de-Clerguemort, de Saint-Michel-de-

Dèze... Cependant, Castanet, de Massevaques, formait sa troupe sur l'Aigoual où commençaient à brûler les églises ; Jean Cavalier, dont la troupe s'étoffait, s'en prenait, après le délateur Jourdan, au curé de Saint-Martin près Durfort, et allait sonner les cloches aux portes d'Anduze dans l'enceinte de laquelle miliciens et fusiliers tremblaient ; Jacques Couderc, dit « La Fleur », commençait à mériter, dans les vallées de l'Allier et du Lot, son nouveau surnom de « Fléau-des-Prêtres » ; Jouany, le tuilier de Génolhac, attroupait les siens sur le Lozère, au-dessus de son village, etc., etc.

** « Dieu ne donne point le courage... » Agrippa d'Aubigné.

*** *Les Isles ou le Canada :* La déportation des religionnaires aux Iles avait été proposée depuis longtemps par les évêques, mais le roi avait refusé, malgré leur insistance, parce qu'il craignait que les huguenots n' « infectent » les colonies, comme ils l'avaient fait quinze ans plus tôt. Les protestants enlevés étaient conduits dans les prisons du Roussillon dont la garde avait été renforcée (cf. vol. 1707 aux Arch. Guerre), mais la destination des convois était gardée secrète pour laisser croire à l'effrayant voyage pour les Iles.

Sœur Demerez, assistante aux Ursulines de Nîmes, écrivait trois fois par mois à un prêtre les nouvelles ou les racontars. Ses lettres, recueillies, ont paru à Montpellier sous le titre *Journal des Camisards* (publiées en suppléments aux Chroniques du Languedoc, 1874-1875). Cette peu émotive religieuse, écrit à son correspondant, à propos de l'un de ces convois : « ... il n'y avait rien de plus affreux que de voir sortir du fort 400 hommes ou femmes, la plupart tenant leurs enfants moribonds à la mamelle ; toute cette troupe fut conduite à Lunel pour estre embarquée avec bon nombre d'autres qu'on mena de la tour de Constance et de la citadelle de Montpellier. On croit qu'on les fera boire à longs traits ou qu'on les mène en Amérique... » (Lettre du 11 mai 1703).

** Psaume CXLIV, 12.

PAGE 155

* Juges, VI, 15.

** *Id., Ibid.* 17.

*** Psaume CXXXI, 2.

PAGE 157

* « ... ses dix jours de légumes et d'eau... » épreuve proposée par Daniel à Nébucadnetsar, roi de Babylone, cf. Daniel, I, 3 et 4, 12 à 15.

PAGE 162

* « Bildad, Éliphas et Tsophar », les trois amis de Job qui viennent le questionner, cf. Job, dans les Livres Poétiques de l'Ancien Testament.

** Dans Ézéchiel, XXIII, 20 (d'après l'une des premières traductions françaises de la Bible librement châtiée depuis).

** D'après la Genèse, II, 23.

PAGE 163

* *Id., Ibid,* 24.

PAGE 166

* Samuel, XII, 18.

PAGE 167

* Deutéronome, XXIII, 13 et 14.

PAGE 170

* ... *La bonne façon vaudoise :* Les vaudois avaient infligé le même supplice à M. de Paratte, lieutenant-colonel du régiment d'Artois en 1690. Dans son rapport au ministre, l'intendant du Languedoc écrit : « ... Vidal fut pris, on lui coupa le nez et les oreilles, on lui mit de la poudre dans la bouche, ils y mirent le feu... » (Lettre de Basville à Chamillart, arch. Gu.). Le curé L'Ouvreleuil (*op. cit.*) apporte les mêmes détails, ainsi que Vidal, ancien curé de Florac, alors PRIEUR DE MIALET où il s'était réfugié dès le début de la révolte, et dont 23 lettres, allant du 7 octobre 1702 au 22 février 1703, ont été retrouvées et publiées sous le titre « Les Camisards en Action » (par H. Affre, Rodez, Carrère, 1890). A Mandajors, le 18 novembre, à midi, 150 « malcontents » commandés par Jean Cavalier et Pierre Laporte, armés pour moitié de fusils, les autres de haches et de bâtons, sont attaqués par le capitaine Vidal à la tête de vingt-quatre soldats, cinq de ces derniers sont mortellement blessés, les autres en fuite, le capitaine, touché à l'épaule, est fait prisonnier.

L'assemblée d'Aigues-Vives réunit plus de 2 000 personnes à midi sur la Grand'Place (Antoine Court, *op. cit.*, I, 93. Arch. Gu. V. 1614, 105). Le jugement prononcé contre les habitants et la communauté d'Aigues-Vives le 21 novembre 1702 condamne Fournier, premier consul, et deux notables aux galères, quatre autres ont été pendus sur le champ, vingt jeunes gens ont été emprisonnés à Nîmes, un enfant de douze ans a été fouetté à tous les carrefours (Arch. du Gard).

** Deutéronome, VII, 16 et 21.

PAGE 171

* Juges, IV (cantique de Débora la prophétesse), 20 à 28.

** Psaume LXVIII, 20 à 25 ; c'est le « psaume des Batailles ».

*** Ésaïe, I, 2.

PAGE 172

* Deutéronome, XXIII, du 9 au 15.

PAGE 175

* « Rolland » : « roullant » sans cesse par monts et par vaux, Pierre Laporte signe ses premiers documents *la Pierre Roullante* ; cette allusion biblique mêlée au souvenir du paladin Roland très populaire en Cévennes a dû fournir la signature définitive : Rolland.

PAGE 178

* Cf. Jérémie, LI, 17 à 19.

** *Id.*, *Ibid.*, 3 à 5, et L, 34 à 39.

PAGE 179

* Juges, VI, 11 et 12.

PAGE 180

* *a*) LEURS CONFÉRENCES... Les chefs rebelles ont conféré près de Mialet dans l'après-midi et la nuit du dimanche 10 décembre 1702. Ces entretiens marquent la séparation définitive des différentes troupes qui auront désormais chacune leur rayon d'action (Jouany, le Lozère ; Castanet, l'Aigoual ; Rolland, de La Salle à Mialet,

Cavalier, la plaine, etc.), division qui affolera l'ennemi, claquera ses troupes et portera partout la révolte.

« Aïant considéré que nos deux troupes estant ensemble auroint d'autant plus de peine à subsister et que nous faisant découvrir par nombre nous exposions ceux qui nous portoient à manger des endroits où nous passions, il feût résolu que nous nous séparerions jusques à nouvel ordre... » Abraham Mazel (*op. cit.*, p. 24).

b) Chron. (En reprenant au début de la lettre) : Les quatre-vingts hommes de Jouany rejoignent les troupes réunies à Thélisses le 22 nov. (Mazel, *ibid.*) ; la nuit même a lieu l'affaire des capitaines de Toyras et de Saint-Jean (*ibid.*) ; le 24, à 8 heures du soir, l'épisode des gentilshommes-verriers (château de la Rouvière, près Quissac. Arch. Intend. C. 262 ; Prieur de Mialet, *op. cit.*) ; à 10 heures du soir, incendie de la métairie de la Nougarède ; à minuit, incendie de l'église de Bragassargues, puis de celle de Sérignac (sur le bûcher sont jetés les corps du sieur Rieucord et de son valet qui viennent d'être exécutés, *ibid.*) ; le samedi 25 : ravitaillement dans la métairie Maillan (Prieur, *ibid.*) ; le 7 décembre, après une semaine d'assemblées incessantes, à Fons-sur-Lussan, l'église et trois maisons sont brûlées, le régent, Jean Clavel, est exécuté (Arch. Intend., *ibid.*, lett. Basville à Chamillart du 10 déc.) ; le vin du curé est mis en bouteilles dans la nuit du 9 au 10, en même temps que sont exécutés le régent et un vieillard, incendiées les églises de Générargues, de Saint-Sébastien où est massacré le nommé Pagès soupçonné (lui aussi) d'avoir vendu Vivent ; la nuit suivante, incendie de l'église, de la maison du consul et de celle d'un milicien à Mialet où un prophète est inspiré de faire fusiller trois habitants devant l'église, ce qui est immédiatement exécuté (Prieur, *op. cit.*, LX, 13 déc. Arch. Int. C. 258 ; Relation Exacte des Actions Horribles commises par les Fanatiques, *op. cit.*, etc.).

c) Les troupes du roi (La correspondance officielle — volume 1614 aux Archives de la Guerre — montre leur faiblesse au début de la révolte, mais aussi leur rapide renforcement).

— *Juillet 1702 :* 8 compagnies, de 30 fusiliers chacune, 240 soldats au total. Forts et châteaux : faibles garnisons, mal équipées, il leur est interdit de quitter leur poste pour partir en détachement.

— *9 novembre :* les États, réunis à Montpellier, votent les crédits, pour lever 15 nouvelles compagnies de fusiliers, de 45 hommes chacune. Les compagnies existantes sont renforcées.

— *Décembre 1702 :* les garnisons renforcées sont autorisées à poursuivre — 2 compagnies de dragons Nouveau-Languedoc (la première donnée au capitaine Poul, la deuxième à La Dourville) ont été levées par autorisation du roi aux dépens de la province, mais sont encore mal équipées et sans discipline + arrivent : le régiment de Marcilly (pour les garnisons) + 3 autres régiments (Menou, Duguast et Tournon) hâtivement levés.

— *Début 1703 :* + le régiment de Tarnaud (levé à Valence) + le régiment de La Fare (levé à Montpellier + 2 bataillons de milices envoyés par les mocèses de Nîmes, Agde et Montpellier (33 compagnies, soit 1 485 fusils au total) + 10 nouvelles compagnies de dragons + (faisant route vers les Cévennes) : 2 bataillons de Hainaut (venant d'Alsace) + 1 régiment de dragons (venant d'Italie) + 300 miquelets (venant de Roussillon)... (N. B. : Tout porte à croire que les révoltés étaient exactement informés de l'état comme du mouvement des troupes.)

PAGE 185

* et ** Toujours le « Psaume des Batailles » (LXVIII, 1 à 4.)

PAGE 187

* La traduction de « que le cœur leur sorte par le dos » ne rend que petitement l'original patois : « qué lou cur lüs sourtiguesso per l'escino ! » à la brutale euphonie.

PAGE 190

* *Le Joussand au Rédarès :* Aux sources historiques citées jusqu'ici, il faut ajouter l'*Histoire de Génolhac* de M. l'abbé NICOLAS, curé-doyen de cette ville. (Mémoires de l'Académie de Nîmes, 1896, p. 162.) Du même auteur, l'histoire du couvent de Génolhac (Nîmes, Gervais Bedos, 1890) ; outre Mazel (*op. cit.*, p. 35), Cavalier (*op. cit.*, p. 209), la lettre du 25 décembre de M. le Chevalier d'Aiguines à Chamillart, etc. Aucun document n'infirme le récit qu'on vient de lire.

PAGE 194

* Psaume LVII.

PAGE 195

* *Forteresse en lames de couteaux :* Le fort Vauban, qui est, de nos jours, prison et musée d'Alès. En 1688, trois forts avaient été construits (Alais, Saint-Hippolyte et Nîmes), dont les canons devaient intimider les cités « phanatiques ».

PAGE 199

* Les témoignages abondent sur l'affaire de Servas au cours de laquelle Jean Cavalier a répété la ruse qui lui avait réussi pour entrer à Saint-Chapte le 9 novembre précédent.

UN BOURGEOIS ALAISIEN qui servait, lui aussi, dans la Milice, a noté « pour apprendre à écrire », dit-il, les événements auxquels il a été mêlé. (*Fragments de la Guerre des Camisards dans les environs d'Alais, Vernoux, le Cheylard, etc. par un Anonyme, 1692-1709*, publié avec une introduction et des notes par Marius Tallon, Privas, Imprimerie du Patriote, 1887). On y lit, p. 26 : ... « Prie ! lui dit un de ces bandits, l'ayant couchée en joue, le fusil fit faux feu et au deuxième coup il tua la fille... » Par contre Jean Cavalier dans ses Mémoires (*op. cit.*, p. 84) fait du portier le gouverneur ; de sa fille, du berger et d' « un petit enfant nommé Paul » (ses seules victimes à Servas, d'après l'ALAISIEN), une garnison de 40 soldats.

PAGE 200

* « ennemis épars... » Toujours le psaume des Batailles (LXVIII, *op. cit.*).

* AU SUJET DE L'AFFAIRE DE LA PRAIRIE D'ALAIS :

a) « ... Voici un des coups surprenants de la Providence qui frappa nos ennemis d'une grande terreur. Cavalier faisant une assemblée dans un endroit appellé en notre patois le Mas Rouge qui est à une petite lieue d'Alais, feüt découvert au gouverneur de cette ville, qui sortit contre eux à la tête de la noblesse qui se trouvait là, de la garnison du fort et de la bourgeoisie, faisant plus de 700 hommes et Cavalier n'avoit qu'environ 60 hommes, pauvres et misérables, maladroits et sans expérience aux armes. On dit que ce gouverneur avoit fait porter des cordes pour les mener attachés deux par deux afin d'en faire un exemple mémorable : Cavalier aïant eu quelque inspiration qui lui promettoit la victoire, fit retirer d'un autre cotté l'assemblée et attendit les ennemis avec ses 60 hommes, qui le trouvèrent un genou à terre. Crurent alors qu'il alloit demander grâce ou la vie, mais voïant que ce n'estoit pas cela par leurs gestes, firent feu sur eux, criant « tue, tue ! ». Ceux-ci qui n'avoint pas receü le moindre dommage par le feu se levèrent en chantant les Psaumes, et fondirent sur eux avec une telle rapidité que les premiers, qui estoient des gentilshommes ou des bourgeois à cheval, feürent ébranlés à la première décharge dès qu'ils en virent plusieurs par terre ; et entendant crier les autres de leurs blessures firent volte-face et culbutirent l'infanterie, et tout prit la fuite. Les uns s'enfermirent dans le château de Saint-Christol et les autres dans la ville et Fort d'Allais, où les fuïards crioint que tout estoit perdu. Voilà des effets de « la fraïeur de l'Éternel ».

MAZEL, *op. cit.*, p. 25.

b) L'ALAISIEN (qui servait dans la milice) note dans son journal (*op. cit.*, p. 27) le fait que les miliciens ont tenté d'arrêter la fuite des bourgeois à cheval en leur tirant dessus. 19 miliciens ou soldats furent tués, tous par derrière et seulement 3 rebelles, dit LE PRIEUR (*op. cit.*, lettre du 27 déc.).

PAGE 202

* *Brousse ou Brousset :* sans doute le pasteur Claude Brousson roué vif cinq ans plus tôt (nov. 1697).

(*La Baume* rapporte (*op. cit.*, 90) qu'à La Bastide de Virac, le 29 janvier 1703, le prophète ordonne à « 6 ou 7 » catholiques de se déshabiller avant de les livrer à l'exécuteur afin de récupérer des vêtements propres...)

PAGE 205

* « ... Quand on lui désobéissait, sa prophétesse qu'on appelait la Grande Marie était sur le champ inspirée et condamnait à mort les réfractaires qu'on tuait sans raisonner », écrit VOLTAIRE (*siècle de Louis XIV*) qui l'apprit de la bouche de Cavalier, 24 ans plus tard.

PAGE 210

* *Barricadée dans le château :* « ... La terreur saisit si fort le seigneur du lieu : M. du Fesquet, le curé, et tous les ennemis de cet endroit-là qu'ils s'enfermèrent dans le château au plus vite. Castanet et Moulines leur envoïèrent dire que s'ils tiroint un

seul coup sur eux ils useroint de représailles en brûlant et détruisant le bourg. Cette menace les fit tenir cois : ils ne firent pas seulement le moindre signe d'opposition. Nos gens s'assemblèrent dans l'église et dans le bourg, où Moulines et Castanet prêchèrent pendant le reste du jour et toute la nuit. Après avoir ôté les armes qu'ils peürent trouver, ils brûlèrent l'église et se retirèrent... etc. » Mazel (*op. cit.*, p. 32)... En se retirant, il (*Castanet*) salua le château d'une salve de vingt coups de fusils, en criant : « M. de Fesquet, ne craignez rien, c'est pour faire honneur à votre femme! » (La Baume, *op. cit.*, pp. 103, 104). Marion (*op. cit.*) explique qu'elle était restée protestante.

[CHRONOL. : Saint-Germain, le 1er janvier 1703 ; Saint-Maurice, le 6 ; Saint-André, le 26 ; retour à Saint-André le 28 (c'est à la fin de cette deuxième visite que Castanet « salue » la dame du Fesquet)...]

PAGE 211

* Psaume CXXXIX, 1.

PAGE 212

* « *Julien l'Apostat* » (ainsi baptisé par analogie avec l'empereur romain qui, élevé dans le christianisme, s'était efforcé de rétablir le paganisme) était petit-fils du pasteur Sébastien de Julien. Jacques de Julien avait d'abord servi chez les vaudois (Lieutenant-Colonel). Mais l'avancement y était trop lent. Pour une pension et un régiment, Julien rentre en France, abjure, et se retourne contre les siens. Il jugeait Broglie et Bâville trop mous : si le Pont-de-Monvert avait été « razé et saccagé, la semence de révélation phanatique n'aurait eu aucune suite », écrit-il au ministre de la guerre (25 mai 1703, Arch. Guerre) ; Chamillart l'utilisait aussi comme mouchard, le questionnant sur Broglie et même, ensuite, sur le maréchal de Montrevel. Cet homme de confiance arrive en janvier, choisit la région de Génolhac à Uzès et s'installe en Alais.

PAGE 215

* *La maison du tabellion et les autres :* Les maisons de Maître André, notaire, des sieurs Macilian et Cance (*encore*) furent brûlées le 13 février 1703 (*Histoire de Génolhac*, *op. cit.*, p. 162).

La deuxième attaque de Jouany sur Génolhac (mort de M. de la Perrière) est du 31 janvier précédent (*id.*, p. 160). Le maréchal de camp Julien quitte Alais le 2 février et rencontre à 4 km de Portes les seuls survivants de la garnison : un lieutenant de Marcilly et cinq soldats (lettre de Julien du 5 fév., Arc. Guer.). Julien arrive à Génolhac au crépuscule, repart le lendemain 3 février. C'est alors que la troupe de Jouany prend ses quartiers dans le bourg ainsi dégarni.

Ses prédicants... « faisaient jour et nuit l'exercice du fanatisme ; ils y préchaient, baptisaient, mariaient et démariaient ceux qu'il leur plaisait sur les folles inspirations... » (Brueys, *op. cit.*, II, p. 173).

Le curé L'Ouvreleuil (*op. cit.*) écrit qu'il y avait alors à Génolhac, dont Jouany était le « véritable seigneur, des assemblées de deux à trois mille personnes... »

PAGE 217

* Psaume CXXXVII.

PAGE 218

* *Un certain Courtez* : c'est l'orthographe de Marion (*op. cit.*, p. 182) pour le célèbre prédicant Pierre Corteiz. « En 1715, il (*Corteiz*) se liera avec le jeune Antoine Court et ils travailleront à restaurer dans le protestantisme méridional un « ordre » que la colère a troublé autant que l'illuminisme... », écrit l'un des meilleurs historiens des prédicants cévenols et des camisards, le pasteur Charles Bost, en appendice à l'édition Fischbacher des Mémoires de Mazel (*op. cit.*, appendice V, p. 213), et il précise que Corteiz, né vers 1683, était devenu prédicateur non itinérant en 1699, puis errant en 1703 (*ibid.*, p. 182).

Corteiz précise lui-même qu'il avait été député vers Jouany, après le massacre de Chamborigaud, « pour aller réprimer par quelques exhortations et bonnes remontrances leur cruauté... » (Les Mémoires de Pierre Corteiz, comprises dans les papiers d'Antoine Court, ont été publiés en appendice dans l' « Histoire de la Restauration du Protestantisme en France au XVIIIe siècle », E. Hugues, vol. I, 1872). Charles Bost (*ibid.*, p. 35) note 30 catholiques tués dans l'affaire de Chamborigaud qu'il date du 16 février 1703. Les historiens catholiques donnent du massacre de Chamborigaud des récits détaillés, horribles.

Abraham Mazel écrit : « ... Mais Salomon et Joini prétendirent avoir des bonnes raisons en faisant ces exécutions, etc. » (*op. cit.*, pp. 34 et 35).

* Cf. Jérémie, LI, 25 à 40.

PAGE 219

* Dans sa lettre du 1er mars 1703 au secrétaire d'État à la guerre Chamillart, Julien donne le détail : 70 rebelles, plus 23 dont les corps n'ont pas été ramenés, tués par le premier détachement ; 20 tués par le deuxième détachement qui a ramené 9 prisonniers, lesquels ont été fusillés, quatre de ces derniers ayant abjuré l'hérésie avant de mourir.

PAGE 221

* Ce « miracle » et d'autres semblables faisaient de bouche à oreille le tour des montagnes huguenotes. Dans ses mémoires (*op. cit.*, p. 12), Mazel y revient par deux fois : « ... J'ay dit que les armes du curé n'avoint pas voulu prendre feu entre ses mains contre nous, je puis dire aussi qu'entre les nôtres jamais armes ne feürent meilleures que celles de ce curé, car elles ne faisaient jamais faux feu... » Cf. Fusil de munition, * de la p. 149.

PAGE 222

* Mazel rapporte le fait : « ... il ne lui (*à Rolland*) feüt possible de faire prendre feu à ses pistolets ni à son mousquet, lesquels il jetta par terre, et à coups de pierres assomma plusieurs... » (*op. cit.*, p. 33). Il s'agit du combat de Mandajors (23 janv. 1703) au cours duquel des femmes du pays ont fait rouler des pierres de la montagne sur les soldats.

PAGE 226

* « Sodome et les deux anges » : cf. Genèse, XIX.

* Ses rapports donnent le 5 mars pour son retour à Alais et le détail de ses ravages en cours de route.

PAGE 228

* Et le Maréchal réclamera sans cesse des troupes nouvelles, au point que Chamillart lui répondra un jour : « vous n'auriez jamais cru, non plus que moi, que dans une si grande guerre que celle-ci, il eût été possible de tenir 21 bataillons en Languedoc et 3 régiments de dragons... » (Lettre du 12 mai, Arch. Guerre.)

** *Pompignan :* « Plus de 400 tués sur place, dans le nombre desquels est le comte Rolland si fameux parmi ces canailles... » (Montrevel à Chamillart, le 9 mars). Rolland, toujours vivant, disparut quelque temps après ce combat car il était malade. 100 morts dit Mazel, et autant chez les troupes du maréchal.

PAGE 229

* *La poudre :* Cavalier rapporte que les miliciens de Saint-Germain-de-Calberte vidaient leurs fusils pour lui donner la poudre et les balles (*op. cit.*, 101). Le curé L'Ouvreleuil s'en fait aussi l'écho (*op. cit.*, 153). Le Col. de Marcilly s'étonne que les camisards utilisent la même poudre que les soldats du Roi ; le ministre de la guerre s'étonne plus encore de l'énorme consommation que font ses troupes en Languedoc et le major de Préfosse se plaint (notamment dans son rapport du 6 sept. 1703 à Chamillart — Arch. Guerr.) de ne pouvoir empêcher ce coulage...

PAGE 232

* Antoine Court a contrôlé sur place, quelques années après, auprès des survivants, les récits et témoignages sur ces faits. Au tome II, p. 243, de son Histoire des Troubles, il relate les mêmes exactions, cite les mêmes noms et précise le nom du village: Montélus (vallée de la Cèze).

PAGE 237

* Ce genre d'affaire a dû se produire plusieurs fois. Antoine Court (*op. cit.*) rapporte qu'un capitaine du Régiment de Soissonnais, nommé La Place, commandant dans le bourg de La Salle, avait fait « visiter » de la même façon une jeune fille. Mais la sage-femme, menacée, avait confessé que « bien loin que la jeune fille soit enceinte, elle n'a trouvé sur elle que les marques de la virginité », sur quoi, écrit encore Court, « la jeune fille fut aussitôt fusillée sur les cadavres de ses compagnons... ».

PAGE 238

* a) *La Saint-Barthélemy des Rameaux :* Le massacre du Moulin de l'Agau, le dimanche 1er avril 1703, aux portes de Nîmes : une trentaine de braves gens désarmés qui priaient au cours d'une réunion de famille ont été brûlés vifs dans le moulin où les soldats de Montrevel les tenaient enfermés. Ceux qui parvenaient à sortir étaient embrochés à la baïonnette.

b) *L'Éternel m'ayant rendu la santé :* Cavalier s'était caché dans une métairie de Cardet pour y soigner sa rougeole.

c) *Sitôt entrepris sa Vengeance:* Le 2 avril : Moulézan (32 maisons brûlées, 8 tués) ; le 4, pillage du château de Lecques et de l'hermitage de Prime-Combe ; le 5, incendie des moulins du marquis d'Anduze ; le 6, Beauvoisin (1 maison brûlée, 2 tués) ;

la Jasse du Faget (1 tué) ; Auzon (4 tués), etc.

PAGE 250

* *a*) CHRONOL. : Les documents permettent de reconstituer ainsi l'activité de la troupe de Jouany au cours de cette période :

16 avril 1703 : embuscade dressée avec l'aide des hommes de Castanet à 250 soldats commandés par MM. de Marcilly et de Pomponne qui allaient « fouler » Saint-Julien-d'Arpaon et Cassagnas (Abbé Mingaud, *op. cit.*, p. 324 ; Lettre Basville à Chamillart du 20 avril). Le combat s'est déroulé près de Cassagnas, au lieu-dit Le Pradal (ne pas confondre avec Le Pradel dont il est aussi question), sans succès pour les camisards (60 tués, d'après le rapport de Marcilly, contre 3 soldats tués et un lieutenant blessé). Le combat répondait sans doute aux indications de la prisonnière (cf. lettre, p. 236).

20 avril : affaires du Pradel et de Saint-Andéol. La ruse est celle utilisée par Jean Cavalier à Servas, puis à Saint-Chapte ; Cavalier, d'ailleurs, l'utilisait au même moment aux Salles-du-Gardon (où il s'était arrêté, en montant au rendez-vous du Collet-de-Dèze) pour faire massacrer trente personnes... « On leur coupa le visage à morceaux aux uns et aux autres, les bras et les jambes ; en sorte que le fils ne peut reconnaître son père, ni la femme son mari, tant on les avait défigurés... » (La Baume, *op. cit.*, p. 162, et aussi : Mémoires de Cavalier, *op. cit.*, p. 175; Journal de l'Alaisien, etc.)

25 avril : Jonction des troupes de Jouany-Castanet et de Cavalier au Collet : « en tout 1 400 hommes moins 2 : on les a comptés... » (Marion, *op. cit.*, p. 48, n. 1.)

26 avril : assemblée à Saint-Privat. Puis les troupes se rendent au Pont-de-Monvert où la population, avertie, les attend, mais Julien y arrive avant eux, et ce sont ses soldats du Hainaut et ses deux cents miquelets qui font bonne chère des repas préparés pour les camisards.

Nuit du 26 au 27 avril : Cavalier et les autres troupes la passent à Masméjean sur le mont Lozère.

28 avril : Saint-Paul-La Coste.

29 avril : dimanche consacré au culte dans les bois de Malabouisse.

b) SUR LE COMBAT DE LA TOUR DE BILLOT (à 18 km. d'Alais, à mi-chemin d'Anduze).

Le camisard Bombonnoux attribue la défaite à l'exécution de trois paysans pris à Saint-Paul le matin « un jour de dimanche, après une journée tout entière occupée par l'exercice divin » (dans les papiers de Court, *op. cit.*, 17 K, pp. 19-21). (BOMBONNOUX, cultivateur de Bragassargues, avait joint les camisards de Cavalier après la mort de sa femme, par remords d'avoir accepté le mariage catholique, début 1703. Il avait conquis son fusil au combat de Vézénobres. Irréductible, il n'a déposé les armes que vers 1714, pour se mettre au service du jeune Antoine Court. Ce n'est guère qu'après avoir lutté lui-même contre les dernières prophétesses, pour redresser les Églises contre les illuminés, qu'il a écrit son « mémoire », vingt ans après, mais il avait bonne mémoire...)

A la Tour de Billot, écrit Marion, « ... il y eut grand carnage de part et d'autre... » (*op. cit.*, p. 48) ; il note aussi le comportement courageux de Jouany : « ... Joiny et quelques autres, avec des faux, des haches et des hallebardes ou des fourches, couchoint par terre tous ceux qui osèrent entrer... » (*ibid.*, p. 49).

c) SUR LA TRAHISON. La Tour de Billot est une des rares fois où les camisards ont été dénoncés, car, comme l'écrivait le brigadier Planque au ministre Chamillart (lett. du 23 avril 1703), *contrairement aux rebelles qui étaient tenus au courant du mouvement des troupes du roi*, ces dernières étaient très mal renseignées sur l'ennemi.

L'exécution du meunier (nommé Guignon) par ses propres fils est attestée par le témoignage Rodat (Papiers Court, *op. cit.*), ainsi que par Cavalier (*op. cit.*, p. 180), qui dit avoir retrouvé sur le cadavre les cinquante louis de la trahison ; le chef de la Plaine donne 200 camisards et 1 200 soldats tués là (*ibid.*, p. 183) ; le maréchal de Montrevel : 400 camisards, 12 officiers du roi tués ou blessés, 12 soldats tués et 20 blessés. Le Journal de l'Alaisien (*op. cit.*, p. 44) : 400 camisards tués...

Jean Cavalier reconnaît (*op. cit.* p. 81) avoir fait mourir 22 hommes de sa troupe en diverses occasions pour des crimes qu'ils avaient commis ; ce que confirme le maréchal de Villars dans sa lettre du 5 juin 1704 à Chamillart (Arch. Guer.).

PAGE 259

* Cf. Lévitique, XXVI, 6 et 7.

PAGE 260

* *Sur le mariage de Castanet :* avec la Blondine ou la Blonde (cf. Cavalier, *op. cit.*, p. 168, n.) ; le curé L'Ouvreleuil (*op. cit.*, II, p. 94) relate les fêtes auxquelles il a donné lieu. Antoine Court le rapporte aussi, ainsi que la grâce accordée (*op. cit.*, II, p. 278). Notons, en marge, un cas d'échange unique dans cette guerre, et qui nous est rapporté par Élie Marion : Peu après son mariage, la Blondine ayant été arrêtée par les milices de Valleraugue, « Henri Castanet prit un détachement de la troupe qu'il avoit remise à La Rose, et s'en feüt près de Valleraugue dans la métérie du Consul dudit lieu. Y aïant trouvé sa femme, il l'emmena prisonnière par voie de représailles, et fit sçavoir au Consul son mari que le même traitement qu'on fairoit à la Blondine seroit fait sur sa femme, qui ne seroit relâchée qu'en échange de ladite Marie. M. le Consul fit aussitôt ses diligences auprès des Puissances, et environ quinze jours après, l'échange se fit... » (*op. cit.*, pp. 54 et 55).

PAGE 262

* *Sur Jean Sauvé,* cf. le curé L'Ouvreleuil (*op. cit.*, I. p. 117), la lettre de Basville à Chamillart, etc. Antoine Court (*op. cit.*, II, p. 278) etc. Le 17 avril, les juges de Gévaudan avaient condamné Jacques Pontier, châtelain des Rousses, et Antoine Agulhon fils, procureur à la pendaison ; Pierre Pontier, receveur, et Claude Agulhon, maire, aux galères, sous l'inculpation d'avoir reçu Castanet aux Rousses (les camisards y avaient, le 21 fév., tué 22 femmes, 8 hommes, 5 enfants, un vieillard, et brûlé 42 maisons). Les mêmes documents rapportent son mariage « avec une fille nouvelle-convertie qui avait reçu publiquement

le fouet à Mende, le jour même où il avait été mal pendu », mais ce qui n'est pas dit dans notre texte et qu'on trouve dans les documents, c'est que les pénitents blancs avaient été autorisés à l'ensevelir, parce que le malheureux s'était converti au pied de la potence...

PAGE 264

* « Le chant du bouvier »

« Quand le bouvier vient de labourer

« Il plante son aiguillon,
Ah!
« Il plante son aiguillon,

« Il surprend Jeanne au pied du feu... »

PAGE 265

« Les mandragores de Ruben » : cf. Genèse, XXX, 14, 15, etc.

** « ... chair de ma chair... » Cf. Genèse, II, 23, et cf. n. XXXIII.

*** *Id, Ibid.*, 24.

PAGE 266

* « ... Quand je serai morte, enterre-moi

« Dans le fond de la cave,
Ah!
« Dans le fond de la cave... »

PAGE 267

* *a*) LA TRÊVE DES MOISSONS. Marcel Pin, qui a pu consulter non seulement les archives locales, mais encore des papiers personnels, des livres de raison qui lui ont été communiqués par des familles de Génolhac, note dans son étude sur le chef du Lozère (Barral, Montpellier, 1930, p. 55) : « ... en juillet, il (*Jouany*) vient faire la moisson de son héritage. Triste situation pour les habitants : s'ils résistent à Jouany, ce chef viendra avec sa troupe brûler leurs demeures ; s'ils le laissent entrer, les puissances ne manqueront pas de les traiter comme des complices. Les consuls tournent la difficulté en envoyant tardivement un exprès demander du secours à Villefort... »

b) Cette trêve des moissons était nécessaire aux deux partis :

LA COUR, jugeant déjà trop lourde « la dépense d'augmentation causée par la pacification des Cévennes », craignait que les impôts ne puissent pas être levés si la moisson n'était pas faite.

— La Foire de Beaucaire (22 juillet) attirait nombre de marchands étrangers que la rumeur des troubles pouvait écarter...

— Moissons, foins, vendanges, retenant toutes les petites gens dans les champs, les offraient à découvert aux mouchards.

— Enfin, la trêve permettait la réorganisation des troupes et la préparation d'opérations de grande envergure pour... la rentrée.

LES CAMISARDS, de leur côté, pensaient à leur subsistance de l'hiver suivant, et puis c'étaient des hommes de la terre qui ne pouvaient se résoudre à laisser le seigle pourrir sur pied. Leurs chefs (notamment Cavalier et Castanet) avaient écrit, dans ce sens, à Montrevel ; ils déclaraient au maréchal que les Enfants de Dieu laisseraient faire la moisson paisiblement, mais que « si, après cela, on ne leur rétablissait pas les temples, on verrait d'étranges histoires... » (Sœur Démerez, *op. cit.*, lett. du 2 août, etc.)

PAGE 273

* « ... *de notre liberté* » : on peut lire le texte intégral du

pouvoir donné à Flottard en addition de la relation de Marion (*op. cit.*, p. 191), qui précise : « ... cette commission feüt signée par nous aïant esté écritte avec du lait de femme... » (*ibid.*, p. 51).

N. B. : La première phrase de la lettre-rapport de Samuel s'éclaire quand on sait que les camisards avaient « raté » un premier messager, un paysan du nom de Moïse Billaud, originaire de Donneloye. Envoyé par les Alliés pour s'informer sur la révolte des huguenots en Languedoc, cet homme prudent ne s'était pas écarté des grands chemins, et n'avait rapporté à d'Aglionby (venu d'Angleterre pour l'attendre à Berne) que des bavardages d'auberges et les propos de la garde suisse de Montpellier.

PAGE 274

* *La prudence et la charité chrétiennes :* Ce David Flottard, natif du Vigan, devait donner son témoignage, quatre ans plus tard, à Londres, pour le *Théâtre Sacré* (*op. cit.*, pp. 60 et 162). Sa visite à Saint-Félix, fin juillet 1703, est attestée par Cavalier (*op. cit.*, p. 153) et même par L'Ouvreleuil (*op. cit.*, I, p. 127) ; il n'est d'ailleurs pas étonnant que le curé de Saint-Germain-de-Calberte en ait eu vent, les Puissances, en effet, avaient fini par l'apprendre (lett. de Montrevel du 20 sept.).

Sur la condition des secours, Antoine Court, soulignant la méfiance des Protestants réfugiés à l'étranger à l'égard des camisards, rapporte qu'à Berne, d'Aglionby, le résident anglais chargé de s'informer sur la révolte des Cévennes et d'étudier les possibilités de l'aider, traitait ses « frères sous la Croix » de *bandits* (*op. cit.*, I, p. 293). Cavalier nous dit bien que, le 11 sept., le marquis de Miremont avait le rapport du messager (*op. cit.*, p. 298), mais, au total, Flottard n'apporta aucun secours aux camisards, au contraire... *il leur emprunta un excellent cheval qu'ils ne revirent jamais*, telle est la conclusion de Tobie Rocayrol. (*Un Agent des Alliés chez les Camisards*, Montpellier, 1859, p. 42.)

PAGE 278

* Un troisième exemple de cette attitude nouvelle pour Jouany nous est rapporté par M. Pin (*op. cit.*, p. 56) : « ... il fut une troisième fois à Génolhac pour se venger du sieur Vernissac, qu'il croyait mal intentionné à son égard, depuis que son fils s'était enrôlé parmi les camisards. Étant entré chez lui il le prit par les cheveux, et lui dit d'un ton effroyable : « Fais ta prière, car tu vas mourir de ma main. » (Tiré d'une lettre de M. Passemar, maire de Villefort.) Ce bourgeois se jeta à genoux et lui demanda la vie avec des termes humbles et touchants. Mais l'impie Jouany insista dans sa menace, lui répétant qu'il n'avait pas de temps à perdre, et que c'en était fait de lui, en sorte que ce pauvre patient leva les yeux au ciel et recommanda son âme à Dieu. Alors le meurtrier lui parla ainsi : « Je te donne quartier en considération de ton fils qui est dans mon camp ; mais je te déclare que s'il t'arrive plus de faire savoir aux officiers des troupes du Roi ce qui regarde mes frères et moi, je viendrai te mettre en pièces. Lève-toi, sois sage, et quelque part que tu

sois, n'oublie pas cet avis. »
L'exemple n'est-il pas aussi probant ? Et il paraît avoir fait quelque bruit... Samuel le tait-il par amitié pour le fils Vernissac ?

PAGE 283

* « Même... un chien vivant, etc. »

Les pages 283 à 287 se présentent comme une sorte de méditation (que rien n'introduit bien précisément à cet endroit de l'ensemble) qui paraît librement inspirée des paroles de l'Ecclésiaste, « fils de David, roi de Jérusalem », comme par quelqu'un qui aurait découvert soudain ces quelques pages contestées des Livres Poétiques de la Bible (« De bonne heure, des scribes pieux ont inséré de-ci de-là, parmi les paroles du vieux maître — l'*Ecclésiaste* — d'édifiantes et orthodoxes maximes. Heureuses additions, grâce auxquelles, sans doute, ce curieux petit livre a réussi à entrer dans le canon et nous a été ainsi conservé! » André Dupont-Sommer.)

PAGE 287

* *Manquer de sel et de farine*... Telle est, en effet, la situation, en sept. 1703. (Cf. : *Histoire Administrative du Languedoc*, Hachette, 1884, p. 442 ; Montrevel, lett. 23 août ; Relation de La Baume, *op. cit.*, pp. 181 et 120, arch. de l'Hérault, C. 186, etc.)

PAGE 292 (*), PAGE 293 *, ** ; *et pour éclairer les suivantes.*

LE RAZEMENT

Le *Razement des Cévennes* (selon l'expression consacrée par la correspondance officielle), *cette Saint-Barthélemy des Maisons* (selon le mot de Michelet), n'était qu'une chère vieille idée de l'intendant Basville.

Le Maréchal de Montrevel finit par donner son accord : « si j'en croyais le bon goût que j'ai pour tous ces honnêtes gens, j'en engraisserais tous les poiriers du pays! » (Bibliothèque de l'Arsenal, III, 854, p. 89).

Louis XIV hésite : il ne s'agit plus de *razer* le Palatinat (en 1689, cf. pour ce précédent étranger l'édifiante corresp. entre les maréchaux Duras, Tessé, Montclair et Louvois, sur les bons moyens de *razer* Worms, Spire, Oppenheim, etc.), mais une partie de son propre royaume qui payait de beaux et bons impôts (plutôt plus qu'ailleurs!). La patiente insistance de l'int. et du mar. ressort des lettres reliées aux Archives de la Guerre...

Enfin... dans sa lettre du 22 août, Châteauneuf La Vrillière, « secrétaire d'État aux Affaires de la Religion Prétendue Réformée » (lequel, à ce titre, s'arrachait le Languedoc avec Chamillart, secrétaire d'État à la Guerre, à qui le materait...) informe l'intendant que le roi va permettre...

En attendant, les Puissances sont déjà réunies à Alais, le plan prêt dans tous ses détails (les dispositions sont imprimées au fur et à mesure qu'elles sont prises...). Le document 270 (vol. 1639, aux Arch. de la Guerre) laisse croire que durant ces longs travaux, parmi les officiers et les prélats, une voix, une fois au moins, s'est fait entendre en faveur des femmes et des vieillards, puisqu'on lit cette réponse du maréchal : « Au nom de Dieu ! ne renvoyez pas les femmes et les vieillards, combien qu'ils ne peuvent pas porter les armes comme les jeunes gens, ils ne s'avisent pas de nous faire d'autres maux, et leur détention fait autant de peines à leurs voisins que l'éloignement des autres! »

D'autres documents portent sur la fourniture des pelles, pioches, etc., d'autres sur le mode d'emploi : « ... ensuite on distribuera les Milices par ordre, pour en employer un certain nombre à détruire les maisons : qu'on essayera d'abattre celles-ci en les sapant par le pied, ou de telle autre manière qui paraîtrait la plus commode ; et que si par ce moyen on n'en pouvait venir à bout, on y mettrait le feu... »

Le 16 septembre Montrevel écrit à Chamillart qu'ils rassemblent les troupes, tandis que l'intendant fait rassembler les vivres, pour monter à Barre « surveiller et diriger le grand ouvrage » (vol. 1708, p. 116).

Le même jour, un courrier-exprès apporte l'autorisation de Louis XIV.

Aussitôt, les brigadiers d'infanterie Vergetot et De Marcilly prennent la route de Barre avec deux bataillons de Royal-Comtois, deux de Soissonnais, le régiment de dragons de Languedoc et 200 dragons de Firmacon.

En même temps, Julien monte vers le Pont-de-Monvert avec deux bataillons de Hainaut...

En même temps, le marquis de Canillac ramène du Rouergue deux bataillons de son régiment sur le Vébron.

En même temps, le comte de Peyre, avec 45 compagnies de Milices du Gévaudan, suivies « d'une quantité de mulets chargés de leviers, de haches et autres instruments de fer pour abattre les maisons », arrive au Pont...

La haute direction du Razement sera assurée de bout en bout par Julien l'Apostat, qui écrivait à Chamillart : « tout humain que je suis, je prendrai un cœur de tigre pour exterminer ces scélérats sans en laisser aucune graine... » (Arch. Guerre, vol. 1707, p. 69).

PAGE 298

* Cf. Jérémie, XLVIII, de 3 à 11.

PAGE 299

* Genèse, XIX, 15 à 18.

PAGE 301

* Les troupes de destruction, sous la direction de Julien l'Apostat, commencent « le grand'œuvre » le lundi 1er octobre 1703. Le 26 du même mois, il annonce à la cour que Saint-Maurice-de-Ventalon, Saint-Privat-de-Vallongue, Saint-Frézal-de-Ventalon, Saint-Hilaire-de-Lavit, Saint-André-de-Lancize, Saint-Andéol-de-Clerguemort, Castagnols, Vialas et Frutgières ont été minutieusement « razés » (cf. toute la corr. aux Arch. Guerre).

PAGE 306

* Dans ses lettres quotidiennes au secrétaire d'État à la guerre, le maréchal de camp Julien fait ressortir le mérite de ces incendies contrariés par la pluie, la solidité de ces maisons de granit aux voûtes inébranlables, il se plaint de ses hommes, des miliciens surtout : « ... gens que l'espérance du pillage anime et qui se trouvent fort trompés de

trouver un pays désert et rien dans les maisons, n'ayant pour toute nourriture que deux livres d'un mauvais pain et un peu de mouton... toute cette canaille est fort maladroite pour détruire les maisons... » (A. G., vol. 1708, p. 141). Le chef du Razement se montre plus amer encore sur le chapitre déportations : « ... quant à enlever les habitants, cinquante mille hommes ne sauraient enlever un seul s'il ne veut pas se laisser prendre... il n'y a pas une âme dans les villages condamnés... tout a fui dans les bois, rochers et cavernes... toute la jeunesse, abandonnée au démon, est allée rejoindre les camisards... autant d'épargné pour le Roi qui aurait eu la charité de les recueillir et de les nourrir, douceur et pitié merveilleuses, dignes de Sa Majesté, laquelle imite le Sauveur du monde qui recevait les plus grands criminels et leur faisait grâce et miséricorde... (*ibid.*, p. 127).

PAGE 308

* Jérémie, XX, 12 à 15.
** *Id.*, *Ibid.*, 16 à 18.

PAGE 309

* *Id.*, XLVIII, 28.
** *Id.*, *ibid.*
*** *Id.*, CI, 3.
**** *Id.*, *ibid.*

PAGE 310

* *Paix de grâce :* Cf. ** de la p. 40.

PAGE 311

* ... « balle de plomb, balle d'étain... » De nombreux documents attestent l'emploi par les camisards de balles d'étain. Des témoins rapportent que les soldats les redoutaient comme des balles empoisonnées, car, disaient-ils, elles font des blessures qui s'infectent, toujours très vite, et dont la moindre est mortelle. On trouve, dans les procédures, des interrogatoires de camisards qui ont été arrêtés parce qu'on a saisi sur eux des balles d'étain en les fouillant au cours de rafles.

PAGE 315

* ... «éclairs aiguisés de l'épée». Cf. : Cantique de Moïse, Deutéronome, XXXII, 40 à 43.

PAGE 322

* Jérémie, XII, 1, 4, 6.
* Le maréchal de Montrevel écrit d'Alais, le 5 novembre, au ministre Chamillart : « ... Les anciens-catholiques de six ou sept des plus grosses paroisses se sont avisés de s'armer et d'aller de sang-froid attaquer des paroisses de nouveaux-convertis de leur voisinage où ils ont égorgé sans distinction d'âge ni de sexe, ce qui s'est rencontré... » (A. G.) « ... Nonobstant, le Maréchal reçut leur chef, lui donna 100 écus, des munitions et le félicita... » (Le Milicien Alaisien, *op. cit.*, p. 42).

PAGE 323

* ... *Un sorcier :* il s'appelait Jacques Aymar et agissait à la manière des sourciers, avec une baguette de coudrier qu'il promenait dans les rangs des suspects que l'on rassemblait pour lui. Le curé L'Ouvreleuil (*op. cit.*) écrit que c'est l'intendant Basville qui l'avait fait venir de Saint-Marcelin (Dauphiné).

On avait déjà utilisé son « bâton de Jacob », comme disaient les camisards, à Grenoble en 1688, à Lyon en 1692 et même à Paris chez le Prince de Condé.

N. B. : *sur les Florentins.* Plaintes et témoignages abondent (certains adressés à la Cour, donc aux Archives de la Guerre) ; en voici seulement deux exemples :

Denis Banne, lieutenant-général, gouverneur de Nancy, commandant de Lorraine, et *comte d'Avéjan*, pour se plaindre des Cadets de la Croix et autres Florentins qui ont enlevé tous les bestiaux de la région d'Avéjan (près de Saint-Ambroix) et tué plusieurs de ses métayers... (A. G., vol. 1708, pp. 241 et 252.)

Carles a raconté à Antoine Court (papiers, *op. cit.*) : un catholique de Montclus voulait épouser une fille, mais le père de celle-ci s'y opposait. Il est allé tuer le père d'un coup de fusil, puis est revenu vers la fille et lui a dit : « J'ai tué ton père et je prétends de faire de même à toi! » Peu après, la jeune orpheline répondait « oui » au curé de Montclus...

• Jérémie, XIII, 14 à 16.

PAGE 324

• *Plus petite encore que le grain de sénevé :* allusion, cette fois, aux évangiles : « le royaume des cieux est semblable à un grain de sénevé qu'un homme a pris et semé dans son champ. C'est la plus petite de toutes les semences ; mais, quand il a poussé, il est plus grand que les légumes et devient un arbre, de sorte que les oiseaux du ciel viennent habiter dans ses branches... « (*Matthieu*, XIII, 31-32 ; *Marc*, IV, 31-32 ; *Luc*, XIII, 19...)

PAGE 326

• *C'est à cause de la dureté de votre cœur que Moïse... Matthieu*, XIX, 8 ; *Marc*, X, 5...

PAGE 327

• « Ne laissent-ils rien à grappiller ? » (Jérémie, IL, 9) : allusion sans doute à une nouvelle opération montée après le Razement des Cévennes : détruire fours et moulins, bloquer tous les vivres, ne pas délivrer un grain de blé sans voir qui le recevra, etc. pour obliger, par la faim, les camisards, à sortir de leurs tanières...

Le projet soumis à la Cour prévoit jusqu'à la surveillance des cordonniers! (A. G., vol. 1799, doc. 2). Un exemple de l'esprit dans lequel était menée cette « opération-faim », comme nous dirions aujourd'hui : le 12 janvier, le brigadier Planque fait casser la tête à sept hommes et cinq femmes de Saint-André-de-Valborgne et il écrit au ministre Chamillart (lettre datée du 16, *ibid.*) : « ... si on avait fait cela dès le début, tout serait fini... »

PAGE 329

• *L'Affaire de Runes*, dans la nuit du 14 au 15 décembre 1703 :

Un viguier de Florac, Jean Velay, nouveau-converti qui cherchait à ménager ses intérêts sans trop céder sur la religion, écrit dans son livre de raison : « Dans l'incendie, le sieur Pierre Folcher... feut brûlé, comme aussi un autre, nommé Cabanes, jeune homme malade, dans sa maison, et encore une pauvre fille... » (Cité par M. Pin.) M. de Palmerolles déclare, dans son rapport, avoir tué 60 camisards, leur avoir pris 3 chevaux, des mulets chargés de hardes, 2 manteaux rouges, 80 fusils ou épées... Mais Jean Velay (*ibid.*) écrit : « ... on a dit après qu'il n'y avait pas eu un si grand nombre de morts que ledit sieur Palmerolles avait écrit... »

PAGE 336

* *M. du Fesquet :* « Le Fresquet s'estant retiré comptant d'avoir tué son ennemi (*Thomas Valmalle, dit La Rose, berger*). La Rose n'en mourut pourtant pas, mais il feüt environ six mois dans les souffrances manquant les choses nécessaires pour panser de si terribles blessures... », écrira plus tard (*op. cit.*, pp. 58 et 59) le même *Élie Marion*, que nous voyons arriver ici chez Jouany avec Abraham Mazel et Atgier (*dit La Valette, de Saint-Laurent-de Trêves, 26 ou 27 ans* »). « ... Environ le temps de Noël que Julien avoit fait ses incendies, Abraham Mazel qui, comme j'ay dit, s'estoit retiré par inspiration et qui pendant cette inaction fréquentoit les assemblées, eut ordre de l'Esprit de reprendre les armes... Quelques jours après, La Valette et moi, feümes le joindre... » (*Élie Marion, ibid.*, pp. 57 et 58.)

PAGE 338

* *Trois-vingts toises* = 113,9 mètres ; en réalité l'aplomb du roc de Costelades qui se rapproche le plus de la description s'élève à une trentaine de mètres.

PAGE 339

* et ** « Abraham mis à l'épreuve par l'Éternel qui lui ordonne d'offrir en holocauste son fils Isaac... » Cf. : Genèse XXII, 1 à 15...

*** *Droit comme feu fait de bois tortu : Littré* l'explique ainsi : « le bois tortu fait le feu droit, c'est-à-dire tous moyens sont bons pour arriver. »

PAGE 342

* « Maintenons » : « s. f. Petite croix que les femmes portent à leur cou, à l'imitation de Mme de Maintenon » (Dic. Littré). Il est intéressant de noter que l'allusion à celle que la Cour surnommait secrètement « la Guenippe », « la Ripopée », ou « Mme l'Ordure », est sans méchanceté, preuve de la pauvreté de l'information politique des camisards : ils ignoraient que la petite-fille de « leur » Agrippa d'Aubigné était l'inspiratrice inlassable de leurs persécutions. Il est vrai qu'ils ont mis des années à se convaincre que Louis XIV était « informé » de ce qu'on leur faisait...

PAGE 345

* *M. Pin* note : « au mois d'avril 1703, plusieurs soldats du roi furent blessés par des balles en argent. Calices, ciboires et ostensoirs, ravis sur les autels, avaient servi à les fabriquer » (*op. cit.*, p. 156). Le maréchal de Montrevel signale ces balles précieuses à l'intendant Basville dans sa lettre de Nîmes datée du 7 avril 1703.

PAGE 351

* « Hé! où est mon *Père... ?* » Le cri de l'enfant appelant son Dieu, ainsi que les autres faits de la « tournée de Planque »,

sont rapportés dans plusieurs documents, et confirmés par Antoine Court.

** Marie Combasson, de Gabriac, dont Élie Marion rapporte les paroles (*op. cit.*, p. 55). Le brigadier Planque écrit qu'il a fait tuer «... le même soir, cinq femmes ou filles fanatiques ou prophétesses, qui moururent fermes dans leur religion sans vouloir entendre les raisons du prêtre... » (lettre du 16 janv.).

PAGE 353

* Juges, VII, 3.

PAGE 355

* *Enfin ! les voici!* Comme beaucoup d'officiers, Menou enrageait de ne se trouver jamais face à face avec l'ennemi. Il se serait vanté, la veille, à Saint-André, de s'en payer quand son Royal-Dauphiné rencontrerait enfin le « Royal-Cévennes » (il appelait ainsi, dit-on, la troupe de Rolland)...

PAGE 356

* On connaît de nombreux exemples de ce « Je suis des vôtres » du combattant devant la mort.

** « Tue! tue!... Enfants de Dieu, voici les coquins du roy! » faisait déjà crier Ravanel dans la Plaine.

PAGE 357

* « Mon Père, aide-moi pour l'achever... » Ce triste courage manquait souvent aux camisards : « Deux décharges successives jettent les victimes à terre, les camisards, à coups de barres et de baïonnettes, frappent ceux qui respirent encore. La Jeunesse, levant les yeux au ciel, invoque le Saint-Esprit : lui demandant de lui venir aider à achever de les tuer... » (Déposition de Catherine Bonnamour, cit. M. Pin, *op. cit.*, p. 233.)

PAGE 359

* *a*) CENDRES ET FUMEE... Julien n'a rien négligé, même d'une paroisse comme celle de Saint-Germain-de-Calberte qui fait neuf lieues de tour et compte cent onze hameaux, ni de celle de Saint-Étienne-de-Valfrancesque plus étendue, plus peuplée encore. C'est là que, le 14 décembre, en détruisant la dernière grange du dernier hameau de la 31e paroisse, il rend grâces au Seigneur d'en avoir fini et de pouvoir aller au repos au Vigan avec son pauvre régiment de Hainaut, auquel revenait sa part dans « l'honneur de la destruction ». Le maréchal de France félicite le maréchal de camp en ces termes : « Je vous en fais, Monsieur, des véritables remerciements au nom du Roy et comme il n'y a pas homme dans le royaume si capable comme Lui de toute sorte de détails, il connaît infiniment mieux que personne le prix des choses qui coûtent des peines dures... »

b) BILAN DU RAZEMENT : A Michel Chamillart, secrétaire d'État à la guerre :

« A Montpellier, le 15 janvier 1704.

« Les lettres que je reçois tous les jours, Monsieur, des hautes Cévennes, ne me laissent pas ignorer que les habitants des 31 paroisses que le Roy a ordonné être détruites et brûlées n'ayent pris le parti d'envoyer la jeunesse en état de porter les armes avec les rebelles attroupés pendant que la meilleure partie des familles entières est retournée dans les voûtes et débris [1] de leurs habitations et que quelques autres se sont réfugiés dans les paroisses voisines.

« Cela m'a obligé, Monsieur, pour essayer de tirer quelque sorte d'utilité de la destruction de ces 31 paroisses, d'y envoyer M. de Tournon avec son bataillon et la valeur de deux autres pour empêcher que lesdits habitants ne s'y rétablissent, en leur ôtant autant qu'il pourra les magasins de châtaignes et autres provisions qu'ils ont fait en différents endroits cachés et en les observant par toutes les voies imaginables à se retirer dans les lieux où M. de Basville veut pourvoir à leur subsistance.

« J'ai donné à M. Planque deux bataillons pour aller visiter en même temps 10 à 12 paroisses qui bordent le canton détruit depuis Saint-Hippolyte jusqu'auprès de la frontière de Rouergues, pour en chasser quelques troupes de ces malheureux, enlever les habitants les plus suspects des deux sexes et y faire plusieurs autres choses qui doivent produire quelques effets.

« J'ai donné la même commission à M. de Menou que j'ai mis à Ganges avec son régiment pour contenir cinq paroisses du voisinage après les avoir purgées d'un nombre de scélérats qui y entretiennent la révolte et j'ai aussi chargé le commandant du second bataillon de Hainaut qui est au Vigan d'avoir les mêmes précautions sur sept ou huit paroisses de ce canton qui fait la séparation de la frontière Catholique et du Languedoc avec le Rouergues.

« Aussitôt que les bataillons suisses et autres que j'attends seront arrivés, je leur donnerai des occupations convenables. Voilà, Monsieur, tout ce qui peut dépendre de mes soins pendant que je suis retenu ici pour les états dont j'attends la fin avec impatience pour agir avec le plus d'utilité. Je suis toujours, au-delà de ce que je pourrais vous dire, Monsieur, votre très humble et très obéissant serviteur.

Le Maréchal de Montrevel. »
(*Archives de la Guerre*, v. 1796, 9).

PAGE 367

• La phrase est de Montaigne (qui avait été maire de Bordeaux). Depuis la première édition de 1580, les *Essais* avaient été souvent réimprimés (1582, 1587, 1588, 1595, 1617, 1635, etc.).

PAGE 372

• Genèse, XVI, 1, 2, 3 et 4.
•• *Id.*, XXIX, 31 et 32.
••• *Id.*, XXX, 1 et 2.
•••• Les évangiles disent : « c'est à cause de la dureté de *votre cœur* que Moïse vous a permis, etc. » (cf. : Matthieu, XIX, 8 ; Marc, X, 5).
••••• « ... le cep... » Jean, XV, 1 à 3.

---

1. *Au-dessus des mots :* voûtes et débris, *sur l'original de cette lettre on peut lire le mot* ruines *rajouté au crayon, de la main de Chamillart ou, plus vraisemblablement, de Louis XIV lui-même qui a manifesté, sur d'autres documents, ce même souci de précision, d'un crayon aussi sec.*

****** La question des Sadducéens : cf. Luc, XX, 27 à 39.

PAGE 378

* Psaume de David. Pour souvenir (XXXVIII).

PAGE 379

* Matthieu, V, 38.

PAGE 380

* L'Ecclésiaste, I, 4, 5 et 6.

PAGE 383

* et ** Cf. Mémoires de Villars.
*** Cf. Mémoires de Bombonnoux (édités par J. Vielles, 1883).

PAGE 384

* *Cavalier passe en Suisse*, prend du service pour l'Angleterre, se bat courageusement en Espagne, reçoit douze blessures à Almanza, vient à Rotterdam, s'y fait mettre en prison pour dettes, promet mariage à la jolie Pimpette du Noyer (qui saura se consoler de ses déboires matrimoniaux, en particulier avec le jeune Voltaire), rentre en Angleterre, pour finir général de brigade et gouverneur de l'île de Jersey, avec quatorze domestiques, toujours des dettes, et l'inguérissable nostalgie de sa Plaine, de ses Gardons, de cette Petite Canaan, de cette grève où, un certain Noël, d'humbles Fous de Dieu l'élurent pour chef ; il avait vingt ans, il était garçon boulanger...

PAGE 386

*, **, *** dans Antoine Court (*op. cit.*).

PAGES 386 et 387

* Cf. Élie Marion (*op. cit.*).
* *Lynchés* : « Nous ne pouvions marcher dans les rues sans danger pour nos vies... » écrit Marion (*ibid.*), qui avait lui-même tâté du pilori anglais (il avait passé deux jours dans un carcan, « échafaudé », avec un écriteau sur le front).

PAGE 388

* *Les deux derniers galériens libérés* : Antoine Riaille et Paul Achard, cordonnier.

La possibilité de mariage accordée aux protestants : 4 127 mariages enregistrés officiellement à Nîmes en treize mois, dont certains avaient été célébrés au Désert, quarante ans plus tôt.

LEXIQUE

Pour certains mots, une orthographe phonétique est donnée (entre parenthèses) à l'intention de ceux qui lisent avec l'oreille.

A

abarine : sorte de petit saule. On dit aussi *amarine* ou *vige*.

A. C. : Voir *Ancien-Catholique*.

accagassounés : accroupis.

adjurer : « terme ecclésiastique, dont on se sert dans les exorcismes, pour commander au Démon de quitter un possédé » (Dict. Richelet).

aïguardén (aill'guardén) : eau-de-vie, ce qui donnerait (cf. p. 218 un contresens, alors que la traduction littérale : eau-de-feu, ou eau ardente, convient parfaitement.

Ancien-Catholique : dans la terminologie officielle, celui qui n'a jamais été protestant par opposition au Nouveau-Catholique ou Nouveau-Converti. Le sigle A. C. se retrouve dans toutes les procédures.

anguiélas : vent frais qui vient du causse.

annénn' ! : allons!

archers : officiers subalternes de police et de justice.

assadoulo-ti ! : rassasie-toi! (exactement : fais-t'en saoul!)

auroux : (a-ou-rô =) vent, (rouss' =) roux ; c'est le vent du beau temps.

B

Babylone : l'Église catholique, Rome... « L'ire de Dieu sur Ninive et Babylone! »

badaras : cri retentissant et bête, car le mot se rattache aussi bien au provençal *badau* : niais, qu'au bas-latin : *badare*, bâiller...

Badarel : le badaud qui pousse des badaras. La terminaison en *el* donne l'idée de haute taille et de minceur péjorativement.

bader : rester bouche ouverte, yeux ronds, nez en l'air... (du patois : *bada*, vx fr. *béer*, lat. pop. *badare*) qui a donné le français : *badaud*.

barbets : nom donné aux vaudois parce qu'ils appelaient leurs pasteurs *barbes*. C'est l'un des premiers noms donnés aux Cévenols révoltés, comme, ensuite, houssards — ou *hussars*, *osards*, *oussards*, *ousards*, *ouzarts*, *housards*, *hou-*

zards, qu'on lit aussi dans les écrits de 1702-3 —, par analogie avec les Hongrois commandés par Ragotzy en révolte à la même époque contre l'empereur. Leurs ennemis les nommaient *révoltés*, *scélérats*, *phanatiques*, *brigants*, *malintentionnés*, *mutins*, *malcontents*, *mécontents*, *philistins*... leurs frères : *attroupés*, *malheureux*... La première apparition officielle du mot *camisars* — puis : *camisards* — se trouve dans une lettre de Julien à Chamillart, le 5 avril 1702. Les étymologies proposées passent la douzaine (jusqu'au mot hindou *camis !*). L'explication de Cavalier, moins savante, est plus vraisemblable : n'ayant sur eux que du linge sale, ils volaient des chemises aussi souvent qu'ils le pouvaient, et plus d'une fois ont été poursuivis par les cris des ménagères frustrées : *mas camisos!* mes chemises !

barbier : Pendant longtemps, les barbiers ont exercé les fonctions chirurgicales. « Il y avait encore quelques barbiers-chirurgiens en 1789. On les connaissait sous le nom de *Frater*... » (Dict. Bescherelle).

barral : barrique.

barres : on nomme barre un champ ménagé à flanc de montagne et soutenu par un mur de pierres sèches ou *traversier.*

barroullaient: péjor. de roullaient: aller de-ci de-là, sans raison, avec beaucoup de bruit, dérangeant les voisins...

bartas : buissons épineux.

Bastissier : sobriquet basé sur l'ambiguïté euphonique de pâtissier et bâtisseur, en patois.

batailher (batail-lïer) : qu'il ne faut pas rapprocher de bataille mais plutôt du vieux mot batail = battant de cloche : parler beaucoup et vite. On dit aussi *agüsu* : elles aiguisent. La langue remue dans la bouche comme le battant dans la cloche, mais son mouvement rappelle aussi celui de la lame sur la pierre.

batailhên : nous bavardons.

béal (bézâ-o) : rigole d'arrosage, puis canal.

bédigas : mouton d'un an, d'où : nigaud.

berniquet : on disait alors « berniquet pour sansonnet! » comme on dirait aujourd'hui « nib de nib! » et c'est bien le même mot devenu, par troncation : niquer, faire la nique, par interversion argotique : niberque, nibergue (Vidocq) et enfin nos nibé, nib... (on nous offre aussi une étym. germanique, de l'all. *nicken :* faire un signe).

bésugno (bézougno) : litt. besogne, mais c'est, en patois, un mot passe-partout, comme *chose.*

Bête (*la*) *:* les dragons, les tortionnaires, les curés « renifleurs de morts », bref, toutes les manifestations redoutables de « l'hérésie » catholique et romaine.

bisque : terme de jeu de paume (avantage de 15 points qu'un joueur fait à un autre). *Prendre sa bisque* = prendre son avantage, profiter d'une circonstance heureuse.

Boffi : le Bouffi. P. 115 = sobriquet par antiphrase.

Bounomaïssé : le Bonne-Gueule.

bouquer : s'est dit, au propre, d'un singe ou d'un enfant qu'on force à baiser quelque chose. Fig. : contraindre.

bouscas : bois, du bas-latin *buscus.* Un bouscas est plus précisément un bon gourdin, taillé dans un de ces rejets dont il faut débarrasser le pied des châtaigniers.

bouscassier : bûcheron.

brigadier : il faut l'entendre comme un grade élevé, quelque chose comme général de brigade.

brigand : voleur de grand chemin, bien sûr, mais aussi belle injure affectueuse. Cf. : *mounstré.*

brousse : la bruyère cévenole, qui a deux floraisons : la *brousse de Pâques,* blanche ; et la *brousse d'automne,* tirant sur le violet.

C

cabussa : plonger. Un cabus est un plongeon volontaire dans l'eau.

Cachebos : L'Écrase-Bois.

cadis : étoffe de laine à grains tondue et apprêtée à chaud. D'où : le vaste manteau, ou cape à tout faire des bergers : couverture, sac à fourrage, oreiller, imperméable...

Cagopertou : le Cague-Partout.

capiter : bien tomber, mettre dans le mille. On le rencontre aussi en italien, roumain... mais son étymologie n'est pas sûre : dérivé du lat. *capere* (prendre), encore que *caput* (tête) ne soit pas exclu...

carciner (se) (ou : *se calciner*) : se consumer...

carrousses : bombance.

castanet : châtaigneraie.

cauchemar : le mot patois est *chaouchoviélo :* la vieille qui presse.

Chaboutas... etc. p. 75 = Gros Cabot (poisson) ; Béouraspatou = Tu-ne-boiras-pas-tout ; Pissaumitan = Pisse-au-milieu ; Gazaïré = Guéeur ; Pèsset = Pied-sec ; Pescaïré = Pêcheur.

chabros : chèvres.

Chabrou et *Chabrol* se prononcent également t'chabrô-ou en patois. Au XVIIe siècle, les noms propres n'avaient pas d'orthographe, ainsi, Jean Cavalier, par exemple, sur 18 lettres, signe 8 fois Cavalier, 5 Cavaillé, 1 Cavailier, 1 Cavallié, 1 Cavailler, 1 Cavalié, 1 Cavailer...

chapuiset : chapuis s'est dit pour charpentier.

Char des Ames : La Grande Ourse.

Chariot de David : id.

châtaignons : châtaignes sèches (après passage dans la clède), qui peuvent se garder et servir à tout : farine, bouillie (*bajana*), etc. et même à croquer comme des bonbons.

Colombe (*la*) : symbole de la charité évangélique ; toujours avec le souvenir du fameux sermon de Claude Brousson.

corsecque : grande pertuisane à oreillons pointus, en usage dans l'infanterie au XVIe s. (importée de Corse, d'où son nom).

cougniat : beau-frère.

crevé... etc. p. 49 : la formule se justifie par son euphonie patoise : ès crèba, ou Chayla! per ou ploura, quäou ïa?

Croix (sous la) : sous la persécution catholique, par opposition au *Refuge* (Genève, Rotterdam, Londres, etc.) Le symbole de la croix romaine, les Cévenols le voyaient dans la croix formée par la lame, le manche et la garde des dagues des dragons *Adore ou j'enfonce!*

cure-nid (curo-niss') = le dernier-né.

D

dardailher : fouailler sans cesse avec une pointe... D'un terrible soleil d'août à midi, on dira qu'il *dardailhe.*

davaller : descendre. Voir à *Vallat.*

déchirâmes la cartouche : « fîmes feu ». La cartouche était alors un rouleau de papier renfermant la charge de poudre à verser dans le canon du fusil. (Cf. la note sur le *fusil de munition** de la page 149).

Dieu-garde! (Dïou-gardo!), exemple de ces « jurons pieux », que s'autorisaient les Cévenols protestants, dont la pratique s'est perpétuée jusqu'au patois actuel.

Douaras (le grand), la Douarasse, le Douarou (le petit), la Douarette... et le patois formera autant de dérivés différents qu'il y aura de membres dans la famille de ce fameux Édouard.

draille (draïo) : piste de transhumance, puis chemin un peu plus large que le sentier.

dret : droit, mais c'est un autre passe-partout, comme *bien.*

drolle : garçon, jeune homme même, donne :

droulet: gamin.

droulette : fille ou fillette, etc.

E

ébréner : du vieux mot gaulois *bren* = merde + é privatif.

engoulir (s') : faire irruption en trombe, comme d'un goulot (mais sens inverse, en entrant).

esbrousser (s') : s'enfuir (mais dans la campagne).

escamandras : monstre, épouvantail (grand et maigre), ou très affectueux (cf. p. 181), ou très péjoratif (cf. p. 240).

escampe : fuite rapide, ou furtive, d'où *escampative* : fuite secrète, et notre « poudre d'escampette ».

escloupets : petits sabots.

escoupèter : péter pour une arme à feu.

escousse : élan (geste de soulever sans effort).

escrivaïré : « écriveur », d'où :

escrivaïrel : grand dadais d'écriveur...

esgroumiller : toute l'action de cracher, des préparatifs au résultat.

espéré : espèra signifie *attendre* (chasser à l'*espèré* = à l'*affût*), j'attends. Donc : *espéré ma noun désespéré,* euphonie patoise, n'est ni un pléonasme, ni une lapalissade puisqu'il faut traduire : *j'attends mais je ne désespère pas.*

estafiers : domestique armé portant les armes et le manteau de son maître. Très péjor.

estampissant : à casser les oreilles.

estau : place, séjour, puis maison. *Barro l'estau* = ferme la (maison) porte.

estrapassage : de *estrapasser* = fatiguer, exténuer un cheval, puis : briser, démembrer (cf. : estrapade, supplice).

estrasse : déchets de soie, puis : tout ce qui ne vaut plus grand-chose. Devenu aujourd'hui *trasse de...* très employé dans le patois francisé qui se parle en Cévennes.

eusière : bois de chênes verts à feuilles persistantes (de *yeuse*).

F

fauguières : bois de hêtres.

foirer : « Terme très-bas. Aller par bas, quand on a le cours de ventre.... » (Dict. Littré). Est depuis longtemps employé dans le même sens qu'aujourd'hui. On en trouve des ex. au XVIe s. (« une meche aian *foiré*, le feu se fait partout, et toute cette troupe fut estropiée ». D'Aub., Hist., III, 284) et même au XIIIe s. (« De *foire* clare à cul overt... » Ren. 5825). Il convient parfaitement ici (cf. le *fusil de munition* : * de la p. 149).

foulé : pillé par les dragons. Cf. n. sur garnisaires, * de la p. 42.

fousignet : litt. : on dit du cochon qu'il *fousigno*, quand il farfouille dans la terre avec son groin ; mais s'emploie souvent pour une occupation vaine : quand son petit-fils l'agace : « mémé! je m'ennuie », la vieille répond : eh bien, *fousigne !*

G

galefretin : homme de rien, sans feu ni lieu.

gaumine : « mariage à la gaumine, mariage qui, contracté par des protestants en présence d'un prêtre catholique, mais sans qu'il bénît les époux, était pourtant réputé valide... (Mém. sur le mariage des protestants, p. 82, dans Lacurne de Sainte-Palaye, dic. de vx fr.)

gavots : les gens des montagnes plus reculées que les nôtres (péjor.).

géhenne : écrit tantôt *géhenne*, tantôt *gène*, notamment quand il s'agit des tortures de justice (les deux mots n'ont pourtant aucune parenté étymologique). Cette confusion entre la Géhenne (vallée où les Juifs brûlaient leurs enfants en l'honneur des idoles ; puis : l'Enfer en style de l'Écriture) et la gêne (« la question qu'on faisait subir aux accusés pour leur arracher des révélations », premier sens du mot dans Littré) est trop significative pour être involontaire.

goujat : manœuvre qui sert les maçons.

gueux : le mot était à l'époque beaucoup plus dur qu'à présent. C'est la seule injure contre laquelle Antoine Court s'indigne. Pourtant il y avait eu des précédents illustres : au XVIe s. les huguenots ont pris le titre de gueux, à l'occasion du discours insultant de Marguerite de Parme, gouvernante des Pays-Bas, qui avait dit que les Seigneurs Calvinistes étaient des gueux qu'elle ne redoutait pas. À la même époque, les paysans armés qui entreprirent en partisans la guerre pour fonder l'indépendance des Provinces-Unies se sont nommés les Gueux-de-Bois.

H

heurette (*be belle*) : expression qui s'est corrompue en « de belle lurette ».

huguenote : « marmite de terre sans pieds où l'on fait cuire les viandes sans bruit, sur un fourneau, parce qu'on prétend que les huguenots de France avaient cette précaution pour éviter le scandale aux jours défendus » (Littré). Les plus récents livres de cuisine en recommandent l'emploi pour certaines recettes.

humeurs : « substance fluide. L'une des qualités du tempérament. Certaine disposition d'esprit » (Dict. Richelet).

I

instances : sollicitation pressante; grand soin ; cas, fois ; on le trouve aussi pour « circonstances » (notamment dans Mazel, *op. cit.*).

interdit : deux sens : 1) ce que l'Esprit défendait de toucher, de prendre, de faire... 2) ce que l'Esprit *mettait à l'interdit*, c'est-à-dire « commandait en ce lieu de détruire toutes choses et de tuer toute gent. »

J

jasse : creux où les troupeaux peuvent se reposer au fort de la chaleur.

L

Lafuste : Lapoutre.

lauzes (*lâ-ou zo*) : pierres plates utilisées en particulier pour les toits.

leste : « adj. propre en habits. Lestement, adv. proprement » (Dict. Richelet).

levée (du moulin) : petite digue.

livre : 489 g. 51.

Loupinau : Le Plus-Haut.

M

madonnas : vierges, saintes, et autres « idoles romaines ».

magnans : vers à soie. (Cf. les mots français « magnanerie », « magnanarelle »...)

malcontents : l'un des premiers noms des camisards; v. à barbets.

Maréchale (*la*) : la terrasse existe toujours à Alès.

marmousets : petite figure grotesque. Ici : anges, etc. toutes les idoles enfantines. C'était un mot (marmozet) de la Bible dans l'édition connue des camisards.

mascarée : à la fois masquée et salie. Un proverbe cévenol dit : *ès lou peïrou qué mas-*

caro la sartano : c'est le chaudron qui noircit la marmite (la paille et la poutre).

méreau : c'était une médaille qui servait aux protestants à se reconnaître entre eux (on peut en voir beaucoup au Musée du Désert). Elle portait en général une fleur de lis, en signe de fidélité au roi ; une image — un berger appelant ses brebis dans le désert ; une barque dans la tempête ; une bible ouverte aux rayons du soleil ; deux forgerons frappant l'enclume ; une jeune femme décharnée aux ailes d'ange piétinant la mort — et une inscription — « sauve-nous, Seigneur, nous périssons! » ; « plus à me frapper on s'amuse, tant plus de marteaux on use ! » (devise de Théodore de Bèze) ; « Sous la Croix, le Triomphe ! » Il fallait présenter le méreau pour approcher de la Sainte Table et recevoir la Cène. Parfois, le méreau était beaucoup plus simple : ainsi, le petit boulanger Cavalier, pour sa première rencontre avec Gédéon Laporte, a utilisé une de ces planchettes dont le client possède un double où les encoches correspondent avec celles de la planchette que garde le boulanger. Ce système de comptabilité pour le pain est encore utilisé dans quelques villages.

messorguiers : patois pour « menteurs », mais, dedans, il y a « messe », ce qui ne devait pas déplaire aux huguenots...

miquelet : « Bandit espagnol qui vivait dans les Pyrénées, principalement sur les frontières de la Catalogne et de l'Aragon. Les miquelets étaient fort à craindre pour les voyageurs, à moins qu'ils n'eussent pris la précaution d'en prendre à leur suite et de les payer... Hist. : Il commence à être question des miquelets, lors de la conquête du Roussillon par Louis XIII. Ce sont d'excellents fusiliers, qu'il est quelquefois dangereux de rencontrer dans un lieu écarté. Ils furent enrégimentés sous Charles III. Ils font, près de la cour et sur les frontières, le service de la gendarmerie, avec cette différence qu'en France on est en sécurité avec celle-ci, et qu'en Espagne, avec les autres, on ne marche jamais sans crainte. » Bescherelle, Dict. National, 1868.

monge : se disait autrefois pour religieuse.

monitoire : « terme de jurisprudence ecclésiastique. Lettres qui s'obtenaient des juges ecclésiastiques, en vertu de permissions de juges laïques, et qu'on publiait au prône des paroisses pour obliger les fidèles de venir déposer des faits contenus dans ces lettres sous peine d'excommunication » (Littré).

Monsieur de... (nom de la ville où il exerce) : titre du bourreau.

morfondure : mal des chevaux après un chaud et froid, ensuite : toute maladie de poitrine.

mounstré (*d'aquel*) *:* de ce monstre! C'est parmi les : *voleur, brigand, vaurien*, etc., le plus beau des cris d'affection cévenols.

mourrégier (se) *:* se frotter le *mourre* (= le museau).

N

nécés (nèci) : prononciation patoisée de N. C., sigle officiel qui désignait alors les protestants : les Nouveaux-Catholiques (par opp. aux A. C. ou Anciens-Cath.) ; ou Nouveaux-Convertis. Il est à noter que, de nos jours encore, *nèci* reste une injure virulente en Cévennes. Une simple traversée des communales de Chamborigaud, Pont-de-Rastel, Génolhac ou Vialas, à l'heure de la récréation, suffirait à convaincre le sémanticien le plus dur d'oreille que le N. C. du Roi Soleil n'est pas tombé en désuétude.

O

onces : l'once = 30 g. 59.

oncher : oindre... (mais se dit aussi pour l'huile de la salade).

ores : « On a dit autrefois or, ore et ores dans le sens de présentement » (Littré). En Cévennes, on dit *ores* (qu'on entend plutôt *arrô*) pour maintenant.

P

pagaron (déformation de *pagaran* =) ils paieront!

pagnoterie : de *pagnote :* poltron, lâche. Prov. et fig. : Mont Pagnote : lieu élevé d'où l'on peut regarder le combat sans risques.

pamen ! : pas moins! Le mot le plus fréquent du parler cévenol, sur tous les tons, pour toutes les humeurs...

panader (se) : « marcher avec ostentation comme un paon » (Littré).

papediable ! le type même du juron licite...

papiste : nom commun... Catholique.

pâquis : pâturage.

parpaillots (du patois : *parpailho* = papillon) : les huguenots furent ainsi nommés, dit-on, parce qu'ils voletaient joyeusement vers les bûchers, comme les papillons de nuit viennent se brûler aux chandelles.

pâtidouïré : souffrance collective, générale, et longue...

peccaïré! : (patois : lou peccat = le péché, cf. : lat. *peccavi*), mot à mot : *pécheur !*

pécole : toute petite (en affection) — sans doute par association de sonorités avec *péquélet* (voir ce mot) ; quand on sait qu'une pécole, c'est une de ces olivettes noires dont les chèvres pointillent les sentiers, un non-Cévenol aura peine à croire qu'une mère puisse ainsi nommer son bébé (qu'elle appellera ensuite « bousette »!).

Pèguot : de pèguo : poix, qui colle...

pélardons : petits fromages de chèvre ronds et plats.

pelauder : « battre, étriller, châtier » (Littré).

pélencs : pâturage montagnard d'herbe rase.

pélous (anc. fr. = velu) : en patois : bogue ou enveloppe de la châtaigne armée de piquants.

péquélet (*te*) : sur-diminutif de petit, et si l'on appelle une péquélette par le masculin (*péquélon!*), on diminue encore, en rajoutant de l'affection.

Pescolausellet : surnom de la sage-femme : la Pêche-L'Oisillon.

pességrier : pêcher sauvage.

pétasser : réparer (péj.).

péteux : celui qui a l'habitude de péter. Prov. : on l'a chassé comme un péteux d'église (Littré), d'où fuyard blâmé en chaire...

pied : o m. 3248.

Plan-plan : surnom tiré de cette onomatopée pour exprimer la nonchalance, souvent accompagnée du prov. : « tan plöou aqui coumo qui ! » (il pleut autant ici que là... sous-entendu = alors pourquoi se bouger de place ?).

pouce : o m. 027.

poudet' : couteau à lame courbe, greffoir ou petite serpe.

prou : assez.

pudécino : puanteur générale et comme surnaturelle, « puerie », en quelque sorte.

Puissances : les pouvoirs spirituel et temporel, qui se retrouvent à tous les échelons de la société : tout en haut : le pape et le roi ; tout en bas, au village : le curé, le chef de la milice et le seigneur...

Q

quartaut : = 72 pintes = 70 litres (environ, car les mesures variaient d'une province à l'autre...).

R

raballer : traîner par terre.

raï de... : passe encore de... !

raïou (prononcez : raillô-ou) : royaux, ou plutôt : *hommes du roi,* car les Cévenols l'étaient depuis longtemps, alors que toutes les provinces qui étaient autour restaient les fiefs de puissants seigneurs. On dit par affection : « les « raïoulets » (railloulet), une « raïoulette », mais on dira la montagne « raïole » (raillole). Vers la crête de Clerguemort, quelques vieillards très âgés peuvent encore chanter la « chanson du Raïoulet ».

rajoullet (rat'-djoull-lett') : ruisselet.

ranc : part. : ces énormes rochers, œufs ou boules, qui parsèment les prés de Vialas et autres pentes du Lozère, comme des billes qu'aurait oubliées là quelque grand frère de Gargantua. D'où :

rancarède : sur les bords du haut plateau, au sommet du Lozère, où commence la pente : ce pan de la montagne qui file sous les pieds vers les vallats, caillasse et mousse, avec cette fantastique ponte de granit semée au flanc, à la va comme je te pousse ; le spectacle est tel qu'au moindre souffle de vent on se retient d'aller crier le sauve-qui-peut à Vialas, à Génolhac, ou au Pont...

raque : ce qu'il reste du raisin quand il a été foulé (= vin), pressé (= vin de presse), rincé (= piquette) et distillé (= marc)... ; séchée alors, et diversement apprêtée, la raque, on en tire encore quelque parti...

récater : mettre de côté, ranger avec grand soin.

Régordane (*la*) *:* la Grand'Route de Paris, qui suivait à peu près l'ancienne voie romaine.

régoubiller (se) *:* se recroqueviller (avec l'idée de ressort, et de destruction aussi). Exemple : le mitron demande comment il saura que le four est assez chaud, le boulanger lui répond : « sacco ta testo dédïn, si ti péou si régoubillo, ès qué séra proun cao ! » (ensache ta tête dedans, si tes cheveux se *régoubillent*, c'est qu'il est assez chaud !).

regratter : « faire des réductions sur de petits articles d'un compte de dépenses... » (Littré).

Religionnaire : « s. m. et f. Celui, celle qui suit la religion prétendue-réformée. » Pierre Richelet, Dictionnaire de la Langue Françoise, MDCCLVI. Avec Approbation et Privilège.

Renauder : « s'est dit pour maugréer, faire à contre-cœur un ouvrage quelconque, marronner entre ses dents, renoncer sur quelque chose » (Dict. Bescherelle).

répapier : bavarder comme un vieux gâteux. D'où :

répapiages : divagations... Notez que ces mots contiennent : pape.

R. P. R, ou : *Religion-Prétendue-Réformée :* voir à *nécés.*

rescamper : lever le camp pour repartir en fuyant.

romains : qui peuvent bien être de purs raïous, s'ils sont papistes...

rouler, rouleur : cf. * de la p. 175 sur *Rolland.*

rouméjer : forme superlative de *roumer :* « gronder, menacer sourdement, comme les dogues; le sanglier roume » (Bescherelle, Dict. Nat.).

roustissure : odeurs, fumées, etc. toutes manifestations désagréables du feu qui touchent les sens.

rudânière : « peu usité au masc. : qui est rude à ceux à qui il parle » (Littré).

S

saltarelle : à la fois : sauterelle, et : ver du fromage.

sansougnettes : sornettes, mélopées de petit enfant qui cherche le sommeil.

Sarrasins : en général : tous les peuples musulmans qui tenaient l'Espagne, la Sicile, la Syrie, l'Afrique, durant le moyen âge. D'autre part, le souvenir des temps où ils occupaient la Provence n'était pas encore perdu.

sas ! : tu sais !

Sept-Bœufs : les sept étoiles de la Grande Ourse (du lat. *septentrionem*, de *septem :* sept, et *triones :* bœufs de labour). On donnait alors beaucoup de noms d'animaux aux étoiles.

Septentrion (*maréchal*)-ferrant : le nord, et tout ce qui vient du nord... v. à tramontane.

serres : montagnes (du latin *serra* = scie; cf. : l'espagnol *sierra*, de même origine).

soreilhade (ou : *soleillade*) : le flanc de la montagne qui garde le soleil le plus longtemps. Un de ces mots que les Cévenols, aujourd'hui encore, utilisent même lorsqu'ils parlent français, mais sous une forme plus ou moins francisée.

synagogues (de Satan) : les églises catholiques et romaines.

T

taquin : « adj. : avare, vilain ; subst. : taquin. Taquinement, adv. : à la manière des avares. Taquinerie, s. f. : avarice sordide » (Richelet, Dict.).

tarabastiers : grands flandrins bruyants, bons à rien...

tarabuster : traiter rudement, tourmenter.

tarnagaz : oiseau minuscule, au cri horripilant, qui porte très loin, et cet oiseau, gros comme une noisette, n'arrête pas...

té ! : tiens!

Testodazé : Tête-d'âne.

Tilhabioü : Tue-Bœufs.

toise : 1 m. 949.

tortillés tels torchons, té ! : L'allitération voulue n'approche que de loin l'étonnante euphonie patoise de l'expression : lous' avén' tourtilha coumo dé peilhos' !

tramontane : vent du nord, le nord lui-même, tout ce qui vient d'au-delà les monts (les Alpes).

traversier : voir à barres.

tréfoulissant : tremblant, sautillant, et bafouillant d'impatience... Même une phrase entière et rech(erchée) ne traduirait que pauvrement l'admirable onomatopée du *trré-ffou-lli-ssi-è-ï !*

trêve : fantôme.

trinqueballer : sonner les cloches à la volée, puis : trimballer avec bruit...

tristet : chambrette de va(r)let ménagée sous les toits au fond de la magnanerie.

trucheurs : qui mendient par fainéantise.

V

vaï ! : va!

vaisseau : « vase quelconque destiné à contenir des liquides (Littré).

vallat : val, vallon, vallée... Mot important sur ces vieilles montagnes ridées, et qui a donné : davaller, etc.

vé ! : vois!

venette : peur, alarme.

vié : membre viril (employé surtout pour les bourricots).

vieillün : vieillissement.

viges : v. abarine, amarine...

vïou ! : va-t'en! (pour chasser un chat, un chien...).

viste (la) : la vue = tournant à flanc de montagne d'où l'on découvre soudain, d'un coup, la vue d'une nouvelle vallée, d'un nouveau village.

La Clède 9
Première partie 15
Deuxième partie 125
Troisième partie 257
Quatrième partie 289
Cinquième partie 313
Sixième partie 347
Épilogue 383
Notes et références 389
Lexique 429

DU MÊME AUTEUR

LA DERNIÈRE CARTOUCHE (E.F.R. 1953)
LE BOUT-GALEUX (Amiot 1955, Gallimard 1965)
FLEUR D'ÉPINE (Gallimard 1957)
UN HOMME DE TROP (Gallimard 1958)
LES INNOCENTS DE MARS (Gallimard 1959)
LES FOUS DE DIEU (Gallimard 1961)
LA CHATTE ROUGE (Gallimard 1963)
MILLE MILLIONS DE NIPPONS, illustré par l'auteur (Plon 1964)
LES REBELLES (Plon 1965)
LA GUEUSE (Plon 1966)
TITANE ET BOUGRENETTE, album illustré par l'auteur (ODEJ Presse 1966)
JE T'AIMERAI SANS VERGOGNE (Gallimard 1967)
L'ILLUSTRE FAUTEUIL ET AUTRES RÉCITS (Gallimard 1967)
MA DÉCHIRURE (Gallimard 1968)
L'EMBELLIE (Plon 1968)
LES CONTES D'OUTRE TEMPS (Plon 1969)
LE CANON FRATERNITÉ (Gallimard 1971)
LES CHEVAUX L'AIMAIENT (Gallimard 1972)
LE BOUC DU DÉSERT (Gallimard 1975)
LA FOLIE DES MIENS (Gallimard 1977)
CAMINAREM, avec Claude Marti (Laffont 1979)
TIT BONHOMME L'EST PAS MORT (Galilée 1979)
VLADIMIR ET LES JACQUES (Grasset 1980)
LE LION EST MORT CE SOIR (Grasset 1982)

LES PETITES ESPAGNES, avec Claude Marti (Grasset, 1984)

CONTES À MI-VOIX (Grasset 1985)

LA FLUVIALE, photographies de Bernard Lesaing (Denoël 1986)

LA FELOUQUE DES COPAINS, photographies Daniel Faure (Presses du Languedoc, 1987)

LE PETIT CHABROL ILLUSTRÉ PAR LUI-MÊME (Presses du Languedoc, 1989)

LE BONHEUR DU MANCHOT (Laffont, 1994)

LES AVEUX DU SILENCE (Laffont, 1995)

LES MILLE ET UNE VEILLÉES (Laffont 1997)

LA BANQUISE (Presses de la Cité, 1998)

Page 257 - - -

Impression Bussière Camedan Imprimeries
à Saint-Amand (Cher),
le 8 octobre 1998.
Dépôt légal : octobre 1998.
1er dépôt légal dans la collection : décembre 1972.
Numéro d'imprimeur : 984856/1.
ISBN 2-07-036257-4./Imprimé en France.